KB186159

주인공의 구원자가 될 운명입니다

은소로 장편소설

초판 1쇄 찍은 날 | 2024년 3월 25일
초판 1쇄 펴낸 날 | 2024년 4월 1일

지은이 | 은소로
발행인 | 이진수
펴낸이 | 황현수

펴낸곳 | 주식회사 카카오엔터테인먼트
등록번호 | 제2015-000037호
등록일자 | 2010년 8월 16일
주소 | 경기도 성남시 분당구 판교역로 221 6(일부)층

제작·감수 | KW북스
E-mail | paperbook@kwbooks.co.kr

ISBN 979-11-385-0874-2 04810
979-11-385-0873-5 (set)

I
THE HERO'S SAVIOR
주인공의
구원자가 될
운명입니다
은소로 장편소설
Yeondam

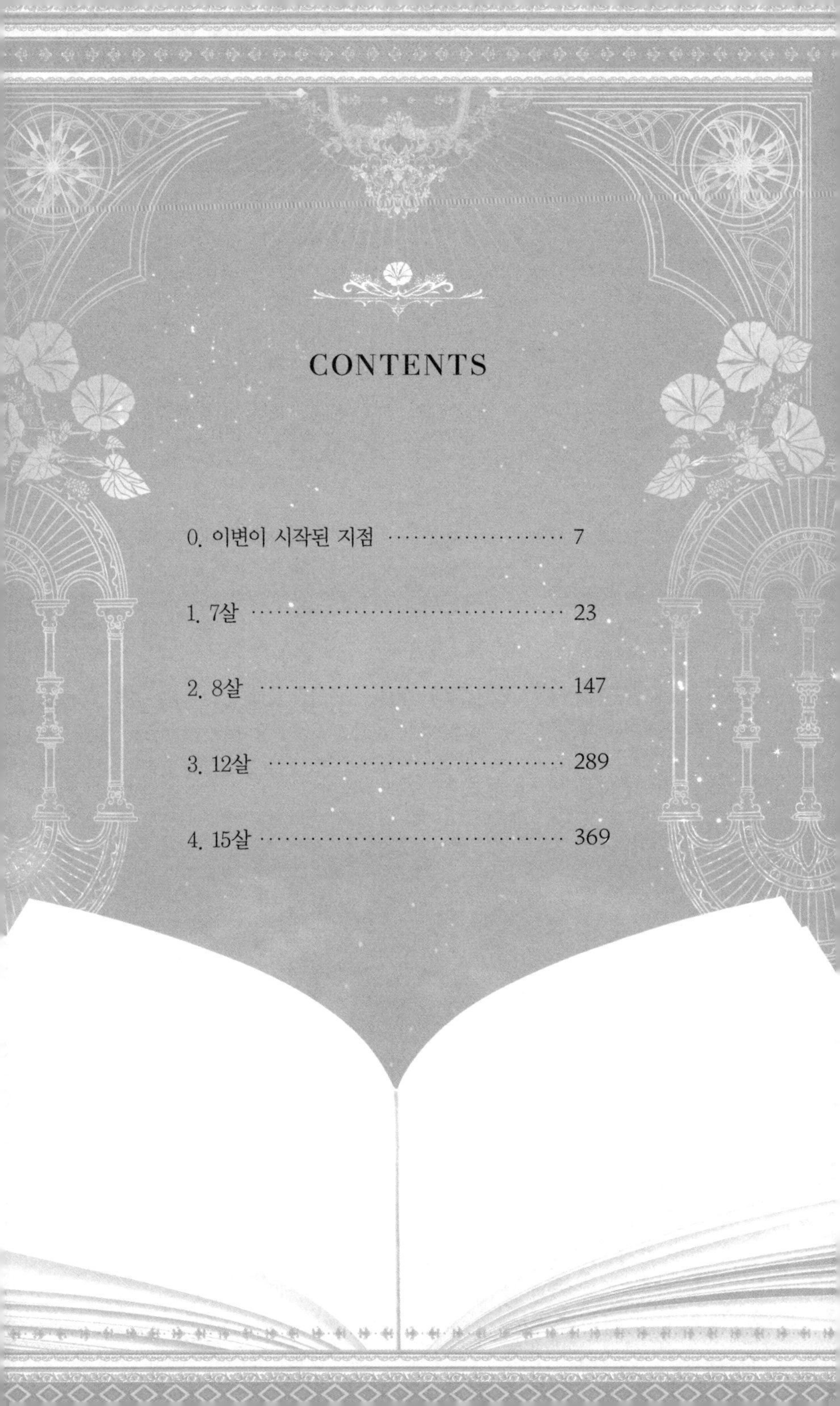

CONTENTS

0

이변이 시작된 지점

프란츠 엘디어 공작은 나이에 비해 젊어 보였다. 화사한 백금발, 청명한 하늘처럼 푸른 눈동자, 균형 잡힌 이목구비. 서른보다 마흔에 가까운 나이임에도 예술 작품이나 다름없다는 평을 들을 정도로 미모가 전혀 시들지 않았다.

그가 보는 사람 기분까지 좋아질 만큼 아름다운 미소를 지으며 말했다.

"어서 오십시오, 대마법사님."

대마법사 솔란 가르시아는 그런 공작의 미소를 보면서 생각했다.

'면상을 확 불로 지져 버리고 싶군.'

늙은 대마법사는 속내를 숨기지 않았다. 그는 인상을 찡그린 채 말을 내뱉었다.

"웃지 말게."

"예?"

"자네가 웃는 꼴을 보고 있자니 내가 실수를 할 것 같아. 나이가 들어서 그런가, 인내심이 예전 같지가 않다네."

"……아, 예."

공작이 웃음을 거두더니 헛기침을 했다.

"거듭 말씀드리지만, 아내가 죽은 건 제게도 갑작스러운 사고였습니다. 원래 몸이 약한 사람이었던 건 아시지 않습니까."

"몸이 약한 애를 덜컥 임신부터 시켜서 데려갔던 놈이 말은 잘하는구먼."

"우린 서로 사랑하는 사이였습니다! 그녀가 죽은 건 임신 때문도 아니고요!"

공작이 울컥 화를 냈다. 대마법사는 이 빌어먹을 사위가 뭐라 떠드는지 들어나 보자는 심정으로 팔짱을 꼈다. 심호흡을 한 공작이 말을 이었다.

"딸이 벌써 일곱 살인데, 그녀가 7년 전의 출산 때문에 이제 와서 쓰러질 리가 있겠습니까."

"그럼 뭔 짓을 했길래 내 딸이 서른도 되기 전에 죽었지?"

"말씀드렸잖습니까. 저 때문이 아니라 오염 때문이었습니다."

"글로리아는 정령사였어. 정령사가 오염 때문에 죽는다고? 말이 되는 소릴 하게."

"그녀는 몸이 약해서 실제로 오염과 싸워 본 적이 없잖습니까. 정령사가 오염 지역에 들어갔다는 이유로 그렇게 되다니, 저도 얼마나 충격이었는지 알기나 하십니까?"

공작은 답답하고 억울한 듯 가슴을 쳤다. 대마법사가 그에게 턱짓을 했다.

"그럼 이제 아내를 왜 갑자기 오염 지역으로 보냈는지 설명해 보게. 자네도 글로리아가 평생 오염 지역에 가 본 적 없다는 걸 잘 알 텐데, 대체 왜?"

"그녀가 가겠다고 한 겁니다."

“가겠다고 해도 말렸어야지.”

“저도 몇 번이고 그렇게 생각했습니다. 말렸어야만 했다고. 나는 왜 그녀를 말리지 못했는지…….”

공작이 잠시 말을 멈췄다. 그의 파란 눈에 눈물이 고였다. 그가 울먹이며 호소했다.

“하지만 글로리아가…… 자신도 정령사인데, 왜 믿어 주지 못하냐고 했습니다. 남편이라면 아내를 믿고 지지해 줘야 하는 거 아니냐고, 할 수 있다고 그녀가 애원했단 말입니다.”

“…….”

“저는…… 오직 그녀를 위해서…… 설마 그런 결과가 나올 줄은…….”

공작은 고개를 숙이더니 흐느끼기 시작했다. 예상치 못한 사고로 아내를 잃고 슬픔에 잠긴 남편의 표본 같은 모습이었다.

대마법사는 그런 그를 빤히 바라보다가 툭 던지듯 말했다.

“자네, 아까는 잘만 웃더니, 지금은 눈물이 나는가 보군.”

“시간이 흐르며 괜찮아진 줄 알았는데…… 아내 생각만 하면 이렇게 되는군요. 실례했습니다.”

공작이 고인 눈물을 훔치며 답했다. 표정도 말투도 절절하다. 동화 속 왕자처럼 아름다운 외모라 더욱 절절해 보였다. 그러나 대마법사는 심기가 불편해지기만 했다.

‘꼴 보기 싫은 놈.’

아무리 공작이라지만 얼굴만 반반한 놈이 18살밖에 안 된 늦둥이 막내딸을 임신시켜 결혼할 때부터 콱 죽이고 싶었다.

저놈이랑 결혼할 거면 의절하고 가라고 했더니, 막내딸은 진짜 연락을 끊었다. 엘디어 공작령으로 들어간 뒤로 대마법사는 딸의 연락을 전혀 받지 못했다. 한번 정하면 뒤도 안 돌아보는 고집이 누구 딸이 아니랄까 봐 아주 똑같았다.

'걔가 안 한다 해도 사위인 저는 나한테 연락을 했어야지!'

아무리 그래도 연락 두절이 8년이었다. 몹시 마음에 안 들었다. 그렇게 떠났으면 보란 듯이 잘 살기라도 할 것이지, 서른도 못 되어 죽는 건 또 뭐냔 말이다.

'그것도 장례식이 끝난 뒤에나 소식을 듣다니…… 아비가 되어서 마지막 가는 길도 못 봐 주고…….'

심장이 돌로 만든 가시가 되어 내부를 쿡쿡 쑤시는 듯했다. 대마법사는 그 고통을 분노로 바꾸어 호통을 쳤다.

"소식은 왜 늦게 줬는가? 나는 내 딸의 장례식도 못 보았어!"

"바로 연락드렸었습니다! 전령이 가던 길에 마물에게 전멸할 줄은 몰랐을 뿐입니다."

"그리되었으면 다시 보내야지, 손 놓고 있으면 어떡하나!"

"사태를 파악하자마자 새로운 전령을 보냈지만 이미 늦어진 터라……."

"답신이 안 오면 일단 다시 보낸 뒤에 알아봐야 할 것 아닌가? 아니면, 연락이 될 때까지 장례를 미루든가!"

"한 번도 연락을 주신 적이 없으니, 소식을 듣고도 무시하신 건가 하여 파악이 좀 늦어졌습니다."

"……."

할 말이 없어진 대마법사가 잠시 입을 다물었다.

18살의 글로리아는 서운한 듯 물었었다.

"결혼식에도 안 오실 거예요?"

대마법사는 돌아보지도 않고 대답했다.

"그딴 놈이랑 하는 결혼식엔 안 간다. 지금이라도 때려치워라. 애는 떼어 버리면 그만이지."

"떼어 버리라고요? 제 아이예요, 아빠 손주라구요! 정말 너무하신 거 아니에요?"

글로리아는 화를 내고 뛰쳐나갔다. 그게 막내딸과의 마지막 기억이었다. 딸과의 다음 기억이 딸의 장례를 치렀다는 편지가 될 줄은 몰랐다.

'차라리 고집부리지 말고 꾸준히 들여다볼 것을…….'

그러면 늦지 않고 어떻게든 살릴 수 있었을지도 모르는데.

엘디어가 아무리 왕국 제일의 공작가라지만, 대마법사인 자신이라면 뭔가 더 할 수 있었을지도 모른다.

그런 생각을 하니 눈물이 날 것 같아 대마법사는 이를 악물었다. 신음처럼 말이 새었다.

"내가, 있었다면, 달랐을지도 모르는데……."

그의 눈치를 보던 공작이 조심스럽게 말했다.

"저도 최선을 다했습니다. 대마법사님께서 계셨다 해도 달라지는 건 없었을 겁니다. 자책하지는 마십시오."

"……."

대마법사가 개인적으로 꼴 보기 싫어하는 것과 별개로, 엘디어 공작은 인망이 높은 사람이었다.

젊고 잘생기고 성격까지 좋은 공작. 결혼 전까지는 왕국 최고의 신랑감으로 꼽혔다.

글로리아 위버와의 결혼도 연애결혼이라 로맨틱하다고들 했다. 결혼식에도 수많은 사람이 몰려와 축하했다. 그 결혼에 불만을 가진 건 대마법사뿐이었다.

공작 부인이 죽은 뒤에도 다들 아내를 잃은 공작을 위로했다. 글로리아의 죽음은 어디로 보나 불운한 사고였으므로.

그건 공작을 찾아오기 전에 이미 조사를 해 본 대마법사 본인이 가장 잘 알고 있었다. 아무리 뒤져 봐도 막내딸의 죽음에 수상한 점은 없었다. 조금이라도 트집거리가 있었다면 공작가고 뭐고 다 엎어 버릴 작정이었건만.

'내가 저놈을 처음부터 꼬아 봐서 계속 그렇게 보이는 걸지도 모르지.'

글로리아의 어머니, 즉 그의 아내도 선천적으로 몸이 약했다. 그럼에도 아이를 좋아해서 셋이나 낳았다. 대마법사가 말려도 듣질 않았다. 아내가 자신보다 훨씬 이른 나이에 가 버린 건 아무래도 그 탓일지도 모른다는 생각이 자꾸만 들곤 했다.

대마법사 자신도 아내의 고집을 막지 못했었다. 그걸 생각하면 엘디어 공작이 글로리아의 고집을 막지 못했다는 것도 이해할 만했다.

대마법사는 한숨을 쉬었다. 그가 더는 추궁하지 않으리란 것을 깨달은 공작이 다른 말을 꺼냈다.

"이리 오신 김에 손녀라도 보고 가시지요. 한 번도 안 보셨잖습니까."

대마법사는 대답하지 않았다. 딸이 죽고 나서야 보게 되는 손녀라니, 어떻게 대해야 할지 애매했다.

공작은 불편해 보이는 대마법사를 유심히 살피더니 공녀를 불러들였다. 곧 호화로운 드레스를 차려입은 인형처럼 귀여운 여자아이가 들어왔다.

“아이 이름을 모르시지요. 아리아드네 엘디어입니다. 올해로 일곱 살이 되고요.”

“나이는 아네.”

“아, 예.”

공작이 아이를 손짓으로 부르더니 대마법사의 앞에 세웠다.

“아리아, 인사하렴. 네 외할아버지시다.”

공녀가 양손으로 치맛자락을 잡더니 나붓이 허리를 숙였다. 앙증맞은 인사였다.

대마법사는 저도 모르게 눈살을 확 찌푸렸다. 아이는 몹시 예뻤지만, 엘디어 공작을 쏙 빼닮아 있었다.

곱슬거리는 백금발에 푸른 눈. 살짝 치켜 올라간 눈매. 화려한 인상이다.

글로리아는 연한 갈색 머리카락에 보라색 눈동자였다. 화려하다기보다 순하고 부드러운 인상이었다.

‘하나도 안 닮았군.’

엘디어 공작 혼자 낳은 딸이라 해도 믿겠다. 탐탁지 않다.

대마법사가 인사도 받지 않고 인상부터 쓰자 아이의 안색이 창백해졌다. 아차 싶었지만 이미 늦은 걸 뭐 어쩌랴. 이제 와서 외할아버지 노릇을 하기도 우스웠다.

어차피 저 애는 엘디어의 유일한 공녀인 데다 제 아비를 빼닮았으니 공작이 알아서 잘 키울 터였다.

"얼굴 봤으니 됐다."

대마법사가 애를 내보내라는 뜻으로 손짓을 했다. 공작은 곧바로 공녀를 내보내려 했다. 그 순간이었다. 어린 공녀가 아버지의 손을 뿌리치고 대마법사에게 달려왔다. 아이가 그의 앞에 무릎을 꿇더니 창백한 얼굴로 외쳤다.

"절 데려가 주세요, 외할아버지!"

뜻밖의 사태에 대마법사의 눈이 커졌다. 공작 역시 당황했다. 아리아드네 엘디어는 기도하는 심정으로 대마법사를 올려다보았다.

'이번 기회를 놓치면 다시는 대마법사와 만날 수 없어. 그러니 제발…….'

그녀는 자신이 어떤 세계의 누구로 태어났는지 깨달았을 때부터 이 순간만을 노렸다. '원작'에선 이 순간 '아리아드네'가 겁에 질려 공작의 품에 안겼다.

어린아이들은 어른이 자길 좋아하는지 싫어하는지 금방 알아차린다. 원작의 '아리아드네'가 보기에 외할아버지라는 대마법사는 명백히 자신을 싫어했다.

그건 사실이었지만, 그렇다고 피하는 게 정답은 아니었다. 원작을 아는 그녀는 알고 있었다. 자신을 싫어하는 대마법사가, '아빠'보다는 훨씬 낫다는 사실을.

대마법사에게 눈칫밥을 먹고 구박을 받더라도 엘디어 공작성에서 공작과 함께 사는 것보다는 훨씬 나았다.

'어디든 여기보단 나아.'

아리아드네를 내려다보는 대마법사의 녹색 눈은 유리알 같았다. 무슨 생각을 하고 있는지 모르겠다. 그녀는 간절히 빌었다. 내가 절실하다는 걸, 아빠 앞에선 진실을 말하기 힘들다는 걸, 제발 알아차려 주기를.

'바로 데려가 주는 건 기대도 안 할 테니까, 미심쩍게 여기기라도…….'

"아리아드네! 아빠가 손님들한테 그런 장난 좀 치지 말라고 했지!"

공작이 장난꾸러기를 타이르는 어조로 말하며 손을 뻗었다.

실패인가? 아리아드네는 눈을 질끈 감았다.

"잠깐 기다리게."

대마법사가 공작을 막더니, 그녀에게 물었다.

"혹시 외가에 가 보고 싶은 게냐?"

"……? 아, 네!"

아리아드네는 얼른 고개를 끄덕였다. 그것으로도 모자라 절박하게 애원했다.

"꼭, 꼭 가 보고 싶어요! 꼭이요!"

"그래, 그렇게 가 보고 싶다니, 가 봐야지."

노인이 그녀의 손을 꽉 잡았다. 크고 따스한 손이었다. 대마법사는 빙긋 웃으며 공작에게 말했다.

"그래도 되겠지, 엘디어 공?"

"아, 안 됩니다. 위험합니다!"

"내가 같이 가는데 뭘? 자네 내가 누군지 잊었나?"

"아리아는 글로리아를 닮아 몸이 약해서……."

"글로리아를 키운 게 누군데, 쓸데없는 걱정을 하는구먼."

"……공작가의 하나뿐인 후계자입니다. 공부할 것이 많습니다."

"일곱 살짜리가 뭐 그리 공부할 게 많다고. 애한테는 뛰어노는 것도 공부라네. 여행도 훌륭한 공부고 말이지."

"그럴 수는……."

"손녀가 외가가 궁금하다고 하니, 외할아비 된 도리로서 들어줘야 할 것 아닌가."

"지금까지 한 번도 찾아오신 적 없으면서, 뜬금없이 외할아버지 노릇을 하시려는 겁니까?"

공작이 이를 갈며 눈을 부릅떴다. 대마법사는 어린 공녀가 맞잡은 손에 힘을 주고 바들바들 떠는 것을 알아차렸다. 그는 능청스럽게 대꾸했다.

"그동안 못 했으니 이제라도 해야지. 자네는 나중에 데리러 오게나."

"허락할 수 없습니다. 이건 납치입니……."

"손녀가 외할아비랑 같이 잠깐 외가로 놀러 가겠다는데, 납치?"

"자꾸 이러시면 무력을 행사할 수밖에 없습니다. 아리아드네, 당장 이리 와!"

날카로운 부름에 아리아드네가 움찔했다. 그녀는 저도 모르게 겁에 질린 얼굴로 대마법사를 올려다보았다. 그녀를 흘깃 내려다본 대마법사가 공작을 향해 웃어 보였다.

"무력? 자네 지금 나한테 무력이라고 했나?"

"……."

솔란 가르시아는 '대마법사'였다. 이 시대에 대마법사의 칭호를 받은 건 대륙 전체를 통틀어 그가 유일했다.

이름보다 대마법사라는 칭호로 더 많이 불리며, 그 칭호 자체가 이름이나 다름없어진 자. 왕국 제일의 공작가라 해도 함부로 억류할 수 없는 존재.

엘디어 공작은 붉으락푸르락해진 낯으로 더는 입을 떼지 못했다. 대마법사는 비웃는 투로 덧붙였다.

"엘디어 공, 이걸 진짜 납치라고 생각하면 어디 한번 왕궁에 가서 징징대 보게. 국왕이 뭐라 할지 궁금해지는군."

"……갑자기 아이를 데려가다니, 다들 대마법사님을 비난할 겁니다."

"누가 애를 아주 데려간다고 하던가? 나중에 데리러 오라니까?"

대마법사는 픽 웃고는 아리아드네의 손을 잡아끌었다.

"아가야, 가자꾸나."

그와 함께 거대한 공작성을 벗어나서 마차에 탈 때까지도, 아리아드네는 현실감이 들지 않았다.

곧 그들이 탄 마차의 문이 닫히며 새하얀 엘디어성의 모습이 더는 보이지 않게 되었다.

'정말로 저 지옥에서 벗어나는 거야?'

이렇게 쉽게, 한 번에?

'오늘은…… 관심을 끌기만 해도 성공이라고 생각했는데.'

마차가 출발하며 실내에 미미한 진동이 전해졌다. 그제야 손을 놓은 대마법사가 그녀를 응시했다. 안경을 쓰고 있는데도 노인의 눈빛은 꿰뚫을 듯이 날카로웠다.

그 눈이 부드럽게 휘어졌다.

"자, 이제 왜 그랬는지 말해 보려무나."

대마법사는 결코 친절하고 푸근한 할아버지 같은 인상이 아니었다. 오히려 까다롭고 신경질적이며 괴팍해 보이는 인상이다. 성격도 보이는 그대로에 가까울 터였다. 게다가 그녀를 처음 보았을 때 대놓고 불쾌해했다. 첫눈에 마음에 들지 않는다는 듯이.

'원작에도 분명히 날 꼴도 보기 싫어한다고 쓰여 있었잖아.'

그런데도 왜 그랬는지 묻는 대마법사의 음성이 뜻밖에 부드러웠다. 노인은 상냥하게 보이려 노력하는 듯한 미소를 지으며 그녀를 얼렀다.

"뭐가 그리 무서웠느냐, 응? 처음 보는 할아비한테 매달릴 만큼."

"……."

"이제 괜찮으니 얘기해 보렴, 아가."

"흐윽……."

바로 데려와 준 것도 믿기지 않는데 예상치 못한 다정한 물음까지 들으니, 기묘하게 안심이 되면서 긴장이 풀려서.

"흐어어엉……."

그만 울음부터 터져 버렸다.

'울면 안 되는데!'

대마법사는 방금 꽤 무리수를 뒀다. 아무리 대마법사라지만 엘디어 공작을 정면으로 무시하는 건 부담스러운 짓이었다.

그러니까 설명부터 해야 하는데. 설명하고 설득하고 거래할 준비를 다 해 놨는데. 몸이 어린애라서 그런가, 눈물이 멈추지가 않았다.

'울 때가 아니야. 멈추라고, 울지 마! ……이거 왜 안 멈춰?'

아리아드네는 끅끅거리며 손으로 입을 막았다. 울음을 삼키려 애를 썼다.

"아이고, 이런."

대마법사가 혀를 차더니 제 입을 막은 그녀의 손을 떼어 냈다.

"울고 싶으면 울어야지, 어린 것이 뭘 참으려고 이렇게 용을 쓰누……."

큰 손이 말리기는커녕 부추기듯 등을 천천히 토닥였다. 결국 아리아드네는 대마법사의 로브 자락을 푹 적실 때까지 울음을 그치지 못했다.

1

7살

아리아드네 엘디어.

엘디어 공작가의 공녀.

소설이 시작하기 전에 사망하는 단역.

그녀가 자신이 타고난 그 운명을 깨달은 건 7살 때였다.

그날 저녁에도 아리아드네는 혼자 식사를 하고 있었다. 공작은 원래 딸과 함께 식사하지 않았고, 공작 부인은 여행을 떠난 상태였다.

'엄마 보고 싶어.'

공작성에서 아리아드네가 마음 편히 웃을 수 있는 건 엄마 곁에 있을 때뿐이었다.

더 어렸을 땐 유모도 있었고, 다정한 하녀들도 있었는데 어느 순간 다 사라져 버렸다. 지금 있는 이들은 모두 그녀에게 냉담했다. 아리아드네가 웃어도 마주 웃어 주는 사람이 아무도 없었다.

엄마 외에는 아무도.

"좀 더 빨리 드시는 게 좋겠습니다."

공녀가 식사하는 것을 지켜보고 있던 하녀가 시계를 확인하고는 말했다. 아리아드네는 저녁을 먹고 나면 공부방으로 가야 했다. 그녀의 공부방은 성의 북쪽 탑 꼭대기에 있었다. 공부방으로 바뀌기 전에는 신분이 귀한 죄수를 가두는 감옥이었던 곳이다.

'가기 싫어.'

저녁을 깨작거리며 최대한 시간을 늦춰 보려 했지만, 소용없는 짓이었다.

"시간이 되었습니다, 공녀님."

"아, 아직 덜 먹었어……."

아리아드네의 항변은 의미가 없었다. 하녀들은 작은 손에서 스푼을 빼앗고 접시를 치웠다. 그녀는 하녀들에게 이끌려 공부방으로 향했다. 공부방에는 늘 혼자 들어갔다.

"열심히 공부하셔야 합니다."

하녀의 엄중한 말과 함께 두꺼운 철문이 닫혔다.

아리아드네는 우울하게 방 안을 둘러보았다. 색색의 액체가 담긴 유리병이 나란히 있는 찬장. 두꺼운 책이 가득 꽂힌 책장. 벽난로 앞에는 소파가, 그 뒤로는 종이와 책과 각종 도구가 놓인 넓은 책상이 있다. 그리고 방 중앙에는 흰 천이 깔린 작은 의자가 있었다. 그 의자가 그녀가 공부하는 자리였다.

그녀는 겁에 질린 눈으로 의자를 보다가 창가로 다가갔다. 탑 꼭대기의 방. 창문은 까마득하게 높았다. 하늘이라도 날지 않는 이상 여기에서 벗어날 방법은 없었다. 아리아드네는 멍하니 아득한 아래를 보았다.

여기서 뛰어내리면 공부를 하지 않아도 될까?

"……엄마는 이런 수업 받을 필요 없다고 했었는데."

공작이 손수 가르치는 '특별 수업'이 시작된 뒤로, 아리아드네는 격리되었다. 공작이 정한 자들 외에는 공작 부인조차 공녀와 만날 수 없었다. 특별 수업이 엘디어의 후계자만을 위한 비밀스러운 교육이라는 이유였다.

공작가에서 공작의 명은 절대적이었다. 아리아드네는 한동안 엄마를 만나지 못했다.

그러던 어느 날, 공작 부인이 공부방에 강제로 밀고 들어왔다. 그리고 딸이 받고 있던 특별 수업을 두 눈으로 확인했다. 그녀는 경악했다. 당장 딸을 데리고 나와 두 번 다시 공부방으로 보내지 않았다.

"저 이제 공부 안 해도 돼요? 아빠는 꼭 해야 한다고 했는데."

"그런 건 공부가 아니야, 아리아. 엄마가, 다시는 그런 일을 겪지 않게 해줄게. 엄마가 미안해……."

글로리아는 아리아드네를 끌어안고 펑펑 울었었다.

그날 이후 특별 수업 문제로 공작과 공작 부인은 계속 다퉜다. 그리고 얼마 지나지 않아, 공작 부인은 엘디어성을 떠나게 되었다.

중단되었던 특별 수업은 공작 부인이 떠난 다음 날부터 다시 시작되었다. 아빠는 아리아드네에게 엄마가 좀 긴 여행을 떠났다고만 했다.

그게 벌써 석 달 전의 일이다.

'엄만 나한텐 인사도 안 하고 가서 이렇게 오래오래 안 오고.'

혹시 엄마가 날 버리고 간 거면 어쩌지. 영영 안 돌아오면 어떡해.

상상만 해도 눈물이 났다. 아리아드네는 창문에 매달린 채 팔에 고개를 파묻고 훌쩍거렸다.

그러다 갑자기 무언가가 팔뚝을 간질였다.

"응?"

고개를 들어 보니 나팔꽃 덩굴이었다. 지상에서부터 탑을 타고 올라온 덩굴이 창틀에 매달려 있었다. 연한 보라색의 길쭉한 꽃이 저절로 움직이며 그녀의 팔을 살포시 건드렸다.

아리아드네는 이런 나팔꽃 덩굴에 익숙했다.

"……엄마?"

글로리아는 정령사였다. 실제 전투에 나설 정도로 강한 정령사는 아니었지만, 식물은 쉽사리 다루곤 했다. 나팔꽃 덩굴로 신호를 보내는 건 그녀의 특기이자 취미였다.

아리아드네는 종종 잠을 자다가 나팔꽃이 뺨을 간질이는 감각에 깨어나곤 했었다. 꾸벅꾸벅 졸면서 꽃줄기에 이끌려 걸으면 엄마의 온실이 나왔다.

햇빛이 쏟아지는 온실 안, 아침이 차려진 테이블에 앉아 기다리던 엄마의 모습. 엄마가 환하게 웃으며 손짓하면, 나팔꽃 덩굴이 잠이 덜 깬 그녀를 휘감고 지탱하며 테이블로 안내했다.

꽃과 나무에 파묻혀 엄마와 함께하는 아침은 향기로웠다. 그 향기로 서서히 머리가 맑아지는 기분은 무척 상쾌했다. 아리아드네는 그런 아침을 무척 좋아했었다.

"돌아오신 거예요, 엄마? 여행 끝났어요?"

그녀는 반갑게 나팔꽃 덩굴을 쥐었다. 줄기가 스르륵 움직이며 그녀의 팔을 휘감고 잡아당겼다.

창밖, 탑 아래로.

"내려오라고요? 하지만 공부방에서 나가면 안 되는데……. 곧 아빠가 와요."

고개를 저어도 나팔꽃은 막무가내였다. 까마득한 탑 아래로 자꾸만 잡아당긴다.

"떠, 떨어지겠어요……."

겁에 질린 아리아드네가 창틀을 붙잡고 버티자, 나팔꽃 덩굴이 몇 개 더 튀어나왔다. 그것들이 부드럽지만 단호하게 그녀를 창 아래로 떠밀었다.

"아!"

그 힘을 못 이겨 결국 창밖으로 그녀의 몸이 휘청 기울었다. 추락하지는 않았다. 덩굴들이 곧바로 모여들어 그녀를 단단히 붙잡아 주었다. 그러곤 그대로 탑 아래로 데려가려 했다.

"엄마……?"

"아리아드네!"

어느새 들어온 공작이 창밖에 매달린 그녀를 보고 대경하더니 달려왔다.

"아빠?"

그는 곧바로 칼을 뽑아 덩굴들을 잘라 내고 딸을 빼앗았다. 잘린 나팔꽃 덩굴들이 가냘프게 흔들렸다. 꽃송이들이 아리아드네를 바라보았다. 줄기 끝이 창턱을 기며 그녀에게 다가오려 애썼다.

아리아드네는 그 모습이 어쩐지 애달프게 보였다. 엄마가 간절히 손을 내미는 것만 같아서, 덩굴로 손을 뻗었다.

공작이 그런 그녀를 잡아채어 안고는 창문을 쾅 닫았다.

"……설마, 이 정도의 힘이 남아 있었을 줄이야."

"아빠, 엄마가……."

"아리아, 저건 엄마의 나팔꽃이 아니란다. 엄마는 여행 중이잖니."

"하지만."

"아빠가 아니라고 했지. 네 착각이다."

엘디어 공작은 그녀를 의자 쪽으로 떠밀며 커튼을 닫았다.

"자, 공부할 시간이다."

아리아드네는 커튼이 완전히 닫히기 직전, 유리창에 매달려 있던 나팔꽃들이 일제히 시드는 것을 보았다. 오므라든 꽃송이들이 뚝뚝 떨어지고 잎사귀들이 부스러져 흩날렸다.

스러지는 나팔꽃 덩굴이 어쩐지 엄마처럼 느껴졌다. 가슴 안쪽이 덜컥 무너졌다. 그녀는 저도 모르게 울먹이며 아빠에게 물었다.

"아빠, 엄마는요? 언제 돌아오세요?"

"……."

"혹시 아파서 못 오고 계신 건 아니죠? 엄마한테 가 보면 안 돼요?"

그녀가 보채자 공작이 묘한 눈으로 내려다보았다.

"……오늘 공부를 잘 마치면 엄마 소식을 알려 주마, 아리아드네."

"정말요?"

"그럼. 네가 아주 잘하면 엄마를 보러 가게 될 수도 있고."

"여, 열심히 할게요. 저 잘 참을 수 있어요."

"그래, 힘내자꾸나."

공작은 상냥하게 웃으며 아리아드네를 전이 질긴 의자에 앉혔다. 그 의자 손잡이에는 족쇄가 달려 있었다. 그는 익숙하게 딸의 소매를 걷어 올리고 팔을 족쇄로 고정했다. 드러난 여린 팔뚝에 벌건 상처가 가득했다. 날카로운 것으로 긋고 후벼서 덧난 상처들.

공작은 무심하게 그녀의 팔에서 상처가 덜한 곳을 찾았다.

"입 벌리렴."

그리고 아리아드네의 입에 수건을 물렸다.

"시작하마."

공작이 상처투성이의 팔뚝 위에 단검으로 새로운 상처를 냈다. 그녀는 고통에 반사적으로 움찔거렸지만, 족쇄에 묶여 있어 벗어나진 못했다.

"움직이면 위험하다고 몇 번이나 말했지? 잘 참는다더니."

공작이 엄하게 속삭였다. 아리아드네는 수건을 깨물며 고통을 참았다.

"그래, 그렇게 참아야지."

공작은 이어 상아로 만든 커다란 주사기를 꺼냈다. 바늘이 굵어 피부를 절개해야만 꽂을 수 있는 주사기였다. 그는 딸의 팔뚝에 낸 상처 속에 주사기를 꽂고 금빛 액체를 주입했다.

아리아드네의 온몸이 덜덜 떨리기 시작했다. 혈관을 따라 번개가 흐르는 것 같았다. 식은땀이 송골송골 맺혔다.

"평소보다 많이 넣었는데 무난히 버티는구나. 아리아드네, 잘하고 있다."

공작이 짐짓 다정하게 그녀의 머리를 쓰다듬고는, 장갑을 꼈다. 마법진으로 봉해진 상자를 열고, 긴 집게로 그 안에 있는 작은 유리병을 꺼냈다. 유리병 안에서 불길한 검붉은 액체가 찰랑거렸다.

아리아드네는 열이 오르는 머리로 아빠가 다른 주사기에 그 액체를 담는 것을 지켜보았다.

"슬슬 진도를 나가자. 이 정도 양은 이제 괜찮겠지?"

그가 웃으며 다가왔다.

'싫어. 무서워. 하기 싫어.'

처음 맞은 금빛 액체, 아빠가 '엘릭서'라 부르는 주사는 그래도 견딜 만했다. 어지럽고 뜨거워도 참을 만한 아픔이었다.

그러나 두 번째로 맞게 되는 '오염수'는 달랐다. 그건 지독하게 아팠다. 도저히 참을 수가 없었다. 처음 오염수를 맞았을 때는 피를 토하고 기절해서 며칠을 앓았다. 그 뒤로도 검붉은 물이 몸에 스며들 때마다 정신을 잃었다.

아빠는 매번 혀를 차며 그녀에게 말했다.

"이것도 못 버티면 나중엔 어떡하려고? 아빠는 우리 딸이 정말 착하고 똑똑한 아이라고 생각했는데, 진도가 너무 느리구나. 좀 더 노력하렴."

그녀가 기절하지 않고 버틸 수 있게 된 건 그런 짓을 몇 달이나 반복한 뒤였다.

그러자 공작은 검붉은 물의 양을 늘렸다. 늘어난 오염수의 양에도 버틸 수 있게 되기까지 반년이 넘게 걸렸다. 얼마 전에 겨우 익숙해졌다. 그런데 또 양을 늘린다니. 아리아드네는 하얗게 질렸다.

"무섭니?"

공작이 벌벌 떠는 딸의 뺨을 쓰다듬었다.

"무서워하지 말렴. 아빠가 너한테 위험한 일을 할 리가 없잖아. 아빠는 널 무척 사랑한단다."

다정하고 달콤한 목소리였다. 그녀는 눈을 감았다.

"그렇지, 그렇게 참아야 착한 아이지."

팔뚝의 상처로 굵은 주사기가 파고들었다. 아파서 눈물이 찔끔 났지만, 이 정도 통증은 별것 아니었다. 몸에 스며드는 오염수에 비하면 말이다.

"……!"

일순 눈앞이 새하얗게 변했다가 새까맣게 물들어 갔다. 아리아드네가 몸부림치자 공작은 장갑을 낀 손으로 딸을 붙들었다. 그녀의 입을 막고 있던 수건이 새빨갛게 물들더니 툭 떨어졌다.

"아아악!"

피와 비명이 입 밖으로 흘러넘쳤다. 의자를 덮은 흰 천이 벌겋게 물들어 갔다.

"쯧, 예상보다 못 버티는군……. 엘릭서를 늘려 볼까."

공작은 피를 토해 내는 아이 앞에서 한숨을 쉬고는 금빛 액체가 든 주사기를 다시 가져왔다.

"엄마 소식을 알고 싶으면 힘내야지, 딸아."

금빛 액체가 더 대량으로 주사되었다. 머릿속이 녹아내리는 것처럼 뜨거워진다. 빙글빙글, 시야 가득 금빛과 검붉은 빛이 돌아간다. 목이 졸리는 것처럼 숨이 막힌다.

아리아드네는 그대로 정신을 잃었다.

그녀는 어둠 속에 한참을 누워 있었다. 그러다 불현듯 깨달았다.

아, 이건 꿈이구나. 난 꿈을 꾸고 있어.

꿈인 걸 알아차렸는데 꿈에서 깨어나지지가 않았다. 그래서 그녀는 계속 생각했다.

내 이름은 뭐였지?

'나는 아리아드네 엘디어. 올해로 일곱 살.'

엘디어성에서 태어나 자란 7년의 기억.

그것뿐이어야 할 텐데, 다른 삶의 기억들이 머릿속에 맴돌았다. 마법 대신 과학이, 정령 대신 기계가 있던 곳. 이곳과는 명백히 다른 세계에서 살았던 28년의 기억.

'이 기억들은 대체 뭐야?'

그녀는 아무것도 없는 어둠을 올려다보며 생각을 거듭했다. 이질적인 기억들이 정리되며 자리를 잡는다.

아리아드네는 서서히 깨달았다.

'이건, 내 전생의 기억들이야.'

그 순간, 장막이 걷히듯 어둠이 사라지며 주변의 풍경이 바뀌었다.

"……!"

황금으로 만들어진 책장이 바닥부터 천장까지 꽉 채우고 있는 방의 풍경. 바닥은 투명한 유리, 천장과 벽도 똑같은 재질. 그리고 그 유리 벽과 유리 천장 너머로는 그녀가 있는 방과 비슷한 방들이 가득했다.

위에도, 아래에도, 옆에도 끝없이 이어져 있는 황금 책장의 서재들. 책장에 가지런히 꽂혀 있는 책들은 모두 제목이 쓰여 있지 않았다.

'여긴 어디지? 도서관?'

묘하게 익숙한 풍경이었다. 이 이상한 곳에 여러 번 와 본 것처럼.

와 본 것처럼?

'……맞아, 난 여기에 와 봤었어. 몇 번이나.'

아주 어릴 때부터 종종 이런 꿈을 꾸었던 것 같다. 유리로 된 방들이 끝없이 이어진 도서관. 제목 없는 책들로 가득한 황금 책장.

'몇 번이나 봤지만, 보기만 할 뿐 안에서 움직일 수는 없었는데.'

지금은 움직여진다.

왜일까? 이번에는 꿈이 아니라 진짜인 걸까?

아니면, 전생의 기억을 떠올렸기 때문일까?

아리아드네는 책장으로 다가가 제일 아래 칸에 있는 책을 하나 꺼내 보았다. 몇 장 넘겨 보기도 전에 무슨 책인지 알아차렸다.

"동화책이잖아."

전생의 어린 시절에 재미있게 봤던 동화책이었다. 내려놓고, 옆에 있는 다른 책을 뽑아 보았다.

"이것도 봤던 동화책."

이번에는 아예 다른 칸에 있는 책을 꺼냈다.

"왜 다 옛날에 본 동화책이지?"

낮은 칸들만 이런 걸까? 높은 칸의 책은?

폴짝거려 봤지만 어림도 없었다. 또래보다도 작은 7살짜리의 키로는 도저히 닿지 않는 높이였다. 결국 아래 칸의 책을 뽑아 차곡차곡 쌓아 올렸다.

아리아드네는 책들로 만든 계단을 낑낑거리며 올라가 가장 위 칸에 손을 뻗었다. 아무거나 한 권을 꺼냈다.

"……시집이네?"

그건 전생에 본 시가 포함된 시집이었다.

'동화책에 이어 시집이라니? 이 책장은 대체…… 설마?'

그녀는 책장을 오르내리며 닥치는 대로 책을 뽑아 보기 시작했다.

"추리 소설, 역사, 수필집, 로맨스 소설, 과학, 자기 계발서, 심리학……."

무작위로 뽑아 본 책들이 죄다 전생에 읽어 본 책들이었다.

'이건 신문 기사 모음이잖아? 인터넷에서 봤던 기사까지 있네.'

그렇게 수십 권을 꺼내 보고 나니 확신할 수밖에 없었다. 이 책장은 그녀가 전생에 인상 깊게 읽었던 글들로 채워져 있었다.

시간 가는 줄 모르고 재밌게 본 글들, 감탄하거나 분개했던 글들, 울었던 글들, 웃었던 글들, 충격적이었던 글들, 좋아했던 글들.

어떤 식으로든 자신의 전생에 흔적을 남겼고, 그렇게 그녀의 일부가 되었던 글들이 책장을 이루고 있었다. 여기가 어떤 곳인지 어렴풋이 알 것 같았다.

'내 전생의 서재…… 같은 거네.'

손끝으로 책장을 쓸었다. 나란히 꽂힌 책등의 감촉이 좋았다.

'신기한 꿈이야.'

왜 이런 꿈을 꾸게 되었는지는 모르겠지만, 기분 좋은 꿈이니 상관없지 않을까. 아리아드네는 살짝 웃었다.

'여기에 또 올 수 있을까? 다시 보고 싶은 책이 많은데.'

같은 꿈을 또 꾸려면 어떻게 해야 하지?

'그러고 보니 내가 이 꿈을 꾸기 전에 뭘 하고 있었더라.'

기억이 잘 나지 않았다. 어쩐지 떠올리기 싫은 기분이었다. 끙끙거리던 그녀의 눈에 특이한 책들이 보였다.

'다른 책들은 다 양장본인데, 왜 얘들은 아니지?'

가죽 장정이나 하드커버 책들 사이에 얇은 표지의 보통 책들이 줄지어 있으니 눈에 띄었다. 자세히 보니 책등에 아무것도 없는 다른 책들과 다르게 숫자도 쓰여 있었다. 1부터 10까지.

장편 소설인가? 아리아드네는 고개를 갸우뚱했다.

'열 권이나 되네. 전생에 이렇게 긴 소설도 봤었던가?'

첫 권을 꺼내 펼쳐 보았다. 회귀 판타지 소설이었다. 과거로 돌아가는 능력이 있는 주인공 '악셀 발렌타인'이, 마계의 침공으로 멸망해 가는 세계를 구하기 위해 노력하는 이야기.

'줄거리가 기억나는 걸 보면 이것도 전생에 본 책인 게 확실한데…… 왜 어디서 어떻게 읽었는지는 기억이 안 나지?'

의아하게 책장을 넘겼다. 대충 페이지를 훑던 그녀의 눈길이 한곳에 못 박혔다.

"엘디어."

아리아드네는 자신이 본 문장을 소리 내어 천천히 다시 읽었다.

"엘디어 공작은 직접 개발한 엘릭서를 이용해 엄청난 부를 쌓았다."

엘디어. 엘릭서.

돌연 등줄기에 소름이 돋았다. 그녀는 그 뒷부분을 건너뛰어 가며 빠르게 훑었다.

-엘릭서는 오염과의 전쟁에서 인류를 구원한 물약이었다.

-엘릭서 확보를 위해서라면 공작의 발이라도 핥을 기세인 자들이 많았다. 국왕조차 공작의 눈치를 보았다.

-공작이 돈을 둘 곳이 없어서 성내의 호수에 금화를 부었더니, 호수가 금화로 가득 차서 산으로 바뀌었다는 우스갯소리까지 돌 정도였다.

-그러나 악셀 발렌타인이 엘디어 공작령으로 향한 것은 엘릭서 때문이 아니었다.

-그는 입수한 정보가 사실인지 직접 확인하기 위해 엘디어로 향했다.

"설마, 아니겠지?"

아리아드네는 떨리는 목소리로 중얼거렸다. 책장을 넘기는 손길이 점점 빨라졌다.

-프란츠 엘디어 공작에게는 자식이 둘 있었다.

16세라는 어린 나이에 죽은 친딸, 아리아드네 엘디어.

그리고 방계에서 데려온 양녀, 헬레네 엘디어.

-헬레네는 천재 정령사로 이름을 날리는 중이었다.

-악셀이 얻은 정보는 헬레네가 쓰는 정령술이 실은 본인의 능력이 아니라는 내용이었다.

공작이 만든 특별한 아이템 덕분에 정령사도 아닌 사람이 정령사 노릇을 하고 있다고.

'정령사의 영혼을 이용해 정령술을 쓸 수 있게 해 주는 아이템이라.'

무능력자도 천재 정령사란 소리를 듣게 만들어 주는 아이템.

이 정보가 사실이라면 악셀은 그것을 반드시 손에 넣어야만 했다.

열 권을 쉬지 않고 읽어 내렸다. 어렴풋이 기억나는 부분들이 있어 빠르게 읽을 수 있었다.

마지막 장을 덮은 뒤, 아리아드네는 펼쳐진 책들 사이에 아무렇게나 드러누웠다. 유리 천장 위로 끝없이 쌓인 황금 책장의 벽들이 아득하게 보였다.

'이름만 같은 게 아니야.'

그대로 한참을 우두커니 있던 그녀는 길게 한숨을 내쉬었다.

인정할 수밖에 없었다. 자신이 태어나 자란 세계가, 방금 본 소설 속 세계와 똑같다는 사실을. 그리고 자신이 소설 속 '아리아드네 엘디어'로 태어났다는 사실을.

아리아드네는 침착하게 생각했다.

'망했네.'

망했다. 그것도 아주 세계 단위로 망했다.

'이 소설, 배드 엔딩인데.'

이 열 권짜리 판타지 소설의 결말은, 주인공의 실패와 세계 멸망이었다.

'먼치킨 주인공이 회귀를 반복하면서 구르고 구르는데…… 결말이 이따위라니.'

내용은 기억나는데 읽었던 기억이 안 나는 이유를 알 것 같았다. 전생의 자신은 결말이 너무 싫어서 이 소설을 읽은 기억 자체를 잊어버리고 싶었던 게 틀림없었다. 그럼에도 이게 전생의 서재에 한자리를 차지하고 있는 이유는, 그 잊고 싶을 만큼 충격적인 결말 때문일 거고.

'회귀 자체가 함정이라서 회귀하면 무조건 실패할 수밖에 없는 구조라니.'

처음 회귀한 순간부터 배드 엔딩이 결정되어 버린 주인공. 그는 제 운명도 모르고 수없이 죽음을 반복하며 세상을 구하려고 발버둥 친다.

'뭐 이딴 게 다 있어. 주인공의 그 고생이 전부 아무 의미가 없었다고? 너무하네, 진짜.'

최후의 순간, 드디어 성공했다는 희열에 찬 순간, 주인공은 지금까지 자신이 한 노력이 결국 세계를 멸망시키는 과정의 일부였음을 알게 된다. 절망한 주인공이 아무것도 남지 않은 세상을 보며 미친 듯이 웃어 대는 게 마지막 장면이었다.

'복선은 있었어. 그래, 복선이 있긴 했는데, 아무리 그래도 이런 식으로 뒤통수를 치는 허무한 결말이 어딨어.'

생각할수록 화가 치민다. 아리아드네는 허공을 노려보다가 손등으로 눈 위를 덮었다.

'……지금 주인공 동정할 때가 아니지. 당장 내가 문제인데.'

이딴 소설 속 인물로 태어난 것도 어이가 없는데 하필 '아리아드네 엘디어'라니. 원작대로면 그녀는 16살이 될 때까지 아버지에게 인체 실험을 당하며 살아야 했다.

그 소름 끼치는 세월을 버텨 봤자 기다리는 건 죽음뿐. 죽은 뒤에도 영혼이 뽑혀 아이템이 되는 운명.

'최악이야.'

아리아드네는 오른팔을 들어 올려 소매를 걷고 팔뚝을 확인했다. 흉측할 정도로 상처투성이인 팔. 비로소, 자신이 이 꿈을 꾸기 전에 어떤 상황이었는지가 떠오른다.

상처의 통증 정도는 느껴지지도 않을 정도로 압도적인 '오염'의 고통. 그 고통을 떠올리는 것만으로도 식은땀이 흐르며 눈물이 고였다.

"우웩."

아리아드네는 몸을 웅크리고 헛구역질을 했다.

전생의 기억이 살아나기 전에는 자신의 상황이 얼마나 심각한지 잘 몰랐다. 어렸으니까. 정상적인 아빠가 어떤 건지, 그녀를 바라보는 엄마가 어떤 심정일지 몰랐으니까. 그저 아빠한테 칭찬을 듣고 싶은, 아빠가 자신을 사랑한다고 믿고 싶은 어린애였으니까.

그래서 아빠의 말을 믿었다. 더 잘 견디려 노력했다.

하지만 전생을 떠올린 지금은 확실히 알 수 있다. 전생의 그녀는 대학을 졸업하고 직장을 다니던 성인이었다. 뭐가 정상인지 정도는 아주 잘 안다.

'특별 수업은 무슨.'

꼭 필요한 수업이라고? 널 위한 거라고? 사랑한다고?

역겨워.

아리아드네는 덜덜 떨리는 손을 힘주어 움켜쥐었다. 자신이 당하던 건 고문에 가까운 인체 실험이었다.

'이런 짓을 당하면서 살다간 얼마 못 가서 정신이 나갈 거야.'

소설 속 아리아드네 엘디어는 고작 16살에 죽었다. 살해당한 건지 인체 실험의 부작용으로 죽은 건지는 나와 있지 않지만, 어느 쪽이든 공작이 원인인 건 명백했다.

'그렇게 죽고 싶지 않아.'

어떻게 이런 일이, 대체 왜, 하필 내가, 같은 영양가 없는 상념에 빠질 여유는 없었다. 살아남을 방법부터 찾아야만 했다. 살고 싶었다. 그녀를 구하려 애쓰던 엄마를 위해서라도.

'엄마…….'

닫힌 창밖에서 시들어 떨어지던 나팔꽃들이 떠올랐다. 소설에서도 공작 부인은 이른 나이에 죽었다. 구체적인 시기는 나오지 않으나, 정황상 이즈음이 맞을 것이다.

'역시 돌아가신 거구나.'

엄마는 건강한 편은 아니었다. 하지만 그냥 몸이 약할 뿐, 따로 지병이 있진 않았다.

특별 수업 문제로 공작과 계속 다투던 것과, 딸인 자신에게 인사조차 없이 급작스럽게 여행을 떠났다는 것, 그리고 나팔꽃 덩굴들로부터 그녀를 떼어 내던 공작의 태도.

'아빠가 엄마를 죽인 거야?'

직감적으로 떠오른 의심이었다. 원작에는 전혀 나오지 않는 부분이었고 아무런 증거도 없지만, 그녀는 의심할 수밖에 없었다.

전생의 기억을, 이 세계가 소설 속이라는 걸 조금 더 빨리 깨달았다면 엄마를 구할 수 있었을까?

'이미 늦었어.'

아리아드네는 멍하니 허공을 바라보다가 입술을 깨물었다.

만약을 가정하며 절망에 빠지는 건 의미 없는 일이었다. 이미 늦었고, 자신은 너무 어렸다. 지금으로서는 그녀 자신의 목숨조차 지킬 힘이 없다. 살아남기도 바쁜 동안에는 묻어 둘 수밖에 없는 의심이었다.

그럼에도 불구하고.

'정말 그자가 엄마를 죽인 거라면.'

허공을 보는 그녀의 눈동자 속에 새파란 불길이 켜졌다.

정말 그런 거라면, 언젠가 내 손으로 죽여 버릴 거야.

'프란츠 엘디어.'

더는 아빠라고 부르고 싶지 않았다. 원작대로 흘러가게 둘 수 없었다. 그녀의 삶도, 세계가 멸망하는 결말도.

'반드시 살아남겠어.'

살아서, 힘을 키우고, 진실을 밝혀내겠다.

그러고 난 다음에는 그 힘으로 이 빌어먹을 소설의 결말을 바꿔 버릴 것이다.

아리아드네는 눈물이 고여 흐릿해진 눈가를 문질러 닦았다.

'일단 공작으로부터 도망쳐야 하는데.'

스스로의 힘으로 도망치는 건 무리였다. 그녀는 7살에 불과했다. 공작의 손아귀에서 홀로 벗어나기엔 너무 어리고 무력했다.

아리아드네는 여기저기 펼쳐 놓은 책들로 눈을 돌렸다.

'이 안에 단서가 있지 않을까.'

원작의 '아리아드네 엘디어'는 소설 시작 전에 이미 죽은 등장인물이지만, 그녀를 이용해 만들어진 아이템인 '글라무스'는 소설에서 계속 나왔다. 주인공이 정령술을 쓸 수 있게 해 주는 중요한 도구였으므로.

덕분에 짧은 언급 수준이긴 해도 '아리아드네 엘디어'와 관련된 서술이 종종 나오곤 했다.

'보호자가 필요해. 내가 자랄 때까지 지켜 줄 사람.'

그녀는 한동안 뒤적거린 끝에 쓸 만한 정보를 찾아냈다.

'대마법사, 솔란 가르시아.'

엘디어 공작의 권력에 좌우되지 않으면서, 핏줄을 따져 보면 그녀의 외할아버지가 되는 사람.

'원작에서 딱 한 번, 대마법사가 나를 만난 적이 있어.'

그는 글로리아가 죽었다는 소식을 뒤늦게 듣고 엘디어로 찾아온다. 그리고 처음으로 제 외손녀의 얼굴을 보게 된다.

죽은 딸과 하나도 닮지 않은 손녀.

대마법사는 아리아드네를 보자마자 불쾌해하고, 그대로 돌아가서 두 번 다시 그녀를 찾지 않는다.

'이 기회를 반드시 잡아야 해.'

그녀를 손녀로 여기기는커녕 꼴도 보기 싫어하는 외할아버지라 해도 최소한 프란츠 엘디어 공작보다는 낫다.

'게다가 나한테는 대마법사와 거래할 만한 것들이 많아.'

쓸 만한 정보들도 많지만 가장 유용한 건 역시 엘릭서였다. 대마법사라면, 아니, 이 세계의 사람이라면 관심이 없을 수가 없는 물건이다.

이 세계는 마계에서 비롯된 오염 때문에 서서히 멸망하는 중이었다. 이런 상황에서 오염을 치료해 주는 물약인 엘릭서는 대체 불가능할 정도로 중요했다.

엘릭서의 개발이 끝나면 엘디어 공작은 손쓸 수 없는 거물이 된다. 그러나 특별한 실험체인 아리아드네가 없으면 공작은 엘릭서를 완성하지 못한다.

'제조법은 소설에 다 나오니, 재료만 있으면 내가 엘릭서를 만들 수 있어. 공작은 나 없이는 못 만들고.'

엘릭서의 재료는 대마법사라면 충분히 구할 수 있는 것들이다.

'엘릭서를 만들어 주는 조건으로 대마법사와 거래를 하면 돼.'

그러려면 우선 대마법사와 단둘이 대화를 나눌 자리를 만들어야 했다. 그것도 어렵겠지만 대마법사를 설득하는 건 더 어려울 것이다. 무슨 말을 하든 어린아이의 헛소리로 들릴 테니.

'어차피 대마법사가 바로 날 구해 줄 리는 없어. 일단 어떻게든 관심을 끄는 것을 목표로 하지.'

도박에 가까운 짓이었다. 그래도 살길이 보였다.

'우선 내가 공작을 좋아하지 않는다는 걸 드러내서 관심을 끈

다음…… 단둘이 되면, 공부방에서 빼돌린 엘릭서로 내가 오염을 치료하는 모습을 보여 주고…….'

아리아드네는 소설을 뒤적이며 구체적인 계획을 짜기 시작했다. 그렇게 골몰해 있느라 서재에 다른 누군가가 나타난 것을 전혀 알아차리지 못했다.

"아!"

투둑, 하고 두꺼운 책이 떨어져 구르는 소리와 자그마한 비명이 들리기 전까지는.

화들짝 놀라 고개를 든 아리아드네는 황금빛 눈동자와 시선이 마주쳤다.

"……?"

기껏해야 대여섯 살쯤 되었을 법한 어린아이였다. 솜털 같은 하얀 머리카락에 머리카락만큼이나 흰 피부. 낙낙한 천을 둘둘 감아 대충 걸친 듯한 차림새.

그 아이는 품에 책들을 안고 다른 손으로 책장에 책을 꽂고 있었다. 그러다 실수로 한 권을 떨어뜨린 듯했다.

아리아드네는 자신이 계단을 만들기 위해 마구잡이로 뽑아 쌓아 놨던 책들이 대부분 사라진 것을 깨달았다.

"히끅."

그녀가 멀거니 보고만 있자, 아이가 딸꾹질을 했다.

물음표 수십 개가 그녀의 입안에 차올랐다.

'여긴 내 전생의 서재 아니었어? 내 꿈이잖아? 어떻게 다른 사람이 있을 수가 있지? 저 앤 정체가 뭐야? 근데 설마 재 지금 내가 꺼내 놓은 책들 정리하고 있는 거야?'

"너, 누구야? 여긴 어떻게 들어왔어?"

날카롭게 묻자 아이가 하얗게 질리더니 책을 안고 울먹거렸다.

"흐이잉……."

눈물이 그렁그렁해져서 겁에 질려 바들바들 떠는 게 어린 토끼 같았다. 아리아드네는 당황해서 손을 내저었다.

"저기, 나 화내는 거 아니야. 울지 말고. 난 그냥 네가 누군지 알고 싶을 뿐이야."

최대한 부드럽게 말했다. 효과가 있었는지 아이가 훌쩍거리며 그녀의 눈치를 보았다. 그녀는 일부러 미소를 지었다.

"난 아리아드네야. 너는 이름이 뭐니?"

아이는 눈물이 그렁그렁한 눈으로 고개를 갸웃하더니 그녀의 발음을 따라 했다.

"알고, 싶을, 뿐. 아리아드네. 이름."

"응?"

"이름. 이름?"

뭐라 대답하려던 찰나, 조명을 끈 것처럼 시야가 확 어두워졌다.

눈이 번쩍 떠졌다. 아리아드네는 공부방 구석의 침대에 누워 있었다. 공작은 그녀가 특별 수업 중에 기절하면 이 침대에 눕혀 놓곤 했다.

"윽!"

정신을 차린 것과 동시에 전신을 뒤덮는 고통과 열기. 실험의 후유증이었다. 매번 겪는 아픔인데도 익숙해지지가 않았다.

"흐으으……."

그녀는 흐느낌과 뒤섞인 신음을 흘리며 이불을 움켜쥐었다.

'꿈속에선 안 아팠는데.'

황금 책장이 있는 서재의 꿈. 그건 꿈이었지만 한편으로는 현실이었다. 자신이 전생을 여전히 기억하고 있다는 점이 무엇보다 확실한 증거였다.

'아파. 괴로워…….'

그녀는 무의식적으로 옆을 보았다. 주위엔 아무도 없었다. 프란츠 엘디어는 딸의 곁을 지키거나 간호한 적이 단 한 번도 없다. 아리아드네는 언제나 고통 속에서 혼자 깨어나곤 했다.

"으, 아, 엄마, 엄마아……."

너무 아파서 저절로 울음이 나왔다. 그녀는 저도 모르게 엄마를 찾았다. 엄마가 이제 없다는 것을 알면서도.

닫힌 창 너머에서 시들어 떨어지던 나팔꽃. 그녀를 향해 기어 오던 덩굴. 어떻게든 그녀를 구하려던 엄마의 흔적.

이제 두 번 다시 보지 못할. 너무 늦게 깨달아서 이미 잃어버린.

"엄마아, 엄마, 엄마……."

아리아드네는 열이 오른 이마를 눈물과 땀으로 축축해진 베개에 파묻으며 소리 죽여 울었다.

모든 것을 깨달은 날로부터 몇 달 후, 대마법사가 엘디어를 방문했다. 아리아드네는 화려하게 치장한 채 응접실 밖에서 기다렸다.

곧 공작이 그녀를 부를 것이다. 대마법사 앞으로.

'계획대로 하기만 하면 돼. 어려운 일이 아니잖아.'

그녀는 계획을 여럿 세워 두었다. 그중 어떤 것이든 특별 수업보다는 쉬웠다.

공부방의 거대한 철문 앞에 설 때마다 개미처럼 발끝을 타고 오르던 공포를 기억한다. 아이러니하게도 그 공포가 그녀의 힘이 되어 주었다. 뭐든 그것보다는 나으므로. 아무것도 모르고 아빠를 믿고 있을 때보다 진실을 깨달은 후가 더 견디기 힘들었다.

'환상 도서관이 없었다면 미쳤을지도.'

그나마 꿈속의 도서관으로 도망치는 법을 알아낸 덕에 어떻게든 버텼다.

전생의 서재 안에서는 아프지 않았다. 실험의 고통을 견디기 힘들 때마다 그녀는 눈을 감고 그 안에 숨었다. 몸은 어쩔 수 없어도 의식은 언제든지 황금빛 책장 앞으로 달아날 수 있었다.

그녀는 '파이'와 함께 그곳을 환상 도서관이라고 부르기로 했다.

파이는 그녀가 마주쳤던 하얀 머리 아이의 이름이었다. 그 이름도 환상 도서관처럼 그녀와 그 아이가 함께 정했다.

그 아이는 자기가 누군지, 자기의 이름이 무엇인지도 모른 채 그녀의 서재 안에 존재했다. 처음에는 말도 할 줄 몰랐다. 학습 속도가 비인간적으로 빨라서 금방 어느 정도 의사소통이 가능해졌지만. 정체는 잘 몰라도 사람이 아닌 건 확실했다.

'아무것도 안 먹고 계속 그 안에만 있으니까. 잠도 굳이 잘 필요 없는 것 같고.'

아리아드네는 그 애를 환상 도서관의 정령 비슷한 존재라고 추측하는 중이었다. 갓 태어나서 자기가 뭔지도 모르는 정령 말이다. 이 소설 세계관대로면 그게 그나마 가장 적당한 설명이었다.

정체를 대강 짐작한 뒤엔 이름을 정하자고 했었다. 특정한 장소에

깃든 인간형 정령의 이름은 그 장소의 명칭이나 별명을 따다 붙이는 게 보통이었다. 그래서 도서관과 관련된 온갖 이름을 말했는데, 이이가 죄다 고개를 저었다.

"정령식 이름이 싫어? 그럼 어떤 이름이 좋아?"

"아리아드네, 같은 이름."

아무래도 사람 같은 이름이 좋은 모양이라 그 뒤엔 이것저것 사람 이름을 읊었다. 딱히 마음에 드는 게 없는 듯 갸웃거리던 아이가 때마침 보고 있던 동화책 삽화를 가리켰다.

"이거, 이름?"

"파이를 굽는 토끼 그림이네."

"파이. 파이."

아이는 그 발음이 마음에 드는지 고개를 크게 끄덕였다. 그렇게 그 애의 이름은 파이가 되어 버렸다.

그때의 황당함을 떠올린 아리아드네는 푸스스 웃었다. 요즘 그녀가 웃을 일은 파이와 관련된 일 외에는 아무것도 없었다.

"공녀님."

응접실에서 나온 하인이 무뚝뚝하게 그녀를 불렀다.

"공작님께서 부르십니다. 손님 앞이니, 몸가짐을 주의하십시오."

때가 된 모양이다. 아리아드네는 심호흡을 하고 걸음을 옮겼다.

'가자. 이제 시작이야.'

문이 열리고 공작의 맞은편에 앉아 있는 검푸른 로브의 노인이 보였다. 그녀는 치맛자락을 잡고 인사를 했다. 대마법사가 내보내란 뜻으로 손짓을 했고, 공작이 그녀를 움켜쥐었다.

아리아드네는 그를 뿌리치고 대마법사의 앞에 무릎을 꿇었다.

"절 데려가 주세요, 외할아버지!"

그 순간부터, 예정된 파멸을 향해 흐르던 전개가 달라지기 시작했다.

위버가의 성은 산 중턱에 있었다. 성의 뒤로는 대륙에서 가장 높은 산인 라랏슈아가 만년설을 왕관처럼 쓰고 아래를 굽어보았다.

성 주위에는 산비탈을 따라 미끄러지는 바람이 가득했다. 그 바람은 겨울이면 눈송이를 잔뜩 몰고 와 성벽을 얼음과 눈꽃으로 치장하고 성 주변에 눈의 장막을 겹겹이 두르곤 했다.

그로 인해 붙은 별명이, 눈보라성. 위버성이라는 정식 명칭보다 그 별명이 더 유명했다. 그리고 별명에 걸맞게 그날도 눈보라성은 거친 눈보라를 망토처럼 두르고 있었다.

'오늘도 손님이 없겠군.'

집사는 그런 생각을 하며 새하얗게 변한 창밖을 내다보았다.

"작년 예산안 좀 가져다줘."

서류를 보고 있던 위버 변경백이 손짓했다.

"예, 가져오겠……."

허리를 굽히려던 집사의 눈에 눈보라 사이를 가르며 다가오는 검은 마차가 보였다. 누구의 마차인지 알아본 경비병들이 재빨리 성문을 열었다. 날듯이 달려온 마차는 성내로 들어온 후에야 멈춰 섰다.

마차가 완전히 멈추기도 전에 벌컥 열린 문에서 검푸른 로브 차림의 노인이 내렸다. 노인을 본 집사는 곧바로 보고했다.

"주인님, 대마법사님께서 돌아오셨습니다."

"예정보다 이르게 돌아오셨군. 이미 내가 다 조사를 해 봤다는데 못 믿고 굳이 가시더니만."

위버 변경백은 고개도 들지 않고 대꾸했다. 그의 녹색 눈동자는 서류에 고정되어 있었다. 집사는 창밖을 다시 확인했다. 대마법사가 마차 안으로 손을 뻗어 담요로 둘둘 감은 작은 형체를 안아 올리고 있었다.

"……대마법사님께서 손님을 데려오신 모양입니다."

"손님? 웬 손님?"

변경백이 비로소 눈을 들었다. 그는 집사의 시선을 따라 등 뒤의 커다란 유리창을 돌아보았다. 그의 눈에 대마법사가 자그만 담요 뭉치를 들고 성안으로 뛰어 들어오는 것이 보였다.

"저 작은 게 손님이라고? 새로운 연구 재료 같은 거겠지."

변경백의 말에 집사가 무어라 대꾸하기도 전에, 1층 로비에서 쩌렁쩌렁한 목소리가 울려 퍼졌다.

"아들아! 당장 튀어나와라! 네 조카 죽겠다!"

"조카라니?"

위버 변경백은 당황했다. 나한테 조카가 있었나?

'둘째는 애가 없고, 막내는…….'

변경백의 막냇동생에게는 어린 딸이 있었다. 엘디어 공작의 외동딸이라고만 여겼을 뿐, 자신의 조카로 인식하고 있진 않았던 아이.

"……설마, 아버지가 엘디어 공녀를 데려오신 건 아니겠지? 공작이 싸고돌면서 내보이지도 않는 공작가의 유일한 후계자를?"

그는 서류를 내팽개치고 벌떡 일어났다.

"아니겠지? 응? 나한테 다른 조카가 있지? 아니라고 해 주게, 집사."

"주인님의 질녀라면 엘디어 공녀뿐인 것으로 압니다."

"맙소사, 아버지, 드디어 노망이 나셨습니까!"

변경백은 욕설을 내뱉으며 로비로 뛰어 내려갔다.

몸이 둥실둥실 떠다니는 기분이었다. 아리아드네는 무의식적으로 자신을 안고 있는 사람의 품에 파고들었다. 햇볕 냄새가 났다.

"어머, 귀여우셔라."

작은 웃음소리가 들렸다. 뒤이어 느껴지는 이마를 쓸어 올리는 다정한 손길.

"땀 좀 봐. 열이 많이 나시네."

"목욕물은?"

"준비됐어. 아가씨 모셔 와."

"아가씨, 목욕을 도와 드릴게요."

상냥한 속삭임과 함께 땀에 젖어 달라붙어 있던 옷이 떨어져 나갔다. 추위는 없었다. 편안하고 따뜻한 것이 몸을 감싸 안는다.

'기분 좋아.'

아리아드네는 더 깊은 잠에 빠져들었다.

"……세상에."

"이게 무슨……."

하녀들은 잠든 아이의 옷을 벗기다 말고 경악했다. 피투성이 붕대가 오른팔에 둘둘 감겨 있길래 풀어냈더니 헤집어진 수많은 상처가 드러났다.

"이거, 그냥 다치신 거 아니지? 아무리 봐도 칼로 벤 자국 같은데."

"어린애 팔을 이 지경이 될 때까지 계속 상처를 냈다고? 대체 왜?"

시선을 마주친 하녀들이 꿀꺽 침을 삼켰다. 이건 보통 일이 아니었다. 마음 약한 하녀는 눈물까지 고였다.

"아프시겠다……. 어떡해. 너무 끔찍해."

"변경백님은 아가씨 상처를 모르시는 거겠지?"

"아셨으면 조심하라고 주의 주셨겠지. 하마터면 상처를 비눗물에 그대로 담글 뻔했잖아."

"대마법사님도 모르시는 것 같던데."

"안 되겠다. 내가 보고드릴게."

하녀 하나가 일어나서 욕실을 빠져나갔다. 나머지 하녀들은 전보다 더 조심스러운 손길로 아이를 씻기기 시작했다.

아리아드네는 불현듯 눈을 떴다. 낯선 천장이었다. 그녀의 침실도 아니고 지옥 같은 공부방도 아니다.

'여기가 어디지?'

멍한 머리를 겨우겨우 굴렸다.

'마지막 기억이…….'

대마법사의 손에 이끌려 마차에 탄 뒤, 울음을 터뜨렸던 것. 그 이후의 기억이 흐릿했다.

'설마 그때 울다가 그냥 잠들어 버린 거야?'

그녀는 놀라 일어나려다 그대로 풀썩 쓰러졌다. 오래 앓았던 것처럼 온몸에 힘이 하나도 없었다.

'대체 얼마나 잤길래.'

덜컥 심장이 내려앉았다. 대마법사를 설득하기는커녕 잠이나 퍼질러 자다니.

'이게 어떤 기회인데 잠을 자? 이러다 되돌려 보내지기라도 하면……!'

아리아드네는 새파랗게 질려 일어나려 애썼다. 바들바들 떨리는 팔로 겨우 몸을 지탱하고 상체를 일으켰다. 얼마나 오래 움직이지 않은 건지 침대 아래에 내려서는 것만으로도 지쳤다. 그녀는 침대에 걸터앉아 잠깐 쉬면서 정면에 있는 커다란 창을 내다보았다.

'새하얗네.'

눈보라가 몰아쳐 밖이 하나도 보이지 않았다. 도화지를 붙여 둔 것처럼 희기만 했다. 바깥 날씨가 저런데도 침실 안은 조금 더울 정도로 훈훈했다.

주변을 둘러보니 한쪽에서 벽난로가 활활 타오르고 있었다. 곳곳에 아름다운 장식들이 많았다. 호화로운 방이었다.

'여기…… 가는 길에 있는 여관이라기엔 너무 화려한데.'

엘디어에 있는 그녀의 침실도 전생에 살던 원룸과 비교하면 화려하기 그지없었다. 하지만 그 방도 이 정도는 아니었다.

'저거 설마 진짜 금일까.'

금빛으로 번쩍거리는 벽난로 울타리를 의심스럽게 보고 있는데 벌컥 문이 열렸다.

"어머, 아가씨!"

대야를 들고 들어오던 하녀가 그녀를 보고 화들짝 놀랐다.

"아가씨가, 작은 아가씨가 깨어나셨어요!"

하녀는 문밖을 향해 냅다 고함을 질렀다. 아리아드네는 일어나 걸으려다 카펫이 너무 푹신해서 균형을 잃었다. 그대로 고꾸라지려는 찰나 한달음에 달려온 하녀가 그녀를 달랑 들어 올렸다.

"세상에, 괜찮으세요? 아직 함부로 일어나시면 안 돼요!"

하녀는 침대에 베개와 쿠션들을 겹쳐 등받이를 만들더니 그녀를 앉혀 주었다.

"춥지 않으세요? 불을 더 올릴까요? 감기 걸리시면 큰일 나요."

"저기."

그녀는 자신을 이불로 돌돌 말아 버리려 하는 하녀의 소매를 붙잡았다. 힘없고 느린 손길이었는데도 하녀는 재깍 멈추고는 그녀를 바라보았다.

"네, 아가씨. 필요하신 것이 있으신가요?"

아리아드네는 순간적으로 말문이 막혔다. 이렇게 살가운 얼굴과 마주한 게 얼마 만인지 모르겠다.

엘디어의 고용인들은 그녀와 눈도 제대로 마주치지 않았었다. 그야 공작이 남겨 둔 고용인들은 모두 공녀에게서 학대의 증거를 발견해도 모른 척할 만한 사람들이었으니까.

"혹시 배가 고프신가요? 아니면 목이 마르신가요? 뭐든 말씀하셔요."

하녀가 사근사근하고 친절하게 물었다. 아리아드네는 멍하게 그녀를 보다가 조그맣게 물었다.

"이름이 뭐야?"

"네? 어떤 이름이요?"

"언니 이름."

하녀의 눈이 커지더니 곱게 휘어졌다.

"전 루시라고 해요."

"루시."

"네, 아리아드네 아가씨."

루시가 활짝 웃으며 대답했다. 이름을 부르면 웃으면서 대답해 주는 사람도 정말 오랜만이었다. 반가움에 마주 웃어 주자 루시가 감격했다.

"아가씨가 일어나 웃으시는 걸 보니 너무 기뻐요. 사흘간 내리 앓으시는 것만 봤는데."

"사흘?"

내가 사흘이나 자고 있었다고?

아리아드네가 경악하고 있는데, 급한 발소리가 다가오더니 문이 다시 요란하게 열렸다.

"그 애가 깨어났다고?"

먼저 문을 연 것은 은발의 중년 남성이었다. 키가 어마어마하게 컸다. 강인한 턱, 은빛 턱수염에 넓은 어깨, 모피로 장식된 코트까지 합쳐지니 흰 곰이 서 있는 것처럼 보일 지경이었다.

"변경백님, 좀 비켜 보십시오. 의사보다 먼저 들어가서 뭘 하시겠다는 겁니까?"

뒤이어 도착한 밝은 녹색 가운에 안경을 쓴 여자가 낑낑거리며 변경백을 밀어내려 시도했다.

"어, 그렇지. 먼저 들어가게."

변경백이 뒤늦게 길을 터 주었다.

의사는 재빨리 방 안으로 들어왔다. 금실로 나뭇가지를 수놓은 밝은 녹색 가운이 팔랑거렸다. 그 가운을 보자마자 아리아드네는 반사적으로 이불을 움켜쥐고 몸을 굳혔다.

'저건 정식 의사의 상징일 뿐이야. 알고 있잖아.'

머리로는 아는데 몸이 말을 듣지 않는다. 긴장으로 손끝이 차가워진다.

28년짜리 전생의 기억은 어디까지나 과거였다. 전생을 떠올리는 건 사진첩을 뒤적거리며 오래된 추억을 더듬는 것과 비슷했다.

그에 비해 이 세계에서 태어나 자란 기억은 그녀의 몸에 직접 새겨진 현실이었다. 그 현실에서 아리아드네 엘디어가 의사를 마주하게 되는 상황은 언제나 같았다.

후유증이 완화되어 제 발로 걸을 수 있게 될 때쯤, 그녀의 아버지가 의사와 함께 들어온다.

"공녀는 어떤가?"

"그럭저럭 회복되셨군요."

공작이 묻고, 그녀의 상태를 검사한 의사가 대답한다. 공작은 만족스럽게 웃는다.

"그럼 수업을 다시 시작해도 되겠군."

어린 그녀에게 의사란 특별 수업의 재시작을 알리는 사람이었다. 아리아드네는 저 녹색 가운이 끔찍하게 싫었다.

'전생에 봤던 의사들을 생각해 봐. 색이랑 모양만 좀 다르지 비슷한 의미의 가운이라고.'

열심히 스스로를 설득해 보아도 공포는 줄어들지 않았다. 그녀는 저도 모르게 손을 뻗어 옆에 있던 루시의 치맛자락을 잡아당겼다. 앉은 채로 뒤로 물러나며 하녀의 뒤에 숨으려 애썼다.

그녀의 반응을 본 의사가 다가오다 말고 멈칫 섰다. 문가에 서 있던 변경백의 눈썹이 꿈틀거렸다.

"아가씨?"

루시가 휘둥그레진 눈으로 그녀를 돌아보았다. 아리아드네는 그제야 이성이 돌아와서 루시의 옷을 놓았다.

"미, 미안해."

"괜찮아요, 저분은 의사 선생님이세요. 아가씨를 아프지 않게 해 주실 분이에요."

루시가 다정하게 말했다.

알아, 알아서 그랬어. 아프지 않으면 다시 특별 수업이 시작되잖아.

아리아드네는 그리 말하는 대신 잠자코 고개를 끄덕였다. 그녀를 유심히 살펴보던 의사가 다시 다가와 곁에 앉았다.

"안녕하세요, 아가씨. 저는 위니 가문의 주치의인 제일린 브라운입니다. 제일린이라고 불러 주세요."

쾌활한 음성이었다. 아리아드네는 한 박자 늦게, 그마저도 더듬거리며 대답했다.

"……아, 아리아드네 엘디어예요."

이번에는 트라우마 때문이 아니라 의사의 자기소개 내용 때문이었다.

'위버 가문의 주치의라니, 여기가 위버 변경백령이라는 뜻이잖아?'

그녀는 어안이 벙벙해졌다.

위버. 아비쉘 왕국의 북부 변경을 수호하는 변경백 가문. 대마법사 솔란 가르시아의 아내가 전 변경백이었으며 현 변경백은 그들 사이의 장자였다.

즉, 여기가 바로 그녀의 외가다.

'왕국 중부에 있는 엘디어에서 여기까지 오려면 적어도 일주일은 넘게 걸렸을 텐데.'

마계의 침공 이전에는 열차나 이동 마법 덕분에 금방이었겠지만, 이젠 그럴 수 없었다. 백여 년 전에는 활발했다던 통신 수단들도 거의 끊겨서 요즘은 전령이 편지를 전달해야만 먼 곳에 소식을 전할 수 있었다. 그마저도 도중에 전령이 죽어 버리는 일이 드물지 않았다.

불가능했던 일들이 가능해지는 것이 발전이다. 반대로 가능했던 것이 불가능해지고 있는 이 세계는 확실히 멸망해 가는 중이었다.

그러니 대충 잡아도 이동이 일주일, 앓아누워 있었던 게 사흘. 최소한 열흘은 정신을 잃고 있었다는 뜻이다.

"제가…… 얼마 만에 정신을 차린 건가요?"

"열흘 좀 넘었어요."

"……."

추측한 대로였으나 한편으론 믿기지 않았다. 아찔한 기분이었다. 그녀의 표정을 본 제일린이 부드럽게 말했다.

"한동안은 움직일 때 조심하세요. 오래 누워 계셨으니 몸에 힘이 안 들어갈 거예요."

말문이 막힌 아리아드네가 작게 끄덕이자 의사가 가운 안쪽에서 도구 몇 개를 꺼냈다.

"잠시 몇 가지 검사를 해 봐도 될까요, 아가씨?"

"네."

아리아드네는 익숙하게 팔을 걷어 내밀었다. 왼팔이었다. 의사의 눈이 조금 더 가늘어졌다.

"오른손잡이시죠?"

"네? 네."

"그렇군요. 금방 끝내겠습니다."

제일린이 검사를 하는 동안 아리아드네는 멍한 머리를 붙들고 기억을 쥐어짜 냈다.

'그렇게 오래 앓고 있었다니. 그사이 대마법사에게 뭔가 실수를 한 건 아니겠지?'

보람이 없진 않았다. 드문드문 기억이 났다.

열이 오르는 이마에 차게 식힌 수건이 와 닿던 기억. 혀를 차며 그녀의 이불을 고쳐 덮어 주던 손길. 빨리 달리라고 마부에게 역정을 내던 목소리. 한 숟갈씩 떠먹여 준 미음을 대마법사의 앞섶에 고스란히 토해 냈던 것까지.

'맙소사.'

아리아드네는 이마를 짚었다. 예쁘게 보여도 모자랄 판에 이게 다 무슨 민폐인지.

'아무래도 엘디어를 벗어나니까 긴장이 풀렸었나 봐.'

날 때부터 그리 튼튼한 편이 아니었는데 수업을 빙자한 고문을 계속 당해 왔으니 누적된 스트레스가 상당하긴 할 터였다.

'아마 건강 상태도 안 좋겠지.'

그녀의 예상대로인지, 검사 중인 의사의 표정에 그늘이 드리웠다.

"대체 무슨 짓을 했길래 어린애 몸이……."

제일린은 이를 갈며 작게 중얼거리다가 아리아드네의 불안한 시선을 눈치채고 얼른 환한 표정을 만들어 냈다.

"끝났습니다, 아가씨."

그녀는 되도록 빠르게 도구를 챙겨 일어났다. 어린 아가씨가 곁에 있는 자신 때문에 계속 긴장하는 것이 느껴졌기 때문이다.

"앞으로 잘 쉬시면 금방 일어나실 수 있을 거예요. 그럼 내일 또 뵙겠습니다."

인사를 하고 나오며 제일린은 변경백을 슬쩍 잡아당겼다. 의사가 할 말이 있다는 것을 알아차린 변경백이 복도로 따라 나오며 조용히 문을 닫았다.

제일린은 목소리를 낮추어 말했다.

"보셨습니까?"

"무엇을?"

"아가씨가 절 보고 숨으셨잖아요. 낯을 가리는 건 아니에요. 가운에 반응하셨으니까. 의사를 두려워하는 겁니다."

"그건 봤다. 몸이 약한 아이라 그런 거겠지. 글로리아도 어릴 때 의사를 싫어해서……."

"그런 게 아닙니다."

의사가 찡그린 채 그의 말을 잘랐다. 그녀는 분노 때문에 고용주에 대한 예의를 지킬 여유가 없어 보였다.

“쓴 약이나 치료 과정을 무서워하는 반응이 아니었어요. 그런 아이는 여럿 봤거든요. 아가씨께는 그것과는 다른 트라우마가 있습니다.”

“다르다니, 어떤?”

“보셨잖습니까. 사형 선고를 기다리는 죄수 같으시던데요.”

“…….”

“게다가 오른손잡이신데 당연하다는 듯 왼팔을 내미셨죠. 오른팔에 있는 그 상처들을 의사한테 보인 적이 없다는 뜻입니다. 치료받은 적도, 물론 없겠고요.”

변경백의 미간에 깊은 주름이 잡혔다. 제일린은 한숨을 쉬고 말을 이었다.

“아예 상처를 숨기라고 배우신 걸지도 모릅니다. 그게 무슨 뜻인지 아시겠지요?”

“입단속을 한 거로군. 누가 감히 엘디어 공녀에게 저런 짓을…….”

“뻔하지 않습니까. 공작님께서 따님의 상태를 모르셨을까요? 저 지경이 될 때까지? 몰랐다면 그것도 여러 의미로 대단하네요.”

변경백은 비비 꼬인 투로 말하는 의사를 제지하지 않았다. 머리가 지끈거렸다.

“모를 수가 없겠지.”

“네, 당연히 알고 있었겠지요.”

“보고도 묵인했거나, 직접 주도했거나. 둘 중 하나셨군. 아시반 공작이 대체 왜?”

“제가 제일 궁금한 점이 그겁니다. 대체 뭣 때문에 어린 딸에게 저런 짓을 한 건지.”

“훈육이라기엔 너무 심각하군.”

“훈육이요? 아가씨가 일곱 살이라고 하셨죠? 다섯 살이라고 해도 믿겠습니다. 아이가 제대로 자라지도 못하게 만드는 게 어떻게 훈육이 될 수 있습니까? 무슨 의도로 했든 학대죠.”

학대라니. 정말 상상도 하지 못했던 일이었다. 변경백은 지친 손으로 입가를 문질렀다.

막내가 엘디어 공작과 결혼하겠다고 했을 때, 그는 그녀를 크게 말리지 않았다.

프란츠 엘디어 본인은 그다지 특출난 인물이 아니었다. 볼 것은 가문뿐. 그러나 그 가문이 왕국 제일의 명문가인 엘디어 공작가였다. 게다가 외모가 아주 훌륭했으며 그만한 대귀족치고는 인품도 나쁘지 않았다.

‘좋은 상대라고 생각했었다. 저 정도면 글로리아도 잘 살 거라고…….’

아버지의 고집 때문에 직접 연락하진 못했다. 국경을 수호하는 것이 의무인 변경백인지라 수도의 사교계에 참여하기도 어려웠다. 그래도 그는 귀까지 닫아 놓고 살진 않았다. 꾸준히 여동생의 소식을 듣고 있었다. 그런 소식들 속에서 글로리아는 부유하고 행복하게 사는 것으로만 보였다.

공작은 공작 부인 전용의 큼지막한 별채를 새로 지었고, 공작 부인을 위한 물건은 언제나 최고급품으로만 마련했다. 공식 석상에서도 아내를 극진히 아끼는 모습만 보였다. 애처가라는 소문이 자자했다.

그 태도는 하나뿐인 딸에게도 그대로 이어졌다. 아름다운 공작을 빼닮아 요정처럼 사랑스럽다는 엘디어 공녀. 별달리 알아보지 않아도 공녀에 관한 소문들이 간간이 들려왔다. 공작이 딸을 위해 어마어마한 예산을 배정했다는 소문, 딸 이야기만 하면 만면에 미소를 띠며 자랑을 늘어놓는다는 소문 등.

"……믿기지가 않는군. 공작이 딸바보란 소문이 그리 파다했는데."

"소문이 어쨌든 제 소견은, 엘디어 공작님께서 외동딸을 학대하신 것이 거의 확실하다는 겁니다."

변경백은 눈앞이 아찔하여 이마를 짚었다. 말없이 그를 보고 있던 제일린이 지친 낯으로 덧붙였다.

"변경백님, 솔직히 학대도 순화한 표현입니다."

변경백은 창백한 어린아이의 팔뚝에 그물처럼 얽혀 있던 붉은 상처들을 떠올렸다. 하녀의 보고를 받고 직접 그 상처들을 확인했을 때, 그는 충격을 받았다. 전장에선 더한 상처들도 많이 보았으나 병사가 아니라 한 줌도 안 될 어린아이에게 있는 상처는 충격의 강도가 달랐다.

"아이의 상태가 많이 심각한가?"

"보이는 것보다 속이 더 심합니다. 내장이 죄다 상했다가 회복되길 반복한 것 같더군요. 적어도 열 번 이상은."

"……."

"아가씨를 검진할 때마다 끔찍한 기분이 듭니다. 저 작은 몸으로 어떤 고통을 견뎌 왔을지 상상이 되어서……."

할 말을 잃은 변경백이 낮게 신음을 흘렸다. 의사는 입술을 짓씹고 덧붙였다.

"고작 일곱 살짜리 아이가 저렇게까지 만신창이인 건 처음 봅니다. 오른팔을 제외하면 외상이 전혀 없는 게 더 소름 끼치네요."

"혹시 희귀병 때문이라거나 사고로 오염에 노출된 건……."

"이건 절대 병이 아닙니다. 그리고 사고도 아니……."

신경질적으로 대꾸하던 제일린의 눈빛이 약간 달라졌다.

"……오염, 오염이라, 그건 가능성이 있겠군요. 저런 식으로 전신을 망가뜨리는 독이란 게 흔치 않거든요. 그런데 오염이면 즉사했을 텐데, 어떻게……."

학문적인 호기심에 빠져들었던 의사는 곧 고개를 저었다.

"어쨌든, 우발적인 사고나 병으로는 절대 저렇게 되지 않습니다. 누군가가 일부러 그런 짓을 반복한 겁니다."

변경백은 아득한 기분으로 허공을 보았다가, 무겁게 물었다.

"완치는 가능한가?"

"그 점에선 아가씨께서 어린 나이신 것이 다행이라고 해야겠군요. 꾸준히 치료하고 요양하면 무사히 건강해지실 겁니다."

"부탁하지. 필요한 건 뭐든 지원하겠네."

"신관부터 좀 구해 주십시오. 의술만 가지고는 후유증을 완전히 없애기 어렵습니다. 신성력이 꼭 필요합니다."

"이미 신전에 요청을 넣어 두었네. 눈보라가 좀 잦아든 후에나 도착하겠지만."

"기다리고 있겠습니다. 그럼."

의사가 바쁘게 멀어졌다. 변경백은 복도에 그대로 잠깐 서 있다가 노크를 하고 문을 열었다. 따뜻한 물에 적신 수건으로 아이의 얼굴을 닦아 주던 하녀가 허리를 굽혔다.

"잠시 나가 있거라."

"예, 변경백님."

하녀가 나가고 나자 방 안에는 아리아드네와 위버 변경백만이 남았다.

변경백은 우뚝 선 채 아이를 바라보았다. 희다 못해 파리한 피부와 힘없는 몸. 숨만 세게 쉬어도 바스러져 날아가 버릴 것 같은 분위기. 작은 얼굴에 파란 눈만 커다랬다. 시체 같은 눈빛이어도 놀랍지 않을 텐데 그 눈은 뜻밖에도 맑았다.

'글로리아를 닮았어.'

외모는 정말이지 하나도 닮지 않았다. 인형처럼 보이는 섬세하고 화려한 외양은 누가 봐도 엘디어 공작 판박이다.

그럼에도 막냇동생을 닮았다. 앓다 깨어난 아이의 분위기가, 그리고 온몸이 부서져 흩어져도 저 눈빛만은 남을 것 같은 느낌이.

변경백은 새삼스럽게 저 애가 공작의 외동딸이기 이전에 제 피붙이라는 것을 자각했다. 저 작고 어린 것이, 여동생의 딸이, 내 유일한 조카가.

"내장이 죄다 상했다가 회복되길 반복한 것 같더군요. 적어도 열 번 이상은."

"저 작은 몸으로 어떤 고통을 견뎌 왔을지 상상이 되어서……."

"일부러 그런 짓을 반복한 겁니다."

호강하며 잘 살고 있는 줄 알았던 여동생이 갑작스레 죽었고, 사랑받으며 자라는 줄 알았던 어린 조카는 만신창이가 되어 제 앞에 나타났다.

여태껏 그가 엘디어 공작에 대해 가지고 있던 인상이 한순간에 무너졌다.

변경백은 공작이 아내가 죽은 뒤로 며칠간 식음을 전폐했다는 소식을 들었었다. 그래서 막내의 죽음에 관한 조사를 하면서도 공작을 의심하지는 않았다.

그저 슬퍼하기만 했다. 몸도 약한 것이 왜 고집을 부려 오염 지역에 들어가서 그리되었느냐고 화가 나기도 했고.

그런데 처음으로 의심이 들었다. 공작이 그가 생각하던 것과 전혀 다른 인간이라면, 어쩌면 여동생의 죽음도 순수한 사고가 아닐 수도 있겠다고.

'아버지가 저 애를 데려오지 않았다면 나는 끝까지 아무것도 몰랐겠지.'

그랬다면 저 아이도 병이나 사고로 죽었다는 소식만 듣게 되었을지도 모르겠다. 그 어린애가 무슨 꼴을 겪었는지 알지도 못한 채로, 딸까지 잃은 공작을 동정했을지도 모르겠다.

'글로리아…… 혹시 네가 저 아이를 여기로 보냈느냐.'

그녀의 유령이 딸을 살리려고 대마법사를 불러들여 저 어린 것을 데려가도록 한 걸까. 말도 안 되는 이야기지만 그런 감상이 드는 것을 막을 수가 없었다.

"아들이면 아드리안, 딸이면 아리아드네라고 이름을 지을 거야."

아직 부풀지도 않은 배를 사랑스럽게 내려다보던 동생의 모습이 기억 속에 생생하다. 그것을 떠올리며 어린 새 같은 조카의 목덜미를 보고 있자니 속에서 무언가 벌겋게 울걱거렸다.

복잡하고 짙은 감정으로 그의 표정이 기묘하게 굳었다. 언뜻 보기엔 불쾌해 보이는 얼굴이었다. 아리아드네는 마른침을 삼켰다.

'아까 의사가 저 사람을 변경백님이라고 불렀지.'

위버 변경백이면 자신에게는 외숙부가 되는 사람이다.

물론, 외숙부라고 해서 그녀에게 호의적이란 보장은 없었다. 침대에서 멀찍이 떨어진 곳에 떡하니 서서 험상궂은 얼굴을 하고 그녀를 노려보는 걸 보면, 오히려 적대적으로 보였다. 환영받으리란 기대가 없었기에 별로 놀랍진 않았다.

엄마는 자신을 임신하는 바람에 가족과 의절하고 공작과 결혼했다. 그리고 이른 나이에 죽었다. 외가 사람들이 그녀를 좋아하지 않을 만도 했다.

"처음 뵙겠습니다, 에른스트 위버 변경백님. 제 외숙부님이시라 들었습니다."

아리아드네는 최대한 예의 바르게 인사를 했다. 앉은 채라 완벽하진 않아도 자세는 단정히 했다. 그러자 굳어 있던 변경백의 입가가 꿈틀거렸다. 외숙부라는 표현이 거슬리는 걸까. 그녀는 급히 말을 이었다.

"멋대로 찾아와 폐를 끼쳐 죄송합니다. 불청객을 받아 주시고 치료해 주신 보답은 반드시 하겠습니다."

"지나치게…… 어른스럽구나. 그 나이에……."

변경백은 그리 말하며 눈시울을 붉혔지만, 아리아드네는 바짝 긴장했다.

건방지게 보인 걸까. 좀 더 어린애답게 굴어야 했나?

'기분 나쁘다고 엘디어로 바로 돌려보내면 어떡하지.'

하지만 그냥 어린애라면 구해 주지 않을 텐데. 원작의 아리아드네처럼 죽을 때까지 아무도 도와주지 않을 텐데.

'대마법사는 공작에게 나중에 날 데리러 오라고 했어. 공작이 오기 전에 내 가치를 증명해야 해.'

우선 말하자. 내가 도움이 될 거라고, 내가 줄 수 있는 이득부터 말하자.

그녀는 허겁지겁 말을 꺼냈다.

"죄송해요, 저는……."

"네가 죄송할 게 뭐가 있느냐."

변경백은 꽉 막힌 목소리로 그녀의 말을 잘랐다.

"사과해야 할 건 나지."

그가 성큼성큼 다가오더니 침대 옆의 의자에 털썩 주저앉았다.

"미안하다, 아리아드네."

왜 저 사람이 사과를 하지.

아리아드네는 멍하게 그를 올려다보았다. 대마법사와 같은 초록색 눈동자가 그녀의 마른 팔과 창백한 뺨을 훑었다. 그 눈이 떨리며 젖어 들었다.

"그동안 많이…… 힘들었겠구나."

그가 커다란 손을 그녀에게 뻗었다.

"늦게 알아차려서 미안하다. 진작 구해 주지 못해서 미안해."

머뭇머뭇 다가온 손이 부서질까 무서운 듯 조심스럽게 그녀의 머리에 닿는다.

"이제…… 괜찮다."

그는 목이 메는 것처럼 밭은 숨을 들이켰다. 떨리는 손으로 부드럽게 그녀의 머리를 쓰다듬었다.

"이제 아무것도 걱정하지 말아라. 누구도 널 아프게 하지 못하도록,

이 삼촌이 지켜 주마."

쓰다듬는 손길이 애틋했다. 아리아드네는 혼란스러워졌다.

'난 아직 아무것도 안 했는데.'

내가 뭘 줄 수 있는지, 어떤 이득이 있는지 설명도 안 했는데, 그냥 지켜 준다고?

왜?

이런 건 예상하지 못했다. 이럴 리가 없다.

그녀는 저도 모르게 되물었다.

"변경백님이 왜 저를 지켜 주세요?"

"……변경백이 아니라, 삼촌이라고 부르렴. 어색하면 그냥 아저씨라고 불러도 되고."

그가 험악한 인상과 도무지 어울리지 않는 미소를 지었다. 험상궂은 곰이 애써 웃는 것 같은 꼴이었다.

"참, 이 방은 네 거다. 여기서 얼마든지 있고 싶은 만큼 있어도 된다."

"제 방이라고요? 여기가?"

"흠, 역시 급하게 마련한 곳이라 부족하지? 조만간 더 좋은 방으로 바꿔 주마."

"아뇨, 충분해요! 마음에 안 드는 게 아니라, 저한텐 너무 과해서요."

"과하다니, 이 방이? 네게?"

변경백은 기가 찬다는 듯 한쪽 눈썹을 끌어 올렸다.

"엘디어성의 네 방에 비하면 한참 모자랄 텐데?"

"아니에요. 제가 쓰던 방은 이 방보다 훨씬 작았는걸요. 발코니나 창문도 없었고……."

"……."

변경백의 낯이 딱딱하게 굳었다.

변경백은 백작에서 비롯된 작위였으나 공작도 함부로 대하지 못하는 신분이다. 국경을 수호하는 가문으로서 누리는 지위와 특권이 있었다. 게다가 마물과 미궁의 부산물들이 상당한 부를 창출해 냈다. 그로 인해 눈보라성도 어지간한 귀족들의 저택과는 비교하기 미안할 만큼 호화로운 성이었다.

하지만 엘디어는 어지간한 귀족이 아니었다.

왕국의 북부 끝자락, 대륙에서 가장 높은 산 아래의 고원에 있는 변경백의 성이 중부에서도 가장 광활한 곡창 지대와 금광산을 끼고 있는 엘디어 영지의 공작성보다 화려할 수는 없는 법이다. 이 방이 아무리 눈보라성에서는 좋은 축에 속하는 방이라도 엘디어의 귀한 공녀 눈에는 모자라 보이는 게 정상이었다.

'학대로도 모자라서 공녀다운 생활조차 누리지 못했던 건가.'

엘디어에서부터 입고 온 드레스는 공녀답게 화려했는데. 의아해하던 변경백은 퍼뜩 무언가를 깨달았다.

'……남들에게 보이는 부분만 잘해 준 거로군. 쓰레기 같은 공작 놈이.'

아이의 방에 창문은 왜 없었던 걸까. 그 이유를 추리해 본 변경백은 공작이 눈앞에 있으면 그 입에다 유리 조각을 쑤셔 넣고 싶은 기분이 되었다.

그가 무슨 생각을 하는지 모르는 아리아드네는 사나워진 변경백의 분위기에 얼어붙었다. 무력한 아이의 몸으로 견디기엔 너무 강한 기세였다.

'화났나 봐. 내가 뭔가 잘못 말했나?'

그저 분위기만 그런 것이 아니라 물리적인 효과가 있었다. 변경백으로부터 시릴 듯한 냉기가 흘러나왔다. 몸이 저절로 덜덜 떨렸다.

'추워지는 것 같은데……. 그러고 보니, 위버 변경백은 정령 기사였지.'

정령 기사는 정령사와는 다른 방식으로 정령의 힘을 쓰는 자들이었다. 말이 아니라 정령을 타고 싸우기에 기사(騎士)가 아닌 정령 기사(精靈騎士)라고 불리는 자들.

'이거, 정령의 힘이 새어 나오는 거구나.'

소설에선 정령 기사가 감정적으로 동요할 때 이런 식으로 힘이 새는 묘사가 꼭 나왔다.

'주인공이 정령 기사라서 걸핏하면 나오는 장면이었는데…… 실제로 겪어 보니 장난이 아니네.'

변경백은 아리아드네가 창백해져서 덜덜 떠는 것을 뒤늦게 알아차렸다.

'아차.'

그는 얼른 표정을 풀고 기세를 갈무리했다. 슬그머니 일어나 벽난로의 불을 키웠다.

"크흠, 흠. 방이 마음에 든다니 기쁘구나."

방은 금세 도로 따뜻해졌다. 변경백은 병아리가 놀라지 않도록 노력하는 곰 같은 얼굴로 다정하게 덧붙였다.

"그래도 계절이 바뀌면 더 좋은 방으로 옮겨 주마."

"괘, 괜찮아요, 전……."

"외삼촌이 주는 선물이니 잠자코 받거라. 필요한 게 있으면 언제든 말하고."

그가 빙그레 웃으며 그녀의 어깨를 토닥이고 일어났다.

"앞으로는 푹 쉬고 건강해지는 것만 생각하려무나."

변경백은 그대로 방을 나가려 했다. 아리아드네는 황급히 그를 불렀다.

"변경백님!"

"음?"

"왜 저한테 아무것도 묻지 않으세요?"

이상했다.

생전 처음 본 외할아버지를 따라가겠다 떼를 쓰고 외가에 왔으니 이유가 궁금할 것이다. 옷이 갈아입혀져 있는 걸 보면 오른팔의 흉터들도 들켰을 거고.

게다가 실제로는 그녀가 매달려 온 거라지만 남이 보기에는 대마법사가 애먼 어린아이를 납치하다시피 데려온 형국이다.

심지어 그 아이가 엘디어의 유일한 후계자이기까지 하다. 엘디어 공작과의 충돌은 당연하고, 잘못하면 영지전으로까지 비화할 수 있는 심각한 문제였다.

그러니 사태를 파악하기 위해서 알아 둬야 할 것이 많을 터다. 당연히 일어나자마자 그녀에게 이것저것 캐물을 거라 여겼는데.

'물어보지도 않고, 있고 싶은 만큼 있으라니. 이건 너무…… 이상하잖아.'

변경백이 아리아드네를 돌아보았다. 그는 이불을 움켜쥐고 있는 그녀의 조그만 손을 가만히 본 뒤, 무척이나 부드러운 음성으로 말했다.

"얘야, 너는 많이 지쳤고, 쉬어야 한단다. 힘든 기억을 벌써 꺼낼 필요는 없어."

"……."

"네가 말하고 싶을 때 말해 다오. 나는 얼마든지 기다릴 수 있다."

변경백이 방을 나갈 때까지, 아리아드네는 아무 말도 할 수 없었다. 머릿속에 쌓아 두었던 계산들이 흐트러졌다.

이럴 리가 없는데, 왜 이렇게 쉬운 걸까.

'소설에선 분명히 대마법사도, 위버 변경백도 무관심했는데.'

소설과 달라진 건 데려가 달라고 매달린 것뿐이다. 그녀가 한 일은 그 외엔 아무것도 없었다. 그것만으로도 이렇게 쉽게 변할 수 있는 걸까.

가족이라서? 혈육이라서?

'겨우 그런 이유로 처음 보는 내게 대가 없이 호의를 베푼다고?'

전생의 그녀는 부모가 없었다. 그녀를 키운 건 할머니였다.

할머니는 그녀를 별로 좋아하지 않았다. 몇 번, 어린 그녀를 시장통이나 번화가에서 버리고 가려 한 적이 있다. 그때마다 그녀는 할머니의 치맛자락에 악착같이 달라붙었다. 미리 주소를 달달 외워 놓은 덕분에 경찰의 손에 이끌려 집에 돌아간 적도 있다.

어떻게든 도움이 되어야 버림받지 않을 거라 생각해서 눈치껏 집안일을 했다. 할머니는 그런 그녀를 보며 애가 애 같지 않고 영악해서 징그럽다고 했다. 여자가 공부해서 어디다 쓰냐고 화를 내는 분이었다. 빌고, 애원하고, 전액 장학금을 타 겨우 대학에 갔다.

그러고 얼마 지나지 않아 할머니가 쓰러졌다. 그녀는 과외를 하고, 알바를 하고, 식비를 줄여 가며 할머니의 병원비를 댔다. 휴학하고, 일하지 않을 때는 줄곧 할머니의 병상을 지켰다.

그렇게 노력해도 할머니는 돌아가실 때까지 좋은 말 한마디를 해 주지 않았다.

부모도 버리고 간 계집애를 내가 다 키워 줬지 않느냐. 그런데 넌 고작 이것밖에 못 해 주냐. 널 먹이고 입힌 값은 해야 할 것 아니냐.

배은망덕한 계집애.

네가 그런 애라 네 부모도 널 버리고 간 거다. 나도 널 안 키웠으면 건강했을 텐데, 널 키우느라 고생을 해서 이리 아픈 게지. 아이고, 아이고.

내내 그런 말을 하다가 돌아가셨다. 그녀는 빈말로나마 사랑한다는 말을 들어 본 적이 없다.

할머니의 빈소에는 조문객이 거의 없었다. 할머니와 피를 나눈 사람은 아무도 오지 않았다. 피를 나누지 않은 이들만 몇몇 찾아왔다. 그녀와 함께 울어 준 건 피 한 방울 섞이지 않은 사람들뿐이었다.

그녀는 혈연을 믿지 않는다.

현생에서도 그녀의 아빠는 친아버지인데도 불구하고 그녀를 사랑하지 않았다. 말로는 사랑한다고 떠들어 댔지만.

가족의 정이란 허상이다. 가족이니까 무조건 사랑해 줄 거라는 건 헛된 믿음이다. 그래서 변경백이 이해가 되지 않았다. 친자식이나 친손녀에게도 그러는데 처음 본 조카에게 무슨 정을 느끼겠는가.

'그냥, 내가 가여워 보여서 친절한 거겠지.'

그녀는 학대당한 불쌍한 어린아이였다. 변경백이 흉터를 보고 그 사실을 깨달아서 그녀를 동정하고 있는 거라면, 그럭저럭 이해가 간다.

'동정을 베푸는 거라면 괜찮아. 아니, 오히려 감사하지.'

동정받고 있는 거라면 안심해도 될 것이다. 당분간 안전하다는 뜻이므로.

‘하지만 동정만으론 오래 버티지 못해. 공작은 날 쉽게 놔주지 않을 테니까.’

동정은 저렴한 감정이다. 쉽게 생겨나고 쉽게 사라진다. 사람이 마음에 여유가 없어지면 우선하여 버리게 되는 것이 양심과 동정이다. 양심은 무겁고, 동정은 값이 싸니까.

‘엘디어와의 마찰이 심해지면 아마 변경백이 날 포기할 거야.’

다른 실험체로는 엘릭서를 완성할 수 없다. 때문에 공작은 그녀를 포기하지 못한다. ‘아리아드네 엘디어’는 전무후무, 역사상 최강, 신이 내린, 등등의 수식어가 주렁주렁 달리는 원작 공인 정령술 천재였다.

‘정작 소설에선 정령사가 되어 보지도 못하고 죽었지만.’

원래 정령술을 시작하는 나이는 16살에서 18살 정도. 그보다 어린 아이들은 정령술을 쓰는 것이 원칙적으로 불가능했다. 어릴 때 정령술을 시도하는 건 자살행위에 가까웠다.

따라서 원작에서 16살에 죽은 아리아드네는 직접 정령술을 써 본 적이 없다. 그녀 대신 그녀를 재료로 만들어진 아이템, 글라무스가 그녀가 타고난 재능을 증명했다.

원작 아리아드네의 재능을 수식하는 수많은 찬사는 모두 그 아이템을 향한 것이었다. 주인공인 악셀이 가진 아이템이 얼마나 유용하고, 희귀하고, 대단한 건지 설명하는 문장들 말이다. 그러면서 그런 아이템을 잘 다루는 주인공의 실력도 강조하는, 그런 문장들.

‘어쨌든 내 재능은 진짜란 뜻이지.’

미완성된 엘릭서를 그럭저럭 흡수하는 것도, 흡수된 것을 본능적으로 활용해 오염을 몰아내는 것도, 아리아드네 정도가 아니면 불가능했다. 다른 실험체는 오염은커녕 미완성 엘릭서도 버티지 못한다.

'아마 처음엔 날 대체할 수 있는 실험체를 찾아보겠지. 그러다 소용없는 것을 깨닫고 어떻게든 날 돌려받으려 할 거고.'

유일무이한 실험체를 돌려받기 위해서라면 영지전도 불사할 공작과 동정뿐인 변경백. 대마법사도 가벼운 동정일 테니 공작이 승리할 수밖에 없는 싸움이었다.

'동정이 식기 전에 거래를 성사시켜야 해.'

데리고 있는 게 더 이득이어야지만 그녀를 버리지 않을 것이다. 아리아드네는 그렇게 생각했다.

아무것도 걱정하지 말라고? 누구도 널 아프게 하지 못하도록 '삼촌'이 지켜 주겠다고?

말하는 것은 쉽다. 공작도 말은 다정하게 했었다.

"아빠가 너한테 위험한 일을 할 리가 없잖아. 아빠는 널 무척 사랑한단다."

뺨을 쓰다듬으며, 그녀에게 오염수를 주사하면서, 아빠는 그렇게 말했었다.

'믿을 수 없어. 믿어선 안 돼.'

아리아드네는 변경백이 토닥이며 남기고 간 온기를 억지로 떨쳐냈다.

'여긴 주인공도 걸핏하면 배신당했던 소설 속이야. 결말에선 회귀능력까지 주인공을 배신했지. 이런 곳에서 살아남으려면 냉정해져야 해.'

기대하지 않으면 상처받지도 않는다.

마음을 다졌다. 그러자 훈훈한 방 안에서 이불을 덮고 있는데도 묘하게 추워졌다. 그녀는 이불을 뒤집어썼다. 눈을 감고 도망치듯 이름을 불렀다.

"파이."

감은 눈 안쪽의 어둠이 지워지며 익숙한 풍경이 보였다. 유리로 된 방, 황금빛 책장, 그 앞에 앉아 제 몸집만 한 책을 펼쳐 놓고 보고 있는 하얀 머리 꼬마.

"아리아!"

꼬마가 함박웃음을 지으며 그녀를 보았다. 보고 있던 책을 내려놓고 그녀에게로 달려와 답삭 안겼다.

"어서 와!"

이 아이는 처음에 그녀의 말을 따라하기만 했고 이름이라는 게 무엇인지도 몰랐으면서 책은 읽을 수 있었다. 이렇게 금세 자기가 하고 싶은 말을 할 수 있게 된 것도 서재의 책들을 읽으며 스스로 학습하는 덕분인 듯했다.

"격조하다, 기다림, 학수고대, 그리움……."

다만 그런 학습의 부작용인지, 사람이 아닌 도서관의 정령이라서 그런 건지 모르겠지만, 제대로 말하기보다 단어를 나열하기만 하는 괴상한 습관이 있었다.

"환영, 기쁨, 반갑다, 마중……."

마음이 급할수록 그런 버릇이 심해지곤 했다. 파이는 들뜬 어조로 단어들을 쏟아 냈다. 아리아드네는 풀어진 얼굴로 꼬마를 마주 안아 주었다. 이 환상 속에서는 긴장할 필요도, 의심할 필요도 없었다.

"많이 기다렸다고? 오랜만이라 반가워?"

"응."

크게 고개를 끄덕인 파이가 그녀에게 매달려 유심히 안색을 살폈다.

"아픔? 힘들다? 오늘, 실험?"

"아냐, 오늘은 아파서 온 게 아니야."

고통스러울 때마다 여기로 도망쳐 왔더니 이번에도 그런 줄 아는 듯했다. 그녀가 고개를 젓자 꼬마의 얼굴이 환해졌다.

"아리아, 안 아프다. 다행, 행복, 안도. 기분 좋아."

사랑스럽고 순수한 호의. 그녀는 편안하게 웃었다.

"고마워."

그녀가 웃자 파이도 배시시 웃었다. 아리아드네는 꼬마의 머리를 쓱쓱 쓰다듬고는 말했다.

"내가 전에 맡겨 둔 것들, 잘 가지고 있지?"

"반짝 노랑, 검붉음, 보관 중. 안전. 필요하다?"

"응, 가져다줘."

파이가 책장 쪽으로 달려가더니 책들 사이에 둔 작은 유리병들을 들고 돌아왔다. 미완성 엘릭서가 담긴 병과 오염수가 담긴 마법진이 그려진 병이었다. 공부방에서 몰래 빼돌렸던 것들.

환상 도서관에 물건을 보관할 수 있다는 것을 알게 된 건 우연이었다. 식사 중에 갑자기 후유증이 도져서 몸부림치다가 파이를 부르며 환상 도서관으로 왔더니 쥐고 있던 스푼이 함께 이동했었다. 스푼을 책장에 두고 나왔더니 현실에서는 그 스푼이 사라졌다.

그 뒤 몇 가지 방식으로 실험을 했고, 결론을 내렸다. 환상 도서관은 생각보다 유용했다.

환상 도서관으로 들어가는 건 혼자서도 가능했지만, 파이를 부르면 조금 더 쉽게 이동할 수 있다. 이름을 부르면 파이가 화답해 주는 듯한 느낌이었다.

그렇게 파이가 도와줄 때면 손에 쥐고 있는 것 정도는 가지고 들어가는 게 가능했다. 가지고 나오는 건 똑같이 손에 들고 현실로 돌아오면 되었고.

'이런 걸 보면 확실히 파이는 환상 도서관에서 태어난 정령이 맞는 거겠지.'

이 세계에서 정령이란 특정한 공간이나 자연물에서 태어나는 생명체였다. 환상 도서관, 그녀의 서재라는 공간에서 정령이 태어나는 것도 있을 법한 일이다.

'그럼 이 환상 도서관이란 곳은 뭘까? 난 왜 여기에 드나들 수 있는 거지?'

당면한 일이 급해서, 따로 알아낼 방법이 없어서 묻어 둔 의문이 새삼 떠올랐다. 갸웃거리는 그녀에게 파이가 양손에 병들을 쥐고 들이밀었다.

"여기, 여기."

"잘 가지고 있었네. 고마워."

아리아드네는 그것들을 받아 챙겼다.

'그래, 환상 도서관의 정체 같은 건 지금 중요한 일이 아니지.'

하루라도 빨리 거래를 해야 했다. 거래하기 전에는 안심할 수가 없었다.

빨리 거래하겠다는 결심과 달리, 아리아드네는 한동안 침실에서 나

오지 못했다. 오래 앓은 데다가 몸이 많이 약해진 탓이었다.

식사는 묽은 수프만. 움직이는 건 푹신한 카펫이 깔린 침실 안에서만. 그녀를 전담하게 된 하녀 루시와 의사 외에는 다른 사람의 출입도 거의 금지였다.

그렇게 근 일주일을 요양하자, 주치의가 드디어 정상적인 식사와 가벼운 산책을 허용했다. 덕분에 아리아드네는 처음으로 변경백과 함께 식사하게 되었다.

루시가 그녀에게 작은 드레스를 입혀 주었다.

"어린 아가씨께서 성에 머물게 된 건 무척 오랜만이라, 창고에서 꺼낸 옛날 옷들뿐이에요."

루시는 몹시 미안한 기색으로 그녀의 눈치를 보았다.

"그중에선 제일 좋은 걸 가져오긴 했지만…… 죄송해요. 많이 낡았죠?"

"아냐, 새것 같은걸."

빈말이 아니었다. 루시가 먼저 말하지 않았다면 눈치채지 못했을 정도로 잘 관리된 드레스였다. 연보라색의 도톰한 드레스는 따뜻하면서 가벼웠다. 몸에 딱 맞았고, 감촉도 마음에 들었다. 무릎보다 조금 밑까지 오는 길이라 움직이기도 편했다.

"이해해 주셔서 감사합니다, 아가씨."

허리의 리본을 마무리한 루시가 전신 거울을 끌어와 그녀 앞에 세웠다.

"어떠세요?"

거울에 비친 모습을 보니 생각보다 더 예쁜 드레스였다. 그녀에게 잘 어울리기도 했고.

"좋아. 이 드레스 마음에 들어."

"네, 정말 잘 어울리셔요."

루시는 아가씨를 보며 흐뭇하게 웃었다.

'그새 혈색이 나아지셨네.'

거울을 들여다보던 아리아드네가 갑자기 왼쪽으로 갸우뚱, 오른쪽으로 갸우뚱하고는 한 손으로 치맛자락을 쥔 채 한 바퀴 빙 돌았다.

그 광경을 본 루시는 심호흡을 했다.

'귀여워!'

아가씨 앞이 아니었다면 귀여워 죽겠다고 소리치며 발을 동동 구르고 싶은 심정이었다.

아리아드네는 그저 드레스를 관찰하는 중이었다. 문득 떠오른 의문 때문에.

'변경백에게는 아들 하나밖에 없어. 위버성에 있던 오래된 아이용 드레스라면, 혹시?'

그녀는 그 의문을 입 밖에 내었다.

"이거…… 혹시 엄마가, 아니, 어머니가 어릴 때 입으셨던 드레스야?"

루시의 눈이 동그래졌다. 그녀는 손으로 입가를 가린 채 작게 감탄했다.

"어머, 그렇겠네요! 전 변경백님의 막내 따님께서 좋아하던 옷이라고 들었거든요! 그분이 현 변경백님께는 막냇동생이니, 이건 아가씨 어머님의 드레스였군요. 어쩐지 아가씨와 잘 어울린다 싶었어요."

루시가 들떠서 재잘거렸다. 아리아드네는 가만히 레이스 자락을 쓸어 보았다.

'정말로 엄마가 어릴 때 입던 옷이라니…….'

아련한 그리움과 묘한 애틋함이 느껴졌다. 글로리아는 전생과 현생을 통틀어 그녀가 처음으로 가져 본 사랑하는 엄마였다. 두 생을 걸쳐 간신히 얻었는데 금세 잃어버린 엄마.

'……엄마 보고 싶어.'

울컥 솟으려 하는 눈물을 꾹 눌러 삼켰다. 엄마를 사랑하면 더 열심히 살아남아야지. 너무 빨리 엄마 곁에 가면 슬퍼하실 테니까.

"어머님께선 지금 하늘에서 기뻐하고 계실 거예요."

그사이 정리를 끝낸 루시가 중얼거렸다.

"응?"

"외람되지만…… 제가 아가씨의 어머님이었다면 기뻤을 것 같거든요."

루시는 다정하게 웃으며 그녀에게 손을 내밀었다. 아리아드네는 그 손을 잡으며 되물었다.

"왜?"

"당신께서 어릴 적 즐겨 입던 옷을 좋아하는 딸이라니, 얼마나 사랑스러울까요. 당신께서 어린 시절을 보냈던 고향에 딸이 온 것도 기쁘실 거고요."

아리아드네는 루시의 손을 잡은 채 걸으며 주위를 둘러보았다. 흰 표범과 눈송이가 수놓인 태피스트리가 걸려 있는 복도. 짙은 자주색의 융단. 줄줄이 늘어선 은 촛대들. 길쭉한 유리창들.

'그렇구나. 여긴 엄마가 어린 시절을 보낸 고향이야.'

외가니까 당연한 일인데 잊고 있었다.

어린 시절의 엄마를 상상해 본다. 갈색 머리카락의 소녀가 연보라색 드레스를 걸친 채 이 성의 복도를 뛰어다니는 것을.

'엄마, 어릴 때 말괄량이였댔지.'

"엄마는 어릴 때 복도에서 뛰다가 넘어져서 흉터까지 생겼단다. 여기, 보이지?"

"그러니까 넌 조심하렴. 네 고운 피부에 흉이 지면 엄마는 슬퍼서 엉엉 울 거야."

엄마가 장난스럽게 우는 척을 하며 했던 말들.

"엄마가 자란 고향은 겨울이면 창밖이 눈 때문에 하얗게 보였단다. 도화지 같길래 그 유리창에 낙서를 했다가 얼마나 혼났던지."

엄마가 뛰어다녔을 복도. 엄마가 낙서했을 유리창.

엄마가 살던 집. 엄마의 고향.

갑자기 이 낯선 곳이 몹시 친근하게 느껴졌다.

루시는 아리아드네가 물기가 감도는 눈으로 사방을 살피는 것을 보았다. 그녀는 미소 지으며 걸음을 늦췄다. 어린 아가씨가 엄마의 고향을 천천히 알아 갈 수 있도록.

대식당 입구에서 변경백이 기다리고 있었다. 아리아드네가 입은 옷을 알아본 변경백의 눈썹이 꿈틀거렸다.

글로리아가 어릴 때 특히 좋아했던 드레스.

"그 옷은……."

그는 목이 메어 헛기침을 한 차례 했다. 잘 어울리는구나, 라는 말이 잠긴 목에 걸려 잘 나오지 않았다. 막내가 연상되어 붉어진 눈시울을 감추려고, 변경백은 부러 눈에 힘을 주고 앞만 보았다.

'그러고 보니, 저 애가 입을 옷이 별로 없겠구나.'

하나뿐인 조카한테 귀하고 좋은 옷을 잔뜩 입혀 주고 싶어졌다.

'코트랑 목도리에 쓸 모피는 고운 것으로 직접 사냥해야겠군. 검은 담비나 눈여우가 좋겠어.'

"……곧 재봉사를 불러 새 옷들을 만들어 주마."

아리아드네는 눈살을 찌푸린 변경백이 딱딱하게 내뱉는 말을 듣고 풀이 죽었다.

'내가 엄마의 옷을 입고 있는 게 마음에 안 드나 봐. 엄마랑 하나도 안 닮아서 그런가.'

혼자 차올랐던 친근감이 삽시간에 쪼그라들었다. 각오했으니 실망하지 말자. 그녀는 결심을 되새기며 식당 안으로 들어섰다.

눈보라성의 대식당은 넓었다. 웅장한 대리석 식탁 위로 스테인드글라스가 알록달록한 그림자를 드리우고 있었다.

상석에 변경백의 자리가, 그 자리의 반대편 끝에 아리아드네의 자리가 마련되었다. 손님과 주인 사이의 보편적인 격식에 따른 자리 배치였다. 식탁이 큰 만큼 두 자리 사이도 기나길었다. 작은 아리아드네가 저 거리에 앉으면 변경백에겐 얼굴도 제대로 안 보일 게 뻔했다.

변경백은 바로 턱짓을 했다.

"아리아드네의 자리를 옮겨라."

"예, 주인님."

집사는 예상했다는 듯 빠르게 자리 배치를 바꾸었다. 변경백 바로 옆으로.

아리아드네는 조금 더 우울해졌다.

‘불청객이니 손님 대우를 해 줄 순 없다는 뜻일까.’

그녀가 무슨 오해를 하고 있는지 전혀 모르는 변경백은 제 옆에 앉은 아이의 자세가 지나치게 꼿꼿하다고 생각했다.

“편히 먹으렴, 아리아드네.”

“……네.”

변경백은 편하게 먹으라고 했지만 아리아드네는 편안해질 수가 없었다. 그녀는 잔뜩 긴장한 채로 스푼을 들었다. 스푼이 그녀에게는 제법 컸다. 어린이용 식기가 성에 없었던 탓이다. 수프를 먹을 때처럼 티스푼으로 대체하기엔 정찬이라 격식에 어긋났다.

아리아드네는 스푼의 크기를 보고 에피타이저로 나온 달걀 요리를 스푼 끝으로 조금만 떴다. 딱 한입에 먹을 수 있을 만큼만. 스푼으로 뜬 음식을 한입에 먹지 않고 남기는 건 예법에 어긋났다.

그녀는 큼직한 달걀 요리를 그렇게 야금야금 파먹었다.

‘꼭꼭 씹어야 해.’

수프가 아닌 식사는 오랜만이고, 긴장한 상태라 체할까 봐 두려웠다. 희미한 기억 속에서 대마법사의 앞섶에 토했던 게 떠올라서 더 열심히, 천천히 먹을 수밖에 없었다.

‘체하면 안 돼. 식사를 하고 나면 바로 엘릭서 얘길 해야 한다고.’

그녀는 심각했지만 그녀를 보는 주위 사람들은 흐물흐물 풀어지는 중이었다. 조그만 아이가 심각한 표정으로 오물거리고 있는 게 귀여워서였다. 야무지게 스푼을 쥔 손은 앙증맞기 그지없고, 한입에 먹는 양은 병아리가 쪼아 먹는 수준이었다.

먹다 말고 쏟아지는 시선을 느낀 아리아드네가 주위를 돌아보았다. 식당 주위에 고용인들이 늘어선 것은 엘디어와 똑같았다. 다른 것은 표정과 태도. 이곳 사람들은 하나같이 살갑고 친절한 얼굴을 하고 있다.

'여기선 먹다가 스푼을 빼앗기진 않겠지.'

그런 생각이 들자 날이 서 있던 긴장감이 약간 뭉그러졌다. 비로소 입안에 있는 음식의 맛이 제대로 느껴졌다.

'맛있다.'

한동안 수프만 먹은 탓인지 간단한 달걀 요리조차 엄청나게 맛있었다. 그녀는 양껏 먹은 뒤 고개를 들었다. 다음 요리를 내온 고용인이 그녀와 눈이 마주치자 미소를 짓고 그릇을 내려놓았다.

'이 사람도 루시처럼 웃어 주네.'

그녀는 시험 삼아 주위의 고용인들과 하나하나 눈을 맞춰 보았다. 눈이 마주치는 사람마다 반갑게 미소 지으며 고개를 살짝 숙여 보였다.

'아무도 시선을 피하지 않아. 차갑게 훑어보거나 찡그리지도 않고.'

별것 아닌 일인데도 기분이 들떠서 볼이 달아오른다. 역시 다르다. 공작이 감시인 같은 이들만 그녀 곁에 남겨 두었던 엘디어와는 정말로 다르다.

전생의 기억을 찾기 전, 아리아드네는 아무도 웃어 주지 않는 환경에서 그나마 웃어 주는 아빠에게 사랑받으려 애썼었다.

'공부방에서만 웃어 줬었지, 그 작자는.'

전생을 떠올린 뒤로는 모든 게 그녀를 어르려던 공작의 수작이었음을 깨달았지만, 알면서도 마음이 흔들릴 때가 있었다.

어린 몸이 말을 듣지 않아서.

그러니까, 외로워서.

'……돌아가고 싶지 않아.'

여기가 좋았다. 엄마의 고향이, 그녀에게 웃어 주는 사람이 있는 곳이. 그녀는 고용인들에게 마주 웃음을 돌려주었다.

볼을 붉힌 아이가 일일이 눈을 맞추며 수줍게 웃는다. 사랑스러운 모습이었다. 다들 입꼬리를 주체하지 못했다. 소리 없는 미소가 식당 내에 번져 갔다. 무뚝뚝한 집사마저도 흐뭇한 미소를 머금었다.

변경백도 예외는 아니었다. 자식이라곤 시건방진 아들내미뿐인 그에게 방긋거리는 얌전한 아이란 몹시 낯선 생물이었다. 그냥 봐도 귀여운데 하나뿐인 조카라 애틋하기까지 했다.

하물며 어제까지만 해도 제대로 된 음식조차 못 먹을 정도로 몸이 좋지 않았던 아이다. 그런 아이가 잘 먹고 있으니 입가에 묻은 음식까지 귀여워 보일 지경이었다.

변경백은 식사도 멈추고 아이가 먹는 것을 지켜보았다. 그의 강인한 얼굴이 못 봐 줄 정도로 풀어졌다. 뒤늦게 주인의 헤벌쭉한 표정을 본 집사가 헛기침을 했다.

'주인님, 체통을 좀…….'

헛기침 소리에 정신을 차린 변경백은 얼른 표정을 가다듬었다.

'진중하고 든든하게 보여야지.'

주치의 제일린은 아리아드네가 계속 불안해하는 기색이라고 알려주었다. 문이 열릴 때마다 깜짝깜짝 놀라고 무서운 누군가가 들어올 것처럼 두려워한다고. 하녀 루시는 아가씨가 악몽을 꾸시는 것 같다고 보고했다. 아침에 보면 식은땀이 가득할 때가 있다고.

'내가 저 아이를 안심시켜 줘야 한다.'

누가 오든 든든한 외삼촌이 자길 지켜 줄 거라 느끼면 더는 불안해하지 않겠지?

변경백은 그렇게 생각하며 부러 더 어깨를 펴고 바른 자세를 유지했다. 자연히 표정도 험악해졌다.

메인 요리를 먹다 말고 변경백 쪽을 본 아리아드네가 움찔 놀랐다. 덩치 큰 변경백이 무표정하게 쳐다보니 이걸 죽이고 먹을지 산 채로 먹을지 고민하는 맹수처럼 보였다.

작은 아가씨가 놀라는 것을 본 집사가 다시 헛기침을 했다.

'주인님, 표정 관리 좀…….'

'내가 아직도 얼빠진 얼굴을 하고 있나.'

변경백은 눈치 없이 더 낯을 굳혔다. 풀어지려는 입매를 딱 부여잡고 등을 세운 채 식사에 집중했다. 집사는 이마를 부여잡았다.

아리아드네는 한마디 말조차 하지 않고 인상을 쓰는 변경백의 태도에 점점 불안해졌다. 그러고 보니, 대식당에서 정찬 중인데도 대마법사가 보이지 않는다. 사실 대마법사는 여태까지 한 번도 나타나지 않았다. 그녀를 데려온 당사자인데도 말이다. 백작 부인과 소백작은 겨울이 시작되기 전에 오염 지역으로 떠났다고 들었다.

'백작 부인이 위버의 눈표범 기사단 단장을 겸하고 있댔지.'

성에 없으니 그녀가 지금까지 그들을 보지 못한 건 당연하다. 그들은 눈보라가 그친 뒤에나 돌아올 예정이었다.

'하지만 대마법사는 계속 서쪽 탑에 머물고 있다고 했는데.'

루시가 알려 줬었다. 눈보라성의 서쪽 탑은 대마법사의 거처고, 대마법사는 거기서 지내고 있다고.

'날 변경백에게 완전히 떠맡겨 버린 걸까?'

데려가 달라고 해서 데려왔더니 울고, 기절하고, 앓고, 토하기까지 했으니 짜증이 났겠지.

지긋지긋해진 대마법사가 아들에게 네 조카니까 네가 알아서 하라며 떠맡기고, 난데없이 아픈 애를 돌보게 된 변경백의 그림이 그려졌다.

처음엔 가여우니까 잘해 줄 수도 있다. 그러나 억지로 떠맡은 불청객이 일주일이 넘도록 요양만 하고 있으면, 동정이 식으면서 귀찮아질 만도 했다.

'이제 다 나았으니까 빨리 엘디어로 돌아가라고 할지도 몰라.'

등줄기가 서늘해졌다. 맛있는 식사나 웃어 주는 사람들에게 기뻐하고 있을 때가 아니었다. 입맛이 뚝 떨어졌다. 아리아드네는 디저트가 나오기도 전에 식기를 내려놓았다. 드레스 안쪽의 주머니에 챙겨 놓은 것들의 감촉이 느껴졌다. 그녀는 심호흡을 하고 입을 열었다.

"변경백님."

"음?"

"드릴 말씀이, 아니, 보여 드리고 싶은 것이 있어요. 아주 중요한 거예요."

"벌써 다 먹었느냐?"

변경백이 의아하게 되물었다. 아리아드네는 얌전히 고개를 숙였다.

"네, 이제 충분해요."

"너무 적게 먹는구나. 디저트도 아직 나오지 않았는데."

혀를 찬 변경백이 손수건을 꺼내 들었다. 그가 손을 뻗어 아리아드네의 턱을 조심히 받쳐 들고, 손수건으로 그녀의 입가에 묻은 것을 닦아 냈다.

워낙 자연스러워서 바로 반응하지 못했다. 변경백이 더러워진 손수건을 집사에게 건넨 후에야 아리아드네는 방금 무슨 일이 있었는지 깨달았다. 그녀 딴에는 완벽하게 식사를 했는데 어린 몸이 생각대로 움직이지 않은 모양이었다.

'이게 무슨 추태야.'

입가를 더럽힐 정도로 지저분하게 식사를 하다니. 여기가 엘디어성이었다면 바로 공작에게 보고가 들어갔을 터다. 호되게 야단맞고 벌을 받았겠지.

아리아드네는 새빨갛게 달아올라 고개를 푹 숙였다.

"죄송합니다."

"으음? 갑자기 뭘……."

"식사 예절을 제대로 지키지 못했습니다. 죄송합니다. 다시는 이런 실수를 하지 않겠습니다."

반사적으로 쏟아져 나오는 아리아드네의 사과를 들은 변경백의 얼굴이 굳었다. 잠시 침묵한 그가 한숨을 쉬었다.

"아리아드네, 네가 몇 살이었지?"

"일곱 살이에요."

"그래, 넌 아직 일곱 살이다. 그런데 꼭 열일곱 살처럼 행동하려 하는구나. 아니, 그보다 더 어른스럽게 굴려 해. 굳이 그럴 필요는 없다."

애답지 않아서 징그럽다는 뜻일까. 전생의 할머니가 그랬던 것처럼. 그러고 보니 처음 만났을 때도 지나치게 어른스럽다고 했었지.

아리아드네는 눈을 내리깔았다.

"……네, 명심하겠습니다."

그녀의 반응에 변경백은 당황했다. 어, 이게 아닌데.

달래고 위로하려던 건데 야단을 친 것 같은 모양새가 되어 버렸다. 뭐라고 말해야 아이가 이해할까. 그가 버벅거리는 사이 아리아드네가 고개를 들고 입을 열었다.

"변경백님, 혹시 대마법사님도 불러 주실 수 있나요?"

"음?"

"제가 보여 드릴 건 대마법사님도 꼭 함께 보셔야 하는 거라서요."

"뭘 보여 주려고 그러느냐?"

변경백이 의아한 듯 눈썹을 치떴다. 아리아드네는 한 호흡을 고르고 대답했다.

"제 아, 버지가, 절 이용해서 무엇을 하셨는지 알려 드리려고요."

아버지라고 부르기 싫어서 혀를 씹을 뻔했다.

변경백은 잠시 말이 없었다. 가만히 그녀를 내려다보던 그가 불현듯 손을 뻗었다. 따뜻하고 큰 손이 그녀의 머리를 부드럽게 쓰다듬었다. 그는 무거운 한숨을 쉬었다.

"내게만 알려 주어도 충분하단다, 아리아드네. 대마법사님께는 내가 전달해 드리마."

역시 대마법사는 그녀가 보기 싫어진 모양이다. 원작대로니 별로 이상한 일은 아니었다.

'다정할 때가 더 이상했지.'

그래도 이건 대마법사가 직접 보아야 했다. 직접 보지 않으면 믿기 어려운 일이고, 두 번 재현하기도 어려운 일이었다.

그녀가 빼돌린 오염수는 딱 한 방울이었다. 따라서 미완성 엘릭서를 시연하는 것도 한 번이 한계다.

'솔직히 그 짓을 두 번 할 엄두도 안 나.'

얼마나 고통스러운지 잘 아니까 한 번으로 끝내고 싶었다. 그녀는 변경백의 초록색 눈동자를 똑바로 올려다보며 말을 이었다.

"안 돼요. 대마법사님이 오시기 전까진 절대 알려 드릴 수 없어요."

"이 외삼촌만으로는 부족하다는 뜻이냐?"

"……네. 대마법사님이 꼭 필요해요."

건방지게 보여도 어쩔 수 없었다. 어차피 호감을 얻는 건 기대하지 않았다.

'그럴 자신도 없고.'

막연한 호감이나 동정보다 명확하고 합리적인 이득이 훨씬 믿을 만했다.

변경백이 묘한 눈초리로 그녀를 훑었다. 그녀로서는 읽기 어려운 표정이었다. 아리아드네는 떨면서도 등을 곧게 펴고 시선을 받아 내었다. 어린애가 막무가내로 떼쓰는 것으로 보이는 건 곤란했다.

한동안 그렇게 침묵이 흘렀다. 잠시 후 변경백이 집사를 불렀다.

"아버지를 모셔 와라."

집사가 약간 난감한 기색을 띠었다.

"주인님, 아시다시피 대마법사님께서는……."

"고집불통 노인네."

짧게 투덜거린 변경백이 집사에게 가까이 오라고 손짓했다. 그는 아리아드네가 듣지 못하도록 집사의 귓가에 작게 속삭였다.

"당장 오지 않으면 공녀를 엘디어로 돌려보내겠다고 해. 무슨 뜻인지 알겠나?"

"……알겠습니다."

집사가 예를 취하고 물러났다. 변경백은 자리에서 일어나더니 아리아드네를 달랑 들어 올렸다.

"……!"

"디저트를 맛보면서 기다리자꾸나. 주방장이 널 위해 심혈을 기울여서 준비했다던데."

그는 그녀를 한쪽 팔로 안은 채 대식당 옆의 작은 방으로 자리를 옮겼다. 벨벳 소파에 아리아드네를 앉히며 변경백은 속으로 한탄했다.

'너무 가볍군.'

안아 들어 보니 아이가 지나치게 조그맣고 가벼웠다. 손에 힘을 주기도 무서울 지경이었다.

'에리히는 이 나이 때 훨씬 크고 묵직했던 것 같은데. 잘 먹여야겠어.'

그는 고용인에게 디저트 외에도 아이가 좋아할 과자류를 더 챙겨오라고 일렀다.

금세 테이블이 달콤한 것들로 가득 찼다. 주방장이 심혈을 기울였다는 디저트는 설탕으로 만든 눈보라성이 장식된 초콜릿 케이크였다. 절로 감탄이 나오는 모양새였지만, 아리아드네는 긴장한 채 문 쪽을 힐긋거리느라 디저트들에 거의 손을 대지 못했다.

'지금은 도저히 못 먹겠어.'

변경백의 눈치가 보여 억지로 조금 맛보다가 내려놓았다.

다행인지 불행인지, 금방 분노에 찬 발걸음 소리가 들렸다. 쿵쿵 복도를 울리며 다가온 이가 방문을 발로 차서 열었다.

"아들놈아, 돌았느냐? 애를 어디로 돌려보낸다고?"

대마법사는 시뻘겋게 달아오른 얼굴로 들어왔다. 그가 냅다 고함을 질렀다.

"인정머리 없는 놈! 금수만도 못한 것! 네놈이 내 손에 죽고 싶어져서……."

소파에 앉아 있는 아리아드네를 본 대마법사의 말끝이 흐려졌다.

벌겋던 그의 낯빛이 하얘졌다가 파래졌다.

"오셨습니까, 앉으시죠."

변경백이 자리를 권하는데도 대마법사는 움직이지 않았다. 오히려 슬금슬금 뒷걸음치려 들었다.

"아버지, 언제까지 도망치실 작정입니까?"

변경백이 짜증스럽게 말했다. 대마법사가 눈을 부라렸다.

"도망치다니, 내가 언제?"

"지금이요, 지금. 튀려고 자세 잡으셨잖습니까."

"이, 이놈 자식이, 아비한테 말하는 것 좀 보게."

"튀려던 거 부정은 못 하시네요. 앞으로 영원히 외손녀 얼굴 안 보고 사실 작정입니까?"

"……."

대마법사가 입을 다물고 변경백을 노려보았다. 그는 아리아드네 쪽을 보지 않으려 애쓰는 기색이었다.

'내가 진짜 보기도 싫은가 봐.'

아리아드네는 속으로 한숨을 쉬고 입을 열었다.

"대마법사님, 잠깐만 참아 주세요. 보셔야 할 것이 있거든요."

"아, 아가야, 나는……."

"지금부터 오염을 치료하는 방법을 보여 드릴게요."

"……뭐?"

마음의 준비는 아까 다 했다. 그녀는 빠르게 일을 끝내 버리기로 마음먹고 두 개의 유리병을 꺼내 들었다.

"일단 이걸 봐 주세요."

변경백과 대마법사가 그녀가 꺼내 든 것을 보았다. 오염수가 든 유리병에 새겨진 마법진을 한눈에 알아본 대마법사의 표정이 일변했다.
"그건……!"
"네, 이쪽은 오염수예요. 다른 하나는 개발 중인 오염의 치료제고요."
그녀의 태연한 말에 변경백의 낯빛이 극적으로 변했다. 지뢰밭 위에서 뛰어다니는 어린애를 보는 듯한 얼굴이었다. 대마법사나 변경백이나, 오염수라는 말에 놀라 다른 하나가 오염의 치료제라는 뒷말은 제대로 듣지도 못했다.
"아, 아리아드네, 그건 어디서 났느냐? 아니, 아니, 일단 이리 다오. 위험해."
"아가야, 넌 그게 얼마나 무서운 건지 모를 게다. 제발 내려놓거라, 응? 천천히, 이렇게."
그들이 초조하게 손을 내밀었다. 위험해서 함부로 빼앗지도 못하는 모양이었다.
'하긴, 이건 전생으로 치면 방사능, 아니, 방사능보다 훨씬 더 끔찍한 물질이지.'
'오염'이란 이 세계의 환경이 마계처럼 변화하는 현상을 의미했다.
이 세계, 엘리시움에 오염이 처음 등장한 건 백 년 전쯤이었다. 그즈음 세상 곳곳에 돌연 미궁이라는 것이 생겨났다. 미궁은 생겨나는 즉시 주위 환경을 오염시켰다.
하늘이 일그러지고, 땅이 변했다. 공기조차 성분이 변했다. 오염된 공간은 완전히 다른 세상처럼 보였다. 오염된 것과 접촉한 생물은 모조리 죽었다. 인간도 예외는 아니었다.
미궁에서는 오염뿐만 아니라 마물도 쏟아져 나왔다. 마물은 지금까지 이 세계에 존재했던 괴물들과는 완전히 다른 이계의 생물이었다.

그것들은 살아 있는 것이라면 뭐든 닥치는 대로 잡아먹었다. 배가 부르면 그냥 죽였다. 마치 모든 생명체의 말살을 노리는 것 같았다.

이 시기에 정말 많은 사람이 죽었다. 그러나 사람들은 절망하지 않았다. 수많은 희생과 노력 끝에 마물을 사냥하는 방법을 하나씩 찾아냈다. 오염 지역에서 버티는 방법과 미궁을 봉인하는 방법도 밝혀졌다.

연구 끝에 이 모든 사태가 다른 세계, 즉 마계의 침략에서 비롯되었다는 것도 알게 되었다. 미궁은 마계의 전초 기지였으며, 마물은 군대였고, 오염 지역은 점령지였다. 말하자면 이것은 세계 간의 전쟁이었다. 엘리시움은 백 년째 마계와 성전을 치르고 있다.

오염수는 그 과정에서 발견된 물질이었다. 미궁에 흐르는 혈액 같은 액체로, 접촉한 모든 것을 오염시키는 성질이 있었다. 미궁에서 흘러나온 오염수가 땅에 스며들며 오염 지역을 조금씩 넓히는 것이다.

오염이 퍼지는 원인이자, 특수 제작한 유리병이 아니면 옮길 수도 없는 지독한 물질. 당연히, 사람은 닿기만 해도 죽는다.

"우선 이게 오염수라는 증거를 보여 드릴게요."

아리아드네는 창백해진 변경백과 경악한 대마법사의 앞에서 오염수 병을 열었다. 그러곤 그대로 병을 기울여 손바닥에 오염수를 떨어뜨렸다.

"무슨, 헉!"

"아리아드네!"

대마법사가 헛바람을 들이켰고 변경백이 비명처럼 그녀의 이름을 불렀다. 오염수가 떨어진 곳부터 살이 썩어 들어가기 시작했다. 삽시간에 손 전체가 보랏빛이 되며 갈라진 피부에서 피가 뚝뚝 떨어졌다.

아리아드네는 입술을 깨물며 고통을 참았다.

'참을 만해.'

몸 안에 이것보다 훨씬 많은 양을 직접 주사당하는 실험을 몇 번이나 겪어 보았다. 그에 비하면 피부에 한 방울 정도는 견딜 만한 통증이었다. 이마에 식은땀이 송골송골 맺히고 손이 부들부들 떨리는 건 어쩔 수 없었지만.

"보셨지요? 이건 확실한 오염수……."

"시, 신관! 신관!"

"제기랄!"

대마법사는 넋이 나가 소리를 지르며 자리에서 일어났다. 변경백은 이를 악물고 검을 뽑아 들었다. 오염은 치료할 수 없다. 오염된 자의 결말은 끔찍한 고통 속에서 죽어 가는 것뿐이다.

'오염이 퍼지기 전에 팔을 자르면 그나마 살아남을 가능성이 있다!'

아리아드네는 변경백이 무슨 의도로 검을 꺼내 든 건지 바로 알아차렸다.

"괜찮아요, 변경백님. 전 죽지 않아요."

그녀는 침착하게 말하며 다른 하나의 병을 들어 올렸다. 황금빛 액체가 병 안에서 찰랑거렸다.

"진정하시고 이걸 보세요."

조그만 유리병을 연 그녀가 황금빛 액체를 손바닥에 쏟아부었다. 태양을 녹인 것 같은 액체가 그녀의 손바닥을 가득 적시자, 갈라진 살이 아물고 피부의 보랏빛이 눈에 띄는 속도로 사라졌다.

"……!"

검을 뽑아 든 변경백도, 자리에서 일어났던 대마법사도 그대로 얼어붙었다. 그들은 숨을 쉬는 것도 잊은 채 아리아드네의 작은 손안에서 일어나는 기적을 지켜보았다.

황금빛 액체가 전부 스며들었다. 얼마 지나지 않아 그녀의 손바닥은 상처 하나 없이 깨끗한 상태로 되돌아왔다.

"어때요?"

아리아드네는 식은땀이 가득한 얼굴로 손바닥을 내밀며 웃었다.

"이게 오염 치료제, 엘릭서의 효과예요."

변경백의 손에서 검이 미끄러져 떨어졌다. 그가 한 번 쥔 검을 놓친 건 십수 년 만의 일이었다. 그 정도로 놀랐다는 뜻이다.

먼저 움직인 건 대마법사였다. 그는 화등잔처럼 커진 눈으로 아리아드네의 손을 움켜쥐었다. 매끈한 그녀의 손바닥을 확인한 대마법사가 고장 난 인형처럼 중얼거렸다.

"마, 마, 말도 안 돼. 말도 안 돼……."

아리아드네는 대마법사에게 손을 내준 채 말했다.

"제 아, 버지는, 엘릭서를 개발하고 계셨어요. 제 팔에 있는 상처는 아버지가 제 몸에 엘릭서를 실험해 본 흔적이고요."

대마법사의 동작이 딱 굳었다. 변경백이 멀거니 입을 벌렸다가 마른세수를 하고 물었다.

"엘디어 공작이, 너한테 저걸 실험했다고?"

"네."

"……정확히 어떤 방식으로?"

"엘릭서를 주사한 다음 오염수를 주사해서, 어떻게 되는지 지켜보는 식으로요."

그 순간 변경백이 떠올린 것은 주치의 제일린이 했던 말이었다.

"오염, 오염이라, 그건 가능성이 있겠군요. 저런 식으로 전신을 망가뜨리는 독이란 게 흔치 않거든요. 그런데 오염이면 즉사했을 텐데, 어떻게……."

비어 있던 퍼즐 조각이 딱 맞물리는 느낌이었다. 다만 완성된 그림이 그가 예상했던 것보다 더 잔혹했다. 변경백은 손으로 얼굴을 덮고 신음을 흘렸다.

아리아드네는 요양하는 동안 몇 번이나 머릿속으로 연습했던 대로 차분하게 말을 이었다.

"공작은 제 상태를 지켜보면서 엘릭서를 발전시켰어요. 이건 아직 미완성이거든요."

"미완성이라고, 이게……?"

대마법사가 얼이 빠진 투로 물었다. 그녀는 엘릭서가 남은 병을 들어 올리며 답했다.

"엘릭서 자체도 독에 가까워서요. 지금의 엘릭서는 저 말고는 아무도 못 견뎌요. 효과도 여러모로 부족하고요."

그녀가 엘릭서 병을 대마법사의 손에 올려 주었다. 대마법사가 얼떨떨하게 제 손 위의 유리병을 내려다보았다.

"이걸 드릴게요."

"……!"

"지금까지 저를 도와주신 보답이에요, 그리고……."

아리아드네는 대마법사의 손을 양손으로 감싸 유리병을 쥐도록 유도했다. 그러곤 고개를 들어 그들과 똑바로 시선을 마주했다.

"제 요구를 들어주신다면, 미완성이 아니라 완성된 엘릭서를 드리겠어요.”

“요구? 어떤 요구?”

대마법사가 바보처럼 되물었다. 아리아드네가 대답했다.

“제가 어른이 될 때까지 공작으로부터 저를 지켜 주세요.”

“…….”

“저는 엘디어로 돌아가고 싶지 않아요.”

“…….”

“재료만 구해 주시면 여기서 머무는 동안 엘릭서를 계속 만들어 드릴게요.”

변경백과 대마법사가 할 말을 잊은 얼굴로 그녀를 보았다.

대가가 부족한가? 그럴 리가 없는데. 잠깐 기다리던 그녀는 불안한 심정으로 말을 이었다.

“어른이 된 뒤에도 재료비만 받고 만들어 드릴게요.”

그들은 여전히 말이 없었다. 그녀는 마른침을 삼키고 덧붙였다.

“엘디어 공작은 방금 드린 것 같은 미완성 엘릭서밖에 못 만들어요. 절 가지고 할 실험이 한참 남았거든요.”

“…….”

“완벽한 엘릭서를 만들 수 있는 건 저뿐이에요. 얼마든지 확인해 보셔도 돼요.”

더는 할 말이 없었다. 그녀마저 입을 다물자 방 안에 기나긴 침묵이 흘렀다.

‘이 정도면 빠르게 계산을 끝낼 줄 알았는데.’

아리아드네는 변경백과 대마법사의 안색을 살피며 조마조마하게 기다렸다.

'최악은 날 고문해서라도 엘릭서의 제조법을 알아내려 하는 것. 최선은 저들이 내 제안을 받아들이고 약속을 지켜 주는 것.'

결과는 최악과 최선 사이 어디쯤일까. 중간이라면, 당장은 약속을 지키는 척하다가 나중에 배신할 수도 있겠지. 그것도 그럭저럭 나쁘지 않은 결과였다.

'그래도 되도록 최선에 가까웠으면 좋겠는데…….'

엘릭서의 가치를 그들이 깨닫지 못할 리가 없다. 이렇게 가치 있는 것을 쥐고 있는 게 무력한 어린아이라면 힘으로 빼앗아 버리고 싶은 유혹을 느끼는 것도 이상하지 않다.

그래서 그녀는 최악의 결과가 나올지도 모른다고 예상했다.

'최악이면…… 나도 최악의 수단을 쓰는 수밖에.'

곧바로 정령사가 되어 달아나는 것. 어린 나이에 정령술을 쓰는 게 너무 위험해서 미뤄 둔 최후의 방법이었다.

침묵이 길어지고 있었다. 아리아드네는 더는 견디지 못하고 입을 열었다.

"완벽한 엘릭서를 만들어서 검증한 뒤에 결정하셔도 돼요."

그녀의 말이 신호가 된 것처럼 굳어 있던 대마법사와 변경백이 동시에 입을 열었다.

"아가……."

"아리……."

그들이 서로에게 시선을 주었다. 눈짓으로 무언가 대화를 나눈 뒤에 변경백이 먼저 입을 열었다.

"아리아드네."

그는 이름만 불러 놓고 물끄러미 그녀를 바라보기만 하다가, 무겁게 물었다.

"언제부터 그런 실험을 당한 거냐?"

예상하지 못한 질문이었다. 아리아드네는 손끝으로 옷자락을 만지작거리며 대답했다.

"정확히 기억은 안 나요. 네 살 가을이었나, 그쯤부터였을 거예요. 그때쯤 공작이 제가 엘릭서를 실험하기 딱 좋은 체질이라는 걸 알아차렸거든요."

"신이시여."

신음한 변경백이 양손에 얼굴을 파묻었다. 그리고 대마법사가 한탄했다.

"내 죄구나. 다 내 죄야……."

대마법사는 힘없이 주저앉아 한탄을 반복했다. 변경백이 그런 대마법사를 흘깃 보더니 깊은 한숨을 쉬고 자리에서 일어났다.

그가 아리아드네의 앞에 무릎을 대고 앉으며 눈높이를 맞췄다. 아리아드네는 변경백이 제 앞에 무릎을 꿇다시피 앉은 게 부담스러워 몸을 뒤로 뺐다. 변경백이 그런 그녀에게 손을 뻗었다. 커다란 손이 땀에 젖어 달라붙은 백금색 머리칼을 조심히 쓸어 넘겼다.

"땀을 많이 흘렸구나."

"……."

"아팠느냐? 아니, 멍청한 질문이군. 당연히 아팠겠지……."

그가 새 손수건으로 꼼꼼히 그녀의 땀을 닦아 냈다. 아리아드네는 당황했다. 거래를 제안한 뒤 처음 나온 질문들이 어떤 실험이었느냐, 언제부터 그런 실험을 당했느냐, 아팠느냐, 라니.

'엘릭서를…… 그 기적을 보고도 이런 것들부터 묻는다고?'

그녀가 가정했던 최선과 최악 사이의 범위를 벗어나는 상황이었다. 어떻게 반응해야 할지 감이 잡히지 않았다.

식은땀을 전부 닦아 낸 변경백이 그녀의 손을 잡아 올렸다. 상처 하나 남지 않은 것을 다시 확인하며 그가 말했다.

"혹시 가지고 있는 오염수가 더 있느냐?"

"아뇨, 더는 없어요."

엘릭서의 효능을 다시 확인하고 싶은 모양이다. 아리아드네는 반사적으로 긴장했다.

"오염수를 새로 구해 주시면, 제가 다시 검증을……."

"아니, 그럴 필요는 없다!"

질겁한 변경백이 버럭 고함을 질렀다가 아리아드네가 질끈 눈을 감는 것을 보고 얼른 목소리를 낮추었다.

"……더는 없다니, 다행이구나."

변경백은 그녀의 조그만 오른손을 양손으로 감싸 쥐고 들여다보았다.

"아리아드네, 내가……."

그는 말문을 떼고도 한참 말을 잇지 못했다. 그런 그를 불안하게 살피던 아리아드네가 먼저 말했다.

"쉬운 결정이 아니라는 건 저도 알아요. 엘디어 공작과 정면으로 충돌하게 될 테니까요. 그러니……."

"아니, 아니야, 공작 따위가 무슨 상관이라고. 그런 건 문제가 안 돼."

공작 '따위'라니. 엘디어 공작과 척을 지는 게 문제가 아니면 내세 뭐가 문제란 말인가. 아리아드네가 갸웃거리자 변경백이 재차 한숨을 쉬고는 혼잣말처럼 중얼거렸다.

"내가, 네게 전혀 신뢰를 주지 못했구나. 그래, 그럴 수밖에 없겠지. 네가 겪은 건 고작 몇 마디 말로 어떻게 될 만큼 가벼운 일이 아닌 것을."

"……?"

"잠시 기다려라."

벌떡 일어난 변경백이 문가로 다가갔다. 그는 집사를 불러 무언가를 명령했다. 그사이 대마법사가 비척비척 자리에서 일어났다. 노인은 퀭해진 낯으로 그녀를 내려다보았다.

"아가."

"네, 대마법사님."

"너는 이 할아비가 밉지 않누?"

뜬금없는 질문이었다. 아리아드네는 의아하게 고개를 저었다.

"밉지 않아요."

"네가 아프고 힘들 때 도와주지 않았는데도?"

"……모르고 계셨잖아요?"

"몰랐지. 그래, 몰랐어. 그런데 모르고 있었다는 게 더 미울 것 아니냐. 몰라 줬다는 게 더 서러워야지."

"아뇨, 대마법사님께 제 상황을 알아야 할 의무가 있는 것도 아닌걸요."

그 말에 대마법사의 허연 수염 끝이 부르르 떨렸다.

"아니지, 아가야. 그건 아니야. 의무가 있다. 암, 의무가 있고말고."

"네?"

"남도 아니고 내 핏줄, 내 하나뿐인 손녀딸인데. 할아비가 되어서 손녀가 어찌 사는지도 모른다는 게 말이 되느냐? 응당 알았어야지! 몰라 준 걸 원망하고 미워해야지!"

대마법사가 역정을 내며 말했다. 아리아드네는 어안이 벙벙해졌다.

대체 언제부터 내가 그리 귀한 손녀였다고. 딸 잡아먹은 손녀 아니었나.

'원작에선 끝까지…… 죽을 때까지 외면했었잖아.'

갑자기 왜 이러는지 모르겠다. 솔직히 지금도 잘 믿기지 않는다. 그런 사람이 딱 한 번 매달린 것으로 여기까지 그녀를 데려와 준 것이.

그녀는 벌겋게 달아오른 노인을 올려다보다가 불쑥 물었다.

"원래는 제게 관심이 없으셨잖아요. 얼마 전까진 제 이름도 모르셨고."

대마법사는 말문이 막힌 듯 어물거리다가, 풀이 죽은 채 대꾸했다.

"그랬지……."

"그런 분이 절 여기까지 데려와 주셨는데, 제가 왜 대마법사님을 원망하겠어요."

"……."

"오히려 감사해요. 구해 주셔서 감사합니다, 대마법사님."

아리아드네는 자리에서 일어나서 치맛자락을 잡고 나붓이 인사를 했다. 대마법사의 얼굴이 더 시뻘겋게 변했다.

고개를 든 아리아드네는 대마법사를 보고 당황스러워졌다. 처음엔 화가 난 건가 싶었는데 자세히 보니 얼마 전에 본 표정이었다. 그녀에게 미안하다고 사과하던 변경백이 저런 표정을 짓고 있었다. 죄책감에 짓눌리는 듯한 표정. 이해하기 어렵다.

어느새 다가온 변경백이 끼어들었다.

"아리아드네. 이걸 보렴."

그가 내민 것은 고급스러운 양피지에 은박으로 표범이 새겨진 계약서였다.

"이게 뭔지 알겠니?"

"위버 가문에서 쓰는 공식 계약서인가요?"

"역시 똑똑하구나."

귀족들이 가문의 이름을 걸고 거래할 때 쓰는 공식 계약서는 모양과 형식이 정해져 있었다. 아리아드네는 특별 수업 외에도 정식 후계자 수업도 받았다. 공식 계약서에 대해서는 그때 배웠다.

그녀의 학습 진도는 전생을 떠올리기 전에도 빠른 편이었다. 전생을 떠올린 후에는 당연히 이전보다 두어 배는 빨라졌다. 공작이 평범한 부모였으면 몹시 기뻐했겠지만, 그는 딸의 다른 수업 진도에는 관심이 없었다. 엘디어 공작이 관심을 가진 건 특별 수업의 진도뿐이었다.

공식 계약서에는 두 개의 틀이 있다. 위에는 가문에서 무엇을 줄지를 쓰고, 아래에는 그 대가로 무엇을 받을지를 쓴다.

"너도 알다시피, 이건 어길 수 없는 약속을 할 때 쓰는 거다."

변경백은 이미 에리히라는 걸출하게 똑똑한 아이를 키워 본 경험이 있었다. 에리히도 이 나이 무렵 계약에 대해 충분히 이해하고 있었다. 그래서 그는 7살짜리 아이에게 공식 계약서를 내준다는 발상이 가능했다.

그가 그녀의 눈앞에서 펜을 꺼내 계약서의 위쪽을 채우기 시작했다.

1. '위버'는 '아리아드네 엘디어'를 안전하게 보호하고 양육해야 한다.

2. '위버'는 '아리아드네 엘디어'가 필요로 하는 것들을 제공할 책임을 진다.

3. '위버'는 '아리아드네 엘디어'가 원하는 한, 그녀가 위버성에서 거주할 수 있도록 보장해야 한다.

4. 이상 모든 조항은 '아리아드네 엘디어'가 18세의 성인이 될 때까지 유지

된다.

5. 단, 성인이 된 이후에도 '아리아드네 엘디어'가 원할 경우에 한해서 '위버'는 보호자로서 합당한 의무를 진다.

망설임 없이 위쪽 칸을 다 채운 변경백이 힘 있는 필체로 아래에 서명했다.

위버 변경백, 에른스트 위버.

그는 똑같은 계약서를 하나 더 쓴 다음, 하얀 도장을 꺼내 두 장 모두 꾹 찍었다. 울부짖는 표범의 옆얼굴을 형상화한 위버의 문장이 두 장의 계약서에 선명하게 새겨졌다.

변경백은 그 계약서와 함께 깃펜을 아리아드네에게 내밀었다.

"여기에 서명하면 된단다. 어떻게 하는지 아느냐?"

"아래 칸이 비어 있어요, 변경백님."

위버 가문이 요구를 들어주는 대가로 그녀가 무엇을 주어야 하는지 쓰는 칸. 그 칸이 비어 있었다.

"거긴 쓰지 말거라."

변경백이 그리 말하며 서명란을 가리켰다.

"네가 서명하면 효력을 발휘하니 이대로 서명하기만 하면 된단다."

"아래 칸을 채우지 않아도 된다고요?"

"그래."

"이렇게 계약서를 마무리하면 변경백님이 손해예요. 제 마음대로 빈칸을 채울 수 있잖아요. 아무것도 안 쓸 수도 있어요."

"상관없다."

"……엘릭서가 필요하지 않으세요?"

"그건 확실히 엄청난 물약이더구나. 값을 계산하기 어려울 만큼. 알려지면 세상이 떠들썩해지겠지."

"맞아요. 누구나 원할 기적의 치료제잖아요. 변경백님은 이걸 독점하실 수 있어요."

"아리아드네. 그건 네 힘이고, 네 재산이 될 거다. 나는 어린 조카의 재산을 빼앗아야 할 만큼 궁핍하지도, 천박하지도 않아."

변경백이 빙그레 웃었다.

"물론 네가 원한다면 그걸 안전하게 유통할 수 있는 수단은 알아봐 주마. 보호자나 널 대리할 성인이 필요하면 내 이름을 쓰도록 하고."

그녀에게 일방적으로 유리한 제안이었다. 아리아드네는 웃고 있는 변경백과 도장이 찍힌 계약서를 번갈아 보았다.

"왜 손해를 보려 하셔요?"

"손해가 아니다. 네 믿음을 사기 위한 투자지."

"……?"

"내가 네 삼촌이 되기 위해 치르는 값이라고 생각해도 되고."

"이미 제 삼촌이시잖아요?"

"아니, 아리아드네, 나는 네 진짜 삼촌, 그러니까, 네가 얼마든지 기댈 수 있는 진짜 가족이 되고 싶은 거란다."

아리아드네의 커다란 눈동자가 흔들렸다. 그녀는 기어들어 가는 목소리로 반문했다.

"왜요?"

"네가 내 조카고, 나한테 널 지켜 달라고 했으니까."

"겨우 그런 이유로요?"

"그거면 충분하고도 남지."

변경백은 쓴웃음을 짓더니, 계약서를 그녀의 품에 안겨 주었다.

"이게 네 불안을 조금이라도 덜어 줬으면 좋겠구나."

아리아드네가 서명이 끝난 계약서를 안고 나간 뒤, 변경백은 소파에 머리를 기댔다.

"아버지."

대마법사는 넝마 같은 꼴로 소파 구석에 구겨져 있었다.

"왜, 아들놈아."

"하나뿐인 손녀를 만나 본 소감이 어떠십니까?"

"잴 데려온 건 나다, 이놈아."

"데려오는 내내 아파서 비몽사몽이었잖습니까. 제대로 얘기를 나눠 본 건 처음 아닙니까?"

"……."

"똑똑하고 어른스러운 아이지요? 글로리아를 많이 닮았습니다."

"글로리아는 저 정도로 똑똑하진 않았다. 재는 천재야. 날 닮은 게지."

변경백은 뻔뻔한 아버지를 기가 막힌 눈으로 보다가 한숨만 푹 쉬었다. 헛소리 말라고 비웃고 싶어도 아버지는 진짜 천재이자 대마법사였다. 에리히나 아리아드네의 영특함은 아무래도 대마법사의 핏줄 덕이 맞을 것이다.

"……어쨌든, 글로리아도 닮았잖습니까. 처음엔 엘디어 공 판박이인 줄 알았는데, 볼수록 막내를 닮았어요. 웃는 얼굴이 특히."

대마법사는 한동안 말이 없었다. 그는 복잡한 표정으로 허공을 바라보다가 불쑥 물었다.

"애 옷은 네가 골라 입힌 게냐?"

"아니요."

"글로리아가 어릴 때 제일 좋아하던 옷인데."

"압니다."

"잘 어울리더구나."

"저도 그렇게 생각합니다."

"그래도 새 옷은 맞춰 줘야지."

"그럴 예정입니다."

"코트는 눈여우 모피로 해라. 아이가 하얘서 잘 어울릴 게다. 네가 고운 놈으로다가 잡아 와서 만들어 줘."

"그런 건 말 안 하셔도 제가 알아서 합니다. 아버지는 아버지가 하실 일을 하셔야죠."

"내가 무얼."

대마법사가 꿍얼거리며 시선을 피했다. 변경백은 혀를 차며 말했다.

"도망치지 마시라고요. 자꾸 피하시니 아이가 오해하는 것 같던데. 뭐가 그리 부끄러우십니까?"

"넌 걔 앞에서 뻔뻔하게 고개가 들어지더냐? 나는 면목이 없어 고개를 못 들겠던데."

"면목이 없으면 더 잘해야죠. 튄다고 뭐가 해결이 됩니까?"

"내 평생 이런 후회를 해 본 적이 없다. 그 아이 얼굴만 봐도 미치겠어."

"저도 이렇게 후회해 본 적이 없으니, 마찬가집니다."

"아니, 너는 모른다."

변경백이 눈살을 찌푸리고 무어라 하려는 찰나 대마법사가 우울하게 덧붙였다.

"저 애가 나한테 처음 인사를 했을 때 나는 인상을 썼었어. 그냥 내보내라고 했었다."

"……."

"그런데, 저 어린애가, 한 번도 저를 찾아온 적이 없는, 저를 보자마자 인상부터 쓰는 고약한 늙은이한테, 제발 데려가 달라고 매달렸단 말이다."

대마법사는 주름진 손으로 얼굴을 문질렀다.

"살려 달라고 지른 비명이었던 게지……. 비명이었던 게야. 그런 비명을 지를 때까지 몰랐어."

"……그래도 알아듣고 데려오셨잖습니까."

"더 빨리 갔어야 했다. 늦었지. 나는 매번 늦어. 글로리아도……."

"……글로리아는 늦었지만, 아리아드네는 늦지 않았습니다."

"아무도 믿지 않는 눈이더구나."

"당연히 못 믿겠지요. 우리 잘못입니다."

"제 손에 그런 짓을 하면서도 신음 한 번을 안 흘리고……. 넘어지기만 해도 엉엉 울 나이거늘."

"아이다울 수 없는 환경이었을 겁니다. 그러니 이제부터라도, 아이답게 있을 수 있도록 해 줘야지요."

"그래, 이제부터라도…… 애를 써야지. 아무 걱정 없이 지낼 수 있게 말이다."

대마법사가 아리아드네가 먹다 남긴 접시에 시선을 주었다. 거의 손 대지 않은 케이크.

"밥도 좀 잘 먹이고. 애가 너무 작고 말랐어."

"예."

고개를 주억거린 변경백이 아무렇지도 않게 물었다.

"엘디어 공은 어떻게 하실 겁니까?"

"어쩌긴, 밟아야지."

대마법사가 사납게 웃었다. 잠깐 고민하던 변경백이 되물었다.

"영지전을 준비할까요? 국왕이 지랄하는 건 아버지가 알아서 하시고요."

대마법사는 기가 찬다는 표정을 지었다.

"이놈아, 대뜸 영지전부터 치르자는 게 말이 되느냐? 조사하고 아이 양육권부터 가져와야지."

"조사해 봤자 증거 찾긴 힘들 겁니다. 공작이 그동안 외동딸 아끼는 척을 오죽 했어야지요. 아버지도, 저도 여태 속고 있었잖습니까."

"그 애 팔에 있는 흉터들을 보면 누구나 놀랄 텐데?"

"아버지, 엘디어 공은 다른 건 몰라도 스스로를 꾸미는 것 하나는 탁월한 자입니다. 자기 외모도 아주 잘 써먹지요. 변명거리를 다 만들어 놨을 거고, 증언도 안 나오게 관리해 뒀을 겁니다."

"……."

"그러니까 영지전이 낫습니다. 기사단만 동원해서 빠르게 끝내면 됩니다. 엘디어의 황금뿔 기사단 전력은 우리 눈표범 기사단에 비하면……."

대마법사는 턱을 괴고 열변을 토하는 아들을 지그시 바라보았다.

"아들아."

"예."

"넌 정치하지 마라."

"예?"

"내가 누구냐?"

"아버지시죠."

"이놈아, 내가 지금 그런 걸 묻는 것 같으냐?"

"……대마법사님이십니다."

"그게 다냐?"

"또 뭐가 있습니까?"

"이러니까 넌 정치를 하지 말라는 게다. 어째 젊은 시절 마탑에서만 썩었던 나보다도 못하누."

"……."

"싸움질은 제법 잘하니 넌 평생 싸움이나 열심히 해라. 정치적인 문제는 네 아내랑 꼭 상의해서 정하고."

부루퉁해진 아들을 보고 절레절레 고개를 내저은 대마법사가 말을 이었다.

"나는 전 왕실 마법사이자 현 왕실 마법사의 스승이며, 마탑의 가장 높은 마법사였고, 지금은 대륙 마법사 연맹의 상임 위원이자 아비쉘 왕실의 자문 위원이다."

"……."

"그리고 내 첫째인 너는 위버 변경백이고, 둘째는 가르시아 상단의 주인이지. 위버에서 미궁 토벌을 중단하겠다고 하면 가장 큰 손해를 보는 곳이 어디냐?"

"왕실입니다."

"위버가 식량 대부분을 수입하는 곳은 어디지? 왕국 최대의 식량 생산지인 엘디어냐?"

"……아니요, 듀리도트 왕국입니다. 엘디어보다 그쪽이 가깝죠."

"알긴 아는구나. 엘디어의 금광에서 나오는 금을 국외로 유통하는 곳이 우리 가르시아 상단인 것도 알고 있겠지?"

"당연히 압니다!"

"알면 뭐 하누. 써먹을 줄을 모르니. 게다가 아들아, 말해 봐라. 네 아내는 누구냐?"

"결혼 전엔 퀴젤라스 후작가의 영애이자 왕실 근위대였고, 지금은 우리 가문의 눈표범 기사단을 이끌고 있는 셀리아나 퀴젤라스죠."

"엘디어의 곡창 지대를 적시는 젖줄은 루오마 강이다. 그 강의 수원지가 어디냐?"

"……퀴젤라스입니다."

"이놈아, 죄다 알면서 떠올리는 건 왜 고작 영지전이냐?"

"……."

"이 덩치만 큰 놈을 어찌 할고. 에잉. 내가 믿을 건 셀리밖에 없구나."

변경백이 머쓱하게 입을 다물었다. 혀를 찬 대마법사가 덧붙였다.

"아리아드네의 양육권은 내가 알아서 할 테니, 너는 조사나 해 두거라."

"아이가 당했다는 실험에 대한 조사 말입니까?"

"그래, 그리고 글로리아의 사고 과정도 다시 조사하고."

변경백의 눈이 깊어졌다.

"……지금까지의 조사로는 아무것도 안 나왔습니다. 아버지도 찾지 못하신 것 아닙니까?"

"못 찾았지. 깨끗하더구나."

작년, 엘디어 공작령 근처에 오염 지역이 생겨났다. '말무덤'이란 미궁을 중심으로 만들어진 오염 지역이었다.

미궁 내의 핵을 부수면 미궁이 닫힌다. 그러면 오염이 더 퍼지는 것을 막을 수 있었다.

말무덤은 규모도 작고 구조도 단순한 최하급 미궁이었다. 엘디어의 황금뿔 기사단이 어렵잖게 미궁을 토벌했다.

미궁 토벌이 끝나면 다음 순서는 오염 지역 정화였다. 정화 작업에는 다수의 신관과 정령사가 필요했다. 정화를 위한 후발대가 편성될 때, 공작 부인이 정령사로서 자원했다.

최하급 미궁이 남긴 오염 지역 정화. 마물을 상대할 일도, 사고가 터질 일도 거의 없는 비교적 안전한 작업이었다. 흔치 않은 기회라 공작 부인이 정령술 경험을 쌓고 싶다고 할 만도 했다.

공작은 오염 지역이 처음인 공작 부인을 위해 평소보다 훨씬 큰 규모의 후발대를 꾸렸다. 오염 방지도 철저히 했다. 그런데도 공작 부인은 오염 지역에 들어서자마자 오염 증세를 보였다.

사실 오염 지역에서 갑자기 사람이 오염되는 사고는 종종 있는 일이었다. 건강하던 이가 돌연 병에 걸리듯이.

공작 부인은 그렇게 죽었다.

기존 조사대로라면 이것이 전부였다. 어디로 보나 불운한 사고에 불과했다. 하지만 공작이 아리아드네에게 무슨 짓을 했는지 알게 된 지금, 어렴풋한 의심이 피어올랐다.

"오염 과정 위주로 다시 조사해 보겠습니다."

변경백의 말에 대마법사가 무겁게 고개를 끄덕였다.

"오염 치료제 실험을 할 정도라면, 그걸 독으로 쓸 수도 있겠지."

오염수는 접촉 즉시 모든 것을 오염시킨다. 생물이 아닌 것들도 마찬가지였다. 따라서 음식이나 물에 넣어서 몰래 먹인다는 것 자체가 불가능했다. 도저히 숨길 수가 없기 때문이다. 물건에 묻혀서 만지게 하는 것도 닿자마자 물건이 이상하게 변해 버리는 터라 무리였다.

그래서 오염수는 독살에 쓰이지 않는다. 쓸 수가 없다. 글로리아의 오염을 누군가의 수작이라 의심하지 않은 이유였다.

대마법사는 아리아드네가 주고 간 미완성 엘릭서 병을 들어 보였다.

"이게 있으니 그놈이 아무도 모르게 글로리아를 오염시키는 것도 가능했을지 몰라."

"네, 아무래도 의심스럽습니다."

"이건 일단 내가 좀 살펴보마."

대마법사가 엘릭서 병을 챙겨 넣었다. 물끄러미 그것을 보던 변경백이 물었다.

"아버지는 엘릭서에 관해서 아리아드네가 했던 말들을 어떻게 생각하십니까?"

"어떤 것들?"

"그게 그 아이에게만 쓸 수 있는 미완성품이라는 것이나…… 아리아드네가 완성품을 만들 수 있다는 이야기 말입니다."

"직접 효능을 봤잖느냐. 너는 못 믿는 게냐, 그럼?"

"솔직히 말하면, 사실이 아니길 바랍니다. 사실이면 너무 위험합니다. 이게 알려졌다가는……."

"온갖 어중이떠중이들이 죄다 그 애를 노리고 몰려들겠지."

"그 아이를 두고 전쟁이 일어날 수도 있습니다."

"전쟁만 나겠느냐? 음모와 모략이 판을 칠 게다. 이런 일엔 국왕도 못 믿는다. 입단속 잘 하거라."
"역시 아무리 똑똑해도 아직 그 아이는 어립니다. 이런 걸 함부로 말하다니."
변경백의 말에 대마법사가 안경 너머로 눈을 번뜩였다.
"아니, 나는 오히려 감탄했다."
"네?"
"그 애는 제 가치를 정확하게 알아. 그걸 아니까 밝힌 거다."
"그게 무슨 소립니까?"
"그래야 우리가 그 애를 공작에게 빼앗기지 않으려 노력할 것 아니냐."
"……!"
"반대로 말하면, 가치가 없으면 우리가 저를 공작에게 넘겨 버릴 거라고 생각한 게지."
대마법사가 씁쓸하게 덧붙였다. 변경백은 앓는 듯한 신음 소리를 내더니 이마를 짚었다.
"그 정도로 기대가 없을 줄이야……."
"너나 나나 그동안 무관심했던 벌을 받는 게다. 그 애는 영영 마음을 안 열지도 몰라."
대마법사가 풀이 죽은 투로 말하더니 소파 구석에 처박혔다.
"날 미워할 게야. 말은 아니라고 하는데, 안 미울 리가 없지. 꼬박꼬박 대마법사님이라고 부르더구나. 처음엔 외할아버지라고 부르더니만……. 그때 녹음이라도 해 둘 것을……."
이번에는 변경백이 대마법사를 지그시 쳐다보았다.
"그렇다고 또 도망치실 겁니까? 아이가 마음을 열도록 노력하셔야

시요.”

“노력하면 될까? 내가 어떻게 하면 되겠느냐?”

“그건 아버지가 알아서 생각하셔야죠.”

“……그 애는 뭘 좋아하누?”

“글쎄요.”

“너는 그래도 요새 내내 그 애를 봤잖느냐, 응? 힌트 좀 다오.”

“저도 잘 모릅니다. 아버지가 직접 알아보십시오.”

그는 매달리는 대마법사를 매몰차게 떼어 내고 자리에서 일어났다. 대마법사는 한숨만 푹푹 내쉬었다.

아리아드네는 침대에 걸터앉아 계약서를 펼쳐 보았다. 몇 번을 봐도 빈칸은 여전히 비어 있었고, 변경백이 찍어 놓은 도장은 뚜렷했다. 백지 수표나 다름없는 계약서였다.

‘이런 걸 대뜸 내줄 줄은 몰랐는데.’

그녀는 살짝 튀어나와 있는 은박 부분을 만지작거렸다.

‘엘릭서를 보여 줬는데 그렇게 반응할 줄도 몰랐고.’

그녀의 땀을 닦아 주던 손길이 떠올랐다. 대식당에서 입가에 묻은 음식을 닦아 주던 것도. 흐릿했던 이동 중의 기억도 떠올랐다. 이불을 고쳐 덮어 주고, 이마를 식히고, 미음을 떠먹이고, 토한 것을 받아내던 손길.

앓는 그녀를 돌본 건 분명 대마법사였다. 얼마든지 다른 사람에게 시킬 수도 있었을 텐데.

"아가야, 가자꾸나."

그녀의 손을 잡고 이끌던 크고 따듯한 손.

"늦게 알아차려서 미안하다. 진작 구해 주지 못해서 미안해."

젖은 눈으로 속삭이던 변경백의 말.

"네가 얼마든지 기댈 수 있는 진짜 가족이 되고 싶은 거란다."

빈 계약서를 주며 그가 했던 말.

"……진심일까?"

아리아드네는 나지막하게 혼잣말을 했다.

그녀는 혈연을 믿지 않는다. 가족이니까 무조건 사랑해 줄 거라는 건 헛된 믿음이다. 할머니도, 아빠도 그녀를 사랑해 주지 않았다. 그녀가 그들을 아무리 사랑해도 그들은 변하지 않았다.

그러나 엄마는 달랐다. 엄마는 그녀를 진심으로 사랑해 주었다. 그녀가 사랑을 주기도 전에 먼저 사랑을 쏟아부었다.

나팔꽃 덩굴을 따라가 품에 꽉 안겼던 기억. 뺨과 이마에 입 맞춰 준 기억. 함께 웃던 기억. 잠들 때까지 곁에 있어 주던 기억. 따뜻하게 퍼부어지던 애정들.

마지막까지 그녀를 공부방에서 끌어내려던 나팔꽃 덩굴. 시들면서도 그녀에게 다가오려던 줄기들. 어떻게든 그녀를 지키려던 몸짓.

그저 엄마라는 이유로 글로리아는 그렇게까지 그녀를 사랑했다.

모든 가족이 서로에게 무조건적인 사랑을 베풀지는 않는다. 그러나 그저 가족이라는 이유만으로도 아낌없이 사랑을 퍼붓는 사람들도 분명히 있다. 피가 이어지지 않아도 가족처럼 서로를 사랑하는 이들이 있는 것처럼.

인정하면 외로워져서, 기대하는 것이 무서워서, 모른 척하고 있던 것.

'그런 사이가 될 수도 있을까?'

사랑을 주면 되돌아오는, 웃으면 마주 웃음이 돌아오는. 내가 웃지 않아도 먼저 웃어 주는. 그런 사이가 되는 것이, 가능할까?

'아니야, 설마. 그런 관계가 되는 게 이렇게 쉬울 리가 없지.'

그녀는 계약서를 다시 내려다보았다. 꾹꾹 눌러 쓴 글씨들을 손끝으로 더듬어 보았다.

'무언가 속셈이 있겠지. 내 환심을 사서 안심시킨 뒤에 레시피를 빼내려 한다든가, 뭐 그런 식의…….'

온갖 부정적인 가정을 떠올리며 스스로를 겁주었다. 그러면서도 그녀는 계약서에 써진 문구들과 변경백의 서명에서 눈을 떼지 못했다. 결국 계약서에 얼굴을 파묻고 침대에 드러누웠다. 이불을 머리끝까지 뒤집어쓰고 숨었다.

'아닐 거야. 그래도, 어쩌면, 어쩌면…….'

자꾸만 떠오르는 가정이 머릿속에서 맴돌았다. 불안과 계획과 의심을 아무리 쏟아부어도 그 불씨는 사그라들지 않았다.

'어쩌면 진짜 가족이 된다는 게, 가능할지도…… 몰라.'

산책이 허용된 이후부터 아리아드네는 조금씩 성내를 돌아다니기 시작했다. 눈보라성에 어린아이가 돌아다니는 건 무척 오랜만의 일이었다. 휑하던 성내에 부드러운 활기가 돌았다.

변경백은 꼬박꼬박 아리아드네와 함께 식사를 했다. 대마법사도 매번 식탁에 나타났다.

원래 대마법사는 서쪽 탑에서 혼자 연구를 하며 식사를 때웠다. 거처에 틀어박히면 잘 나오지 않는 건 마법사들의 공통점이기도 했다. 그런 대마법사가 대식당에서 함께 식사하는 건 굉장히 이례적인 일이었다.

'아가씨 때문이겠지?'

'아가씨 덕분이지.'

고용인들은 남몰래 속삭이며 웃곤 했다.

처음에는 식사 때마다 체할 것 같았던 아리아드네도, 매번 같이 먹다 보니 조금씩 익숙해졌다. 점점 긴장하지 않게 되었다.

아침을 먹은 뒤에 변경백의 손을 잡고 온실을 산책하는 것도 일과가 되었다. 눈보라성에는 엄청나게 큰 온실이 있었다. 유리 돔과 유리벽 너머로 새하얀 눈보라가 몰아쳐도 온실 안은 항상 봄날 같았다.

'전생 같은 방식은 아닐 거고, 마법이겠지?'

아리아드네는 신기한 듯 유리 너머를 보았다. 그녀의 시선을 따라간 변경백이 말했다.

"여긴 네 외할아버지가 외할머니를 위해 만든 곳이다."

"대마법사님이요?"

어쩐지 규모가 엄청나더라니.

그녀가 눈을 동그랗게 뜨고 돌아보자 변경백이 흐물흐물한 표정으로 웃었다.

"그래. 외할머니가 겨울에도 산책을 할 수 있게, 직접 마법을 걸어 만드셨단다."

변경백과 함께 보내는 시간이 늘면서 그녀가 깨달은 것이 있다. 근처에 아무도 없으면, 변경백은 그녀를 볼 때마다 나사가 두세 개쯤 빠진 얼굴이 되곤 했다. 그러다가 집사가 헛기침을 하거나 고용인들이 입을 딱 벌리고 쳐다보면 흠칫 놀라 근엄한 얼굴로 돌아갔다.

낯을 굳히고 있는 게 더 위엄 있고 변경백에게 어울리긴 했다. 그래도 아리아드네는 그와 어울리지 않는 그 바보 같은 표정이 더 좋았다. 엄마가 그녀를 볼 때와 비슷한 표정이어서.

변경백이 무른 어조로 속삭였다.

"눈보라가 그치면 밖으로도 산책을 나가자꾸나. 봄이 오면 호숫가에 놀러 가고. 여름엔 수영도 할 수 있다."

아리아드네는 변경백을 올려다보았다. 그는 벙글벙글 웃고 있었다. 그녀는 조그맣게 물었다.

"근처에 호수가 있어요?"

"아주 예쁜 호수가 있지. 봄이 되면 꽃이 융단처럼 가득 핀단다. 소풍 가기 딱 좋은 곳이야."

"……같이 가실 건가요?"

"물론."

"바쁘지 않으세요?"

"바쁘니까 더 같이 가야지. 쉬어 줘야 일도 잘되는 법이다."

"저하고 소풍 가는 게 쉬는 시간인가요?"

"그럼!"

변경백이 갑자기 그녀를 안아 올렸다.

"꺅!"

그가 제 어깨 위에 그녀를 앉혔다. 변경백은 곰처럼 크고 아리아드네는 조그맣기에 가능한 일이었다.

"슬슬 걷기 힘들지 않으냐?"

"괜찮아요. 더 걸을 수 있어요."

"무리하지 말고. 그냥 말이라 생각하고 타거라."

"마, 말이라뇨……."

"그러고 보니 아직 승마를 배우진 않았겠군. 흠, 키가 이 정도쯤 자라면 좋은 망아지를 사 주마."

변경백이 제 허리보다 조금 위를 손짓으로 가리키고는 껄껄 웃었다. 목말을 타고 있으니 그 웃음이 온몸으로 전해졌다. 가슴 안쪽이 간질간질해진다. 설핏 웃던 아리아드네는 온실의 나무 뒤에 은근슬쩍 숨어 있는 대마법사를 발견했다. 시야가 높아지니 훤히 보였다.

'또 숨어 계시네.'

그녀가 성내를 돌아다니게 된 이후로 대마법사가 간혹 주위를 맴돌았다. 처음에는 감시하는 건가 싶었는데, 보다 보니 아무래도 다른 의도가 있는 듯했다.

그녀는 변경백을 내려다보며 작게 말했다.

"대마법사님이 보고 계신데요."

"알고 있나."

"왜 자꾸 숨어서 지켜보시는 건가요?"

"그러게 말이다. 애도 아니고."

변경백이 혀를 쯧쯧 찼다.

"제게 볼일이 있으신 걸까요? 엘릭서 관련이라거니……."

아리아드네가 중얼거리며 뒤를 돌아보자 화들짝 놀란 대마법사가 큼큼거리며 다른 방향으로 떠났다.

"그냥 가시네요."

"좀 있으면 다시 오실 거다."

변경백이 픽 웃었다.

아리아드네는 갸웃거리다가 창밖에 시선을 주었다. 몰아치는 눈보라가 유리창을 웅웅 울리고 있었다.

"저 눈보라는 언제쯤 그치나요?"

"봄이 올 때쯤. 그때쯤엔 네 외숙모와 외사촌도 돌아오겠지."

백작 부인과 소백작이 돌아온다. 아리아드네는 반사적으로 긴장했다.

'에리히 위버…….'

대마법사와 위버 가문이 소설에 언급되는 이유는 대부분 '에리히 위버' 때문이었다. 위버의 후계자이자 대마법사의 수제자. 그리고, 주인공이 고른 동료 중 하나.

회귀를 반복하는 만큼 주인공이 함께한 동료도 많았다. 대부분 배신하거나 주인공의 짐 덩어리가 되는 쓰레기들이었지만, 진짜 실력자들도 몇 있었다. 그들이 소설의 핵심 조연들이었다.

'언제 어떤 상황에서건 제정신 차리고 제 몫을 하는 사람들.'

그중 하나가 에리히 위버다. 주인공 악셀 발렌타인이 인정한 천재 마법사.

'까칠한 성격이었지. 주인공한테 자주 시비를 걸고.'

악셀 발렌타인도 그리 성격이 좋은 편이 아니었다. 솔직히 말하면

개차반에 가까웠다.

원래도 별로 안 좋은 성격이 회귀를 반복하고, 배신당하고, 갖은 고생을 하면서 갈수록 악화한다. 그러니 에리히 위버가 시비를 걸면 곱게 내버려 둘 리가 없었다. 거의 죽일 뻔한 적도 있었다.

물론 주인공이 배에 칼을 쑤셔 넣었을 때도 기가 죽긴커녕 성질이 그대로였던 에리히 위버 역시 만만찮은 인간이었다.

'그 악셀이 죽이기 직전까지 가 놓고서도 안 죽였을 정도로 실력도 확실해.'

에리히는 소설의 결말을 바꾸려는 그녀에게도 꼭 필요한 사람이었다. 반드시 친해져야 한다. 친해지는 게 불가능하면 신뢰라도 얻어야만 했다.

'……그런데 어떻게 친해지지?'

아리아드네는 심각한 고민에 빠졌다. 아무래도 환상 도서관에 가서 에리히 위버 관련 내용을 복습해야 할 듯했다.

그녀가 조용해지자 변경백이 웃으며 말했다.

"걱정하지 말거라. 다들 널 반길 테니."

"……네."

대답은 얌전히 했지만 그녀는 마음 놓고 있을 생각이 없었다. 몸이 많이 나아졌으니 이제 슬슬 움직여야 했다. 변경백이 그녀를 지켜 주겠다고 약속하긴 했으나 마냥 손 놓고 있기엔 불안했다.

'엘릭서부터 만들자. 재료를 구해 달라고 해야겠어.'

온실을 한 바퀴 돈 변경백이 밖으로 나왔다. 아리아드네는 복도에서도 그가 자신을 내려놓지 않아서 당황했다.

"이제 내려 주세요, 변경백님."

"네 방까지 데려다주마."

아이를 어깨에 태운 변경백을 발견한 고용인들의 눈이 휘둥그레졌다. 하인 하나는 들고 가던 화병을 떨어뜨렸다. 아리아드네는 어쩐지 창피해져서 고개를 푹 숙였다.

"자, 다 왔다."

변경백은 방문 앞에서 그녀를 내려 주었다.

"적당히 놀고 푹 쉬거라. 주치의한테 외출을 허락받아야 봄에 소풍을 가지."

"저, 변경백님."

"응?"

"필요한 것이 있……."

"주인님!"

그녀가 재료에 대한 얘기를 꺼내려는 찰나, 집사가 다급하게 달려왔다. 어지간해선 뛰지 않는 점잖은 사람인데 몹시 급한 일인 듯했다.

"무슨 일인가?"

변경백이 의아하게 물었다. 바로 대답하려던 집사는 아리아드네를 발견하고 말을 바꿨다.

"……손님이 오셨습니다."

"손님? 이 날씨에?"

눈썹을 치켜올린 변경백이 아리아드네를 돌아보았다.

"미안하다, 아리아드네. 필요한 건 조금 후에 들으마."

"네."

그녀는 순순히 방 안으로 들어간 뒤 문에 기대서서 귀를 기울였다. 집사와 변경백이 빠르게 걸음을 옮기는 소리가 들렸다. 낮은 목소리가 오간다.

“올 사람이 없는데. 누가 소식도 없이 왔나?”

“엘…….”

목소리가 빠르게 멀어져서 그 이상은 들리지 않았다. 그러나 첫 글자만으로도 충분했다.

‘엘디어 공작이 왔다고? 벌써?’

아리아드네는 그 자리에 주저앉아 입을 틀어막았다. 예상보다 너무 빠르다. 적어도 날이 풀린 후에 올 줄 알았는데.

‘……직접 온 건 아니겠지. 전령일 거야.’

머릿속은 비교적 침착한데 몸이 덜덜 떨렸다. 전신에 핏기가 가셨다.

‘괜찮아. 괜찮을 거야.’

그녀는 계약서를 떠올리며 간신히 공포를 가라앉혔다.

변경백은 무섭게 굳은 얼굴로 응접실에 들어섰다.

“처음 뵙겠습니다, 위버 경.”

앉아 있던 이가 자리에서 일어나 예를 취했다. 친절하고 호감 가는 인상의 여자였다. 그녀가 정중히 자신을 소개했다.

“저는 벨바렛 릭투스라고 합니다. 미욱하게나마 황금뿔 기사단에 한자리를 차지하고 있습니다.”

그녀는 엘디어 공작 휘하의 기사였다. 변경백은 무표정하게 벨바렛이라는 여자를 훑어보았다.

“정령 기사면서 겸손이 과하군.”

"한눈에 알아보시다니, 과연 북부의 방패십니다."

"오는 길이 쉽지 않았을 텐데. 무슨 일도 있는가?"

"위버의 눈보라에 대한 소문은 많이 들었습니다만, 상상 이상이더군요. 중간에 정말 조난당하는 줄 알았습니다. 주군께서 닦달하시지 않았으면 좀 더 느긋하게 왔을 텐데 말입니다."

너스레를 떤 벨바렛이 편지를 꺼내 들었다.

"엘디어 공께서 전하라 하신 편지입니다."

변경백이 편지를 받아 들자 그녀가 웃는 얼굴로 덧붙였다.

"물론 굳이 주군께서 닦달하지 않으셨더라도, 공녀님이 뵙고 싶어서 빨리 왔겠지만요. 요정 같은 분이란 소문만 들었지 공녀님을 직접 뵌 적은 한 번도 없어서요."

변경백은 떠들어 대는 그녀를 무시하고 바로 편지를 꺼내 읽었다. 편지는 그가 예상치 못한 내용을 담고 있었다.

"……호위 기사라고?"

"예, 주군께서 제게 공녀님의 호위를 맡기셨습니다. 저를 도울 기사들과, 엘디어에서 늘 공녀님을 모시던 전속 하녀들, 그리고 공녀님의 주치의도 함께 왔답니다."

편지를 읽으며 변경백의 인상이 점점 험악해졌다. 벨바렛은 아랑곳하지 않고 여전히 웃는 낯으로 말했다.

"위버에서 공녀님을 소홀히 대할 리가 없는데, 우리 주군께서 잔걱정이 많으셔서요. 외가에서 머무는 동안에도 공녀님을 집에 있는 것처럼 모시라 하셨습니다."

"필요 없네."

변경백은 엘디어 공작의 편지를 구겨 내던지며 대꾸했다. 벨바렛이 웃는 얼굴 그대로 고개를 기울였다.

"죄송하지만, 주군께서 반드시 공녀님 곁을 지키며 모시라고 하셨거든요. 공녀님께서는 어디 계십니까?"

"편히 쉬고 있지. 돌아가서 엘디어 공에게 걱정할 필요 없다 보고하게."

"그럴 수는 없습니다. 공녀님을 뵙게 해 주십시오."

"불가하네."

"이상하군요. 어째서 공녀님을 숨기시려는 겁니까? 혹, 공녀님을 내보여선 안 될 이유라도 있으십니까?"

벨바렛이 눈꼬리를 휘었다.

"설마, 고매하신 위버 경께서 어린 조카를 감금하고 계신 것도 아닐 테고."

"말도 안 되는 소리를."

변경백이 맹수 같은 웃음을 머금었다.

"나는 필요 없으니 돌아가라 했네."

벨바렛의 표정이 묘해졌다. 그녀가 나직이 말했다.

"이러시면 곤란합니다, 경. 정말 공녀님을 감금하고 있다고 오해받으실지도 모릅니다."

"마지막 경고네. 당장 꺼지게."

"아비가 딸에게 보낸 사람들을 쫓아내시다니요. 감당하실 수 있겠습니까?"

"아비라. 세상 어느 아비가 딸에게 그딴 짓을 한다던가?"

"그딴 짓이라니요? 무슨 말씀이신지?"

벨바렛이 천연덕스럽게 되물었다. 변경백은 이를 드러내며 웃었다.

"가서 자네 주군에게 물어보게나. 엘디어 공은 무슨 소린지 아주 잘 알 테니까."

"경, 저는……."

"끌어내라!"

변경백은 더 들을 필요도 없다는 듯 밖을 향해 소리쳤다. 대기하고 있던 경비병들이 우르르 들어와 벨바렛을 붙잡았다. 그녀는 반항하는 대신 묘한 눈초리로 그를 바라보기만 했다.

"부디 조심하십시오, 위버 경."

벨바렛은 그 말을 남기고 끌려 나갔다.

변경백은 곧바로 기사단을 호출했다. 대부분이 토벌을 나간 상태라 남아 있는 인원은 적었으나, 엘디어에서 온 자들을 쫓아내기엔 충분하다 못해 넘치는 전력이었다.

"저자들을 영지 밖까지 정중히 모셔다 드려라."

"위버식 정중함으로 말입니까?"

"그래."

"알겠습니다."

씨익 웃은 기사가 경례했다.

아리아드네는 공포를 잊기 위해 환상 도서관에 들어가 있었다.

"맛있어?"

파이가 입안 가득 과자를 욱여넣은 채 고개를 끄덕였다.

"이 정도로 좋아할 줄은 몰랐네. 앞으로는 자주 가져다줄게."

“……!”

그녀를 보는 파이의 금색 눈동자가 반짝반짝해졌다. 엘디어에서는 불가능한 일이었지만, 여기선 과자 정도는 얼마든지 가져다줄 수 있었다. 그녀의 방에 루시가 가져다 둔 간식거리가 가득 쌓여 있었으니까.

“천천히 먹어.”

아리아드네는 흐뭇하게 꼬마의 머리를 쓰다듬고는 원작 책을 꺼냈다.

‘에리히 위버 첫 등장 장면이 이쯤일 텐데…… 아, 찾았다.’

그녀는 에리히 위버가 나오는 장면들을 죄다 다시 살펴보며 그와 친해질 만한 단서를 찾았다. 책에 집중하자 두려움은 금방 사라졌다.

그러다 문득 옷자락을 잡아당기는 손길에 고개를 들었다.

“왜?”

파이가 겁먹은 표정으로 그녀의 치맛자락을 잡아당기고 있었다.

“아리아, 나간다?”

“응?”

“밖. 위험. 아리아, 나간다. 나가야 해. 시급.”

꼬마가 발을 동동 굴렀다. 아리아드네는 당황했다.

“밖이 위험하다고? 너 환상 도서관 바깥 상황도 알 수 있었어?”

“몰라. 돌연히. 갑자기. 느낌, 예감, 낌새. 이상해. 빨리. 빨리.”

울상이 된 파이가 발돋움을 하더니 그녀의 눈 위를 작은 손으로 가렸다.

“피이?”

시야가 어두워졌다가 눈이 번쩍 뜨였다. 그녀는 환상 도서관에 들어가기 전 그대로 침대에 누워 있었다.

'이거, 파이가 날 강제로 내보낸 거 맞지?'

그 애는 이런 일도 가능했구나.

아리아드네는 얼떨떨하게 자리에서 일어나 주위를 살폈다. 다급했던 파이의 말과 달리 어둑한 침실 안은 조용했다.

'아무 일도 없는 것 같은데.'

그녀는 침대에서 빠져나와 창가로 다가갔다. 눈보라가 여전해서 아무것도 보이지 않았지만 날이 어두워진 것은 알 수 있었다.

'벌써 밤인가? 아니, 잠깐만.'

밤이라고? 그럴 리가 없다. 저녁 식사를 하지 않았으니까. 아무리 깊게 낮잠을 자고 있어도 루시가 식사하고 자라고 깨웠을 텐데. 눈보라성 사람들은 그녀가 한 끼라도 굶으면 하늘이 무너지는 양 굴었다.

창문에 바짝 달라붙어 좀 더 자세히 살폈다.

'날이 어두워진 게 아니라…… 그림자가.'

그 어둠이 밤이 아니라 무언가 커다란 것이 드리운 그림자, 라는 사실을 깨닫는 순간.

쿵, 성이 흔들렸다.

아리아드네는 휘청이다 그대로 넘어졌다. 다행히 카펫이 푹신해서 다친 곳은 없었다.

'뭐야, 이게 무슨…….'

고개를 드는데 와장창하는 소리와 함께 그녀 앞의 유리창이 산산이 조각났다. 그리고 부서진 창 사이로, 얼음으로 만들어진 거대한 새가 머리를 들이밀었다.

"여기 계셨군요, 공녀님."

새의 머리 위에 걸터앉은 남자가 비릿하게 웃었다. 그는 긴 뿔이 달린 사슴의 머리가 새겨진 갑옷을 입고 있었다. 아리아드네는 그 갑옷을 바로 알아보았다.

'황금뿔!'

엘디어의 기사가 어떻게?

게다가 얼음 새라니. 들은 적이 있다. 황금뿔 기사단의 기사단장은 얼음 새 형태의 정령수(精靈獸)를 타고 다닌다고.

'아까 왔다는 손님이 설마…….'

파랗게 질린 그녀를 향해 남자가 손을 뻗었다.

"바로 구해 드리겠습니다. 집에 돌아가셔야죠."

아리아드네는 앉은 채로 주춤주춤 물러났다. 눈살을 찌푸린 남자가 정령수에서 뛰어내려 직접 그녀에게 다가왔다.

"공녀님, 이리 오세요."

"시, 싫어. 안 가."

"곱게 모셔 가고 싶었는데."

남자가 인상을 구기며 그녀에게 손을 뻗었다. 그 손이 닿기 직전, 그들 사이에 새파란 번개가 튀었다. 남자가 움찔 손을 뺐다.

"어디서 버릇없이 쥐새끼가 기어 들어왔누?"

스산한 음성이 들렸다. 어느새 나타난 대마법사가 아리아드네를 제 쪽으로 당겼다.

"무영창 마법이라니, 역시 대마법사님이십니다."

한숨을 쉰 남자가 품에서 작은 병을 꺼냈다.

"대마법사님과 싸우고 싶진 않은데, 공녀님을 돌려주시면 안 될까요?"

"요즘 젊은 것들은 내가 왜 대마법사라 불리는지 잘 모르는 모양이구만. 지랄 말고 꺼지면 목숨은 붙여 놔 주겠네."

바람도 불지 않는데 대마법사의 로브가 펄럭거렸다. 강력한 마법이 시전 중이라는 증거였다.

"설마 대마법사님을 얕보겠습니까, 제가."

남자는 대뜸 들고 있던 병을 그들을 향해 집어 던졌다. 이어 높게 떠오른 병을 향해 남자가 만들어 낸 날카로운 얼음 조각이 날아갔다.

병이 깨지고 담겨 있던 검붉은 액체가 비처럼 쏟아졌다. 오염수였다.

"……!"

아리아드네는 그것을 보자마자 앞으로 튀어 나갔다.

오염수는 마력조차 오염시키기에 일반적인 마법으로는 막을 수 없다. 오염수를 막으려면 정령석을 갈아 만든 마법진이 필요했다. 미리 대비하지 않은 상황에선 마법사가 오염수를 막을 방법이 없다는 뜻이다.

'대마법사는 오염되면 죽겠지만, 나는 안 죽어!'

저 남자도 아리아드네가 오염수에 즉사하지 않는 걸 아니까 저런 미친 짓을 하는 것일 터다. 아마 미완성 엘릭서도 챙겨 왔을 것이다.

그녀는 대마법사 앞을 가로막고 눈을 질끈 감았다. 그러나 기다렸던 통증은 오지 않았다.

"얕보고 있구만, 무얼."

사나운 중얼거림이 들렸다. 아리아드네는 눈을 떴다. 검푸른 로브 자락이 그녀의 시야를 가렸다.

대마법사는 로브 자락을 들어 아리아드네를 감싸 안고 있었다. 검붉은 액체는 치이익 소리를 내며 로브를 태웠으나, 그것을 뚫고 들어오진 못했다.

“어떻게……?”

남자가 당황하며 한 걸음 물러섰다.

“어떻게는 무슨, 가서 역사 공부나 다시 하게.”

로브를 치운 대마법사가 가볍게 손짓했다.

“내가 어떻게 오염과 싸웠는지는 역사책에 다 나와 있으니.”

대마법사의 손끝에서 벼락이 튀어나왔다.

“큭!”

남자는 간신히 그것을 피했다. 뒤로 훌쩍 뛰어오른 그가 얼음 새의 목에 매달렸다. 그러자 끼루루루, 높게 운 정령수가 날아올랐다. 거센 바람이 일었다. 그는 그대로 달아났다.

대마법사는 남자를 쫓아가는 대신 안고 있던 아리아드네를 붙잡았다.

“겁도 없는 것이!”

녹색 눈동자가 정신없이 그녀의 몸을 살폈다. 다친 곳이 없는 것을 확인한 대마법사가 무서운 표정으로 그녀를 보았다.

“미쳤느냐? 네가 뭐라고 할아비 앞을 막아! 응? 큰일이 나면 어쩔 뻔했어!”

벌겋게 달아오른 노인이 그녀의 어깨를 움켜쥐고 윽박질렀다. 아리아드네는 더듬더듬 항변했다.

“저, 전, 오염수에 안 죽잖아요. 하지만 대마법사님은.”

“그렇다고 그렇게 대뜸 튀어 나가? 날 뭐로 본 게냐? 누가 누굴 지키겠다고! 어린 것이, 어린 것이 정말이지…… 정말…….”

대마법사의 고개가 점점 숙여졌다. 노인은 그녀를 끌어안고 울음을 터뜨렸다.

"겁도 없어. 겁도 없지. 내가 뭐라고……. 너는 아주 크게 혼날 줄 알아라. 혼쭐을 낼 것이야. 내가 뭐라고, 네가 밉지도 않느냐, 응? 내가 뭐라고……."

뜨거운 눈물이 그녀의 목덜미에 뚝뚝 떨어졌다. 그 열기가 온몸을 데웠다. 따뜻한 것이 흘러 가슴 안쪽에 고였다.

아리아드네는 저도 모르게 대마법사의 품에 고개를 묻었다. 이마에 닿은 노인의 가슴팍에서 심장이 겁에 질린 것처럼 뛰고 있었다. 그녀의 뒷머리를 쉼 없이 쓰다듬는 손도 덜덜 떨리고 있었다.

그 품은 몹시 따스했다.

엘디어 공작은 전령이 보내온 소식을 읽었다.

-양동 작전은 성공했습니다. 대부분의 기사를 유인하였고, 변경백 또한 잠시 발을 묶어 놓았습니다.

다만, 눈표범 기사단과 변경백의 전력이 예상외로 강했습니다. 지원을 보낼 수가 없어 기사단장 홀로 공녀님께 찾아가야 했습니다.

게다가 대마법사가 예상외로 일찍 도착했고, 오염수에 대한 방비가 되어 있었기에…….

구구절절 쓰여 있지만 결론은 실패했다는 뜻이었다. 공작은 으득 이를 갈고 종이를 구겼다. 눈표범 기사단의 대부분이 토벌을 나가 있는 지금이 기회라고 생각해서 무리하게 추진한 작전이었는데, 실패라니.

'엘릭서의 완성이 코앞인데, 어리석은 계집애가.'

어린 딸이 이런 식으로 자신을 애먹일 줄은 몰랐다. 얼마나 소중히 키웠는데 그렇게 한순간에 달아날 수가 있는지.

'결국 다 제 이득이 될 것인데!'

조금만 견디면 엘릭서가 완성될 텐데. 엘릭서로 부유해진 가문도 나중엔 저가 물려받게 될 것인데. 어릴 때부터 단련해서 오염에 내성도 생길 테니 얼마나 좋은가.

'그 아픈 것 조금을 못 참아서!'

공작은 신경질적으로 책상을 내리쳤다. 고작 아픈 걸 못 참아서 제 앞날까지 이렇게 다 망치려 들다니. 딸아이의 얕은 인내심이 실망스러웠다.

어쨌든 아이는 도망쳤고, 데려오려던 작전은 실패했다. 이제 다른 방법을 시도해야 했다.

'그래도 이번 건으로 아이가 납치되었다는 건 확실해졌으니, 명분은 내 것이다.'

아비가 딸에게 보낸 호위 기사를 거절하고, 무력으로 쫓아냈다. 아이를 만나 볼 수조차 없었다. 누가 봐도 위버 쪽이 억지를 부리는 구도였다.

'국왕 전하를 만나 뵈어야겠군.'

위버식 정중함이란 상대 중 한 명만 멀쩡하게 남기고 나머지는 다 죽기 직전까지 밟아 놓는 방식이었다.

제 발로 못 걷게 된 나머지를 챙기라고 한 명은 남겨 준다. 객사하지 않고 돌아갈 수단은 마련해 준 거니 충분히 정중한 대우였다.

뒤늦게 그들이 무슨 목적으로 찾아왔는지, 어떻게 처리되었는지 들은 아리아드네는 당황했다.

"그래도 돼요?"

"되고말고."

"공작이 항의할 텐데요."

"하든 말든 상관없다."

변경백이 시큰둥하게 대꾸했다. 아리아드네는 멀거니 눈을 깜박였다.

'엘디어의 위세가 내 예상보다 약한 걸까? 아니면 위버가의 힘이 예상보다 강한 걸까.'

어느 쪽인지 잘 모르겠다. 머뭇거리고 있자 그녀를 품에 안고 있던 대마법사가 입을 열었다.

"아가야."

"네."

"엘디어는 우리보다 크고 부유하지만, 그뿐이란다."

"네?"

놀라 반문하자 노인은 빙긋 웃기만 했다.

아리아드네가 착각하는 점이 하나 있었다. 그녀는 원작 소설을 기준으로 '엘디어'의 힘과 규모를 가늠하고 있었다. 그러나 소설에 등장하는 엘디어는 엘릭서를 독점하며 급속도로 성장한 후의 가문이었다.

그녀 역시 그 차이를 생각하고 있긴 했다. 다만 그 점을 고려하면서 그녀가 상상한 '엘릭서 개발 전의 엘디어' 규모조차 과장되어 있을 뿐이다.

또한 그녀는 현시점의 위버 가문과 대마법사가 어느 정도의 위세를 떨치고 있는지도 제대로 알지 못했다. 원작에서 위버 가문은 '에리히 위버'의 회상 장면 외에는 등장조차 하지 않는, 비중 없는 가문이니까.

아리아드네는 대마법사의 태도에서 그 사실을 어렴풋이 깨달았다.

'둘 다였어. 엘디어도 예상보다 약하고, 위버도 예상보다 강한 거야.'

노인이 변경백을 향해 턱짓을 했다.

"아가야, 네 외삼촌은 못 미더운 놈이지만, 그런 저놈도 정령 기사 네댓 명 몫은 한단다."

"아버지, 아들보고 못 미더운 놈이라니요?"

"시끄럽다. 쥐새끼가 애 방까지 기어들어 오는데도 몰랐던 놈이."

변경백이 입을 다물고 쭈그러들었다. 대마법사가 들으란 듯이 혀를 찼다.

"덩치만 컸지 쭉정이야. 에잉, 셀리아나는 언제 돌아오누."

"아버지는 아들보다 며느리를 더 믿으시는 겁니까?"

"아들아, 그런 말을 하려면 한 번이라도 셀리를 이겨 봐야 하지 않겠느냐? 너희 대련 전적이 289전 289패였지?"

"상성이 나빠서 그런 겁니다! 그리고, 287패거든요?"

"으잉? 언제 두 번이나 이겼느냐?"

"이긴 건 아니고, 두 번은 무승부입니다."

"어이구, 그래, 289전 2무 287패. 됐느냐? 자랑이다, 이놈아."

"부인 상대로 이 정도면 대단한 거지요."

구시렁거린 변경백이 아리아드네에게로 은근히 팔을 뻗었다. 그녀를 안아 들려던 손을 대마법사가 탁 쳐 냈다.

"어딜."

"피해 다닐 땐 언제고 이제 와서 혼자 안고 계시깁니까?"

"그동안 혼자서 실컷 애를 독차지한 놈이 욕심은. 나도 손녀 좀 안아 보자, 이놈아."

대마법사가 입을 비죽이고는 아리아드네를 내려다보았다.

"아가."

"네."

그녀를 내려다보는 눈빛이 무르고 따스했다. 아리아드네는 어쩐지 민망해져서 옷자락을 만지작거렸다. 대마법사가 미소 지었다.

"알겠지? 외삼촌과 할아비는 걱정할 필요 없다. 어린 것이 무얼 그리 고민이 많누."

주름진 손으로 그녀의 머리카락을 쓸어 넘긴 노인이 다정히 속삭였다.

"아가, 너는 아이답게, 걱정 없이 편히 지내면 된단다. 벌써부터 어른처럼 애쓰지 말고. 응?"

그녀는 잠시 숨을 멈췄다.

"애가 애답지가 않아, 징그럽게."

전생의 어린 시절에, 주소를 외워 집에 돌아왔을 때 들었던 말이 머릿속에서 울렸다.

저도 모르게 대마법사의 표정을 확인했다. 노인은 웃고 있었다. 여전히 자신은 그의 품에 안겨 있다.

전생의 할머니와 같은 의도로 한 말은 아닐 것이다. 알면서도 불안

할 수밖에 없었다.

'아이처럼 굴지 않으면 날 점점 싫어하게 되려나?'

하지만, 전에 생각하지 않았던가. 진짜 어린애였던 원작 아리아드네가 어떤 결말을 맞았는지를.

자신이 정말로 평범한 아이라서 그 순간 인상을 쓴 대마법사에게 겁을 먹었다면 원작대로 흘러갔을 텐데.

'내가 전생의 기억을 떠올린 건 그래야만 살아남을 수 있기 때문일지도 몰라.'

그런 생각도 했었다. 살기 위해 전생의 기억을 떠올린 거라면 앞으로도 절대 보통 아이처럼 지내선 안 되는 것 아닐까. 의심하고, 주의하고, 긴장을 놓지 말아야 하는 것 아닐까.

미움받지 않는 것에 신경 쓰다가 배신당하면 어떻게 하나. 애초에 계속 사랑받을 자신도 없는데 그런 감정에 의지하다가 사람들 마음이 바뀌면 더 위험하잖아.

그녀는 어떻게 하는 편이 더 안전하고 유리할지 정신없이 계산하다가 불현듯 환멸을 느꼈다. 변경백이 그녀에게 준 백지 계약서가 떠올라서.

'그런 걸 받고도 나는 의심만 하고 있구나.'

줄곧 저울질을 하고 있는 자신이 새삼 징그럽게 느껴졌다. 대마법사나 변경백의 얼굴을 보고 있을 면목이 없었다.

그녀는 조그맣게 중얼거렸다.

"죄송해요."

"음?"

"……아이답지 않아서요. 노력할게요."

대마법사는 한 대 맞은 듯한 표정이 되었다. 맞은편에 앉아 있던 변경백이 멍하니 그녀를 보더니 자리에서 벌떡 일어났다. 그가 고개 숙인 그녀의 어깨를 쥐고 나직하게 불렀다.

"아리아드네."

"네."

"그건 네가 사과할 일이 아니다. 나쁜 일도 아니고."

"……."

"아이로서는…… 버틸 수가 없었던 순간이 많았겠지. 그게 네가 어른스러워진 이유일 거고."

아리아드네는 천천히 고개를 들었다. 변경백이 이상하게 일그러진 얼굴로 조용히 말을 이었다.

"그건 네 잘못이 아니야. 아이가 아이답지 못한 건 어른의 잘못이지."

자세히 보니 이상하게 일그러진 얼굴이 아니라 슬퍼하는 얼굴이었다.

"아리아드네, 네가 어른스럽다는 건 잘못된 일이 아니라 슬픈 일이란다."

변경백은 정말로 슬퍼 보였다. 그녀를 안고 있던 대마법사의 팔에 힘이 들어갔다. 대마법사는 쉰 듯한 목소리를 냈다.

"아가야, 나는 네가 우리한테 기대 주었으면 해서 떼를 쓴 게다. 너를 책하는 게 아니라, 네가 좀 편해졌으면 해서. 그래서 그런 게야."

아리아드네는 고개를 더 들어 머리 위에 있는 대마법사의 얼굴을 확인했다. 노인의 얼굴 역시 슬프게 일그러져 있었다.

"우리는 네 할아비고, 네 외삼촌이잖누. 응?"

왜 이렇게 슬퍼 보이는 걸까. 자신이 그들에게 기대지 않는 일이, 어른스럽게 구는 일이, 그렇게 슬픈 일이라고?

'아.'

문득 아리아드네는 제 손을 내려다보았다.

'그렇구나.'

작은 손. 어린아이의 몸.

'난 아직 어리니까.'

새삼스러운, 그러나 충격적인 깨달음이었다.

상식적으로는 알고 있었다. '아이는 보호받고 사랑받아야 마땅하다'라는 명제를. 그러면서도 그녀는 자신 역시 그 명제에 해당하는 '아이'라는 것을 거의 잊고 있었다.

그녀에게 자신이 어리다는 건 언제나 큰 약점이자 족쇄였다. 전생에도 그랬고, 현생에도 그랬다.

그녀는 변경백과 대마법사를, 아니, 백지 계약서를 주었던 외삼촌과, 오염수 앞에서 그녀를 감싸 안고 울었던 외할아버지를 바라보았다.

이 사람들은 그녀가 자기 자신을 사랑받아 마땅한 아이로 인식하지 않는다는 점이 슬픈 것이다. 그래서 저런 표정을 짓는 거다.

기꺼이 그녀의 보호자가 되어 주겠다는 사람들. 그녀에게 아이가 되어도 된다고 하는 이들. 그녀를 사랑해 줄 가족들.

'이제 혼자서 버티지 않아도 돼?'

의심하지 않아도 돼?

마음 한구석이 술렁였다. 추운 밖에 있다가 따뜻한 안으로 한 걸음 들어선 것처럼 간질간질한 기분이 들었다.

순간, 억눌려 있던 무언가가 치미는 것이 느껴졌다. 전생의 기억과

버거운 상황에 압도되어 있던 것. 아직 어린아이로서의 자신. 혹은 사랑받고 싶었던 자신이.

소녀의 파란 눈동자에 눈물이 고였다. 눈꼬리를 가득 채우고 넘쳤다. 한 방울의 눈물이 뺨을 어루만지듯 흘러내려 툭 떨어졌다.

"아리아드네?"

변경백이 놀라 그녀를 불렀다. 당황한 대마법사가 그녀를 안아 올려 시선을 맞추려 했다. 아리아드네는 팔을 뻗었다. 아이의 가냘픈 팔이 노인의 목을 끌어안았다.

그녀는 울먹이며 물었다.

"믿어도 돼요?"

"음?"

"기대도 되나요? 매달려도 돼요?"

대마법사는 일순 말문이 막힌 듯 침묵했다가, 아이를 꽉 끌어안아 주었다. 아이의 몸은 작고 따끈따끈했다. 그는 메인 목소리로 답했다.

"물론. 물론이지."

"계속 여기서 살아도 돼요?"

"얼마든지 그러려무나, 아가."

"할아버지라고 불러도 돼요?"

"제발 그리 불러 주렴."

아리아드네는 대마법사의 목덜미에 고개를 파묻었다. 아이가 작게 속삭였다. 할아버지.

오냐. 대마법사가 떨리는 음성으로 대꾸하며 아이를 다독였다. 그의 눈이 촉촉해졌다.

변경백이 심통 난 듯이 끼어들었다.

“나는? 나는 안 불러 주는 거냐? 나도 삼촌이라고 불러다오, 응? 나도 안아 주고!”

“이놈이 산통 다 깨기는!”

대마법사가 버럭 성질을 냈다. 변경백은 그를 무시하고 아리아드네를 향해 울상을 지어 보였다. 아까 진심으로 슬퍼할 때와는 명백히 다른 표정이었다. 한껏 약하고 불쌍한 척하는 곰 같았다.

아리아드네는 눈물 고인 얼굴로 웃고는 그를 향해 손을 내밀었다.

“삼촌.”

“그으래!”

변경백이 벙글벙글 웃으며 그녀의 손을 잡으려 하자, 대마법사가 그녀를 안은 채 홱 몸을 틀어 버렸다.

“너무하신 것 아닙니까, 아버지!”

“만지지 마라. 내 손녀야.”

“제 조카기도 하거든요!”

“네가 만지면 애한테 멍청함이 옮아.”

“아버지 기준이 높아서 그렇지, 저 나름 아카데미 시절 상위권이었습니다!”

변경백이 세상 억울한 듯 외쳤다. 그의 표정이 너무 서러워 보여서 아리아드네는 결국 소리 내어 웃고 말았다.

2

8살

해가 바뀌었다. 눈보라가 잦아들며 봄이 성큼 가까워졌다. 아직 추위는 물러나지 않았지만, 녹아내리는 눈 사이로 연둣빛 새순이 조금씩 드러나기 시작했다.

아리아드네는 반들반들하고 폭신한 눈여우 모피를 덧댄 코트를 입고 마당으로 나왔다. 고운 모피 코트는 8살 생일 선물로 변경백으로부터 받은 것들 중 하나였다.

성문 앞에서 기다리고 있던 변경백이 그녀를 보고 팔을 벌렸다.

"아리아!"

"삼촌."

아리아드네는 그에게 다가가 안겼다. 변경백은 그녀를 가볍게 안아 들었다.

"춥겠구나. 그냥 안에서 기다리는 게 낫지 않겠니?"

"같이 마중 가고 싶은걸요. 숙모랑 오라버니도 빨리 만나 보고 싶어요."

"그쪽에서도 널 직접 만나는 걸 기대하고 있을 거다. 편지로는 네가 얼마나 사랑스러운 아이인지 제대로 담질 못하니."

변경백이 헤벌쭉 웃으며 말했다.

익숙해진 고용인들은 이제 변경백이 멍청한 표정을 짓든 말든 신경도 쓰지 않았다. 그들은 아리아드네의 옷차림을 점검하느라 정신이 없었다.

"아가씨, 장갑을 빠뜨리셨어요!"

"어머, 그새 코가 빨개지셨어. 어떡하면 좋아."

"대마법사님이 만든 손난로는요? 잘 챙기셨죠?"

루시를 필두로 몰려든 하녀들이 호들갑을 떨었다.

과한 걱정은 아니었다. 아리아드네는 잘 걷다가도 픽 쓰러지고, 가만있다가도 코피가 주르륵 흐르곤 했다. 겨울이 끝나기 전에 성 밖으로 한 번 나갔다가 그대로 앓아누워 열이 무섭게 치솟기도 했다.

그 결과 눈보라성 사람들은 그녀를 깨지기 쉬운 유리잔보다도 조심스럽게 대하게 되었다.

주치의 제일린은 그래도 아리아드네가 나아지는 중이라고 했다. 쉽게 지치고 아픈 건 몸이 회복에 집중하느라 체력이 부족해져서라고.

"그래서 신관이 필요하다니까요. 아가씨는 지금 몸을 낫게 하는 데에 드는 체력 자체가 부족한 상황입니다. 이런 건 신성력이 답이에요."

제일린은 그렇게 매일같이 신관, 신관, 하고 노래를 불렀다. 이젠 성 전체에서 신관이 오기를 학수고대하고 있는 판이었다. 눈보라가 그쳤으니 조만간 신관이 찾아올 것이라는 게 그나마 다행이었다.

아리아드네는 결국 마법으로 데운 손난로를 쥐고 코트 위로 담요까지 뒤집어쓰게 되었다.

"변경백님, 아가씨 찬바람 맞으시면 큰일 나는 거 아시죠?"

"조심하셔야 돼요."

"에리히 도련님 어릴 때하고는 다르다고요."

그러고도 부족했는지 하녀들은 변경백에게 잔소리를 해 댔다. 변경백은 허허 웃으며 끄덕인 다음 모두에게 조금 물러나라고 손짓했다. 정령수를 꺼내기 위해서였다.

그의 몸 주위로 아지랑이처럼 냉기가 피어올랐다. 흘러나온 냉기가 눈송이를 머금고 휘몰아치더니 거대한 표범의 형상을 이루었다.

"눈보라."

변경백이 정령수의 이름을 부르며 손을 내밀었다. 눈처럼 흰 몸에 검은 무늬가 점점이 박힌 표범이 그의 손에 이마를 비볐다.

이 설표가 성 근처에 불어닥치는 눈보라로부터 태어난 얼음과 바람의 정령수이자, 대대로 위버가의 정령 기사들이 타고 다녔던 정령수인 '눈보라'였다.

아리아드네는 변경백에게 애교를 부리는 정령수를 신기하게 바라보았다. 저번 사태 때 얼음 새 형태의 정령수를 보긴 했지만, 그때는 워낙 정신이 없어서 제대로 살펴보질 못했다.

보통 표범보다 훨씬 거대한 정령수의 전신은 희미하게 빛나고 있었다. 움직일 때마다 요정처럼 빛 가루가 흩날렸다.

'이게 정령수구나. 평범한 동물과 헷갈릴 일은 절대 없겠어.'

이 세계의 정령은 세 단계로 구분되었다.

정령, 정령수, 대정령.

정령은 자연 그 자체나 다름없었다. 자연 속에서 무작위로 태어나는, 개별적인 자아나 특정한 형체가 없는 군집 생명체.

그런 정령들 중에 간혹 자아를 가진 강한 정령이 태어난다. 이들은 구체적인 형상이 있으며 의지와 감정이 있다. 다만 지성은 없어서 대체로 형상이 동물과 비슷했다. 이들을 정령수라고 불렀다.

그리고 자아와 형상뿐만 아니라 지성까지 갖춘, 웅장한 자연에 깃든 정령들을 대정령이라고 불렀다.

'앞으로 내가 상대해야 할 게 대정령들이었지.'

마법사는 자아가 없는 평범한 정령들을 이용해 마법을 쓴다. 정령 기사는 정령수와 계약하여 정령수를 제 몸처럼 다룬다.

정령사는 마법사처럼 일반 정령을 이용하지도 않았고 정령 기사처럼 특정한 정령수와 계약하지도 않았다.

이 세계의 정령사는 다수의 대정령과 자신 사이의 통로, '채널'을 열어 대정령들의 힘을 빌려 쓰는 자였다. 많은 대정령과 연결될수록, 그리고 채널의 규모가 클수록 강해지는 존재.

'그러고 보니 저기에도 대정령이 하나 있을 텐데.'

아리아드네는 눈보라성 뒤편의 까마득한 산을 올려다보았다. 세계에서 가장 높은 산, 라캇슈아. 저 산은 대정령 '만년설 왕관'의 영토이자 신체였다.

보통 대정령의 이름은 그들이 깃든 영토로부터 비롯된다. 만년설 왕관은 산의 정상에 왕관처럼 덮여 있는 사시사철 녹지 않는 눈 덕에 붙은 이름이었다.

'나중에 정령사가 되면 저 대정령도 내 채널에 접속할까?'

눈보라성 근처의 대정령과 연결되면 성의 안위를 살피기 좋을 텐데.

나필꽃이 시드는 것을 보면서도 아무것도 할 수 없었던 순간이 떠올랐다. 빨리 정령사가 되고 싶어졌다.

"아리아?"

정령수 위에 올라탄 변경백이 의아한 듯 그녀를 불렀다. 아리아드네는 생각을 멈추고 얼른 외삼촌에게로 다가갔다.

"자, 가자."

그녀를 제 앞자리에 태운 변경백이 눈보라의 목덜미를 가볍게 두드렸다. 우우우. 거대한 표범이 낮은 울음소리를 내며 나는 듯이 달리기 시작했다. 바람과 뒤섞인 정령수의 울음소리는 눈보라가 유리창을 두드리는 것과 비슷하게 들렸다.

얼마 지나지 않아 성으로 올라오는 길이 내려다보이는 언덕에 도착했다. 언덕 위에는 관문과 초소가 있었다. 초소에서 내려다보던 경비병이 영주의 정령수를 알아보고 경례를 붙였다.

"꽉 잡거라."

변경백이 속삭였다. 동시에 눈보라가 높게 뛰어오르더니 초소의 가장 높은 지붕 위에 사뿐히 착지했다.

"벌써 저기까지 왔구나."

길을 내려다본 변경백이 말했다. 아리아드네의 눈에는 아직 아무것도 보이지 않았다. 눈이 드문드문 녹은 풀밭만 한없이 펼쳐져 있었다.

그녀가 목을 빼고 기웃거리자 변경백이 웃으며 덧붙였다.

"네 눈에 보이려면 조금 더 있어야 할 거다."

"아, 네."

아리아드네는 변경백의 품에 파묻혀 대마법사가 만들어 준 곰 인형 모양 손난로를 만지작거리며 기다렸다.

얼마 지나지 않아 길 끝에 은빛으로 번쩍이는 무리가 나타났다. 늑대, 소, 여우, 코끼리 등등 다양한 생김새의 정령수들을 탄 흰 갑옷의 기사들이었다. 몇몇 덩치 큰 정령수들은 마차를 끌고 있었고, 비행이

가능한 정령수들은 기사단 위를 선회하고 있었다.

불현듯 기사단 선두에서 말 한 마리가 돌출되었다. 새카맣고 거대한 말이었다. 그 말은 지축을 울리며 엄청난 속도로 다가왔다.

'와, 금속으로 된 말이네. 기관차 같다.'

말을 탄 기사가 다가오자 경비병이 종을 울렸다.

"토벌대가 돌아왔다!"

관문이 활짝 열렸다. 변경백은 눈보라를 움직여 말 앞으로 뛰어내렸다. 거침없이 관문을 통과하던 말이 그것을 보고 멈칫 섰다.

"다녀왔습니다…… 주군."

금속 말 위에 앉아 있던 앳된 여자가 느릿느릿 인사했다. 그녀는 소녀에 가까운 나이로 보였으나 기사의 갑옷을 입고 있었다.

인사를 받은 변경백이 눈살을 찌푸렸다.

"이번에도 날뛰었느냐, 베로니카."

"네에…… 조금."

베로니카라 불린 기사는 건성건성 대꾸했다.

아리아드네는 변경백의 품에서 꼼지락거리며 빠져나와 여자 쪽을 보았다.

'헉.'

그녀는 저도 모르게 튀어나오려는 신음을 간신히 삼켰다. 제 정령수처럼 새까만 머리에 까만 눈의 여자는 머리끝부터 발끝까지 피범벅이었다. 말라붙은 피 때문에 흰 갑옷이 검은색으로 보일 지경이었다.

아리아드네가 움찔 놀란 것을 느낀 변경백이 혀를 찼다.

"피는 좀 씻고 오지 그랬나."

"아, 이거…… 중턱에서 마물 잘못 벤 건데, 귀찮아서…… 성에서

씻을래요…….”

건틀렛을 낀 손으로 머리를 긁적이던 베로니카가 문득 동작을 멈췄다. 변경백에게 폭 안겨 있는 아리아드네를 뒤늦게 발견한 탓이다. 졸린 듯 반쯤 감겨 있던 베로니카의 눈이 동그랗게 커졌다.

“어, 어…… 주군, 뭐예요……? 그거 살아 있는 거예요?”

“말조심해라, 내 조카다.”

“조카가 있으셨어요……?”

“분명히 편지로 알렸을 텐데. 못 들었나?”

“어어, 움직인다, 와, 진짜 살아 있네…….”

변경백의 말을 귓등으로 들은 베로니카가 정령수에서 뛰어내렸다.

“귀여워…… 작다…….”

그녀는 아리아드네에게 시선을 고정하고 흐느적흐느적 다가왔다. 유령 같은 몰골이었다.

‘조, 좀 무섭다.’

가까워지자 피 냄새가 코를 찔렀다. 미간을 구긴 변경백이 휘휘 팔을 내저었다.

“그 꼴로 어딜. 당장 가서 목욕부터 해라.”

“아…… 네에.”

베로니카가 시무룩하게 어깨를 늘어뜨렸다.

그사이 본대는 완전히 관문을 통과했다. 상공에 있던 에메랄드빛 독수리가 아래로 내려왔다. 지상에 착륙하기도 전에 그 위에서 붉은 머리의 여자가 뛰어내렸다. 키가 큰 중년의 여성이었다. 그녀가 변경백을 향해 빙그레 웃었다.

“에른, 근 반년 만이네요. 잘 지냈어요?”

그녀는 백작 부인이자 눈표범 기사단 단장인 셀리아나 퀴젤라스였다.

"셀리!"

정령수에 아리아드네를 두고 뛰어내린 변경백이 그녀에게 다가갔다. 그들은 서로를 끌어안고 가볍게 입을 맞추더니 이마를 맞대고 웃었다.

"보자마자 아주 열렬하시네. 누가 보면 신혼인 줄 알겠어."

마법사 로브 차림의 소년이 착륙한 독수리에서 내리며 투덜거렸다. 두 사람을 태우고 있던 에메랄드 독수리의 주인인 정령 기사가 웃으며 대꾸했다.

"좋으시면서 뭘 그러세요."

"좋긴 뭐가 좋아?"

"부모님이 사이가 좋으면 자식에게도 좋은 일 아닙니까?"

"적당히 좋아야 할 것 아냐. 동생 안 생기는 게 신기한 노릇이라니까."

소년은 짜증스럽게 제 은발을 쓸어 넘기다가 눈보라 위에 앉아 있는 아리아드네를 발견했다.

"뭐야, 이 쬐끄만 건? 왜 아버지 정령수에 타고 있어?"

소년이 사나운 얼굴로 그녀를 노려보았다. 그녀에 대해 전혀 모르는 기색이었다.

'외삼촌이 분명히 편지를 보냈다고 했는데, 전달이 안 됐나?'

아리아드네가 무어라 대꾸하기도 전에 멍하니 서 있던 베로니카가 대뜸 입을 열었다.

"귀여워."

"저게 귀여워?"

"작아……."

"넌 작으면 다 귀엽냐? 저게 진짜 귀여워 보여?"

베로니카는 멍한 눈으로 아리아드네를 바라보며 고개를 끄덕였다. 인상을 쓴 소년이 아리아드네를 훑어보더니 콧방귀를 꼈다.

"못생겼는데. 비쩍 마른 게 눈만 퀭하니 커다래 가지고 해골 같잖아."

베로니카가 그를 돌아보았다. 그녀는 조금 화난 투로 말했다.

"넌…… 안 귀여워."

"누가 귀여워해 달래?"

"저 애는 귀엽고, 넌 못생겼어……."

"야! 눈이 삐었어?"

소년은 휘황한 은발과 섬세한 외모 덕에 눈을 빚어 만든 조각상처럼 아름다웠다. 빈말로도 못생겼다고는 할 수 없는 얼굴이었다. 제 외모를 잘 아는 소년이 씩씩거리며 반박했다.

"내 어디가 못생겼다는 거야!"

"마음……."

"뭐? 이게, 미래의 주군한테 못 하는 말이 없어!"

"네가 주군이 되면…… 여기 그만둘래. ……밴댕이 소갈딱지."

느릿한 어투로 막말을 던진 베로니카가 제 정령수에 올라타더니 휘적휘적 멀어졌다.

"너 뭐라 그랬어! 야! 야!"

베로니카는 뒤도 돌아보지 않고 성으로 가 버렸다. 소년은 아까보다 더 사나워진 얼굴로 아리아드네를 노려보았다.

"야, 해골. 너 뭐야?"

"전……."

"넌 뭔데 위버의 후계자를 내려다봐? 그것도 감히, 눈보라를 타고서!"

성큼 다가온 소년이 아리아드네의 팔을 콱 움켜잡았다. 하필 오른팔이었다.

"내려."

"윽."

"내리라고!"

그녀의 오른팔에는 덜 아문 상처가 남아 있었다. 상처가 짓눌리자 일순 시야가 핑 돌았다. 그녀의 상태를 모르는 소년은 가차 없이 팔을 잡아당기며 흔들어 댔다. 작은 몸이 휘청휘청 흔들렸다.

"당장 내리라니까!"

"에리히! 뭐 하는 짓이냐!"

노한 변경백의 목소리가 들려왔다. 소년이 돌아보려는 찰나 거친 손이 그의 손목을 쥐고 아리아드네로부터 떼어 냈다.

"아버지, 대체……."

"아리아!"

변경백이 제 말을 무시하고 아리아드네를 부르자, 소년의 얼굴이 붉어졌다.

"괜찮으냐? 팔은?"

변경백은 허둥지둥 아리아드네의 팔을 살폈다. 그녀는 얼른 고개를 저었다.

"괜찮아요."

"아프진 않고?"

"네, 조금 눌린 거지, 아픈 건 아니에요."

"일단 보자."

그녀의 코트를 벗기고 팔을 확인한 변경백이 대경했다. 블라우스에 옅게 피가 배어 나와 있었다.

"이러고서 안 아프기는!"

"정말 안 아프……."

변경백은 아리아드네를 도로 코트와 담요로 감싼 뒤 안아 들었다.

"아리아를 데리고 먼저 가 있겠습니다, 부인."

"그래요. 인사는 나중에 해야겠군요."

어느새 다가온 백작 부인이 고개를 끄덕이고는 소년을 향해 돌아섰다.

"에리히 위버. 어린아이를 그런 식으로 윽박지르다니, 내가 널 그렇게 가르쳤더냐?"

그녀가 싸늘하게 아들을 야단치는 모습이 점점 멀어졌다. 순식간에 성으로 돌아온 변경백은 아리아드네를 주치의에게 데려다주었다.

"이런, 운이 나빴셨네요. 하필이면 마지막 남은 상처 부분을……."

제일린은 혀를 차며 붕대를 갈았다.

"아프셨겠어요."

"그다지요."

정말로 별로 아프진 않았다. 어지러워져서 좀 놀랐을 뿐.

바쁘게 손을 놀리던 제일린이 멈칫하고 그녀를 보았다.

"계속 생각했던 건데, 혹시 아가씨께서는……."

"네?"

"……아뇨, 아무것도 아니에요."

의사는 하려던 말을 삼키고 치료만 했다.

아리아드네가 주치의의 방에서 나오니 변경백 대신 루시가 기다리고 있었다.

"변경백님은 도련님께 가셨어요. 호되게 벌을 주실 모양이에요."

"에리히 오라버니는 내 팔에 상처가 있는 거 모르고 있었잖아. 내가 누구인지도 몰랐던 것 같고. 근데도 벌을 받는다고?"

"알든 모르든 아가씨를 그런 식으로 대하면 안 되죠. 엄청나게 무례하게 구셨다면서요. 도련님은 혼 좀 나셔야 해요."

루시가 단호하게 말했다. 아리아드네는 속으로 한숨을 쉬었다.

'앞으로 서로 등을 맡길 동료가 되어야 하는데, 첫 만남부터 최악이네.'

에리히 위버의 성격이 만만찮을 건 예상하고 있었기에 크게 당황하진 않았다. 원작보다 좀 더 제멋대로인 건 어려서일 터다.

'올해 열여섯 살이었지?'

이 세계의 성인 기준은 18세였다. 작위를 계승하는 것도, 결혼을 하는 것도 18세부터 가능했다. 단, 토벌에 참가하는 데에는 실력만 있으면 나이를 따지지 않았다. 긴 세월 성전을 치르며 생긴 관습이었다.

'열여섯 살은 이곳 기준으로도 아직 애 같을 나이지. 질풍노도의 사춘기이기도 하고. 친해지려면 내가 잘 맞춰 주는 수밖에.'

아리아드네는 8살이라는 제 나이를 잊고 그렇게 결심했다.

"오라버니는 어떤 벌을 받게 돼?"

"아마 근신하게 되실 거예요. 이 정도면 여름까지 외출 금지당하실지도 모르겠네요."

"그렇게 오래?"

"별로 오래도 아니에요. 도련님은 서쪽 탑에서 반년 동안 근신하신 적도 있는걸요."

반년 근신이라니. 변경백과 백작 부인이 오냐오냐하는 부모가 아닌 건 확실히 알겠다.

“참, 베로니카라는 기사 알아? 어려 보이던데 그 사람도 정령 기사야?”

“아, 그분이요. 베로니카 브란테 경.”

루시는 약간 두려운 표정이 되었다.

“어리죠, 도련님과 동갑이시거든요. 2년 전에 마님께서 오염 지역에서 구해 온 분인데, 그때부터 이미 정령 기사셨어요.”

“그렇게 어릴 때부터 정령 기사였다고?”

“네, 처음 왔을 때부터 바로 토벌대에 합류하셨거든요. 그때가 열네 살이셨으니…… 같이 토벌을 가셨던 기사님들이 베로니카 경은 어린 나이인데도 괴물같이 강하다고 하시더라고요.”

아리아드네는 눈을 휘둥그렇게 떴다.

주인공 악셀 발렌타인이 정령 기사가 된 게 12살 무렵이다. 14살부터 실전을 치를 정도라면 주인공 수준은 아니어도 굉장한 천재라는 뜻이었다.

‘그 정도 인재가 왜 소설엔 언급도 안 나오지?’

소설에서 주인공이 회귀를 반복해 가며 시도하는 건 ‘대미궁’의 공략이었다.

성전이 시작된 후 수십 년이 흐르고 다들 변해 버린 세상에 익숙해졌을 무렵, 이 세계를 멸망시킬 대미궁이 출현했다.

원래 대륙에는 크레타 제국이라는 융성한 나라가 있었다. 마계와의 전쟁을 주도하는 강대국이었다.

십여 년 전, 갑자기 크레타 제국의 수도에 거대한 미궁이 결계를 박살 내며 등장했다. 그게 대미궁이었다. 가장 거대하고, 가장 끔찍한 미궁.

그날 제국의 수도가 통째로 증발했다. 대부분의 사람이 하루아침에 영문도 모르고 죽었다. 이어 대미궁을 중심으로 급속도로 오염이 퍼져 나갔다.

순식간에 크레타의 영토 전체가 오염 지역이 되었다. 생존자는 극소수. 최강의 제국이던 크레타가 지도에서 사라지기까지 일주일도 채 걸리지 않았다.

그 뒤 많은 토벌대가 대미궁을 봉인하기 위해 크레타로 떠났지만, 누구도 살아 돌아오지 못했다. 대미궁의 오염 지역은 '저주받은 땅'이라 불리게 되었다.

대미궁을 닫지 못하기 때문에 오염은 계속해서 퍼져 나가는 중이었다. 그나마 대미궁에서 멀수록 오염이 퍼져 나가는 속도가 느려져서 저주받은 땅이 커지는 속도도 빠르지는 않았다.

하지만 언젠가는 오염이 전 대륙을 물들일 것이다. 온 세상이 저주받은 땅이 되어 버릴 터다. 모두가 그것을 알고 있었다.

대미궁을 무너뜨리지 못하면, 엘리시움은 반드시 멸망한다. 그 위기감 속에서 등장하는 것이 주인공, 악셀 발렌타인이었다.

'대미궁에 도전했다가 살아 돌아온 최초의 인간.'

말 그대로 인류의 희망이었다.

대미궁에서 귀환한 주인공은 단숨에 각국의 전폭적인 지원을 받는, 국왕을 상대로도 갑질을 할 수 있는 막강한 권력자가 된다. 그 지원을 바탕으로 주인공은 인재란 인재는 다 끌어모아서 대미궁에 재도전할 토벌대를 꾸린다.

'실패할 때마다 회귀해서 다시 토벌대를 만들고, 또 도전하고…….'

실패, 죽음, 재도전을 반복하며 주인공이 대미궁의 중심부로 향하는 것이 원작의 메인 스토리였다.

'결말은 그따위였지만.'

세계 멸망 엔딩을 피하려면 주인공이 절대 회귀를 해선 안 된다. 회귀하는 순간 배드 엔딩이 확정되어 버리니까.

따라서 그녀는 실패 없이 한 번에 대미궁을 공략해 내야 했다. 전 대륙의 지원을 받는 먼치킨 주인공이 수없이 실패를 거듭하며 공략해 나갔던 그곳을.

'원작 소설의 정보가 있으니 불가능하진 않아. 주인공의 시행착오 과정이 다 환상 도서관에 있잖아.'

대미궁으로 출발하는 건 적어도 10년 후의 일이지만, 계획은 지금부터 짜 둬야 했다. 기회가 한 번뿐이니 실수할 수 없다. 그녀는 소설 내용을 바탕으로 토벌대를 어떻게 꾸릴지부터 미리 구상하는 중이었다.

주인공이 많은 시도 끝에 알아낸 대미궁 토벌대의 최적 구성은 5명. 정령사, 마법사, 신관, 그리고 정령 기사 둘.

그 이상 인원을 늘리는 건 보급 등의 다양한 문제 탓에 불가능했다. 그러므로 토벌대의 한 명 한 명을 최고의 인재로 채워야 한다.

'주인공은 고정이고, 정령사는 내가. 마법사는 에리히 위버로.'

주인공을 만날 시기는 이미 정해 두었다. 에리히는 그녀의 사촌 오빠니 따로 찾을 필요도 없고. 나머지, 신관과 정령 기사 자리는 아직 누구로 할지 결정하지 못했다.

그나마 신관은 후보를 두셋으로 좁혀 놨는데, 주인공 외의 다른 정령 기사가 문제였다.

'원작에서 마지막 층까지 같이 갔던 핵심 동료가 막판에 배신한 놈이라…… 그놈은 안 되니 그놈 비슷한 인재라도 찾아야 하는데.'

마땅한 후보가 없어 원작에 등장한 정령 기사들의 장단점을 죄다 정리해 보는 중이었다.

'주인공이 수준급 인재는 죄다 대미궁에 데려가 봤단 말이야. 베로니카가 그렇게 특출난 정령 기사라면 소설에 안 나올 리가 없어. 외숙모나 외삼촌처럼 연령대가 다른 것도 아니고 딱 적당한 나이인데.'

베로니카 브란테는 원작에 안 나왔다. 가능성은 두 가지였다. 하나는 베로니카가 악셀이 인정할 정도의 강자가 아니라서 등장하지 않은 경우. 다른 하나는 악셀이 대미궁 토벌대를 구상하는 미래 시점에 베로니카가 이미 사망한 상태일 경우.

'원작의 아리아드네처럼…… 소설 시작 시점에 이미 죽은 사람일 수도 있어.'

생각이 그 지점에 이르자 문득 연상되는 것이 있었다. 에리히가 나온 부분을 집중적으로 뒤지다가 본 것.

'에리히의 죽어 버린 첫사랑!'

벼락같은 깨달음이었다.

소설 속에서 은발의 마법사는 술 마시고 인사불성이 될 때마다 죽은 첫사랑 얘기를 질릴 정도로 반복했다. 트라우마를 재현하는 환각 함정에 걸리는 에피소드에서도 죽은 첫사랑을 봤다고 했고.

'검은 머리의 동갑내기 친구였다고 했었지.'

그녀 앞에서 티격태격하던 에리히와 베로니카의 모습이 떠올랐다.

'확실해.'

아리아드네는 저도 모르게 걸음을 범췄나.

"아가씨?"

루시가 의아하게 그녀를 불렀다.

"아니야, 가자."

'일단 베로니카에 대해 더 알아봐야겠어.'

아리아드네는 아무것도 아니라는 듯 다시 걸음을 옮겼다. 루시는 그녀를 응접실로 안내했다. 응접실에는 백작 부인이 기다리고 있었다.

"만나게 되어 반갑구나, 아리아드네."

갑옷을 벗고 평상복 차림이 된 셀리아나는 인자한 귀부인처럼 보였다. 그녀는 부드럽게 웃으며 자신을 소개했다.

"내가 네 외숙모인 셀리아나 퀴젤라스란다."

"뵙게 되어 기쁩니다, 외숙모님."

"님이라니. 그냥 편하게 부르렴."

손사래를 친 백작 부인이 턱을 괴고 한숨을 내쉬었다.

"네 외삼촌이 너에 대한 편지를 보냈다는데, 전령이 실종되었는지 못 받아서. 네 사정은 조금 전에야 그이에게 들었단다."

우아하게 흘러내린 붉은 머리칼 아래로 짙은 청회색 눈동자가 아리아드네를 찬찬히 훑었다. 그리고 의외의 말을 입에 담았다.

"아주 강해 보이는구나."

"……네?"

강해 보인다고? 잘못 들었나?

요즘 그나마 살이 오르긴 했어도 제 몸은 여전히 나뭇가지처럼 말랐고 또래보다 작았다. 걸핏하면 픽픽 쓰러지거나 앓기도 하고. 누가 봐도 강해 보일 몸은 아니었다. 아리아드네가 황당하다는 듯 올려다보자 백작 부인이 짧게 웃었다.

"네가 강해 보인다니, 내가 거짓말을 하는 것 같니?"

"네, 조금은요……."

"그렇겠지. 하지만 거짓말은 아니야."

백작 부인은 갸웃거리는 아리아드네를 향해 설명했다.

"너는 어른도, 아니, 훈련받은 기사라도 이겨 내기 어려운 고난을 이겨 내고, 쉽지 않은 용기를 발휘해서 여기까지 왔잖니."

그녀의 눈에는 동정이 아니라 짙은 감탄이 어려 있었다.

"고된 전투를 치른 후니 지치고 힘들어해도 이상하지 않을 텐데, 내 눈에는 지금 네가 다음 전투를 준비하는 전사처럼 보이는구나."

아리아드네는 얼떨떨하게 눈을 깜박이다가 셀리아나에게로 몸을 기울이며 물었다.

"제가 전사로 보인다고요?"

"무기를 들고 휘두르는 사람만이 전사인 건 아니란다. 승리하기 위해 싸울 준비를 하는 사람은 모두 전사지."

싸울 준비라는 말에 뜨끔 하는 것이 있었다. 조금 전까지 훗날 해야 할 대미궁 공략 관련 고민을 하고 있었으니까.

'근데 그런 게 보기만 해도 티가 나나?'

왕국 내에서 한 해 동안 가장 많은 토벌전을 치른다는 눈표범 기사단의 단장이라서 투지 같은 걸 눈치채는 걸까.

아리아드네가 제 얼굴을 더듬자 백작 부인이 빙그레 웃었다.

"남편은 널 설탕 공예품처럼 보고 있는 것 같은데, 글쎄, 몸이 약한 것과 강함의 여부는 조금 다른 문제지. 내 생각이 틀렸니?"

"……아뇨."

아리아드네는 천천히 고개를 저었다. 특이한 관점이지만 솔직히 조금 기뻤다. 그녀는 앞으로 강해져야만 했고, 강해지고 싶었으므로.

"칭찬 감사합니다."

그녀가 꾸벅 인사를 하자 백작 부인의 미소가 더 깊어졌다.
“정말 미래가 기대되는구나. 에리히가 네 반의반이라도 닮았으면 좋겠어.”
농담처럼 푸념한 그녀가 아리아드네에게로 몸을 가까이했다.
“혹시 앞으로 네 외삼촌이나 외할아버지가 너를 걱정해서 반대하는 일이 생기면 내게 찾아오렴.”
“그 말씀은…… 제가 두 분이 허락하지 않는 일을 하려 해도 몰래 지원해 주시겠다는 건가요?”
“영리하구나. 그래, 그런 일이 생기면 이 외숙모가 도와줄게. 두 사람 몰래 말이다.”
백작 부인이 슬쩍 윙크를 했다. 아리아드네는 자신이 예상치 못한 곳에서 변경백이나 대마법사와는 다른 종류의 지지를 얻게 되었음을 깨달았다.
“……그게 만약 외숙모님이 도저히 이해할 수 없는 일이라도 도와주실 건가요?”
“너무 위험하거나 나쁜 짓은 안 할 거지?”
“물론이에요. 그런 짓은 안 해요.”
“그럼 됐어. 뭐든 무조건 한 번은 믿어 줄게.”
그녀가 시원하게 대답했다. 아리아드네는 신기한 기분으로 그녀를 보았다.
‘이상한 사람이야. 오늘 처음 본 어린애를 상대로.’
“감사합니다, 외숙모님.”
하지만 기뻤다. 그녀가 환하게 웃으며 인사를 하자 백작 부인이 마주 웃고는 품에서 작은 상자를 꺼냈다.

"참, 이건 네 생일 선물이란다. 얼마 전이었다면서?"

"아, 감사해요."

아리아드네는 상자를 받아 조심스럽게 열어 보았다.

손가락만 한 크기의 작고 정교한 랜턴이 펜던트처럼 달린 목걸이였다. 금색 랜턴의 겉면에는 복잡한 문양이 가득 새겨져 있었고, 유리 덮개 안에는 보석 가루 같은 것이 꽉 차 있었다.

"급하게 마련하려니 적당한 게 그것밖에 없어서. 뭔지 알겠니?"

"정령등…… 인가요?"

"맞아. 역시 이미 가지고 있구나."

"아뇨, 처음이에요."

"그래?"

백작 부인의 표정이 미묘해졌다.

정령등이란 일종의 오염 방지 아이템이었다. 오염 지역 내에서 인간이 죽지 않고 버티는 방법은 정령의 힘을 빌리는 방법밖에 없었다. 정령사가 귀한 직업이 된 건 그 때문이었다.

정령사가 없으면 정령들이 만들어 내는 정령석을 이용한 임시변통으로 버텨야만 했다. 정령석 가루를 연료로 태워 빛을 내는 정령등은 그런 임시변통 중에서도 가장 간단하고 효과적인 도구였다.

정령사가 잠수함이라면 정령등은 산소 호흡기 수준에 불과했고 일회용인 데다 상당히 비싸서 비효율적이지만, 없는 것보다는 훨씬 나았다.

정화 승인 오염 지역이 곳곳에 있고 새로운 미궁이 돌발적으로 생기곤 하는 이 세계에서 소중한 사람에게 정령등을 선물하는 건 흔한 문화였다.

특히 부모가 자녀에게 반드시 챙겨 주는 선물이었다. 보통 아이 혼자 첫 심부름이나 외출을 다녀오면 기념으로 준다. 귀족들처럼 애세서리로 쓸 수 있는 화려하고 작은 정령등은 힘들어도, 부모들은 대부분 투박하고 큰 놋쇠 정령등이라도 꼭 챙겨 주었다.

소설에서 주인공 악셀이 어린 나이에 양아버지를 잃고 홀로 떠돌 때, 그의 목숨을 살린 것이 양아버지가 첫 심부름 선물로 준 정령등이었다. 소설을 본 아리아드네도 당연히 정령등에 대해 알고 있었다. 모양만 보고도 이게 정령등인 것을 알아차릴 만큼.

다만 그녀는 지금까지 한 번도 정령등을 선물 받지 못했다. 오염 관련 실험을 진행 중이었으니 오염 방지 물품 같은 선물은 아마 공작이 금지했을 것이다.

"첫 정령등을 받을 만한 나이는 지났을 텐데…… 맙소사."

이마를 짚고 낮게 욕설을 뇌까린 백작 부인이 자리에서 일어났다. 그녀는 성큼성큼 다가오더니 상자에서 정령등 목걸이를 꺼냈다. 그러곤 아리아드네의 목에 직접 정령등을 걸어 주었다.

"혼자서도 여기까지 잘 왔구나. 정말 잘했어, 우리 조카님."

백작 부인은 에리히의 첫 심부름 때처럼 다정하게 말하고는 아리아드네의 머리를 쓰다듬어 주었다. 아리아드네는 홀린 듯이 그 '엄마 같은 미소'를 올려다보다가, 양손으로 정령등을 움켜쥐었다. 그녀의 뺨이 사과처럼 붉어졌다.

"고맙습니다…… 숙모님."

셀리아나는 말없이 아이를 끌어안고는 발간 뺨에 뽀뽀를 해 주었다.

눈보라성의 서쪽 탑 근처에 아리아드네에게 주어진 방이 하나 더 있었다. 그녀의 부탁으로 만들어진 엘릭서 제조를 위한 방이었다. 변경백이 그녀만 드나들 수 있게 열쇠를 주었고, 대마법사가 재료를 채워 넣어 준 곳.

아리아드네는 혼자 열쇠로 문을 열고 들어갔다. 마법으로 불을 붙여 둔 조그만 가마솥 안에서 칙칙한 녹색의 액체가 끓고 있었다.

'늪 같은 녹색. 좋아, 다음은…….'

그녀는 액체의 상태를 확인한 뒤 찬장으로 향했다. 사다리를 대고 올라가 재료 몇 개를 낑낑거리며 꺼냈다. 그 뒤 높은 의자에 걸터앉아 재료를 손질했다.

'일각수의 뿔을 하르퓌아의 발톱으로 갈아 가루를 만든다.'

어린 그녀에게는 쉽지 않은 일이었다. 그녀는 한참을 씨름하여 겨우 고운 가루 한 줌을 얻었다.

'혼자 하려니 확실히 힘드네.'

대마법사는 필요하면 조수를 붙여 주겠다고, 아니면 본인이 직접 조수가 되어 주겠다고 했다. 그것을 거절한 건 아리아드네였다.

'당분간은 엘릭서의 레시피를 비밀로 해야 해.'

그녀가 혼자 하고 싶다고 하자 대마법사는 바로 납득했다. 아무에게도 알려 주지 말라고, 입 밖에 낸 비밀은 비밀이 아니라며 칭찬하기까지 했다.

가루를 챙기던 아리아드네의 손이 문득 느려졌다. 새삼스럽지만 욕심도 안 나는 걸까. 대단한 사람들이었다. 자신은 그들을 믿기로 해 놓고도 완벽히 믿지는 못해서 온갖 비밀들을 끌어안고 있는데.

'……적당한 때가 오면 레시피를 전부 공개하자.'

엘디어 공자처럼 엘릭서를 영원히 독점할 생각은 없었다. 그래서도 안 되었고.

잘 모은 가루를 가마솥에 부었다. 그러자 녹색의 액체가 조금씩 밝아지다가 투명한 금빛으로 변했다.

'성공일까?'

레시피를 알고 있다고 해서 한 번에 물약을 만들 수 있는 건 아니었다. 그녀는 물약 제조 경험 자체가 없었고, 어린 몸은 손재주가 서툴렀다. 지난겨울 동안 만든 건 전부 실패작이었다. 체력이 좀 좋았다면 더 자주 연습해서 금방 완성했을 텐데 무리하면 바로 쓰러지는 탓에 그럴 수가 없었다.

'원작 아리아드네는 대체 열여섯 살까지 어떤 상태로 살았던 건지.'

실험의 여파와 몸 상태에 대해 파악하게 된 뒤 종종 드는 의문이었다. 알아낼 방법이 없는 의문이다.

아리아드네는 '원작의 아리아드네'가 어떤 성격인지조차 모른다. 소설에 한 번도 제대로 등장한 적이 없는 인물이니까. 알 수 있는 건 그녀가 처했을 상황과 배경, 그녀의 체질과 재능에 대한 설명뿐. 어떤 사람인지는 알 길이 없다.

'내가 아리아드네로 태어나 버렸으니 앞으로도 영영 알 수 없겠네.'

불을 끄고 금빛 액체가 식기를 기다리며 거울을 흘깃 보았다. 전보다 안색이 좋아진 제 얼굴이 보였다. 전생과 판이하게 다른 얼굴이지만 남의 얼굴이라는 생각은 전혀 들지 않는다. 날 때부터 이 얼굴이었으니까.

'얼굴…… 솔직히 예쁘긴 한데, 공작이랑 너무 닮아서 별로 마음에

안 들어. 엄마를 닮았으면 더 좋았을 텐데.'

그녀도 거울을 볼 때 나와 같은 생각을 했을까?

자신이 아리아드네로 태어난 이상 원작의 아리아드네는 아예 처음부터 존재하지 않는 사람이었다. 그 아리아드네가 어떤 사람이었을지, 어떤 심정으로 살았을지 궁리해 보는 건 아무런 의미가 없는 상상이다.

그런데도 가끔 이런 상념이 든다. 소설 속의 등장인물로 태어났다는 게 여전히 믿기지 않아서일까.

'책 속 세계가 실제로 있다는 게 이해가 안 돼. 소설을 쓴 작가가 상상한 것에 불과한 세계가 어떻게 진짜로 존재할 수가 있지?'

이 세계는 원래 존재했고 작가가 어떤 방식으로든 이 세계에 대해 알게 되어 소설로 쓴 거라면 가능할지도 모르겠다.

혹은, 작가가 신이라거나.

'말도 안 돼.'

헛웃음을 흘렸다가 고개를 내저었다.

'뭐, 따지고 들자면 환상 도서관부터 문제고, 내가 전생의 기억을 떠올린 것도 말도 안 되긴 하지.'

그냥 원래 그런 거겠거니 하고 납득해 버리면 그만이다. 실제로 다 일어난 일들인데 어쩌겠는가. 왜 이런 일이 일어났는가, 보다는 앞으로 어떻게 할 것인가, 가 훨씬 중요한 문제였다. 그걸로도 벅찼다.

'쓸데없는 고민 좀 그만하자. 이것도 습관이야.'

금빛 액체가 완전히 식었다. 아리아드네는 잡생각을 멈추고 액체를 떠서 병에 담았다.

'겉보기엔 성공 같은데…… 확인해 봐야지.'

방을 나와 서쪽 탑 뒤뜰로 향했다. 서쪽 탑의 뒤뜰에는 대마법사의 정원이 있었다. 그 정원 구석의 격리된 공간에 오염된 식물, 정확히 말하면 오염되는 바람에 마계의 식물로 변한 것들이 몇 그루 있다. 대마법사가 연구용으로 키우는 것들이었다.

아리아드네는 잎사귀 대신 문어 다리 같은 것들이 돋아난 검보라색 풀 앞에 섰다.

'이게 오염되기 전엔 수선화였단 말이지.'

그녀는 흐물흐물 움직이는 촉수 잎사귀를 끔찍하단 표정으로 쳐다보다가 유리병 뚜껑을 열었다. 병을 기울이자 황금빛 액체가 졸졸 쏟아졌다.

제대로 된 엘릭서라면 오염된 식물이 수선화로 되돌아와야 한다. 아리아드네는 쪼그려 앉아 숨을 죽이고 식물을 지켜보았다. 엘릭서를 머금은 풀이 희미하게 빛나기 시작했다.

'……!'

문어 다리들의 움직임이 정지했다. 부르르 떨리더니 껍데기가 산산이 흩어진다. 검보라색 껍데기가 사라진 틈새로 노랗고 여린 꽃이 보였다. 수선화였다.

"됐다!"

아리아드네는 신이 나서 외쳤다. 뒤통수에 날카로운 음성이 날아와 꽂힌 건 그때였다.

"너, 여기서 뭐 하냐?"

놀라 돌아보니 은발의 소년이 비딱하게 서서 그녀를 보고 있었다. 서쪽 탑에서 3개월 근신하라는 벌을 받은 에리히였다.

'안 그래도 찾아갈 생각이었는데.'

아리아드네는 얼른 치맛자락을 쥐고 인사를 했다.

"안녕하세요, 에리히 오라버니."

"누가 네 오라버니야?"

"삼촌께 저에 대해 듣지 못하셨어요?"

"들었는데, 그래서 뭐?"

"……."

"사촌 동생이라고 하면 무조건 예뻐해 줄 줄 알았어? 난 네 오라버니 같은 거 할 생각 없으니까 그따위로 친근하게 부르지 마. 재수 없게."

에리히가 신경질적으로 대꾸했다. 아리아드네는 물끄러미 그를 응시했다.

'잰 왜 이렇게 적대적이지.'

물론 낯선 사촌 동생이 앞으로 같이 살게 되었다고 하면 떨떠름할 수도 있다. 그래도 그 사촌 동생이 자신과 나이 차이가 두 배쯤 나고 성별까지 다르다면, 어지간한 사람은 굳이 싸우려 들진 않을 텐데.

"뭘 그렇게 봐? 아버지한테 가서 이르려고? 일러 봐, 해골아."

에리히가 이죽거렸다.

'역시 어지간한 애는 아니네. 나한테 함부로 대했다고 된통 혼나고 근신까지 하게 됐는데도 전혀 조심하지 않는 점이.'

아리아드네는 그를 빤히 보다가 대놓고 물었다.

"제가 싫으세요?"

"어, 싫어."

"왜요?"

"알아서 뭐 하게? 여기서 꺼지기나 해."

에리히가 정원 밖으로 턱짓했다.

“여긴 애들 노는 곳 아니야. 할아버지의 정원이라고. 여기 있는 식물들이 얼마나 귀한 건지 알아? 당장 나가.”

“할아버지께서 허락하셨어요.”

“뭐?”

“이 정원에 들어오는 거, 대마법사님이 직접 허락해 주셨다고요.”

에리히의 낯이 구겨졌다.

“너, 설마 마법 배우냐? 할아버지한테?”

“아뇨.”

“할아버지가 너 제자 삼으려고 데려온 거 아니야?”

“아니에요.”

“거짓말이면 가만 안 둔다.”

“거짓말을 할 이유가 없잖아요. 정말 아니에요.”

“하긴, 할아버지는 내가 마지막 제자라고 하셨으니까.”

조금 안심한 듯 중얼거린 에리히가 도로 인상을 썼다.

“넌 역시 내 부모님한테 정령 기술 배우려고 유학 온 거지?”

“네?”

“정령 기사 되려는 거잖아.”

“아닌데요.”

“그럼 뭐야, 넌 왜 여기 왔어? 고아도 아닌 게.”

아무래도 에리히는 그녀가 무슨 사정으로 눈보라성에서 살게 된 건지는 모르는 모양이었다.

‘함부로 말할 일이 아니긴 하지.’

“사정이 있어서요.”

“무슨 사정?”

"알아서 뭐 하시게요? 제 오라버니 같은 건 할 생각 없으시다면서요."

아리아드네가 방긋 웃으며 되묻자 에리히가 어이없다는 표정을 지었다.

"이게 건방지게 뭐라는 거야? 감히 위버의 후계자에게!"

"그러게요. 그쪽은 위버 소백작이셨죠."

아리아드네는 웃음을 거두고 차분하게 덧붙였다.

"위버 소백작, 전 엘디어의 후계자입니다. 엘디어 소공작에 대한 예를 지키세요."

에리히의 입이 벌어졌다. 그는 기가 막힌다는 듯 아리아드네를 아래위로 훑어보았다.

"지금 뭐라고?"

"사촌 오라버니라 예의를 지켜 드린 건데, 그게 아니라면 소백작이 제게 예의를 지켜야죠. 안 그런가요?"

"……너 여덟 살 아니지?"

"맞아요. 그런데 계속 말이 짧으시네요, 소백작."

"뭐, 뭐? 말이 짧……?"

"소공작을 상대로 너무 무례한 것 아닌가요? 소백작은 본인의 신분은 그렇게 강조하시면서 상대방의 신분은 고려할 줄 모르시나 봐요."

에리히의 입이 더 크게 벌어졌다.

"너, 너…… 너 진짜……."

어지간히 당황했는지 삿대질만 하던 그가 버럭 소리쳤다.

"이런 게 귀엽다고? 착하고 얌전한 애? 얼마나 내숭을 떤 거야? 아버지도 네가 이러는 거 아셔? 내가 아버지께 진실을 알려 드릴……."

"음, 아까 제게 왜 뜬금없이 변경백께 일러바칠 거냐고 따지시나 했더니, 본인 습관이라서 그랬던 거군요. 무슨 일 생기면 아버지한테 가서 이르는 거."

그녀가 웃으며 말하자 에리히가 입을 다물었다. 소년의 낯이 붉으락푸르락했다.

'더 하면 진짜 화내겠네. 얕보이지만 않으면 되니 그만하자.'

에리히 위버를 중심으로 원작을 다시 보면서 깨달은 사실이 세 가지 있었다.

첫 번째는 에리히 위버가 속으로는 열등감을 품고 있다는 것. 그는 세기의 마법 천재이면서도 자신이 정령 기사가 될 자질이 없다는 점에 콤플렉스를 느끼고 있었다.

위버가의 후계자들이 대부분 '눈보라'를 정령수로 계승하는 정령 기사라는 전통, 그리고 부모님이 두 분 다 탁월한 정령 기사라는 점 때문에, 어릴 때는 정령 기사가 될 거라는 꿈을 꿨다던가.

그러다가 일고여덟 살 즈음에 좌절을 했다고 한다. 에리히 위버는 검술에 자질이 없었고, 정령 친화력도 바닥이었으며, 정령 기술도 도무지 이해하질 못했다.

이후 할아버지의 손에 이끌려 마법을 배우자마자 날아다니다시피 했지만 어린 시절의 좌절은 생각보다 깊게 그의 안에 뿌리를 내렸다. 그는 마법사보다는 정령 기사가 되고 싶었던 것이다.

'눈보라 위에 타고 있는 나를 보자마자 짜증을 낸 건 그것 때문이겠지.'

뜬금없이 나타난 사촌 동생이 아버지의 눈보라를 물려받을 미래의 정령 기사로 보였을지도 모른다.

'지금도 그런 의심을 하고 있을 거고.'

멀쩡히 아비가 있는 공작가의 딸이 위버에서 살게 되었다니, 에리히로서는 추측 가능한 이유가 그것뿐일 거다. 아버지가 자신을 대신할 후계자를 찾다가 그녀를 데려온 거라고.

그래서 이렇게 적대적으로 구는 거라면.

"……다시 한번 말씀드리지만, 전 정령 기사가 되려고 온 것도 아니고 마법사가 되려고 온 것도 아니에요."

아리아드네는 에리히의 초록색 눈동자를 똑바로 올려다보며 재차 말했다. 네 아버지의 정령수를 물려받으러 온 것도 아니고, 네가 그나마 자존심을 지키고 있는 할아버지의 수제자라는 자리를 경쟁하러 온 것도 아니라고.

그녀가 그 점을 강조하자 에리히의 기세가 확연히 누그러졌다. 그러면서도 그는 의심스러운 듯 눈을 가늘게 떴다.

"그럼 대체 넌 왜 여기 온 거냐고. 멀쩡한 공작가를 두고 왜 우리 집에서 산다는 거야?"

"제 오라버니도 아닌 남한테 굳이 제 내밀한 사정을 알려 드릴 이유가 없지 않나요?"

"이게 진짜! 야, 해골 너……."

"얘기 끝났죠? 이제 원하시는 대로 물러나 드릴게요. 어차피 실험도 다 끝났고."

일부러 실험이라는 단어에 강세를 두었다. 그녀에게는 지긋지긋하고 잊고 싶은 단어였으나 마법사들은 관심이 아주 많은 단어.

에리히는 마법사답게 그 단어에 반응했다.

"실험? 무슨 실험? 너 같은 어린애가 여기서 뭔 실험을 한다는 거야?"

“걱정하지 마세요. 외할아버지께서도 허락하신 실험이니까.”

“할아버지가 너한테 여기서 실험하는 걸 허락했다고? 마법을 배우는 것도 아닌데?”

그럴 리가 없는데. 소년은 황당하다는 듯 중얼거리더니 해괴망측한 것을 보는 듯한 눈으로 그녀를 내려다보았다. 호의적인 것과는 거리가 멀었지만, 그 시선에는 호기심이 뚜렷이 섞여 있었다.

‘예상보다 더 쉽네.’

그녀가 알아낸 두 번째 사실은 에리히가 겉으로야 어떻게 굴든 근본적으로 타고난 마법사라는 것. 정령 기사를 꿈꾼다면서 그는 본성과 사고방식까지 그린 듯한 마법사였다.

관심 있는 분야에서는 호기심을 주체하지 못하며, 그 호기심이 다른 모든 것을 앞서는 족속. 궁금한 건 파고들고 해석해 내야 직성이 풀리는 자들.

‘호감을 사긴 어려워도 호기심을 자극하는 건 할 만하겠다고 생각했는데 진짜 되잖아.’

“허락하셨으니 실험을 했지, 설마 제가 허락도 받지 않고 했겠어요.”

“대체 무슨 실험이길래?”

“그럼, 안녕히 계세요.”

“야! 무슨 실험이냐니깐!”

아리아드네는 펄펄 뛰는 에리히를 무시하고 걸음을 옮겼다.

‘꼭 잘 보일 필요는 없어.’

그녀가 깨달은 마지막 사실은 미래의 동료들에게 굳이 잘 보일 필요가 없다는 것이었다. 호감과 신뢰는 별개니까.

‘주인공은 그 인성으로도 잘만 동료들을 이끌고 다녔는걸.’

악셀 발렌타인은 한 번도 제 동료들에게 호감을 사려 노력한 적이 없다. 항상 명령조에 설명은 제대로 해 주지도 않고, 약한 모습을 보이면 가차 없이 막말을 하고, 그래도 징징거리면 걷어차거나 때려서 입을 다물게 했다.

동료가 움직이지 않고 주저앉으면 목에 칼을 들이대거나 진짜로 찔러 버리기도 했다. 자꾸 발목을 잡으면 그냥 버리고 갔다. 계속 반항하거나 배신하는 동료는 죽였다.

'새삼 생각하니 막장이네.'

저렇게 굴어도 동료들 대부분은 주인공을 리더로 인정하고 말을 따랐다.

악셀 발렌타인은 사리사욕을 탐하지 않았고, 그의 지시나 판단은 거의 틀리지 않았다. 그의 목표는 명백했으며 그가 사람을 막 대할 때는 확실한 이유가 있었다.

'대미궁을 정복하겠다는 목표 하나에 자기 자신까지 바치는 인간이었으니.'

목표가 같을 경우, 사람들은 무능하고 착한 사람보다 유능하고 성격 더러운 사람을 따른다. 위험한 상황일수록 더욱 그렇다.

유능하고 성격까지 좋으면 금상첨화겠으나 그녀는 그런 완벽한 사람이 될 자신은 없었다. 모든 동료가 좋아하고 진심으로 따르는 리더? 그런 게 원한다고 가능했으면 전생의 할머니나 현생의 아버지에게도 사랑받는 아이가 될 수 있었겠지.

호감을 얻는 건 애매하고 어렵다. 신뢰를 얻는 길이 훨씬 명백하고 합리적이었다.

'원작 내용도 다 알고 타고난 정령술 재능도 엄청난 마당에 신뢰를

못 얻는 게 더 어렵지. 앞으로 기회는 많아.'

"야! 해골!"

정원을 막 나가려는데 어느새 뒤쫓아 온 에리히가 그녀의 앞을 가로막았다. 아까와 달리 제법 진지한 표정이었다.

"좀 전에 네가 있던 곳, 오염 식물 격리 구역인데."

"알아요."

"방금 보니까 그 안에 못 보던 수선화가 있더라? 오염 식물만 심어 놓는 화단인데 말이야."

하는 짓은 철딱서니 없는 애 같아도 역시 마법사는 마법사였다. 그새 이상한 점을 찾아낸 걸 보니.

아리아드네는 태연히 대꾸했다.

"그래서요?"

"그래서요는 무슨. 그거 네가 한 짓이지? 네 실험, 오염 식물 관련이야? 너 식물학 배우냐? 뭐 식물학 천재 같은 거라서 오염 식물 있는 위버로 찾아온 거야?"

"저 같은 어린애한테 뭘 물으시는지 모르겠네요. 식물학이라뇨."

"애 같지도 않은 게 내숭 떨기는. 거짓말하지 말……."

짜증을 내던 에리히의 말끝이 흐려졌다. 소년이 당황하며 그녀를 가리켰다.

"어, 야, 너, 그, 그, 코, 코."

"하고 싶은 말이 있으면 명확하게 해 주시겠어요?"

"코, 코."

에리히는 제대로 말을 잇지도 못하고 그녀의 코를 가리키기만 했다.

그러고 보니 코가 좀 뜨겁네. 생각과 동시에 코에서 주르륵 무언가가 흘러내렸다. 손으로 닦아 내 보니 새빨간 피였다. 그녀는 피투성이 손을 내려다보며 저도 모르게 인상을 썼다. 또냐.

'엘릭서 만들고 나서 정원까지 나온 게 무리였나.'

"야, 너, 괘, 괜찮……."

더듬거리는 에리히의 안색이 새파랬다. 아리아드네는 대충 손수건으로 코를 막으며 고개를 끄덕였다.

"괜찮아요."

"계, 계속 나는데."

왜 저렇게 겁을 먹지. 그녀는 의아하게 그를 보다가 불현듯 깨달았다. 아, 재 나 때문에 3개월 근신 중이지.

"소백작 탓 아니니까 걱정하지 마요."

"뭔 소리야?"

"그냥 지나가던 길에 제가 이러고 있는 걸 발견했다고만 하세요. 그럼 괜한 오해 안 살 테니까."

"오해? 무슨 오해?"

"소백작 때문에 제가 코피 흘린 거라고 오해받을까 봐 걱정하는 거잖아요. 그쪽 탓 아닌 거 분명히 알릴 테니까 그런 걱정은 하지 말라고요."

아리아드네는 코를 막은 채 코맹맹이 소리로 또박또박 말한 다음 돌아섰다.

에리히는 제 반토막만 한 아이가 비틀거리며 걸어가는 것을 보았다. 손수건이 순식간에 새빨개졌다. 보는 저가 다 무서울 지경인데 아리아드네는 익숙해 보였다.

도와 달라는 말은커녕 네 탓 아니니 걱정하지 말란 소리나 하고. 그

와중에 자연스럽게 그를 애가 눈앞에서 코피를 줄줄 흘리건 말건 자기 별 받을 것만 신경 쓰는 못된 놈으로 취급하기까지.

솔직히 저 애 때문에 혼날 걱정부터 한 게 맞긴 하지만, 그래도 그렇지.

'뭐 저런 게 다 있지?'

에리히는 어안이 벙벙해서 아리아드네를 보다가 성큼성큼 걸어 그녀를 따라잡았다.

"너……."

한 줌도 안 될 어깨를 잡고 아이를 돌려세웠다가 말끝을 삼켰다. 돌아보는 아리아드네의 파란 눈동자에 초점이 나가 있었다. 그새 작은 이마에 식은땀이 흥건했다. 조금 전까지만 해도 또랑또랑한 눈으로 건방지게 굴던 애가 갑자기 이러니 오싹할 지경이었다.

'아버지는 몸이 약한 애라고만 하셨는데, 이건 그냥 약한 정도가 아닌 거 같은데?'

"너 진짜 괜찮아? 무슨 병 있냐?"

"아뇨, 그냥 좀 지친…… 것……."

가로젓던 아리아드네의 고개가 돌연 푹 꺾였다. 에리히는 화들짝 놀라 아이를 받쳤다.

'왜 이렇게 가볍, 잠깐, 몸이 불덩이잖아!'

"야, 야, 해골! 정신 차려."

급히 안아 드는데 아이가 힘없이 축 늘어졌다. 코피는 여전히 멎지 않았다.

'이러다 죽는 거 아니야?'

더럭 겁이 났다. 그는 아이를 둘러업고 주치의의 방으로 정신없이 달려갔다.

눈을 뜨자 환상 도서관 안이었다.

'내가 언제 환상 도서관에 들어왔지?'

몸을 일으키려는 아리아드네를 누군가가 제지했다.

"아리아, 휴식. 휴식 필요하다."

"응?"

"환상 도서관 안에선, 아리아 안 아파. 휴식 장소. 쉼터."

파이가 걱정하는 얼굴로 말하더니 그녀를 끌어당겼다. 책을 베개처럼 베게 하고는 전에 가져다 놓은 담요를 덮어 준다.

"아리아, 쉬어."

방긋 웃은 파이가 조그만 손으로 그녀를 토닥토닥했다. 하얀 머리칼 사이로 호박석처럼 예쁜 황금색 눈동자가 그녀를 내려다보았다. 졸음이 쏟아지는 와중에도 떠오르는 의문이 있었다. 아리아드네는 잠에 취한 목소리로 물었다.

"파이…… 네가 날 환상 도서관 안으로…… 부른 거야?"

"응. 고통 예정. 아리아 아픈 거 싫어. 파이가 아리아 불렀어. 소환. 호출. 초대."

"전에는…… 맘대로 내보내더니, 이젠……."

이젠 불러들이는 것도 가능해졌어?

넌 뭐야, 파이? 어떻게 이런 게 가능해? 대정령급 정령이라서 그런 거야?

묻고 싶은데 졸려서 물을 수가 없었다. 그녀는 쏟아지는 잠에 휩쓸렸다. 쾌적하고 편안한 잠이었다.

다시 눈을 떴을 때는 익숙한 침실의 천장이 보였다. 한결 몸이 가뿐해져 있었다. 자리에서 일어나려다 내려다보는 금빛 눈동자와 시선이 마주쳤다.

'파이?'

흐린 눈을 한 번 깜박이자 다른 사람이라는 것을 알 수 있었다. 황금색 눈동자의 주인은 하얀 머리의 꼬맹이가 아니라 부드럽고 단정한 인상의 청년이었다. 그녀를 들여다보던 남자가 설핏 웃더니 뒤를 돌아보았다.

"깨어나셨습니다."

"아가씨!"

"아리아!"

눈물이 그렁그렁한 건 루시였고, 안도의 한숨을 내쉬는 건 백작 부인, 격한 외침과 함께 그녀의 손을 붙잡은 건 변경백. 얼마 전에 수도로 떠난 대마법사와 근신 중인 에리히 외에는 다 모인 듯했다.

제일린이 도구를 챙겨 들고 침대로 다가왔다.

"수고하셨습니다, 신관님. 아가씨를 검사해 봐도 될까요?"

"물론이지요."

남자가 약간 물러나고, 제일린이 그녀의 팔을 감싸 쥐고 검사를 했다. 주치의는 곧 희미하게 웃었다.

“거의 회복되셨네요. 운동으로 체력을 키우셔도 될 정도로.”

그 말에 변경백이 이번에는 신관의 손을 덥석 붙잡았다.

“고맙소. 정말로.”

“아닙니다, 신께서 베풀어 주신 신성력을 다시 베풀었을 뿐인걸요. 오히려 늦게 와서 죄송합니다.”

“기사들도 겨울엔 오가기 어려워하는 곳이 위버요. 신관이 오기 어려운 건 당연한 일이지. 자세한 이야기는 자리를 옮겨서 하도록 합시다.”

변경백이 밖으로 손짓했다. 신관은 웃는 얼굴로 아리아드네에게 묵례하고는 자리에서 일어났다. 돌아서는 신관의 등 뒤로 금실로 수를 놓은 하얀 로브가 펄럭거렸다. 그는 변경백을 따라 방을 나갔다.

‘신관…… 맞아, 여기 신관들은 죄다 금색 눈동자였지. 신성력을 쓸 수 있게 되면 눈이 금빛으로 변한다고…….’

아리아드네는 멍하니 원작의 설정을 더듬었다. 그사이 다가온 백작 부인이 그녀와 시선을 마주했다.

“정신이 좀 드니, 아리아?”

“아…… 네.”

“이틀이나 누워 있었단다. 배가 고프진 않고?”

그녀가 부드럽게 물었다. 괜찮다고 고개를 끄덕이려는 순간 요란하게 꼬르륵 소리가 났다. 아리아드네의 얼굴이 빨갛게 달아올랐다.

“역시 식사부터 하는 게 좋겠구나.”

백작 부인이 옅게 웃었다.

“금방 따뜻한 걸 가져올게요, 아가씨!”

루시가 눈물을 훔치고는 밖으로 뛰쳐나갔다. 그사이 검사 도구를 챙겨 넣은 제일린이 헛기침을 하더니 입을 열었다.

"아리아드네 아가씨."

"네."

"전에는 말씀드리려다 말았던 건데…… 이번에 살펴보니 확실해서 말씀드리겠습니다. 백작 부부께는 이미 알려 드린 내용입니다."

백작 부인이 씁쓸한 표정으로 팔짱을 꼈다. 제일린은 안경을 만지며 잠깐 머뭇거리더니 조심스럽게 말을 이었다.

"아가씨께서는 통증을 느끼는 감각이 조금 망가지신 듯합니다."

"그게 무슨 뜻인가요?"

"그러니까, 음, 같은 상처가 나도 남들보다 훨씬 덜 아프시단 뜻입니다."

"덜 아프면 좋은 일 아니에요?"

"아니요, 위험합니다. 통증은 몸이 보내는 경고거든요. 아파야 조심하는데 아프지 않으니 무리하기 쉽지요."

"아……."

"저번에 팔의 상처를 다시 치료할 때도, 마취약도 안 썼는데 태연하시더라고요."

"……별로 안 아팠거든요."

"상처를 소독하면 아파서 눈물이 찔끔 나는 게 정상입니다. 이번에 쓰러지신 것도, 보통 사람이라면 코피가 터지기 전에 이미 아파서 드러누워 쉬었겠지요."

그런가. 되새겨 보니 그럴듯했다. 종이에만 조금 베여도 기겁했던 전생과 달리 현생은 훨씬 심한 고통도 제법 잘 참았으니까.

'게다가 너무 아프면 환상 도서관으로 도망치기까지 했으니…… 그것도 좀 관계가 있으려나.'

통각이 이상해진 원인도 알 만했다. 실험을 당하던 중에 뭔가 망가진 거겠지.

'잘됐네. 앞으로 해야 할 일들을 생각하면 통각 무딘 건 솔직히 축복이지.'

아리아드네가 고개를 끄덕이자 제일린이 깊은 한숨을 쉬었다.

"아가씨께선 통증을 덜 느낍니다. 다들 조심하겠지만, 아가씨께서도 이 사실을 명심하시고, 언제나 몸 상태에 신경을 써 주세요."

"네, 그렇게 할게요."

"그래도 앞으로는 편해지실 겁니다. 이번처럼 크게 앓을 일도 없을 거고요. 신성력 덕에 후유증은 대부분 사라졌거든요."

"그럼 이제 마음대로 산책해도 되나요?"

"물론이죠."

"달려도 되나요?"

"얼마든지 뛰셔도 됩니다."

기쁜 소식이었다. 아리아드네의 표정이 환해지자 제일린이 안쓰러운 눈으로 그녀를 바라보았다.

주치의가 나가고 나자 백작 부인과 아리아드네 둘만이 남았다. 백작 부인이 입을 열었다.

"갑자기 쓰러져서 정말 놀랐단다. 얼마나 걱정했는지 아니?"

"죄송해요."

"몸은 좀 어떠니?"

"펑징 이 가벼워졌어요."

글로만 본 신성력이었는데 직접 겪어 보니 대단했다. 앓다 깨어났다기보다는 달게 잠을 자고 기분 좋게 일어난 듯한 느낌이었다.

아리아드네는 예의 바르게 인사를 했다.

"신관을 불러 주셔서 감사합니다, 숙모님."

"당연히 해야 할 일인데 뭘. 나아졌다니 정말 다행이구나. 이젠 건강해질 일만 남았단다."

백작 부인은 흘러내린 아리아드네의 머리칼을 다정하게 쓸어 넘기며 말을 이었다.

"그나저나 에리히 녀석이…… 반성했다고는 하지만 워낙 철이 없어서. 그 녀석이 또 너한테 시비를 걸 수도 있고, 저번처럼 나쁜 놈들이 숨어들 수도 있으니……."

말끝을 흐린 백작 부인이 밖을 향해 "들어와라." 하고 명령했다. 그러자 문을 열고 들어온 베로니카가 경례를 했다.

"베로니카 브란테입니다."

"여러모로 네가 편하고 안전하게 돌아다니려면 꼭 필요할 것 같아서 네게 호위 기사를 붙이기로 했단다."

아리아드네는 눈을 크게 떴다. 피범벅이었던 첫 만남과 달리 깨끗이 씻은 베로니카는 졸린 고양이 같은 인상이었다.

'여기서 베로니카가 튀어나올 줄은 몰랐는데. 심지어 내 호위 기사라니.'

"제 호위 기사요?"

"그래. 어려 보여도 실력은 확실하단다. 니카, 에리히가 아리아한테 무례하게 굴면, 알지?"

"부상은…… 안 입힐게요."

"좋아. 뼈만 안 부러지면 되니까 봐주지 말고 때리렴."

"네에, 단장님."

느릿느릿 대답하는데 어째 신난 듯한 분위기였다. 백작 부인은 알 만하다는 듯 웃고는 베로니카를 내보냈다. 아리아드네는 아까부터 신경 쓰이던 것을 물었다.

"저, 제가 쓰러진 것 때문에 혹시 소백, 에리히 오라버니가 혼났나요?"

"음……."

백작 부인이 곤란하다는 듯 턱을 쓸었다. 아리아드네가 황급히 덧붙였다.

"에리히 오라버니 때문이 아니었어요. 오히려 오라버니는 절 도와주셨는걸요."

"네가 그렇게 말할 거라고 하더구나."

"네?"

"에리히가 너한테 했던 말들 다 솔직히 털어놨거든. 아무래도 네가 쓰러진 건 자기 탓이 맞는 것 같다면서 말이야."

의외였다. 그럴 성격으로 보이진 않았는데.

그녀는 잠깐 말문이 막혔다가, 얼른 다시 설명했다.

"그런데 진짜 아니에요. 전 제조실에 오래 있다가 나와서 정원까지 돌아다니는 바람에 그렇게 된 거예요."

"주된 이유는 그렇더라도 그 녀석 탓이 아예 없다고는 할 수 없을걸. 안 그러니?"

"아뇨, 없어요. 그냥 얘기만 나눈걸요."

아리아드네는 단호하게 부정했다. 백작 부인이 고개를 기울였다.

"뭐, 그래도 본인이 반성한다니 반성하게 둬야지. 흔치 않은 일이거든."

백작 부인은 그리 말하며 낮게 웃었다.

아리아드네는 빠르게 병상에서 일어났다. 신관이 오기 전과는 천지 차이인 몸 상태였다.

'역시 대미궁 공략에 신관은 필수야. 동료로 삼을 신관은 신성력이 제일 뛰어난 사람으로 하자. 그 사람을 영입하려면 신전에 투자를 꽤 해야겠지…….'

회복되자마자 그녀가 한 일은 제조실에 가는 것이었다.

'무사히 있네.'

엘릭서는 얌전히 솥에 담겨 있었다. 그녀는 그것을 유리병에 나눠 담았다. 실패할까 봐 적게 만든 탓에 한 모금 분량으로 나눠도 6병밖에 나오지 않았다.

처음으로 완성한 엘릭서들. 그녀는 뿌듯하게 조그만 유리병들을 바라보다가 손가락으로 하나씩 셈했다.

'외할아버지, 외삼촌, 외숙모께 하나씩 드려야지.'

그러면 남는 건 3개. 잠깐 고민하다가 하나는 에리히 몫으로 분류했다.

'2개 남네. 베로니카에게도 하나 주자. 어쩌면 도움이 될 수도 있잖아.'

그녀는 원작에서 베로니카가 언제 어떻게 죽게 되는지 아직 몰랐다. 환상 도서관에 검색 기능이 있는 것도 아니고, 원작 분량이 방대하다 보니 원하는 정보를 찾으려면 시간이 걸렸다.

'아예 관련 정보가 없을 수도 있고.'

그래서 파이한테 같이 찾아 달라고 부탁을 했다. 보답으로 과자를 잔뜩 가져다주기로 하고 말이다.

'마지막 건 그럼 파이한테 줄까?'

환상 도서관은 오염의 위협과 거리가 멀어 보이지만, 그래도 혹시 모르니 가지고 있는 것도 좋을 듯했다.

'파이가 진짜 정령이면 소용없는 물약이긴 한데…….'

정령은 오염에 영향을 받지 않는다. 당연히 엘릭서도 필요하지 않았다. 오염에 영향을 받는 건 정령이 아니라 정령이 깃들어 있는 자연이었다.

정령은 자신이 깃든 자연이 유지되는 한 불로불사지만, 자연이 사라지면 버티지 못하고 사라졌다. 강이 마르면 그 강에서 태어난 정령들이 모두 소멸하는 식이다. 그것이 정령의 죽음이었다.

따라서 미궁이 생기고 오염이 퍼질 때마다 많은 정령이 죽는다. 얼마나 강한 정령이든 예외가 없었다. 정령수들이 인간과 적극적으로 계약을 맺고, 고고하던 대정령들까지 자신을 감당할 만한 정령사를 찾아다니는 건 그 때문이었다.

'정령이라 필요 없더라도…… 처음으로 만든 거니까 파이에게도 주고 싶어.'

아리아드네는 엘릭서 병들에 이름을 쓴 리본을 하나씩 달았다. 나란히 놓고 보니 기분이 들떴다. 누군가에게 선물을 줄 수 있다는 건 행복한 일이니.

그녀는 우선 파이 몫의 엘릭서 병을 들고 제조실의 안락의자에 기대앉았다. 저번에 그녀를 환상 도서관으로 불러들였던 일도 물어볼

겸 파이에게 먼저 선물을 줄 작정이었다.

눈을 감고 이름을 부른다.

"파이."

눈을 뜨자 익숙한 환상 도서관이었다. 다만 평소와 다른 점이 하나 있었다.

"……파이?"

그녀가 들어오면 '기다렸어!'라고 외치며 답삭 안겨 드는 하얀 머리의 꼬마가 보이지 않았다.

"파이? 나 왔어."

아리아드네는 당황해서 서재 안을 뒤졌다. 예전에는 황금 책장만 있는 방이었지만, 물건을 가져다 놓을 수 있다는 걸 알게 된 이후로 종종 가져다 놓은 것들이 있어서 휑하진 않았다.

그래 봤자 빤한 서재 안이다. 딱히 숨을 곳은 없었다. 담요 속까지 뒤져 봤지만 파이는 보이지 않았다. 항상 이 안에 있었던 꼬마가 사라지니 덜컥 겁이 났다.

"파이! 파이! 어디 있어?"

설마 갑자기 나타났을 때처럼 사라져 버린 걸까? 그녀는 허둥지둥 주위를 둘러보았다.

"아리아!"

"파이! 어디 있었던 거……."

돌연 들려온 익숙한 목소리에 반갑게 반문하던 아리아드네의 말끝이 흐려졌다.

"아리아! 이거 봐, 이거 봐! 아리아 부탁! 발견! 대발견! 찾아냈다!"

파이가 신이 나서 손에 들고 있는 것을 마구 흔들어 댔다. 꼬마의 상체가 유리 벽을 반쯤 뚫고 튀어나왔다. 하체는 그녀의 서재 너머, 다른 방에 있었다.

아리아드네는 눈을 치떴다.

“파이, 너…….”

“여기! 여기! 아리아가 찾던 것! 의뢰품, 수색물! 전리품!”

유리 벽을 완전히 통과해 달려온 파이가 가죽 장정의 책을 그녀에게 내밀었다. 그녀는 그것을 받아 드는 대신 파이가 없는 것처럼 뚫고 넘어온 유리 벽으로 다가갔다. 팔을 뻗어 본다. 차가운 유리의 감촉만 느껴질 뿐 통과할 수는 없었다. 전과 똑같다.

하지만 저 애는 방금 이걸 넘어왔는데?

“……파이, 너 설마 다른 서재에도 갈 수 있니?”

“다른 서재? 다른 방? 다른 기억?”

고개를 갸웃거린 파이가 그녀의 앞에서 유리 벽을 넘었다. 닿는 순간 꼬마의 몸이 희미하게 빛나더니 유령처럼 유리를 통과했다. 파이는 벽 너머에서 무어라 입을 벙긋거렸다. 하나도 안 들려서 귀를 가리키고 고개를 젓자 파이가 도로 돌아왔다.

“아리아, 불가능?”

“응, 난 못해. 넌 벽을 넘을 수 있었어?”

그녀보다도 작은 머리통이 끄덕끄덕했다. 맙소사. 아리아드네의 목소리가 절로 높아졌다.

“그걸 왜 이제 말해!”

“아리아, 안 물어봤어. 원인, 질문 없음. 결과, 대답 없음. 그런데 혼난다? 화남? 분노? 야단맞아야 해?”

파이가 울상이 되어 올려다보았다. 그녀는 한숨을 쉬고 고개를 저었다.

"아냐…… 화 안 났어. 그래, 내가 안 물어본 거니까……. 그렇구나, 파이는 날 불러들일 수도 있고, 다른 방에도 갈 수 있는 거네……."

전생의 서재 말고 다른 방에 갈 수 있을 거라고는 상상도 못 했다. 아리아드네는 충격을 간신히 수습한 뒤에 물었다.

"환상 도서관의 다른 방도 여기처럼 누군가의 서재니?"

"누군가의 서재?"

"여기 말고 다른 방들도 다른 사람이 평생 읽은 것들로 채워져 있는 방이냐는 뜻이야."

파이의 얼굴이 어리둥절해졌다. 무슨 말인지 잘 이해하지 못하는 듯했다.

"다른 방, 다른 사람? 다른 사람은 없어."

"아니, 그런 뜻이 아니라."

"환상 도서관, 아리아 말고 없어. 아리아, 유일한 사람. 유일한 방문객. 유일한 주민."

"……여기 드나드는 사람이 진짜 나 말고는 아무도 없어?"

"매일매일, 기다림, 탐색, 조사. 없다. 인간, 부재."

파이는 잠시 시무룩해지더니 들고 있던 책을 다시 그녀에게 들이밀었다.

"아리아 부탁, 재미있었어! 열심히 찾았다! 대발견! 대성공! 대승리!"

"응? 내가 부탁한 거?"

그녀는 책을 들이미는 파이의 서슬에 일단 그것을 받아 들었다. 펼치고 첫 페이지를 보는 순간 말문이 턱 막혔다.

'엘 문자잖아.'

한글로 쓰여 있는 그녀의 서재 책들과 달리 대륙 공용어인 엘 문자로 쓰인 책이었다.

첫 줄은 다음과 같았다.

-라랏슈아 미궁 토벌 보고서.

'라랏슈아?'

라랏슈아면 눈보라성 뒤편 산의 이름 아닌가. 만년설 왕관이 깃들어 있는 곳. 거기에 미궁이 생긴다고?

'아니, 설마, 예전에 생겼던 미궁에 대한 거겠지. 근데 이게 대체 어디서 난 책이야? 이 세계에 사는 누군가가 읽었던 책? 이 세계 사람들의 서재도 이곳 어딘가에 있나?'

"여기부터! 아리아, 여기부터 본다!"

파이가 끼어들어 페이지를 몇 장 넘겼다. 꼬마의 손가락이 한 곳을 꾹 찔렀다.

-첫 토벌이 실패하며 쏟아진 마물로 인해 방어선 붕괴, 성내에 대량의 피해가 발생. (사망자 명단 하단 첨부)

"아리아 의뢰, 부탁, 베로니카, 여기!"

-베로니카 브란테(24세, 여, 눈표범 기사단원): 마물 '흉내쟁이'로부터 에리히 위버 소백작을 지키던 중 잡아먹힘. 사망.

'이건 과거가…… 아니잖아.'

그녀의 눈동자가 흔들렸다. 파이는 아리아드네의 충격을 짐작도 하지 못하고 환하게 웃으며 재잘거렸다.

"소설, 10권, 전부 다 찾았어! 베로니카란 이름, 없다. 결과 없음. 그래서 다른 책들 봤어! 검색 범위 확장, 재시도, 재확장, 재탐색. 발견!"

아리아드네는 칭찬을 바라며 눈을 반짝이는 꼬마를 내려다보았다. 보고서의 내용보다 파이가 이 보고서를 찾아낸 것 자체가 더 놀라웠다. 그러니까, 파이는 그녀가 부탁한 '베로니카 브란테의 죽음에 관한 정보'가 원작에 없어서 환상 도서관의 다른 서재들을 죄다 뒤져 이걸 찾아왔다는 거다.

환상 도서관의 어딘가에 있는, 이 세계에 살던 사람의 서재로부터. 그것도 현재 이 세계에선 일어나지 않은 미래에 관한 내용을.

'다른 사람이 본 책. 그것도 시간대가 다른.'

가장 먼저 떠오른 건 이 능력의 활용도였다. 다른 세계, 다른 시간대의 기록까지 찾을 수 있다면, 파이는 어쩌면 존재하는 거의 모든 정보와 지식에 접근할 수 있을지도 모른다.

'이거 완전 치트키잖아.'

소름이 돋았다. 아리아드네는 침착해지기 위해 마른세수를 했다. 다리가 후들후들 떨려서 보고서를 내려놓고 주저앉아 심호흡도 했다.

'……어떻게 보면 전생의 검색 엔진 같은 건가? 다른 방도 내 서재와 같다면 누군가가 기록해 놓지 않은 자료는 못 찾을 테니까.'

하지만 어떤 검색 엔진도 미래의 기록까지 검색하진 못했다. 이건 분명 그 이상의 힘이었다.

"아리아? 아파?"

"아니."

"이거, 아니야? 오류? 잘못된 결과? 실패?"

파이가 시무룩하게 물었다. 아리아드네는 급히 고개를 저었다.

"아니야, 정확해. 잘했어, 파이. 고마워."

"성공이구나! 정답! 해결! 기쁘다!"

파이는 해맑게 웃으며 폴짝댔다. 그녀는 정체 모를, 아마도 환상 도서관의 대정령으로 추정되는 꼬마를 멀거니 바라보았다.

"파이."

"응?"

"혹시 다른 것도 찾아 줄 수 있어? 내 서재에 없는 내용이라도."

"응! 심심해! 지루하다, 한가하다, 여유롭다. 아리아가 알고 싶은 것, 무엇?"

천진한 황금색 눈동자가 그녀를 향한다. 아리아드네는 솟구쳐 오른 수많은 의문 중에 가장 위에 있는 것을 꺼냈다.

"……엘디어 공작 부인인 글로리아 위버의 죽음에 관한 정보."

프란츠 엘디어 공작이 정말로 공작 부인을 죽인 건지. 죽였다면 그 증거가 있는지.

심증은 있는데 물증이 없다. 아마 대마법사나 변경백도 비슷한 상태일 거다. 원작엔 아리아드네 엘디어에 관한 언급도 거의 없는 상황이니, 공작 부인의 죽음에 관한 정보는 아예 없다고 봐야 했다.

'그냥 사고일 수도 있지만.'

만약 사고가 아니고 그 증거가 있다면.

그녀는 초조하게 파이를 보았다. 파이는 갸웃거리더니 순순히 끄덕였다.

"글로리아 위버? 응, 알았어! 접수, 확인. 찾아본다!"
"고마워!"
아리아드네는 와락 꼬마를 껴안았다. 파이도 까르르 웃으며 그녀의 품에 파고들었다.
"아리아, 좋아."
"응, 나도 파이가 좋아. 참, 이건 선물."
그녀는 챙겨 온 엘릭서 병을 꺼냈다. 작은 유리병을 본 파이의 눈이 동그래졌다.
"엘릭서?"
"응, 처음으로 만든 거야."
"리본에 글자. 내 이름."
"너한테 주는 선물이니까."
노란 리본을 손끝으로 만지작거리던 파이는 책장 한쪽으로 후다닥 달려갔다. 과자 껍데기나 찻숟가락 같은, 아리아드네가 가져다준 것 중 제 마음에 드는 걸 모아 둔 칸이었다.
파이는 그곳 한가운데에 엘릭서 병을 신중히 올려놓은 다음, 달려 있는 리본을 조심조심 풀어냈다. 그리고 노란 리본을 쥔 채 달려와 아리아드네에게 내밀었다.
"리본!"
"응?"
"리본, 머리에, 아리아처럼. 리본 묶기, 가르쳐 줘!"
"머리를 리본으로 묶고 싶어? 그럼 다음에 내 리본 몇 개 가져다 줄게."
"으으응."

도리도리 고개를 저은 파이가 제 이름이 써진 노란 리본 끈을 열심히 치켜들었다.

"다른 리본 싫어. 이 리본 좋아."

"이건 그런 리본이 아닌데. 그냥 이름표 삼아 단 거야. 더 예쁜 걸로 가져올게."

"싫어! 반대, 불호, 기각. 파이는 이 리본."

파이가 단호하게 리본 끈을 들어 보였다. 아리아드네는 결국 설득을 포기하고 꼬마의 하얀 머리칼을 노란 리본으로 묶어 주었다. 파이는 뺨을 붉히며 활짝 웃었다.

환상 도서관에서 나온 뒤 아리아드네는 유리병들을 가지고 제조실에서 나왔다. 베로니카는 제조실 밖의 복도에 기대앉아 꾸벅꾸벅 졸고 있었다.

'호위 기사라기에는 태평하네.'

아리아드네는 피식 웃으며 다가갔다. 그녀가 일정 거리 안에 들어서자마자 베로니카가 소리 없이 눈을 떴다. 새카만 눈동자가 휙 굴러 아리아드네를 향하더니 그녀가 누군지 확인한 뒤에야 눈매가 스르륵 풀렸다.

"완전 귀엽…… 아니, 아가씨. 다 끝나셨…… 흐암…… 어요?"

느릿느릿 일어난 베로니카가 기지개를 켜며 하품을 했다. 그녀가 노려본 순간 기겁했던 아리아드네는 침착을 되찾고 유리병을 하나 내밀었다.

"응. 이거 선물이야."

"이게 뭐가요……?"

엘릭서의 존재를 세상에 알리기 전이라 자세히 설명할 수가 없었다. 그녀는 대충 둘러댔다.

"가지고 다니다가 다쳤는데 다른 수단이 없을 때 써. 마셔도 되고, 발라도 돼."

"포션…… 인가요? 회복용? 아가씨가 직접, 만드셨어요?"

"응, 할아버지 도움을 받아 만들었어. 처음 만든 거지만 성능은 괜찮을 거야."

"아가씨께서 만든 거라니, 굉장하네요……. 감사합니다!"

베로니카가 신기하다는 듯 제 이름표가 달린 작은 유리병을 이리저리 살피더니 허리춤에 챙겨 넣었다.

'파이가 찾아낸 기록을 보면 베로니카가 죽는 건 스물네 살 때, 앞으로 8년 후야. 한참 남았으니 당분간은 걱정할 필요가 없겠지.'

"참, 에리히 오라버니 지금 어디 있는지 알아?"

"그 쪼잔한 도련님은…… 왜요?"

베로니카가 눈살을 찌푸렸다. 아리아드네는 다른 유리병을 꺼냈다.

"오라버니한테도 이거 주려고."

"걔는…… 고마운 줄도 모를 텐데요. 아가씨께서 직접 만든 첫 물약이란 성의를…… 제대로 이해하지도 못할 놈이라…… 아까워요."

베로니카는 느리고 조용한 목소리로 거침없이 에리히를 깎아내렸다.

'처음 봤을 때도 그렇지만, 소백작인 에리히를 되게 편하게 대하네. 하긴 변경백도 엄청 편하게 대했지.'

백작 부인에게 구조된 평민 출신 고아라고 생각하면 잘 이해가 되지 않는 태도였다.

'아, 아니지. 만났을 때 이미 정령 기사였댔지? 바로 실전에 참여했고. 그럼 구조된 거라기보다 스카웃 된 거에 가깝겠다. 그런 거라면 다르지.'

성전을 백 년 넘도록 치르고 있는 엘리시움에서 정령 기사, 그것도 실력 있는 정령 기사란 몹시 귀한 인재였다. 그런 이들은 출신이 어떻든 귀족급으로 대우받으며 공을 세우면 작위를 얻어 진짜 귀족이 되기도 했다.

따라서 귀족가에 소속된 정령 기사들은 미궁 출몰 전의 기사들처럼 충성 맹세를 기반으로 한 주종 관계가 아니었다.

'차라리 전생의 월급 주는 사장과 전문직 직원의 관계에 가깝지. 이제 좀 이해가 되네.'

아리아드네는 웃으며 대답했다.

"내가 주고 싶어서 주는 거니까 괜찮아. 보답을 바라는 선물이 아닌걸."

"아가씨는 정말 착하시네요……."

한숨을 쉰 베로니카가 앞서 길을 안내했다. 아리아드네는 말문이 막혔다.

'착하다니, 누가.'

에리히에게 선물을 주려는 건 그녀 때문에 또 반성 중이라는 그를 달래기 위해서다. 엘릭서를 보여 줌으로써 에리히의 관심을 키우고 신뢰를 위한 발판을 쌓을 계획이기도 하고.

'내가 진짜 착했다면 삼촌이 줬던 백지 계약서를 이미 돌려줬겠지.'

엘릭서도 바로 공개해서 사람들을 살려야지, 그걸로 돈 벌 생각을 하겠는가. 전생의 기억이 있다는 것도 어떻게 보면 주위의 모든 사람을 속이고 있는 거나 다름없었다.

'……사람을 대하면서 노력 대비 손익을 계산하는 점부터 글러 먹었어.'

스스로를 되짚으니 자괴감이 들었다. 정말 이기적이고 의심이 많구나 싶어서.

'앞으로도…… 주인공이 원작에서 알아낸 정보를 이용해서, 주인공의 동료들을 내가 영입하고, 주인공이 이룬 것들을 내가 대신 이루게 되겠지.'

그러면 주인공의 자리를 빼앗는 거나 다름없지 않나. 양심의 가책이 느껴졌다. 그녀가 손에 쥐고 있는 엘릭서만 해도 주인공이 강대해진 엘디어 공작을 애써 무너뜨리고 얻은 레시피를 책만 보고 그대로 따라 한 물건이었다.

물론 이 물약 자체는 '아리아드네'의 피와 목숨을 재료로 만들어진 거나 다름없긴 하지만.

'……지금쯤 주인공은 목숨을 걸고 사선을 넘는 중일 텐데.'

그녀가 8살이니 주인공은 현재 12살. 유일한 가족인 양아버지가 마물에게 잡아먹히는 걸 눈앞에서 본 뒤 홀로 살아남아 떠도는 시기.

오염 지역에서 낡은 정령등 하나에 의지해, 양아버지의 피가 묻은 검을 유일한 무기로, 12살짜리 소년이 마물들 사이를 헤쳐 나가고 있을 거다.

불꽃의 정령수, 겁화를 만나 계약한 뒤에는 사냥꾼으로 입장이 바뀌지만 그 전까지 주인공은 먹이사슬 밑바닥의 사냥감이었다.

'힘들 거야.'

소설에는 그 과정이 낱낱이 기록되어 있었다.

겁화의 정령 기사가 된 뒤에도 그는 고작 12살인 어린아이였다. 속아 넘어가고 이용당하고, 수많은 고난을 거치며 어른이 되고, 영웅이 된다. 영웅이 된 뒤에도 죽음을 반복하고 회귀를 거듭하며, 단 한 순간도 편히 쉬지 않고 노력하고 또 노력한다.

그러고 나서 맞이하는 건 배드 엔딩.

문득 주인공이 사무치게 가여워졌다. 동시에 헛웃음이 났다.

'내가 살 만해지니 이제야 주인공을 생각하네.'

자괴감이 들었다.

원래 그녀는 악셀 발렌타인이 처음으로 대미궁에 도전할 때 그의 토벌대에 자원하면서 그와 만날 계획이었다. 원작대로면 다 전멸하고 주인공 혼자 살아 돌아와 그를 인류의 희망으로 만드는 첫 도전 때 말이다.

'그때 끼어들어 한 번에 대미궁 공략을 성공시킬 계획이었는데.'

지금 생각해 보니 그때까지 악셀을 방치하는 건 이기적인 짓이었다.

'걔가 얻은 정보는 다 이용할 거면서, 걔가 고생하는 건 하나도 안 도와주는 건…… 너무하잖아.'

결말을 바꾸는 것도 주인공을 위해서라기보다는 그녀 자신을 위해서인 일이다. 양심의 가책이 느껴졌다.

'지나치게 끼어들면 주인공이 성장하는 걸 방해하게 될지도 몰라. 내가 모든 변수를 통제할 힘이 있는 것도 아니니 어느 정도는 원작대로 흘러가게 둬야 해.'

그러면서도 주인공을 도울 방법이 있을까?

고민하는 사이 에리히가 근신 중인 서쪽 탑의 별채에 도착했다. 베로니카가 문을 두드리려다 멈칫했다.

"아가씨, 잠시만요."

"응?"

그녀는 아리아드네를 약간 물러나게 했다.

"철마."

작은 속삭임에 그녀로부터 검은 가루가 쏟아졌다. 그것들은 전신이 강철로 이루어진 말을 만들어 냈다. 베로니카의 정령수였다.

'철마라니, 직관적인 이름이네.'

"실례할게요."

정령수에 올라탄 베로니카가 아리아드네를 한 팔로 들어 올려 제 앞에 앉혔다.

"이 정령수 이름은 베로니카가 지은 거야?"

"니카라고 부르시면 돼요……. 얘랑 마주친 순간 철마라고 부르는 바람에…… 그대로 이름이 각인됐어요. 으차."

베로니카는 고삐도 없이 쉽사리 말을 조종했다. 철마는 육중한 외관과 달리 가볍게 뛰어올라 별채 지붕에 올라섰다. 지붕의 기와들이 철마의 발굽 아래서 으스러졌다.

"아차."

기와를 내려다본 베로니카가 울상이 되었다.

"왜?"

"기와를 부숴서…… 또 혼나겠네요. 계단은 오르라고 있는 거라고 잔소리를 왕창……."

"설마 계단 오르기가 귀찮아서 정령수를 꺼낸 거야?"

"그것도 있고…… 사실 이 기회에 아가씨 한번 안아 보고 싶기도 했고……."

웅얼웅얼 대답한 베로니카가 약간 빨개진 얼굴로 정령수를 몰았다. 철마는 지붕을 딛고 뛰어올라 서쪽 탑의 벽면을 박차며 다시 뛰어올랐다. 공중에서 날렵하게 몸을 돌려가며 벽면을 또 다시 박찬 철마가 금세 탑 꼭대기의 테라스에 착지했다.

쿵, 하고 묵직한 소리가 울리자 테라스 구석에서 망원경을 들여다보고 있던 은발의 소년이 놀라 나자빠졌다.

"으아악!"

"겁쟁이."

"야! 등 뒤에서 그런 소리 나면 누구나 놀라!"

베로니카가 툭 던진 말에 발끈한 에리히가 고래고래 고함을 질렀다.

"난 안 놀라."

"너 같은 괴물이랑 같냐!"

"우리 기사단 사람들은…… 아무도 안 놀라."

"당연히 안 놀라겠지. 죄다 정령 기사들인데! 정령 기사랑 평범한 사람을 비교하지 마!"

"너…… 일단은 마법사잖아."

"일단은? 일단으은? 넌 겪어 본 마법사가 적어서 모르나 본데, 나 천재 소리 질리게 듣거든? 그리고 마법사들 신체는 일반인이랑 똑같거든?"

"……유치해."

"네가 먼저 시작했잖아! 아오!"

씩씩대던 에리히는 뒤늦게 아리아드네를 발견했다. 그의 얼굴이 새

파래졌다.

"니카, 너 설마 네 무식한 정령수에 연약한 해골을 데우고 탑 뛰이 오른 거야? 미쳤어?"

허둥지둥 달려온 에리히가 아리아드네를 안아 들려 했다. 그의 손이 닿기 전에 먼저 그녀를 안아 든 베로니카가 정령수를 사라지게 했다.

"철마, 들어가."

그녀는 아리아드네를 바닥에 내려 주고 에리히를 노려보았다.

"해골?"

"야, 해골, 괜찮냐? 어지럽진 않고? 재 운전 진짜 무식한데."

"전 괜찮……."

"해애애골?"

아리아드네의 말을 끊고 끼어든 베로니카가 허리띠에서 검집 채로 검을 풀어냈다.

"설마 그게…… 아가씨를 뜻하는 말은, 아니지?"

"해골을 해골이라 부르는 게 뭐 어때서?"

에리히가 코웃음을 치며 대꾸했다. 베로니카는 입을 다물고 검집을 휘둘렀다.

"아! 아야! 지금 누굴 때리는 거야, 감히! 아! 너 드디어 돌았냐?"

"단장님이, 허락, 하셨어."

"뭘! 아! 아파! 그만 때려!"

"때려서라도, 철들게, 하라고."

"아, 어머니 진짜!"

아리아드네가 얼이 빠져 있는 사이 소백작의 등짝을 실컷 후려갈긴 베로니카가 검집을 갈무리했다.

“아가씨께, 해골 같은 소리 할 때마다…… 때릴 거야.”

“와, 아무리 그래도 그렇지, 넌 진짜 내가 소백작이라는 자각이 없냐?”

“불만이면, 쫓아내든가.”

“아오, 신은 왜 저런 거한테 재능을 주셔 가지곤…….”

“그거…… 내가 하고 싶은 말이네.”

“아까는 마법사 취급도 제대로 안 해 주더니, 이젠 나보고 재능 있다고? 거 참 장족의 발전이네. 칭찬 고오맙다?”

에리히는 투덜거리면서도 아리아드네에게 다가와 상태를 살폈다. 아리아드네는 얼른 손을 내저었다.

“아, 전 괜찮아요.”

“너, 전에도 멀쩡하다가 그렇게 됐잖아.”

“신관이 와서 치료해 줬잖아요. 이제 진짜 괜찮아요.”

“신성력은 만능이 아니야. 멍청한 해골, 악! 야!”

“아가씨께 말조심해.”

“아오, 망할. 어쨌든 해골아, 신성력은, 악!”

“말조심하랬지.”

“해골 같으니까, 악! 해골, 아! 이라고 부르지! 내가 뭐라고 부르든 내 맘이야!”

“너무 유치하고 무례해서…… 내가 다 창피해.”

“뭐! 왜! 내가 뭘 하든 왜 네가 창피하냐?”

뒤통수를 연달아 맞은 에리히가 이를 갈며 반박하나가 베로니카가 무표정하게 검집을 치켜들자 찔끔하며 고개를 돌렸다. 베로니카는 대놓고 한숨을 내쉬었다.

'이러니저러니 해도 친해 보이네. 애들답다.'

아리아드네는 저도 모르게 풉, 하고 웃고 말았다. 그녀가 웃는 것을 본 베로니카와 에리히의 동작이 정지했다.

"어."

"우, 웃었다. 웃으셨어. 어떡해, 더 귀여워……!"

베로니카가 손으로 입가를 가리고 그녀를 보더니 에리히의 어깨를 잡고 흔들어 댔다.

"봐, 봐, 저렇게 귀여운 분을, 뭐라고?"

"어, 어, 뭐, 해골치곤 그럭저럭 귀엽, 컥!"

"끝까지 고집을……. 아가씨, 이런 놈에겐, 아무것도 주지 마세요. 아까워요."

어느새 에리히의 어깨 대신 멱살을 잡아챈 베로니카가 서늘하게 말했다. 아리아드네는 웃음을 참으며 손을 저었다.

"소백작을 놔줘, 니카."

"테라스 밖으로요……?"

"……아니, 안에."

아쉬운 눈으로 테라스 난간 쪽을 본 베로니카가 에리히를 놓아주었다.

아리아드네는 켁켁거리는 그에게 엘릭서 병을 꺼내서 건넸다. 유리병에 달린 제 이름이 쓰인 리본을 발견한 에리히의 표정이 괴상해졌다.

"뭐야, 이건?"

"선물이에요. 제가 처음으로 만든 물약이거든요."

"네가 만든 거라고? 쪼끄맣고 약해 빠진 게 뭔 물약을 만든다고…… 어떤 물약인데?"

"할아버지께 여쭤보세요."

"뭐야, 뭔데? 네가 한 실험이 이거랑 관련 있어?"

"그런데 왜 그쪽 탓이라고 한 거예요?"

"뭘?"

"제가 쓰러졌던 거, 전 분명 소백작 탓 아니라고 했잖아요. 그런데도 자기 탓이라고 하셨다면서요?"

"그, 음. 그건."

"반성한다고도 하셨다면서요. 뭘 반성하셨어요?"

"어……."

어물거리던 에리히가 입을 꾹 다물었다. 어쩔 줄 모르겠다는 얼굴. 아무래도 한참 어린 그녀에게 애먼 열등감으로 시비를 건 것에 뒤늦게 죄책감을 느낀 듯했다.

'어려서 그런가, 원작의 에리히 위버보다…… 뭔가 빤히 보이네. 의외로 착하고.'

아리아드네는 슬쩍 그를 찔러보았다.

"혹시 저한테 미안하셨어요?"

에리히는 곧바로 발끈했다.

"야, 너한테 내가 뭘 잘못했다고 미안해하겠냐? 난 아무것도 잘못한 거 없어!"

"그럼 왜 반성하셨는데요?"

"망할, 어머니지? 어머니가 너한테 그거 다 말씀하신 거지?"

"제가 싫다더니, 사실 소백작은 제가 그리 싫지는 않으신가 봐요."

"그……."

은발 사이로 보이는 귀가 빨갛게 달아올랐다. 베로니카가 흥미롭게 지켜보고 있었다. 에리히는 베로니카와 물끄러미 자신을 올려다보는 아리아드네를 번갈아 본 뒤 왈칵 소리를 질렀다

"누가 안 싫대? 헛소리 마! 너 같은 애는 징그럽고 짜증 나니까 당장 꺼져 버, 아악!"

"말조심."

"해골이라고 안 했잖아!"

"무례해."

"빌어먹을, 둘 다 짜증 나! 나가!"

꽥꽥거린 에리히가 테라스 안쪽으로 들어가며 문을 쾅 닫아걸었다.

베로니카가 인상을 찌푸렸다.

"보세요, 아가씨. 고맙단 말도 안 하고……. 선물, 줄 가치가 없어요."

아리아드네는 테라스의 유리문 안쪽을 들여다보았다. 발을 굴리며 멀어지는 에리히의 뒷모습이 보였다. 한 손에 그녀가 준 유리병을 잘 움켜쥐고 있었다.

"아냐, 주길 잘한 것 같아."

아리아드네가 웃으며 대꾸하자 베로니카는 납득이 가지 않는 듯한 표정을 지었다.

눈보라가 잦아들자마자 수도로 떠나서 없는 대마법사 몫은 그의 책상에 가져다 놓았다.

아리아드네는 남은 두 병을 들고 변경백 부부를 찾아갔다. 부부는 온실에서 티타임을 즐기다가 반갑게 그녀를 맞이했다.

"아리아, 어서 오렴."

"안색이 많이 좋아졌군. 이제 소풍을 가도 되겠구나."

변경백이 기쁜 듯이 말했다. 아리아드네는 조그만 유리병을 그들 앞에 올려놓았다.

"이건……."

"처음 완성한 엘릭서예요."

"벌써 완성했다고?"

변경백의 눈이 휘둥그레졌다.

"네. 할아버지 정원에 있던 오염 식물에 실험해 봤어요. 수선화로 되돌아가더라고요."

"첫 완성품을 우리에게 주는 거니?"

자기 이름이 쓰인 리본을 확인한 백작 부인이 물었다. 아리아드네는 약간 붉어진 얼굴로 고개를 끄덕였다.

"네, 제 손으로 처음 만든 거니까 꼭 드리고 싶었어요."

"세상에, 이걸 아까워서 어떻게 쓸까."

"만들 수 있게 된 것도 두 분 덕분인걸요. 필요하실 때 쓰세요. 얼마든지 다시 만들어 드릴게요."

아리아드네가 그렇게 말하며 수줍게 웃자 변경백이 그녀를 꽉 안더니 무릎 위에 앉혔다. 백작 부인은 부드럽게 그녀의 머리를 쓰다듬었다.

"고맙구나, 아리아."

어느새 고용인들이 테이블에 아리아드네를 위한 자리를 만들었지만, 변경백은 그녀를 무릎에서 내려놓을 생각이 없어 보였다. 백작 부인 역시 말리기는커녕 흐뭇한 얼굴로 아리아드네에게 과자를 먹이기만 했다.

"이것도 먹어 보렴."

초콜릿을 입힌 한입 크기의 쿠키가 입가에 다가왔다. 아리아드네가 얌전히 받아먹자 백작 부인의 미소가 볼우물이 생길 정도로 깊어졌다.

'예법에 어긋나는 일인데.'

엘디어에서 호되게 배운 예법대로면 스스로 걸을 수 있는 아이가 어른의 무릎 위에 앉아 있는 건 무례하고 수치스러운 일이었다. 먹여 주는 음식을 받아먹는 것도 그 나이부터는 금지였다.

'여덟 살이나 먹어 놓고 이러는 건 좀 부끄러운데. 전생 기억도 있고…….'

그걸 알면서도, 민망함을 느끼면서도, 아리아드네는 변경백의 무릎에서 내려가지 않았다. 백작 부인이 먹여 주는 과자도 거절하지 않았다. 마음이 조금 더 묽어졌다.

차를 다 마신 변경백은 신기한 듯 유리병을 다시 살펴보았다.

"정말 이걸로 오염을 치료할 수 있다니…… 식물 말고 다른 것에도 통하는 거냐?"

"살아 있다면 뭐든지요. 무생물엔 안 통해요. 동물이나 사람은 오염되면 금방 죽으니까 바로 써야 살릴 수 있을 거예요."

"그것만으로도 충분하다 못해 충격적이로군."

변경백이 신음을 흘렸다. 유리병을 매만지던 백작 부인이 입을 열었다.

"아리아, 혹시 이걸로 오염 지역 정화 작업도 가능하니? 미궁을 닫고 나서 땅을 원래대로 되돌릴 때 말이다."

"셀리, 이건 무생물엔 소용이 없다니까 땅에는 의미가 없을 겁니다."

변경백이 끼어들어 대답하자, 백작 부인이 고개를 저었다.

“생물이란 개념과는 좀 달라도, 땅도 살아 있는 땅과 죽은 땅이 있잖아요. 땅이 살아 있어야 식물이 자란다는 얘기, 에른도 많이 들어 보지 않았어요?”

“그건 비유 아닙니까?”

“비유긴 하지만 완전히 틀린 표현도 아니에요. 살아 있는 흙과 죽은 흙은 달라요.”

“그래요? 흙이 생물이라니, 상상이 잘 안 되는데.”

“흙 자체가 생물이라기보다는 흙 안에 아주 작은 생물이 산다고 들었어요.”

“흙에 작은 생물이 산다고요? 벌레 말입니까?”

“벌레가 아니라, 으음, 잘 설명이 안 되네요. 학자들은 더 정확히 알 텐데…….”

백작 부인이 말끝을 흐렸다. 변경백은 아리송해 보였다. 백작 부인은 결국 설명을 포기하고 물음을 던졌다.

“어쨌든, 아리아. 엘릭서가 땅에도 통하니?”

“그건 저도 잘 모르겠어요. 해 봐야 알 수 있을 것 같아요.”

실은 알고 있다. 원작에선 다 나왔던 내용이었다. 엘릭서는 죽은 사람이나 동물을 되살리진 못해도 죽은 땅은 살릴 수 있다.

정확히는 오염된 미생물을 치료하는 방식이지만. 어찌 되었든 결과적으로 오염된 땅을 식물이 자랄 수 있는 땅으로 바꾸어 주니 신성력을 이용한 기존의 정화 방식과 큰 차이는 없었다.

“시도해 봐야겠군. 만약 오염 지역 정화에도 효과가 있으면……. 양산은 가능한가? 흠. 아리아, 혹시 엘릭서를 한꺼번에 많이 만들 수도 있느냐?”

변경백이 심각하게 물었다. 아리아드네는 고개를 끄덕였다.

"네, 할 수 있어요. 재료의 배합이 중요하지 과정은 어렵지 않거든요."

"그럼 우선 정화가 되는지 확인해 보고……."

"삼촌, 전 엘릭서가 정화 효과가 있다고 해도 당분간은 그걸 비밀로 했으면 좋겠어요."

"음?"

"잘못하면 신전과 사이가 나빠질 거예요."

"……맙소사, 그렇군. 신전이 지금까지 정화 작업을 독점하면서 얻은 혜택들이 있으니……. 체면상 대놓고 반발하진 않겠지만……."

중얼거리다 말고 한숨을 내쉰 변경백이 아리아드네를 돌아보았다.

"아리아, 네겐 매번 놀라게 되는구나. 어떻게 그런 것까지 고려하는 거냐?"

'원작에서 실제로 그렇게 되는 걸 봤거든요. 주인공이 신전의 누적된 불만을 이용해서 엘디어 공작을 무너뜨렸죠.'

입 밖으로 낼 수 없는 대답이었다. 아리아드네는 그냥 칭찬해 주셔서 감사해요, 하고 말았다. 감탄하는 눈으로 그녀를 보고 있던 백작부인이 물었다.

"그럼 아리아, 너는 엘릭서를 어떤 방식으로 공개하려는 거니?"

"우선 처음엔…… 출처가 불분명한 상태로 암시장에 풀고 싶어요."

"암시장에?"

"네. 효과가 확실하니까 금방 소문이 퍼질 거예요. 그렇게 소문이 퍼질 대로 퍼져서 모두가 엘릭서의 존재를 알게 되면……."

아리아드네는 마른침을 삼키고 말을 이었다.

"……엘릭서 레시피를 신전에 기부하겠어요. 공개적으로요."

"뭐?"

"그걸 기부하겠다고?"

백작 부인과 변경백의 눈이 커졌다. 아리아드네가 연하게 웃었다.

"그게 제일 좋은 방법이거든요."

그것은 원작에서 악셀 발렌타인이 자신이 얻은 엘릭서 레시피를 처리한 방법이기도 했다.

"이랬다는데, 넌 어떻게 생각하느냐?"

대마법사는 전령이 전해 주고 간 편지를 접어 넣으며 물었다.

"암시장에 슬쩍 푼 다음에 소문이 퍼지면 신전에 공개적으로 레시피를 기부하겠다고 했다고요?"

그의 물음에 반문한 건 소파에 기대 담배를 피우고 있던 여자였다. 그녀는 보석으로 치장한 우아한 갈색 머리카락과 짙은 보라색 눈동자를 가진 나른한 분위기의 미인이었다.

대마법사가 고개를 끄덕이자, 여자의 가는 눈썹이 휘어졌다.

"뭐라고 하면서 기부할 거래요?"

"엘디어 공작에게서 가져온 레시피라고, 아버지처럼 이것을 계속 독점하는 건 옳지 않다고 생각해서 신전에 기부할 거라는구먼."

"대가는요?"

"받지 않겠단다."

"독점하면 황금으로 라랏슈아산을 도배하고도 남을 레시피를 그렇게 고스란히 기부한다고요?"

"그래. 그리고 만에 하나 신전이 엘릭서로 폭리를 취하려 하면 레시피를 시중에 그냥 풀어 버리겠다는구나."

"어머나…… 걘 그럼 기부한 뒤엔 엘릭서를 만들 생각이 없대요? 신전에 다 맡길 예정?"

"아니, 신전에 기부한 뒤엔 엘릭서를 대량 생산하고 싶다는구먼."

여자의 눈이 커졌다. 그녀는 금장식이 달린 긴 담뱃대를 물고 무언가를 곰곰이 생각하더니 불쑥 입을 열었다.

"아버지, 걔 몇 살이라고 하셨죠? 열 살? 열한 살?"

"넌 네 조카 나이도 모르느냐?"

"아버지도 모르셨으면서."

코웃음을 친 여자가 손가락으로 딱 소리를 내며 이름을 불렀다.

"포튼!"

구석에 시립해 있던 남자가 그녀의 부름에 공손히 허리를 조아렸다.

"예, 단주님. 단주님의 조카는 올해로 여덟 살이십니다."

"여덟 살? 맙소사, 아버지, 그 애 제가 키울래요. 저 주세요."

"뭐? 뜬금없이 뭔 소릴 하누."

"그런 자질 있는 애를 오빠 같은 단순 무식한 인간한테 맡겨 둘 순 없다고요! 그런 애는 우리 상단 후계자로 삼아야죠. 제가 잘 키워 볼게요, 네?"

대마법사는 갑자기 초롱초롱해진 보라색 눈동자를 보며 목뒤를 잡았다.

"레베카 가르시아."

"네, 아버지."

"네 조카 이름이 뭐지?"

“아리아드네 엘디어요. 아…… 걔 엘디어의 적통 후계자였죠. 엔간한 귀족이면 무시하겠는데 하필 엘디어야. 젠장, 아까워라. 젠장, 젠장.”

레베카라 불린 여자는 진심으로 아쉬운 듯 욕설을 내뱉었다.

그녀는 대마법사와 선대 위버 변경백의 둘째이자 가르시아 상단의 주인인 레베카 가르시아였다.

가르시아 가문은 원래 대륙 규모의 상단을 운영하는 크레타 제국의 귀족 가문이었다. 대마법사 솔란 가르시아는 가르시아의 방계로서 선대 위버 변경백과 결혼해 아비쉘 왕국에 정착한 경우였다.

그러다 대미궁이 출몰하며 제국이 멸망하는 바람에 가르시아 가문의 직계도, 영지도 모조리 사라져 버렸다. 전 대륙에 퍼져 있던 가르시아 상단 지부들은 하루아침에 수뇌와 본부를 잃었다.

당황한 그들은 제국 밖에 남아 있던 가르시아의 핏줄 중 가장 계승 순위가 높은 솔란 가르시아를 찾아왔다. 하지만 대마법사는 돈에도 상업에도 큰 관심이 없었고, 대륙 규모의 상단 같은 귀찮은 것을 떠맡을 생각은 더더욱 없었다.

그때 나선 것이 딸인 레베카였다. 그녀는 위버의 성을 버리고 아버지의 성을 받아 ‘레베카 가르시아’로서 상단을 물려받았다. 그러곤 자신을 허수아비로 세워 놓고 상단을 집어삼키려는 자들을 쳐 낸 다음, 전 대륙에 흩어져 있는 지부들을 모조리 휘어잡고 본부를 새로 건설하며 상단을 개편했다.

그렇게 수년이 흐른 지금, 레베카 가르시아는 명실상부한 가르시아 상단의 주인이자 대륙에서도 손꼽히는 거부였다.

레베카는 담배 연기를 길게 뿜어내며 말했다.

“어쩔 수 없죠. 엘디어면 후계자로 삼는 건 포기해야겠네요. 그래도 엘릭서 유통은 제가 할 거예요. 이건 양보 못 해요."

"이것아, 그걸 왜 나한테 말하누? 난 그런 거 결정할 권한 없다."

"그럼 누구한테 권한이 있는데요?"

"아리아가 가진 것이니 그 애가 결정할 일이지."

"그 중요한 걸 그 어린애한테 맡긴다고요? 오빠나 아버지가 대리하는 게 아니라?"

"레시피를 신전에 기부한다는 결정을 누가 했다고 생각하느냐? 조금 전에 말한 것도 벌써 잊었누?"

"그 애가 제안하는 거랑 결정권은 별개일 줄 알았죠. 그 나이면 자기 재산이라 해도 결정할 권한이 법적으로 없잖아요. 보호자인 아버지나 오빠가 대신 관리해 주는 게 의무 아니에요?"

"제 것을 제대로 관리할 수 없는 보통 어린아이였으면 우리도 그리 했겠지. 그게 정상이기도 하고 말이다."

대마법사가 복잡한 표정을 지으며 수염을 쓰다듬었다.

"아리아드네가 직접 엘릭서를 시연했을 때부터 우리는 그 애의 결정을 존중하기로 했단다."

"시연했다고요? 어떻게요?"

"……제 손에 오염수를 붓고 엘릭서로 치료해 보이더구나."

"뭐라고요?"

레베카가 입을 쩍 벌렸다. 대마법사는 쓴웃음을 띤 채 말을 이었다.

"그러고 나서 엘릭서를 걸고 우리에게 거래를 제안했지. 엘릭서를 제공할 테니 자신이 성인이 될 때까지 보호해 달라고."

"여덟 살짜리가 자기 손에 그런 짓을 하고서 그런 거래를 제안했다고요? 저보고 지금 그걸 믿으란 거예요?"

"내가 뭘 얻자고 이런 걸로 거짓말을 하겠느냐?"

코웃음을 친 대마법사가 덧붙였다.

"이렇게 네게 얘기하는 것도 그 애가 유통을 맡길 사람을 추천해 달라고 해서 하는 거다."

"뭐야, 결국 저한테 유통 맡기신다는 거잖아요."

"내가 하는 건 추천일 뿐이고 결정은 아리아가 하는 게지. 네가 가서 직접 얘기해 봐라."

"어머, 저보고 지금 여덟 살짜리 조카한테 면접 보러 가라는 거예요?"

"그래서, 싫으냐?"

"아뇨, 엄청 신나죠! 이런 재미난 경험을 또 언제 어디서 해 보겠어요? 게다가 대가가 엘릭서 유통이라니 대박 중의 대박이잖아요. 역시 인맥이 최고라니까."

유쾌하게 말한 레베카는 엘릭서 유통 계획이나 그로 인해 얻을 이득, 상단의 이미지 등등 장밋빛 미래를 좔좔 읊더니 깔깔 웃음까지 터뜨렸다.

대마법사는 돈 버는 얘기로 신이 난 둘째 딸을 보며 고개를 내저었다. 내 자식이지만 참 잰 누굴 닮은 건지.

한바탕 웃고 난 그녀가 중얼거렸다.

"그러고 보니 그 애, 정말 글로리아가 낳은 딸답네요."

"어떤 점이?"

"성인이 되자마자 공작 부인 되겠다고 아버지랑 의절하고 뛰쳐나가던 결단력과 단호함 빌이네요."

"……."

"그 어린 게 제 아비 손아귀에서 탈출하겠다고 결심하고 질러 버린

거나, 자기 손에 냅다 오염수 붓고 엘릭서 효능 깔끔하게 증명한 거 보면, 글로리아를 똑 닮았네요. 우리 주카가 동생보다 더 심지가 질긴 것 같긴 하지만.”

“……확실히 그렇긴 하구나.”

“다 좋은데, 남자 보는 눈이 쫄딱 망한 것까지 닮으면 안 될 텐데. 그렇죠?”

대마법사의 표정이 어두워졌다. 레베카는 아비를 흘긋 보더니 담뱃대를 다시 입에 물었다.

“아시죠? 아버지.”

“무얼?”

“아버지 자식들 중에서 제가 제일 아버지 말 안 듣는 거요.”

“그야 아주 잘 알지.”

“글로리아도 그걸 잘 알겠죠. 그래서 그런가, 저, 그 애가 그렇게 가 버리기 전에 걔한테 연락을 받았었어요.”

대마법사의 눈이 휘둥그레졌다. 그가 다급히 물었다.

“무, 무슨 연락? 응? 너한테 뭐라고 연락을 했든?”

“긴 편지가 아니었어요. 날짜랑 장소가 쓰여 있고 거기서 저랑 만나고 싶다고, 아무에게도 알리고 싶지 않으니 비밀로 해 달라고 되어 있었죠.”

“그래서, 만났느냐?”

“아뇨, 못 만났어요. 귀여운 막냇동생이 절 바람맞히더라고요.”

“……!”

“약속 장소에서 하루 종일 기다렸는데 안 나타났죠. 그 뒤에 조사해 보니 짠, 그날 귀여운 막내가 사고로 죽었다네요?”

웃으며 말하고 있었으나 레베카의 눈동자는 서늘했다. 대마법사의 목소리가 높아졌다.

"아이고, 넌 그걸 왜 이제야 말하느냐!"

"수상해서 탈탈 털었는데 먼지 한 톨 못 건졌거든요. 아무리 뒤져 봐도 그날 그 애가 안 나타난 건 사고를 당해서라는 결론밖에 안 나왔어요."

대마법사가 이를 악물었다. 담배를 한 모금 들이켠 레베카가 말을 이었다.

"아버지도 오빠도 아무런 증거를 못 건졌다면서요."

"……그래. 겨울 내내 재조사를 하고 수도에 와서도 다시 뒤져 봤지만, 증거가 없더구나."

"그럼 정말 사고인 모양이죠."

"……."

"솔직히 너무 공교로워서 인정하고 싶진 않지만."

레베카는 담뱃대를 잘근잘근 깨물었다. 담뱃대의 물부리를 거의 망가뜨린 뒤에야 그녀가 조용히 덧붙였다.

"걔가 무슨 말을 하고 싶어서 절 만나자고 한 건지 내내 혼자 고민했었는데, 아버지 얘길 듣고 나니 좀 짐작이 가네요."

"자기 얘길 하려던 건 아니었을 게다."

"그렇겠죠. 걔가 남편이 괴롭히면 참고 있을 성격인가요. 당장 까발리고 이혼했겠죠. 그러기만 하면 아버지가 의절이고 뭐고 냅다 달려가서 공작 머리통에 불을 지를 거라는 것도 뻔하고."

"그래, 그랬겠지. 하다못해 너한테만 말해도 바로 이혼시킬 테니, 공작 놈이 글로리아한테까지는 손을 못 댔을 거다."

"하지만 공녀는 다르죠. 그 애는 엘디어로 태어났으니까. 글로리아는 아버지가 자기 딸은 안 지켜 줄 거라는 걸 알았을 거예요."

"그래도 말을 하지. 말을 했으면……!"

"글로리아도 아버지 성질 잘 알아요."

"……."

"아버지가 걔 뛰쳐나갈 때까지 애 떼어 버리란 소리를 몇 번이나 했는지 아세요? 엘디어 공녀를 아버지가 데려왔다고 했을 때 솔직히 얼마나 놀랐는지."

대마법사의 낯이 참담하게 일그러졌다. 레베카가 한숨을 쉬었다.

"아니, 뭐, 아버지만 탓하는 건 아니에요. 저도 그땐 그냥 애를 포기하고 결혼을 그만두는 게 낫지 않나 싶었거든요. 엘디어 공작 얼굴값 하는 바람둥이라는 소문, 저도 많이 들었으니까."

"난 그놈이 몰래 애첩들 거느리고 있단 소문까지 들었었다."

"그 소문들 진짜였을 거예요. 글로리아도 어느 정도까진 알고 있었을 거고요. 모르는 건 우리 단순하고 우직한 에른 오라버니뿐일걸요."

"그래서 내가 글로리아한테, 그렇게 그놈은 진심으로 널 사랑하는 게 아닐 거라 말했었는데……."

"알면서도 첫사랑에 눈이 먼 거죠. 게다가 그 자식 얼굴이 좀 반반해야죠. 거짓말을 해도 속아 주고 싶어지는 얼굴이잖아요."

"역시 보자마자 그 면상을 불로 지져 버렸어야 했어."

"그러게요. 진작 좀 그러시지 그랬어요."

레베카가 어깨를 으쓱이고는 말을 이었다.

"막내랑 결혼한 뒤론 공작이 약속대로 딴 여자들 싹 정리한 것 같더라고요. 그래서 저도 그럭저럭 안심해 버렸어요, 한심하게도."

쓴웃음을 흘린 레베카가 담뱃대를 털며 중얼거렸다.

"어쨌든 아버지한테 말했다간 그깟 엘디어 핏줄은 엘디어한테 줘버리고 돌아오란 소리나 듣겠다 싶으니까 걔가 저한테 편지를 보낸 거 아니겠어요. 자기 딸 좀 구해 달라고……."

"……그래, 그랬을 것 같구나. 나 때문에……."

대마법사가 힘없이 고개를 늘어뜨렸다. 침울해진 노인을 바라보던 레베카가 쓴웃음을 띠었다.

"아버지가 이러실 것 같아서 편지 얘긴 하지 않으려 했어요."

"아니다, 말해 줘서 고맙구나."

"그럼 전 굉장한 조카님 보러 오랜만에 고향에 돌아가야겠네요. 아버지, 언제 가세요? 가는 김에 같이 가요."

대마법사는 돌연 인상을 찌푸리더니 깊은 한숨을 내쉬었다.

"너 혼자 가거라. 난 당분간 못 돌아간다."

"왜요? 수도에서 볼일은 끝나셨다면서요."

레베카가 담뱃대를 문 채 고개를 기울였다. 대마법사가 품에서 꺼낸 두루마리를 그녀에게 건넸다.

"수도에서는 끝났지. 자, 위버로 갈 거면 이것 좀 가져가고."

"이게 뭔데요?"

"양육권 증서."

"아리아드네의 양육권이군요."

"공작한테서 빼앗았지. 이제 공녀 납치 어쩌고 같은 헛소리는 다신 못 할 게다."

"해내셨네요. 친아버지한테서 양육권 뺏는 건 쉽지 않았을 텐데……."

"그놈은 아비 자격이 없잖느냐. 머리가 있으면 입을 닥쳐야지."

"공작이 공녀를 고문한 걸 인정했어요?"

"하게 만들었다."

대마법사의 대답에 레베카는 아버지가 무슨 짓을 했을지 대충 예상했다.

"왕국법상 증거로 뭘 들이밀어도 친아버지인 공작이 부정하면 판결이 어려울 텐데…… 국왕을 움직이셨군요."

"그래."

"국왕은 맨입으로는 안 움직이잖아요. 멱살이라도 잡으셨어요?"

"왕실 마법사 놈들 한동안 가르치기로 했다. 그 돌대가리들에게 수식 새겨 주려면 한두 달로는 턱도 없겠지, 에잉."

대마법사가 구시렁거렸다. 레베카가 피식 웃었다.

"그래서 집에 못 돌아가시는 거군요. 그나저나 엘디어 공, 소문대로 진짜 무능하네요. 이렇게 본인한테 유리한 싸움에서도 지다니."

"그러니 내가 글로리아가 그딴 놈이랑 결혼한다는 말에 반대한 것 아니냐. 그놈은 몰래 애첩이나 만들 줄 알지, 제 가문도 제대로 못 굴리는 데다……."

왈칵 화를 내며 말하던 대마법사가 문득 말끝을 흐렸다. 그리 무능한 놈인데, 그놈이 딸을 죽였다는 증거만은 도무지 찾을 수가 없었다. 정황이 이렇게 의심스러운데도 불구하고.

같은 생각을 한 레베카도 낯을 굳혔다가 나지막하게 말했다.

"사고일 거예요."

"……."

"이렇게까지 증거가 안 나오면 불운한 사고가 맞는 거죠."

"……그런 거겠지. 네 오라비도 그리 말하더구나."

"네, 그럴 거예요."

확답하면서도 레베카 본인은 의심을 버리지 못했다. 공작이 엘릭서라는 지금까지 존재한 적 없었던 수단을 사용한 거라면 증거가 안 나올 만도 하다 싶어서.

'엘릭서의 존재가 널리 밝혀진 후에야 증거를 찾을 수 있을지도…….'

거기까지 생각하던 레베카는 문득 소름이 돋았다. 혹시 아리아드네가 엘릭서의 레시피를 신전에 기부하는 방식으로 공개하려 하는 이유 중에는 그것도 있는 걸까?

'설마, 열 살도 안 된 어린애가 무슨 그런 것까지 고려하며 계획을 짜겠어. ……자기 엄마가 죽은 사고가 수상하다는 의심 정도는 할 수 있겠지만.'

고개를 내저으면서도 그녀는 그 발상을 떨쳐 버릴 수가 없었다.

레베카는 아리아드네가 엘릭서 공개를 위해 세운 계획을 듣자마자 그녀가 어떤 위험을 피하려 하고 무엇을 얻으려 하는지 알아차렸다.

'공개적인 기부 후 대량 생산이라니.'

레시피를 기부함으로써 엘릭서로 인해 신전과 반목하게 되는 일을 원천적으로 봉쇄한다. 더불어 누가 봐도 독점하는 게 이득인 것을 기부했다는 점에서 신뢰와 명예를 얻는다.

충격적인 사건이므로 소문이 급속도로 퍼질 것이다. 엘릭서의 존재를 빠르게 알림과 동시에 그 약을 개발한 원조가 어디인지를 확실하게 인식할 수 있게 된다.

그리고 암시장에 엘릭서를 푸는 사이 미리 대량 생산 준비를 해 두면 레시피를 받은 후부터 준비를 시작할 신전보다 빠르게 시장을 선점할 수 있다.

은근슬쩍 주요 재료를 미리 다 사 버리는 방법도 있다. 아예 재료를 독점해 버리는 건 기껏 얻은 명예를 망치는 짓이라 힘들겠지만. 어쨌든 이 정도 조건이면 시장을 선점할 방법은 무궁무진했다.

암시장에서 돈 주고 구하기도 어려웠던 것, 그것도 신전에서 인정한 기적의 물약.

시장에 내놓기만 하면 날개 돋친 듯 팔려 나갈 것이다. 그러고 나면 레시피가 유출되거나 짝퉁이 좀 나돌아도 상관없다. 이미 사람들 사이에는 '아리아드네 엘디어의 엘릭서'가 진품이라는 인식이 박힐 테니 말이다.

'신전에 레시피를 기부할 정도니 품질에 대한 신뢰도 확실해져. 목숨을 맡길 약인데 당연히 짝퉁보다는 믿을 만한 걸 사고 싶겠지.'

선점을 통해 시장을 지배한다는 게 얼마나 중요한지, 상단 주인인 그녀는 너무나 잘 알았다. 심지어 다른 경쟁자가 등장하지도 않을 시장이다. 표면적으로는 신전이 레시피를 가지고 있으니까.

신전 외에는 경쟁자가 없고, 신전은 본격적으로 엘릭서를 생산해도 물량이나 유통 면에서 상대가 되지 않는다. 상단을 운영할 수 없는 신전은 기껏해야 신관들을 동원해 제작한 소량을 직접 내다 파는 수준밖에 되지 않을 테니 말이다.

독점하는 것처럼 폭리를 취할 수는 없으나 공정한 가격만 매겨도 어마어마한 부를 쌓게 된다.

'엘릭서에는 그 정도 가치가 있어.'

그 애가 굳이 신전을 끌어들이는 계획을 짜는 걸 보면 엘릭서는 오염된 토지를 정화하는 데에도 효과가 있는 게 틀림없었다.

'오염 치료만으로도 대륙의 모든 사람이 엘릭서를 사고 싶어 할 텐데, 오염 지역 정화까지 되면…….'

그러면서 신전과 마찰은 없다. 오히려 두터운 우호 관계가 될 거다. 생각할수록 소름이 돋았다.

'암시장에 소량을 풀면서 소문을 낸다는 것도 훌륭해. 대량 생산을 위한 자금도 마련할 수 있고, 구하기 힘들다는 것 자체로 기대감을 끌어올릴 수도 있고.'

게다가 더 냉정하게 생각하면, 신약의 부작용이나 여파도 미리 시험해 보고 조절할 수 있다. 테스트에 들어가는 투자나 신용을 잃는 위험 부담 없이 말이다.

'설마 이런 것까지 내다보진 않았겠지.'

어쨌건 어린애의 머리에서 나온 발상이라고는 믿을 수가 없었다.

'정말 이 모든 걸 고려해서 짠 계획일까? 여덟 살짜리가?'

그녀는 담뱃대를 내려놓고 자리에서 일어났다. 도저히 가만있을 수가 없었다.

"아버지, 손님방은 준비해 두었으니 계시고 싶은 만큼 계시다 가세요. 전 이만."

"응? 어딜 가느냐?"

"위버요. 바로 출발할 거예요."

"지금 바로?"

"네, 하루라도 빨리 조카님을 봐야겠거든요."

생긋 웃은 레베카가 측근을 데리고 바쁘게 방을 나갔다. 홀로 남은 대마법사는 우울하게 투덜거렸다.

"나도 손녀 보러 가고 싶은데……."

레베카 가르시아는 폭풍처럼 위버에 들이닥쳤다. 얼마나 급하게 왔던지, 그녀가 눈보라성에 도착했을 때 손님을 맞을 사람이 아무도 없었다.

"소풍을 갔다고?"

레베카는 당황한 채 되물었다. 집사가 공손히 대답했다.

"예, 주인님과 마님 두 분 모두 호수로 봄 소풍을 나가셨습니다."

"둘 다 한가하게 소풍 같은 걸 다닐 성격이 아닌데. 훈련이나 토벌이라면 몰라. 무슨 바람이 불었다니?"

"아리아드네 아가씨께서 꽤 건강해지셨거든요."

"아, 그 애를 위해서구나. 다들 많이 예뻐하나 보네?"

"네, 사랑스러운 분이시니까요."

집사가 흐뭇하게 웃으며 대답했다. 레베카는 신기한 듯 그를 보았다. 이 칼 같은 집사가 이렇게 풀어진 표정을 짓다니.

'그냥 똑똑하기만 한 애는 아닌가 보네.'

"그럼 에리히는 어디 갔어? 근신 중이라며?"

"도련님도 소풍을 가셨습니다. 아리아드네 아가씨께서 요청하셔서 특별히 오늘은 외출을 허락받으셨거든요."

"정말 전부 갔네. 언제 돌아오는데?"

"아가씨께서 아직 외박하시기엔 무리라서 저녁엔 오실 겁니다."

레베카의 표정이 묘해졌다. 어째 나오는 이유가 죄다 아리아드네였다.

"방으로 안내해 드리겠습니다."

"아니, 그냥 소풍 장소로 바로 갈게. 은거울 호수지?"

"예."

지금은 가르시아지만 레베카는 위버에서 나고 자란 위버의 딸이기도 했다. 주변 지리에는 익숙했다. 그녀는 즉시 호숫가로 향했다. 측근인 포튼이 불러낸 정령수를 탄 덕분에 금방이었다.

은거울 호숫가에는 색색의 봄꽃이 흐드러지게 핀 들판이 펼쳐져 있었다. 들판 아래로 빙하가 녹아 만들어진 투명한 호수가 내려다보였다. 들판 여기저기에는 정령수들이 나른하게 드러누워 있었다.

얼음처럼 반짝거리는 흰 표범, 에메랄드를 세공해 만든 것처럼 반투명한 연녹색 독수리, 강철 조각상 같은 검은 말, 이글거리는 불꽃으로 이루어졌지만 꽃송이 하나 태우지 않고 있는 붉은 뱀까지.

그 크고 신비로운 생물들이 둘러싼 가운데에서 위버가 사람들이 소풍을 즐기는 중이었다.

레베카를 알아본 정령수들은 그녀가 다가오는 것을 막지 않았다. 그녀는 그들에게 다가가다가 사레에 들릴 뻔했다.

'저게 뭐야?'

험악한 인상의 변경백이 머리에 화관을 얹고 바보처럼 웃고 있었다. 그는 그 커다란 손으로 자그만 꽃송이들을 엮느라 애를 먹는 중이었다.

엄격한 기사의 화신 같던 백작 부인도 화관을 쓰고 있었다. 그녀는 화관을 만들다 포기했는지 꽃송이들을 조그만 여자아이의 풍성한 머리칼 곳곳에 장식하는 중이었다.

'저 애가 아리아드네 엘디어인가.'

레베카가 나가가는 쪽에서는 뒷모습만 보였다. 햇빛을 잘라 놓은 것처럼 길고 화사한 백금발 군데군데에 백작 부인이 달아 놓은 꽃들이 엮여 봄 느낌을 물씬 풍겼다.

그 애는 손에 든 화관을 에리히에게 씌우려 하고 있었다. 에리히는 시뻘게진 얼굴로 기겁을 하며 이리저리 피했다. 소년은 바락바락 고함을 지르면서도 정말 싫은 건 아닌지 자리에서 일어나진 않았다.

끝내 소녀가 부드러운 은발 위에 화관을 얹었다. 에리히의 표정이 봐 줄 만하게 바뀌었다. 반사적으로 쳐 내려다 말고 팔을 부들부들 떠는 게 가관이었다.

'에리히 쟤가 저런 걸 참아 준다고?'

베로니카는 그 꼴을 보며 깔깔 소리 내어 웃느라 정신이 없었다.

'저 멍한 베로니카가 저렇게 웃는 건 처음 보는데?'

조금 더 가까이 가자 베로니카가 웃음을 뚝 그치더니 그녀를 휙 노려보았다. 곁에 있던 포튼이 놀라 검에 손을 올릴 정도로 살벌한 눈빛이었다.

"적이 아니야, 니카. 너도 본 적 있는 분이잖니."

백작 부인이 웃으며 말하더니 자리에서 일어났다.

"어서 와요, 레베카 양."

"반갑습니다, 셀리아나 경."

변경백이 뒤이어 그녀를 맞이했다.

"예상보다 일찍 도착했구나, 레베카."

"그래서 오빠는 안 반가워?"

"오자마자 시비부터 거는 걸 보니 못된 내 동생이 확실하군."

에리히도 얼른 일어나 인사를 했다.

"오랜만에 뵙습니다, 고모님."

"오랜만. 어머, 우리 조카님은 그새 키가 좀 더 컸네. 화관도 잘 어울려."

"……."

에리히가 창피해서 죽어 버리고 싶다는 표정이 되었다. 레베카는 쿡쿡 웃으며 다른 조카를 보았다.

"어디, 내 또 다른 조카님은?"

곱슬거리는 머리카락 곳곳에 꽃을 매단 소녀가 작은 손으로 야무지게 드레스 자락을 쥐고 무릎을 굽혔다.

"처음 뵙겠습니다, 이모님. 아리아드네 엘디어예요."

또박또박 인사한 아이는 발그레한 뺨으로 활짝 웃었다. 휘어진 눈매 속에서 크고 새파란 눈동자가 유리구슬처럼 반짝거렸다.

레베카는 저도 모르게 말랑말랑한 아이의 뺨을 꾹 눌러 보았다. 아리아드네가 의아한 듯 눈을 깜박였다.

"……?"

"무슨 짓이냐?"

변경백이 화들짝 놀라 아이를 빼앗듯이 안아 들었다. 레베카가 멍하니 중얼거렸다.

"아니, 살아 있는 사람 맞나 해서."

"저도 그 생각, 했어요. 저도 아가씨 볼, 만져 보고 싶어요."

그녀의 말에 베로니카가 드물게 빠른 어조로 끼어들었다. 레베카가 베로니카를 향해 고개를 끄덕끄덕하자 에리히가 불쑥 나섰다.

"고모님, 해, 가 아니라 저 애는 몸이 약해서 그렇게 함부로 만지시면 안 됩니다. 손부터 씻고 오세요."

"……."

순식간에 에리히에게 시선이 쏠렸다. 에리히는 이상하다는 듯 눈살을 찌푸렸다.

“제가 뭐 틀린 말 했습니까?”

아리아드네는 레베카 가르시아와 단둘이서 응접실에 앉았다. 변경백이나 백작 부인이 함께 있어 주려는 것을 그녀가 괜찮다고 말렸다. 상대가 남도 아니고 가족이다 보니 다들 순순히 물러났다.

‘레베카 가르시아…….’

원작에선 이름도 나오지 않는 사람이다. 소설에 나오는 건 상단의 이름뿐이었다. 에리히 위버가 고모가 가르시아 상단주라는 말을 지나가다 딱 한 번 언급한 적이 있고.

‘엄마랑 닮았을 줄 알았는데, 별로 안 닮으셨네.’

엄마를 바탕으로 막연히 상상하던 것보다 훨씬 강렬한 미인이었다. 화려한 복장에 보석이 큰 장신구를 여럿 달았는데 그런 치장보다 이목구비가 더 선명했다.

레베카는 담뱃대를 꺼내다 멈칫하고 아리아드네 쪽을 보더니 도로 집어넣었다. 그녀가 눈을 휘며 웃었다.

“이야기는 이미 아버지께 다 들었어.”

“네. 엘릭서부터 보여 드릴까요?”

“그 전에. 이모로서 얘기할까, 아니면 가르시아 상단주로서 얘기할까?”

“어떤 차이가 있나요?”

“상냥한 거짓말과 친절한 거짓말의 차이?”

“……거짓말이 아닌 쪽은 없나요?”

“상인이 거짓말을 아예 안 하겠다고 하는 건 지금부터 널 등쳐 먹겠다는 뜻이란다. 그러길 바라니?”

“아뇨…….”

“그럼 네가 알아서 거짓말을 구별해야지. 그래도 상대가 조카라서 선택지까지 제시해 준 건데 말이야. 자, 어느 쪽으로 할래? 이모? 상단주?”

“……상냥한 거짓말과 친절한 거짓말이 무슨 차이인지 잘 모르겠어요. 설명해 주실 수 있을까요?”

“구체적으로 알려 줄 순 있지만, 음, 내가 설명하면서 나한테 더 유리한 쪽으로 널 유도할 수도 있다는 생각은 안 드니?”

레베카가 생글생글 웃었다. 아리아드네는 할 말을 잃었다. 나름 준비한 게 있었는데, 몇 마디 나누자마자 머릿속에서 훌훌 날아갔다.

‘솔직히 이런 건 자신 없어.’

대륙 규모의 상단을 운영하는 사람과 제대로 협상할 자신은 없었다.

‘엘릭서 유통의 대가로 조용히 부탁할 게 있어서 둘이서만 얘기하자고 한 건데, 그냥 삼촌 숙모한테 맡겼어야 했을까?’

고민하던 그녀는 불현듯 이상함을 느꼈다.

‘잠깐만, 난 여덟 살이잖아. 레베카 가르시아가 정말로 나랑 진지하게 협상하려고 여기에 왔을까?’

그녀 자신은 가끔 제 나이를 잊곤 한다. 하지만 앳된 어린아이의 얼굴을 보며 앉아 있는 상대방은 도저히 그럴 수 없을 것이다.

‘게다가 내가 했던 부탁은 분명히 내 계획대로 엘릭서 유통을 관리해 줄 믿을 만한 사람을 찾아 달라는 거였어.’

처음부터 레베카 가르시아를 생각하며 한 부탁이었다. 원작에서는 달랑 에리히 위버의 고모라는 말만 나왔을 뿐이다. 어떤 사람인지는 알 수 없다. 그럼에도 외삼촌의 동생이자, 엄마의 언니이자, 외할아버지의 딸이라면 괜찮을 거라고 생각했다. 어느 정도 믿을 수 있을 거라고.

실제로도 대마법사는 바로 레베카를 소개해 줬다.

'할아버지가 믿고 소개해 줬잖아. 엄마의 혈육이기도 하고. 애초에 믿어도 되는 사람인 거 아니야?'

그 지점까지 생각한 뒤에야 아리아드네는 비로소 깨달았다.

'……이거, 내가 또 의심부터 하느라 어렵게 생각하고 있는 것 아닐까?'

그녀는 심각하게 숙이고 있던 고개를 들고 맞은편의 레베카를 확인했다. 레베카는 테이블에 턱을 괴고 흐뭇한 표정과 흥미진진한 눈으로 그녀를 관찰하고 있었다. 붉은 입술에 걸린 미소가 묘하게 짓궂다.

아리아드네는 믿음이 없는 거지, 눈치가 없지는 않았다. 게다가 레베카도 그다지 자신의 의도를 숨길 생각이 없었다. 뻔히 드러났다.

아리아드네가 눈썹을 모으며 물었다.

"레베카 이모님, 지금 절 놀리고 계신 거죠?"

레베카의 입술이 실룩실룩 움직였다. 그녀가 황급히 손으로 입가를 가렸다.

"아아아니? 상단주로서 이렇게 엄청난 거래를 하러 온 자리에서 상대방을 놀릴 리가 있겠어? 그렇게 방심하다간 나한테 홀랑 다 털릴지도 몰라, 조카님."

시침 뚝 떼고 말하는데 입은 가리고 있고, 눈매는 있는 대로 휘어져 있다.

놀리고 있다. 놀리고 있는 거다. 저건 분명 애 놀리느라 신이 난 어른 얼굴이었다!

'그래, 생각해 보면 이 상황에서 저 사람이 나한테 사기를 칠 리가 없는데.'

쓸데없는 의심을 했다. 힘이 쭉 빠졌다. 아이는 저도 모르게 부루퉁해졌다.

"놀리고 계신 거 맞잖아요. 저 바보 아니에요, 이모님."

"푸하핫."

레베카가 끝내 웃음을 터뜨렸다. 엎드린 채 테이블을 쾅쾅 치며 웃는 그녀를 보며 아리아드네는 한숨을 쉬었다.

'그나저나 의외로 털털한 분이네.'

"……다 웃으셨어요?"

"응응, 우리 조카님. 비인간적인 천재일까 봐 좀 걱정했는데 의외로 귀엽네."

레베카는 웃느라 나온 눈물을 손끝으로 찍어 내며 물었다.

"난 조카님이 마음에 드는데, 조카님은 나 어때?"

어떠냐니. 솔직히 좀 얄밉다. 혼자 심각하게 굴었다는 게 창피하기도 하고.

아리아드네는 살짝 빨개진 얼굴로 꾹 입을 다물었다. 그러자 레베카가 그녀에게로 몸을 기울이며 속사포처럼 말을 쏟아 냈다.

"나 사실 조카님한테 면접 보러 온 건데. 면접 통과야? 마음에 들어? 믿을 만해?"

"……이모님 거짓말쟁이시라면서요. 못 믿겠어요."

"아냐, 사실 거짓말쟁이라는 건 거짓말이었어. 이모는 아주아주 진실된 사람이란다. 특히 조카님처럼 귀엽고 똑똑한 아이 상대로는 진실만을 말하지. 보이니, 이 진솔한 눈동자?"

"자기 눈 보고 믿어 달라는 사람은 무조건 사기꾼이랬어요."

마냥 웃고 있던 레베카의 표정이 미묘해졌다. 그녀는 잠시간 흐릿해진 시선으로 아리아드네를 보다가 부드러운 목소리로 물었다.

"그 말, 누구한테 들었니?"

"엄, 어머니께 들었어요."

"그렇구나. 그럴 줄 알았어."

"……?"

"어릴 때 내가 장난쳐 놓고서 눈 보면서 믿어 달라고 하면, 네 엄마가 늘 그렇게 따지곤 했거든."

레베카가 미소 지었다. 조금 전과 달리 깊고, 따뜻하고, 슬픈 미소를. 입을 열기 어려운 분위기였다. 아리아드네는 가만히 입을 다물었다.

한동안 그녀를 지켜보기만 하던 레베카가 다시 화려한 미소를 짓더니 종이뭉치를 하나 꺼내 내밀었다.

"이건 계약서. 네 계획을 듣고 구체적으로 짜 본 유통 방식도 포함되어 있어."

제법 두툼했다. 아리아드네가 그것을 받아 들자 그녀가 덧붙였다.

"천천히 보고, 네 외삼촌 외숙모랑도 의논해 보고, 내가 떠나기 전에만 결정해 주렴. 온 김에 열흘 정도는 푹 쉬다 갈 예정이니까."

"가, 감사합니다."

"그리고 이건 발주서. 네가 엘릭서 대량 생산에 필요하다고 생각되는 걸 전부 적으면 된단다. 땅이나, 건물이나, 사람까지."

"아, 네."

받아 보니 복잡한 양식이 눈에 들어왔다. 전생의 경험이 있어 대충 알아먹긴 하겠는데, 그래도 쉽지 않아 보였다. 그녀의 당황을 예상한 것처럼, 레베카는 또 다른 종이들을 꺼냈다.

"마지막으로 이건, 이력서들."

"네? 이력서요?"

"혹시 이력서가 뭔지 아니?"

"알긴 아는데요……."

"넌 지금 하나의 사업을 시작하는 거야. 그것도 엄청나게 거대한 사업. 이 정도면 어른에게도 비서가 필요한데, 어린 네게는 더더욱 비서가 필요하지."

"그럼 이건……."

"너 대신 거래 장소나 회의에 나가 주고, 잡다한 일을 처리해 주고, 사업 관리 도와줄 믿을 만하고 유능한 사람들로 추려 봤어. 마음에 드는 사람이 있는지 한번 살펴보렴."

이건 생각지도 못한 도움이었다. 이력서들을 넘겨 보니 언뜻 봐도 굉장히 꼼꼼하고 세세했다.

레베카가 눈을 찡긋했다.

"그 외에도 필요한 게 있으면 말하고."

"아."

갑자기 몰아친 서류들에 넋이 나갔던 아리아드네가 그 말에 정신을 차렸다. 그녀는 이력서 뭉치를 내려놓았다.

"저, 이모님께 꼭 부탁드리고 싶은 게 있어요."

"어떤 거?"

"가르시아 상단은 대륙 각지에 지부를 두고 있죠?"

"그럼. 우리 상단 지부는 사막 한가운데에도 있거든. 그게 다아 우리 조카님의 이모 거예요. 이모는요, 못하는 게 별로 없답니다."

레베카가 장난스럽게 대답했다. 아리아드네는 조금 웃고는 심호흡을 한 뒤 부탁을 꺼냈다.

"사람을 하나 찾아 주셨으면 해요."

"응? 어떤 사람?"

"제가 후원하고 싶은 사람이요."

"……후원?"

레베카의 고개가 갸웃 기울어졌다.

악셀 발렌타인은 지독하게 배가 고팠다.

무법자들의 도시는 좁은 강의 상류에 있었다. 강물은 몹시 더러웠지만 끓여서 식히면 어떻게든 목을 축이는 건 가능했다.

다만 식량은 스스로 구할 수가 없었다. 무법자들의 도시 근처는 정화되지 않은 오염 지역이라 사냥으로 먹을 것을 구하기도 힘들었다.

그렇다고 구걸을 하고 싶진 않았다. 좀도둑질은 아버지에게 배운 명예를 망가뜨리는 짓이었다.

'돈을 벌어야 해.'

소년이 가진 물건들은 팔 수 없는 것들뿐이었다. 아버지의 유품인 검. 아버지가 선물해 줬던, 제 목숨을 구해 준 정령등. 그 외에는 누더기나 다름없는 옷가지뿐.

결국 그가 팔 수 있는 건 제 노동뿐이었다. 문제는 누구도 그의 노동을 돈 주고 사지 않는다는 것이다.

심부름꾼이나 급사 자리는 구하기 어려웠다. 그런 일은 고아가 아니라 부모가 확실한 아이들에게 주어졌다. 고아들에게도 일거리를 주는 맘씨 좋은 사람이 간혹 있다 해도 섬뜩한 붉은 눈의 소년보다는 다른 아이에게 일거리를 주었다.

남은 것은 용병 일로 돈을 버는 길뿐. 검을 쓰는 것과 마물을 상대하는 건 어느 정도 자신이 있었다. 오염 지역도 두렵지 않았다.

그는 원래 오염 지역들 틈새의 얼마 안 되는 멀쩡한 땅에서 양아버지와 단둘이 살았었다. 마물과 싸우는 건 어릴 때부터 아버지 곁에서 직접 배웠다.

아버지가 마물에게 죽은 뒤로는 혼자 오염 지역 사이를 떠돌아다녀야만 했다. 그렇게 살기 위한 발악이 거의 1년이었다. 소년은 12살에 마물과의 싸움에 이미 익숙해져 있었다. 하지만 아무도 그걸 믿어주지 않았다.

돈을 주고 용병을 구하는 이들은 널렸다. 그러나 낡아 빠진 검 한 자루만 달랑 쥔 12살짜리의 실력을 믿고 용병으로 고용하려 하는 이는 어디에도 없었다. 용병 길드는 입구에 들어가 보지도 못하고 쫓겨났다. 감히 어딜 거지새끼가 기어들어 오느냐면서 말이다.

그렇게 쓰레기통을 뒤지며 간신히 연명한 게 벌써 일주일. 굶주린 배 속이 가시로 할퀴는 것처럼 쑤셨다.

소년은 비틀비틀 걸어 용병 길드로 향했다.

"일하고 싶습니다."

건물 입구를 지키고 있던 문지기는 며칠째 똑같은 시간에 오는 거지꼴의 소년을 기가 질린다는 듯 쳐다보았다.

"포기하라고 했지."

"일하고 싶습니다."

"너 같은 거지 꼬마는 아무도 안 써 줘."

"실력을 증명할 기회라도 주십시오."

"네가 서너 살만 더 많았어도 기회 정돈 줬을 거다. 근성을 봐서라도 말이다."

"나이와 실력이 무슨 상관입니까?"

문지기가 짜증스럽게 검을 뽑았다. 대뜸 내리쳐지는 검을 악셀이 날렵하게 막아 냈다. 끼기긱. 맞닿은 검 너머로, 문지기는 서늘하게 소년을 내려다보았다.

"봐라, 꼬마야."

문지기가 손에 힘을 주었다.

"……!"

단번에 소년의 무릎이 꺾였다. 단련한 성인 남성의 힘은 2차 성징도 겪지 못한 소년에게는 산이 짓누르는 것처럼 느껴졌다.

문지기는 부들부들 떨리는 소년의 무릎을 턱짓하며 한숨을 쉬었다.

"너처럼 작은 꼬마가 실력이 어쩌고저쩌고 해 봤자 아무 의미가 없어."

"……큭."

"이거 봐. 최하급 마물을 상대로도 힘에서 밀릴 텐데, 네가 아무리 검을 잘 쓴들 무슨 쓸모가 있겠냐?"

그는 그저 한 손으로 지그시 누르고 있을 뿐인데, 소년은 전신이 떨렸다.

"돈을 아무리 적게 준다 해도 말이다. 너 같은 어린애는 짐덩이에 불과해."

문지기가 짜증과 약간의 연민이 섞인 눈으로 소년을 응시했다.

"검 잘 쓰는 덩치 좋은 놈들도 픽픽 죽어 나가는 게 용병질이야. 알겠냐? 널 데려갔다가 애새끼 시체 보게 되면 괜히 꿈자리만 사나워진다고."

악셀은 이를 악물었다. 먹은 것이 없어 더 힘이 나지 않았다. 그래도 소년은 악착같이 버티며 눈을 치떴다.

"고집하고는."

문지기는 혀를 차고 끝내 버릴 생각으로 손에 콱 힘을 주었다. 그 순간, 악셀이 교묘하게 검을 비틀며 그의 검을 흘렸다.

순식간이었다. 문지기의 검이 악셀의 검을 타고 미끄러지며 균형을 잃었다. 그가 한 발을 내디뎌 균형을 되찾는 사이, 악셀의 검은 문지기의 목젖 앞에 닿았다.

문지기는 숨을 멈췄다.

"……!"

"힘을 두려워하지 마라. 돌진하는 마차는 돌부리 하나에도 뒤집히는 법이다."

소년이 나직이 중얼거렸다. 녹슨 칼날 위에 문지기가 흘린 땀이 떨어져 고였다.

"……저는 그렇게 배웠습니다."

악셀은 천천히 검을 거두었다. 낡은 검이 검집으로 되돌아간 뒤에야 문지기는 참았던 숨을 터뜨렸다. 그는 제 목을 부여잡고 소년을 멀거니 바라보았다.

“너…… 그런 건 누구한테 배웠냐?”

“돌아가신 부친께.”

“거참, 이 도시에 돌아다니는 놈치고 사연 없는 놈이 없다지만…….”

문지기는 진땀을 털어 내며 혼자 무어라 중얼중얼하더니, 뒷머리를 북북 긁고 한숨을 쉬었다.

“꼬마.”

“…….”

“네가 진짜로 네 실력에 자신이 있고, 큰돈이 벌고 싶으면 말이다…….”

문지기가 슬쩍 한쪽 골목을 턱짓으로 가리켰다.

“뒷골목에 가 보면 입구에 흰 천과 검은 천을 나란히 걸어 놓은 포목점이 있을 거다. 거기 가서 기물이 되고 싶다고 해.”

“기물……?”

“싹수가 보이는 놈을 후원하는 치들이 거기 모여 있거든. 너라면 그 자들의 기물이 될 수 있을 거다.”

문지기는 더 할 말이 없다는 듯 입을 다물었다. 악셀은 잠깐 망설이다 뒷골목 쪽으로 향했다.

소년이 완전히 사라진 뒤, 문지기는 목을 문지르며 퉷 하고 침을 뱉었다.

“재수 없는 애새끼, 잘도 속네. 부자들의 장난감으로 구르다가 뒈져 버려라.”

문지기가 말한 포목점을 찾는 건 어렵지 않았다. 다 쓰러져 가는 가게인데 입구에 걸린 천들만 기묘하게 새것이었다. 악셀은 나란히 걸린 흰 천과 검은 천 안쪽으로 발을 들였다. 냄새나는 가죽과 억센 옷감 사이에 노파 하나가 정물처럼 앉아 있었다.

악셀이 다가가자 노파가 흘깃 그를 보았다. 노파에게서 퉁명스러운 물음이 튀어나왔다.

"뭐 사러 왔어?"

"……기물이 되고 싶습니다."

노파는 잠시 말이 없다가 들고 있던 지팡이로 제 뒤쪽을 가리켰다.

"들어가 봐."

노파의 뒤에 창고 문처럼 보이는 나무문이 있었다. 잘못 손대면 그대로 부스러질 것처럼 낡은 문이었다. 악셀은 문고리를 잡고 뒤를 돌아보았다. 노파는 관심이 없는 듯 돌아보지도 않았다.

소년은 한 손을 검 손잡이에 얹고 문을 열었다.

"……!"

문 안은 밖과 다른 별천지였다. 들어서자마자 달콤한 향이 코끝을 찔렀다. 높은 천장에서 황금 사슬에 매달린 마법 등이 은은한 빛을 뿌렸다. 커다란 사자 가죽이 바닥에 깔려 있었다.

고급스러운 나무 책상에 앉아 있던 남자가 악셀을 바라보았다. 그는 눈살을 찌푸렸다.

"지저분하군. 뭐지?"

"기물이 되고 싶습니다."

노파에게 했던 말을 반복한 소년이 방 안으로 한 걸음 들어서려 하자, 남자가 진저리를 치며 손짓했다.

“거기 가만 서 있어라. 바닥 더럽히지 말고.”

“…….”

“뭐가 되고 싶다고?”

“기물.”

악셀은 단답하고 입을 다물었다. 눈살을 찌푸린 남자가 소년을 훑어보았다.

“하, 그게 되고 싶다고 마음대로 되는 건 줄 아느냐?”

“…….”

“여긴 어떻게 알고 왔지? 어디까지 들었어?”

“…….”

“대답 안 해? 네놈…….”

언성을 높이던 남자가 불현듯 말을 멈췄다. 그는 휘둥그레진 눈으로 다시 악셀을 살펴보았다.

“너, 고개 똑바로 들어 봐라.”

악셀은 말없이 턱을 들고 남자를 응시했다. 마법 등이 흩뿌린 빛이 소년의 붉은 눈동자를 비췄다. 남자의 입이 헤벌어졌다.

“네놈, 붉은 눈이냐?”

소년은 검에 올린 손에 힘을 주고 천천히 고개를 끄덕였다.

붉은 눈. 사람들은 그 눈을 여러 가지 명칭으로 불렀다. 불을 부르는 눈, 저주받은 눈, 불을 지르는 눈, 불타는 눈, 재수 없는 눈깔.

붉은 눈을 가진 아이는 아주 드물게 태어났고 대부분 일찍 죽었다. 그들이 죽는 원인은 거의 동일했다.

화재.

붉은 눈 근처에서는 걸핏하면 불이 났다. 불씨가 하나도 없는 곳에서도 붉은 눈이 있으면 화재가 일어나곤 했다. 그런 불들은 잘 꺼지지 도 않았다. 불의 정령이 붉은 눈을 좋아해서 따라다니는 바람에 그렇게 된다고들 한다.

그러나 정령에게 사랑받는다고 좋아하기엔 화재로 인한 위험이 너무 컸다. 자기 집이 불탈 위험을 감수하려 하는 이는 드물다. 붉은 눈의 아이는 태어나자마자 버려지는 일이 흔했고, 어른이 되기도 전에 죽는 경우가 대다수였다.

악셀은 제 친부모도 아마 그런 이유로 자신을 버렸으리라 짐작하고 있었다. 그래서 한 번도 친부모에 대해 양아버지에게 물어본 적이 없었다. 딱히 의문을 품지도 않았다. 아버지가 제 눈앞에서 유언을 남기고 죽기 전까지는.

남자가 손뼉을 쳤다.

"훌륭해, 훌륭해. 그 눈이면 기물이 될 만하지."

"……?"

붉은 눈을 보고 좋다고 박수 치는 인간은 처음 봤다. 악셀이 이상하다는 듯 쳐다보든 말든 남자는 싱글벙글해져선 자리에서 일어나 팔을 벌렸다.

"체스 협회에 온 것을 환영한다, 꼬마."

악셀은 식사부터 대접받았다. 갓 구운 빵과 신선한 고기가 포함된 질 좋은 요리였다. 오래 굶은 소년이 순식간에 식사를 마치고 나자 목욕이 준비되었다. 목욕을 하고 나오니 깨끗한 옷 한 벌이 있었다. 좁긴 해도 괜찮은 침실까지 주어졌다.

호사스러운 대우였다. 붉은 눈을 보고 주어진 것이라 생각하니 모든 것이 의심스러웠다.

그러나 소년은 마냥 경계하기엔 너무 지쳐 있었다. 제대로 된 침대에 누워 보는 것이 1년 만이었다. 그는 베개에 머리를 대자마자 곯아떨어졌다.

그 뒤로도 아무 일 없이 잠자리와 식사가 계속 주어졌다. 검술 훈련을 하고 싶다고 했더니 훈련장도 내주었다. 훈련장은 뒷마당에 있었다. 악셀은 처음으로 건물 외부로 나가 보았다.

소년은 그제야 자신이 있는 곳이 무법자들의 도시에 거의 없는 대저택이라는 것을 알아차렸다. 포목점의 뒷문을 통해 연결된 저택인 모양이었다.

처음 만났던 남자는 한동안 보이지 않았다. 식사를 내어 주는 하인은 기다리라는 말만 앵무새처럼 반복했다.

그러던 어느 날, 남자가 다시 나타났다.

"글은 쓸 줄 아나?"

그가 내민 건 계약서였다.

-마스터는 기물을 후원한다.

-기물은 마스터가 제시하는 임무에 응해야 한다.

-기물이 임무를 거부하면 후원이 취소된다.

…….

그다지 어렵거나 복잡한 내용은 아니었다. 남자는 웃으며 설명했다.

"내가 마스터고, 너는 기물이다. 내가 제시하는 임무를 해내면 너는 기물로서 계속 내 후원을 받는 거야. 물론 못 하겠다 싶으면 언제든 그만둬도 된다."

그가 깃펜을 내밀었다.

"아래에 이름을 쓰고 서명해라."

악셀은 다시 계약서를 읽어 보았다. 아버지와 단둘이 살았던 소년은 모든 것을 그로부터 배웠다. 양아버지는 수준 높은 교육을 받은 사람이었으나, 펜보다는 칼에 훨씬 가까운 자였다. 따라서 악셀이 배운 것들도 칼에 치우쳐져 있었다. 그나마도 나이가 어려 많이 배우지도 못했다.

그런 그가 보기에는 명쾌하고 합리적인 계약서였다. 문제점 같은 건 보이지 않았다.

다만, 궁금한 점은 있었다.

"기물이 정확히 뭡니까?"

"체스 협회의 마스터들로부터 후원받는 사람을 기물이라고 부른다. 저기 쟤도 내 기물이지."

남자가 입구를 지키고 있는 갑옷을 입은 청년을 가리켰다. 청년이 고개를 숙여 보였다. 밝은 표정이었다. 기물이 되는 일이 그다지 힘들거나 괴롭진 않은 듯했다.

악셀은 다른 물음을 던졌다.

"임무는 어떤 것들입니까?"

"다양하지. 용병이 하는 일과 큰 차이가 없어. 경호나 마물 토벌 같은 게 대부분이다. 용병과 달리 협회 회원들의 의뢰만 받지만."

남자는 어깨를 으쓱이며 말을 이었다.

"물론 마스터끼리 치르는 경기나 승급전 같은 특이한 임무도 있고."

"경기? 승급? 그건 뭡니까?"

"기물이 되고 나면 알게 될 거다."

빙긋 웃은 남자가 소년을 독촉했다.

"아무한테나 이런 기회를 주는 게 아니야. 붉은 눈이 아니었으면 너 같은 볼 것 없는 꼬마에게 기물이 되라는 제안을 하지도 않는다."

"당신은 붉은 눈이 두렵지 않습니까?"

"그런 걸 무서워하면 마스터 생활 못 하지."

피식 웃은 남자가 악셀의 머리를 거칠게 쓰다듬었다.

"꼬마야, 붉은 눈은 불의 정령에게 사랑받는다는 이야기, 들어 봤냐?"

"……네."

"그래, 그러니 널 잘 키우면 훌륭한 정령 기사나 정령사가 될 확률이 높아. 나는 그 가능성을 보고 널 후원하려는 거다."

소년은 남자가 헝클어뜨린 제 머리를 쓰다듬었다. 아버지가 돌아가신 이후로 머리를 쓰다듬어 준 사람은 처음이었다. 제 눈을 보고 떨떠름하기는커녕 기뻐하는 사람도 처음이었고.

"어때, 결심이 섰느냐? 할 생각이 없으면 이대로 나가면 된다."

악셀은 흘깃 저택 밖을 보았다. 테라스 너머로 소년이 굶주리며 흙바닥에 몸을 누이던 거리가 보였다.

그는 결국 깃펜을 받아 들었다. 계약서의 아래에 이름을 썼다.

악셀 발렌타인.

남자가 계약서를 받아 들며 만족스럽게 웃었다.

"좋아, 나는 로버트 블랙이다. 앞으로는 마스터라고 부르도록."

"예."

"그리고 넌 이제부터 내 폰(Pawn)이다. 블랙 폰. 알겠나?"

"……알겠습니다, 마스터."

"좋아. 어이, 비숍."

그의 손짓에 아까 인사를 했던 청년이 다가왔다. 블랙은 악셀을 그에게 밀어 주었다.

"폰에게 기본적인 교육을 시켜 줘라."

"예, 마스터."

"열심히 훈련하고 있어라, 폰. 조만간 첫 임무를 줄 테니."

블랙이 깊게 미소 지었다.

체스 협회의 정기 모임은 대륙 최대의 항구 도시인 칼스미어에서 열렸다. 정기 모임마다 협회의 마스터들은 자신의 기물 목록을 갱신해야만 했다.

로버트 블랙은 흥얼흥얼 콧노래를 부르며 목록을 갱신했다.

'나이트 한 놈이 죽었지만 대신 비숍을 받았으니 이득이지. 쓸 만한 폰도 새로 구했고.'

그는 새로 구한 폰을 떠올리며 히죽히죽 웃었다. 그 녀석에게는 특별히 기대가 컸다.

'빠르게 벌고 버릴까. 아니면 되도록 오래 살려 놓고 돈줄로 삼을까…….'

블랙은 그런 고민을 하며 기물 등록을 마쳤다.

블랙 폰, 12세, 남

특징: 붉은 눈.

기록을 내고 돌아가려는 그를 협회 사무원이 불러 세웠다.

"마스터 블랙."

"응?"

"당신을 찾는 고객님이 기다리고 계십니다."

"날? 왜?"

"아무래도 당신에게 투자하고 싶으신 모양입니다."

블랙은 당황했다. 투자자가 붙는 건 대도시에 지점을 가진 마스터들에게나 일어나는 일이었다. 그는 무법자들의 도시라 불리는 변방 촌구석의 마스터에 불과했다. 가진 기물이 많지도 않았고 경기 승률도 낮은 편이다.

"내 뭘 보고?"

사무원은 무표정하게 내실로 향하는 복도를 가리켰다.

"귀한 분이시니 언동을 조심하십시오. 안쪽에 계십니다."

"귀한 분이라니, 누군데?"

"가르시아 상단 사람입니다."

"가, 가르시아?"

"지부장급 이상이거나, 간부의 대리인으로 보입니다."

블랙은 침을 꿀꺽 삼키고 내실로 향했다.

'가르시아 상단 간부라니, 이건 엄청난 기회야.'

그는 베일이 겹겹이 드리운 호화로운 방 앞에 멈춰 섰다. 들고 온 제 기물 목록과 보유 시설 목록, 전적 평가서 등을 한 번 더 점검한 다음, 조심스럽게 안으로 들어섰다.

"뵙게 되어 영광입니다, 고객님."

"반갑소."

소파에 앉아 있던 남자가 무덤덤하게 대꾸했다. 블랙은 빠르게 고객을 훑어보았다. 흰 크라바트에 빳빳한 회색 조끼, 안경 너머로 보이는 회색 눈, 한 올 흐트러짐 없이 쓸어 넘긴 금발까지. 남자는 상인이라기보다 은행원 같은 인상이었다.

"사이먼 덴트, 주인님의 대리인으로서 왔소."

"체스 협회 마스터인 로버트 블랙입니다. 무법자들의 도시를 관장하고 있으며……."

"서류는?"

사이먼이라는 남자가 블랙이 읊으려던 자기소개를 끊으며 물었다. 블랙은 무안한 기분으로 서류를 내밀었다.

"여기 있습니다."

사이먼은 다리를 꼬고 앉아 팔락팔락 서류를 넘겨 보았다. 그가 앉으라는 소리도 하지 않아서 블랙은 서서 기다릴 수밖에 없었다.

기물 목록에서 사이먼의 손길이 잠깐 멈추었다.

블랙 폰, 붉은 눈의 12살 남자아이.

주인이 찾던 것을 확인한 이상 더 볼 것은 없었다. 그는 서류 뭉치를 테이블에 내려놓았다.

"마스터 블랙."

"예, 예?"

대리인 주제에 더럽게 거만하네, 하면서 속으로 욕을 하고 있던 블랙이 화들짝 놀라 대답했다.

사이먼이 얇은 종이를 한 장 꺼내며 말했다.

"당신의 마스터 자격을 사겠소."

"……예?"

"당신이 가진 협회 마스터 자격증, 시설, 기물들을 모두 사겠다는 뜻이오."

블랙의 입이 떡 벌어졌다. 투자자인 줄 알았더니, 이건 아예 그의 기반을 통째로 사들이겠단 소리 아닌가.

마스터 자격까지 팔아 버리면 앞으로 뭘 먹고 살라고?

"그 무슨 말도 안 되는……!"

기가 차서 화를 내려던 블랙은 사이먼이 내민 종이를 보고 입을 다물었다. 가르시아 상단에서 발행하는 어음이었다. 블랙은 자신이 동그라미 개수를 잘못 센 건가 싶어 다시 세어 보았다. 그대로였다.

"이, 이, 이걸……."

"마스터로서 당신이 가진 걸 전부 넘기고 깨끗이 떠나는 대가요."

"……."

로버트 블랙은 넋이 나갔다. 거절하기엔 너무 큰 돈이었다.

"당신이 거절하면 다른 마스터를 찾겠소. 주인님께 필요한 건 당장 경기에 참가할 수 있는 자격과 기반일 뿐이니."

사이먼이 내밀었던 어음을 거두려 했다. 블랙은 다급히 그것을 붙잡았다.

"파, 팔겠습니다! 전부!"

"잘 생각했소."

거래가 성립되었다.

노크 소리가 들려왔다. 아리아드네는 보던 책을 내려놓았다.

"사이먼입니다."

"들어와."

자로 잰 듯 단정한 남자가 은 쟁반에 서류 묶음을 받쳐 들고 들어왔다.

사이먼 덴트.

아리아드네가 레베카의 이력서 목록에서 고른 비서였다.

'제일 배신 안 할 것 같은 사람이니까.'

레베카는 어린 조카의 사업에서 가장 필요한 게 믿을 만한 비서라는 것을 잘 알고 있었다. 암시장에 엘릭서를 몰래 뿌리는 일부터 시작해야 하니 당연했다. 그래서 그녀는 이력서마다 그 사람이 어떤 점에서 믿을 만한지를 설명해 두었다.

그중에서 사이먼 덴트는 돈에 충성하는 사람이라고 되어 있었다. 돈만 제대로 주면 절대 배신하지 않을 인물. 그럴 만한 사연도 있었다.

방탕한 아버지가 도박에 빠져 가르시아 상단에 어마어마한 빚을 남기고 죽은 탓에 어릴 적부터 상단에서 일하며 빚을 갚고 있다니까. 아버지처럼 살기 싫어 정당하게 돈을 버는 것에 집착하며, 돈을 모으는 것 자체에만 관심이 있어 지독할 정도로 검소한 사람이라 했다.

"빨리 왔네. 벌써 다 끝냈어?"

"빠르게 끝내면 보너스를 주신다고 하셨으니까요."

사이먼이 무표정한 얼굴과 공손한 자세로 대답했다.

엘릭서 사업을 제대로 시작하면 그녀에겐 돈이 썩어 넘치게 될 거다. 엘릭서를 독점했던 소설 속 엘디어 공작만큼은 아니어도 어마어마한 부를 쌓게 될 건 확정된 미래였다.

그 미래를 제일 잘 아는 게 레베카였다. 아직 제대로 사업을 시작하지 않았지만, 계약을 체결한 후 레베카가 엄청난 양의 선금을 준 덕에 아리아드네는 이미 부자였다. 비서에게 누구보다 많은 월급을 주고 상여금 잘 챙겨 주는 것쯤은 얼마든지 할 수 있었다.

그녀는 사이먼이 내민 서류를 받으며 가죽 주머니를 내밀었다.

"여기, 보너스."

"아니요."

사이먼이 한 발짝 물러났다.

"업무 성과를 확인하신 후에 받겠습니다."

"아, 그래."

돈에 충성해도 일 처리는 칼 같다더니 정말이었다. 어딜 봐도 어린 애일 그녀를 상대로 진지하게 일하는 것만 봐도 그렇다. 아마 도박처럼 부당한 이득을 경계하기 때문일 것이다.

아리아드네는 주머니를 내려놓고 서류부터 펼쳐 보았다. 로버트 블랙과 거래한 계약서가 가장 앞에 있었다. 다음 장에는 바로 기물 목록이 있었다. 그녀가 그것부터 찾을 것을 예상한 듯이.

그녀는 목록에서 악셀 발렌타인을 찾아낸 뒤 속으로 안도의 한숨을 내쉬었다.

'좋아, 원작대로야.'

주인공을 도와주기로 결심한 이후, 그녀는 환상 도서관을 드나들며 계속 고민을 했다. 어떻게 해야 주인공이 먼치킨이 되는 원작 흐름을 최대한 유지하면서 그를 도울 수 있을지를.

고민 끝에 그녀가 찾아낸 방법은 원작 인물의 역할을 훔치는 것이었다.

'체스 협회 마스터, 블랙의 역할을 말이지.'

체스 협회는 주인공이 성인이 될 때까지 소속되어 있던 단체이자 주인공의 목줄을 쥐고 휘둘렀던 단체였다. 가능성 있는 인재를 후원하는 척하지만, 실상은 부유한 자들에게 내기 도박판과 쓸 만한 노예를 제공해 주는 곳.

'마스터는 노예상. 기물은 도박 대상이자 미래의 노예.'

마스터는 자신이 가진 기물들에게 각종 위험한 임무들을 맡긴다. 임무의 대가는 고스란히 마스터의 것이 된다. 회원들은 기물이 임무에 실패할지 성공할지, 살아남을지 죽을지를 놓고 내기를 한다.

간혹 마스터끼리 경기를 하기도 한다. 기물들을 서로 싸우거나 경쟁하게 만드는 것이다. 여기서도 거대한 도박판이 벌어진다. 많은 기물들이 놀이판 위의 장난감처럼 죽어 나간다.

기물의 승급 제도도 있다. 기물이 강해질수록, 어려운 임무를 해낼수록 등급이 높아진다. 높은 등급에서는 더 큰 도박판이 벌어지고 마스터들은 더 많은 돈을 번다. 물론 기물들은 한 푼도 얻지 못한다. 그들이 받는 건 생활과 임무에 필요한 지원뿐이다.

그러다 기물들이 임무를 거부하거나 경기에 나가지 않겠다고 하면 지금까지 지원해 준 것들을 전부 변상하게 한다. 그동안 제공했던 의식주, 무기, 갑옷, 약품, 아이템을 모조리 물어내라고 하는 것이다.

돈은 전혀 받지 못하고 임무만 해 오던 기물들이 그것을 변상할 수 있을 리가 없다. 결국 마스터에게 어마어마한 빚을 지게 된다. 그러면 마스터는 기물을 계속 도박판 위에 올리거나 회원들에게 노예로 팔아치운다.

'악질적이야.'

그중에서도 주인공이 걸린 마스터는 더 악질적이었다. 로버트 블랙은 도박의 승률을 위해 조작까지 하는 자였다. 그러니까 자기 기물이 실패한다는 쪽에 몰래 돈을 걸고는, 임무에 보내면서 온갖 함정을 파 놓아 반드시 실패하게 만드는 것이다. 성공할 것 같으면 죽이는 짓까지 서슴지 않았다.

하지만 아무것도 모르는 어린 주인공은 로버트 블랙을 내심 양아버지 대신으로 여기며 그에게 헌신한다. 임무에서, 경기에서, 몇 번이나 죽을 고비를 넘기면서도 그를 믿었다.

자신이 투기장의 노예 투사들과 다를 바 없는 신세라는 걸 깨달은 후에도 마찬가지였다.

아무리 그래도 블랙은 붉은 눈이라 모두가 꺼리는 자신을 거둬 키우고 강하게 만들어 준 사람이었다. 어린 주인공은 그가 자신에게 조금이라도 정을 붙이고 있을 거라고 여겼다. 악셀 자신이 블랙을 가족처럼 여기고 있으니 블랙도 어느 정도는 그러리라 여겼던 거다.

그러나 그 헌신의 대가로 돌아온 건 참혹한 배신이었다.

'죽을 뻔했다가 간신히 살아남아서 도망쳤지.'

체스 협회의 추격을 받으며 달아난 악셀은 최악의 상황에서 기적을 일으키며 더 강해진다. 그는 돌아가서 협회에 복수하고 블랙을 제 손으로 죽인다. 주인공의 유년기는 체스 협회를 불태우며 끝난다.

그러므로 로버트 블랙은 악역인 동시에 주인공을 성장하게 만든 자였다. 실력은 물론이고 정신적인 면에서도.

아리아드네는 바로 그 로버트 블랙의 역할을 훔칠 생각이었다. 성장의 발판이 되어 주되, 그자보다는 조금씩만 덜 가혹하게. 부상을 줄이고, 쓸데없는 고난을 줄이고, 더 좋은 환경과 더 좋은 아이템들을 제공하고, 성장할 방향을 잡아 줄 것이다.

‘기본적으로는 원작을 따라가면서 티 나지 않게 조금씩만 도와주는 거야.’

일단 배신도 그대로 할 예정이었다. 악셀이 강해지는 계기이자 애정을 갈구하는 성향이나 은근히 정이 많은 점을 고치는 계기니까.

‘기만이네.’

아리아드네는 다음 장으로 서류를 넘기며 쓰게 웃었다. 원작 정보를 이용하는 게 미안해서, 주인공을 돕고 싶어서 시작한 일이다. 그런데 이게 진짜 도움일까?

소설보다 나은 상황을 만들어 준다지만, 이런 건 그녀의 자기만족에 불과하지 않을까.

사실 주인공에게 가장 좋은 건 체스 협회에 내버려 두는 게 아니라 구해서 직접 돌봐 주는 일일 텐데. 그러다 주인공이 원작보다 약해질까 봐 무서웠다.

‘안 그래도 회귀를 막아야 해서 강해질 기회가 적은데.’

대미궁 공략에 실패하면 다 끝장이다. 아무리 그녀가 정답을 알아도 주인공의 사기적인 능력이 아니면 돌파할 수 없는 구간이 있다.

‘어쩔 수 없어. 이게 최선이야.’

그녀는 마음을 다잡으며 서류 뭉치를 보았다. 기물 목록의 다음 장에는 악셀 발렌타인의 계약서가 있었다. 주인공이 남긴 서명이 보였다. 소설을 보며 상상했던 것보다는 조금 서투른 서명이었다. 어린아이의 글씨.

‘아직 열두 살이니까…… 어리네, 정말.’

굉장히 이상한 기분이 든다. 머릿속 활자로만 이루어져 있던 것이 현실의 사람이 되어 들이밀어지는 기분. 동시에, 방금 다잡았던 마음이 미미하게 흔들렸다.

아리아드네는 이를 악물고 서류를 넘겼다.

체스 협회 마스터 자격증이 보였다. 쓰여 있는 이름은 아리아드네 엘디어가 아니라 그녀가 이 '역할'을 위해 만든 가명이었다.

아드리안 블랙.

그녀가 남자아이로 태어났다면 가지게 되었을 이름. 그녀 대신 주인공을 키우고, 배신하고, 복수당할 가면.

아리아드네는 눈을 지그시 감았다가, 뜨고, 빠르게 나머지 내용을 확인한 다음, 서류 뭉치를 내려놓았다.

"완벽하네. 잘했어, 사이먼."

"감사합니다."

"앞으로 계속 아드리안 블랙의 대리인으로서 활동해. 자세한 지시는 내가 할 테니 전달만 맡아 주면 돼."

"비서 일과 함께 말입니까?"

"대리인 월급 따로 줄게. 비서 월급만큼."

"최선을 다하겠습니다."

사이먼은 즉시 대답했다. 아리아드네가 덧붙였다.

"엘디어 유통과 똑같이 대리인일 때도 사이먼은 나하고는 전혀 관계없는 사람이어야 해. 할 수 있겠어?"

사이먼은 그림자에 있을 비서로 고용되었다. 아리아드네가 대놓고 사업을 벌이는 건 신전에 레시피를 기부한 후다. 외부에 알려질 비서는 그때 따로 고용할 예정이었다.

"물론입니다. 애초에 여덟 살인 공녀님이 제 진짜 주인이라고 의심할 사람은 아무도 없을 겁니다."

사이먼이 입꼬리를 올리며 대답했다.

그는 처음 아리아드네를 만났을 때 가르시아 상단주가 장난을 치는 줄 알았다. 엘릭서 사업을 준비하면서 그런 생각은 싹 날아갔지만.

"그건 그렇네."

아리아드네는 설핏 웃고 다음 문제로 넘어갔다.

"암시장에 엘릭서를 풀 준비는 끝났지?"

"네. 주인님께서 완성하시는 것만 기다리던 상황이었으니까요. 내일부터 첫 물량이 풀릴 겁니다."

그녀는 지난 몇 달간 제조실에서 살다시피 했다. 실험 후유증이 완치되지 않았으면 쓰러지고도 남았을 일정이었다.

위버가 사람들이 하도 걱정을 해서 운동 목적의 검술까지 배우려 했다. 통각이 약해진 것 때문에 격한 운동을 하다간 크게 다칠 수도 있다고 더 난리가 나서 그만두었지만.

"단서를 흘려 놓는 건?"

"끝났습니다. 누가 어떻게 추적하든 출처는 엘디어 영지로 나올 겁니다."

그녀는 암시장에 엘릭서를 푼 일을 엘디어 공작에게 뒤집어씌울 예정이었다. 신전에 레시피를 기부할 때도 공작이 만든 레시피라고 할 거고. 어차피 그게 어린 공녀의 짓이라는 것보다는 훨씬 말이 된다.

"대량 생산 준비는 어디까지 진행됐어?"

"재료 수급 루트와 공방은 확보했습니다. 그런데 정말로 노예를 쓰지 않으실 겁니까?"

“가르시아 상단은 노예 유통 안 하잖아.”

“다른 상단에서 구매하면 됩니다. 노예가 사람을 고용하는 것보다 저렴하고 레시피가 새어 나갈 염려도 적습니다.”

엘리시움은 노예가 합법인 세계다. 전생의 기억이 있는 아리아드네로선 거부감이 드는 사실이었다. 여기서 노예 해방 운동 같은 걸 하겠다는 건 아니지만 직접 노예를 사 쓰기는 꺼려졌다.

하지만 그녀가 순전히 거부감 때문에 노예를 쓰지 않겠다는 건 아니었다.

“노예를 쓰면 일자리를 못 만들어. 노예들은 월급을 받지 않으니까 돈을 쓸 일도 없고.”

“예?”

“위버는 척박하고 추워서 농사를 제대로 못 짓고, 사냥꾼이나 용병 말고는 방문하는 사람도 거의 없잖아. 그래서 전투나 사냥을 못하는 사람이 할 수 있는 일이 드물지.”

그녀가 무슨 말을 하고 있는지 알아차린 사이먼의 눈이 커졌다.

“……반드시 위버 내에 공방을 만들라고 하신 게, 그냥 가까워서가 아니었습니까?”

“여긴 내 외가야. 조금이라도 보답해 드리고 싶어.”

엘릭서 제조 공방은 영지를 부흥시키고도 남을 시설이다. 노예를 써도 어느 정도는 그렇게 되겠지만 영지민을 고용하면 더욱 영지를 부유하게 만들 수 있다.

사이먼은 덤덤하던 표정을 무너뜨리고 멍하니 조그마한 주인을 바라보았다. 알면 알수록 주인의 나이가 믿기지 않는다.

‘돈을 많이 주는 것만으로도 충분했는데…….’

엘릭서에 대해 알게 되었을 때도 기절하는 줄 알았다. 그 미친 물약의 레시피를 가지고 있는 게 8살짜리 어린애인 것도 충격이었다. 친아버지에게 엘릭서 실험을 당하다가 그걸 알게 되었다는 사정을 들었을 땐 기가 막혔다.

그러나 일을 시작한 뒤로는 다른 의미로 자꾸 놀라게 된다.

그는 천천히, 그러나 깊게 고개를 숙였다.

"알겠습니다, 주인님."

악셀 발렌타인은 기물이 된 지 얼마 되지 않아 마스터가 바뀌었다는 소식을 들었다.

"마스터가 바뀌는 게 가능한 일입니까?"

소년이 당황해서 묻자, 비숍이 태연히 대답했다.

"물론. 나도 원래 블루 비숍이었는걸. 그전엔 앰버 나이트였고."

"그게 무슨……."

"블랙은 내 세 번째 마스터란 뜻이지. 이번엔 전 마스터가 은퇴하고 새 마스터가 오는 거라 이사할 필요가 없어서 편하네."

악셀은 이해가 가지 않았다. 기물과 마스터는 피후원자와 후원자의 관계가 아니었나? 그게 이렇게 간단히 바뀌는 거였다고?

로버트 블랙이 꽤 좋았기에 마스터가 바뀐다는 소식에 더 거부감이 들었다. 그러나 한편으로는 그가 무책임하게 느껴졌다.

'첫 임무도 주기 전에 이렇게 말도 없이 떠나 버린다고?'

그에게서 가능성을 봤다는 건 거짓말이었던 걸까. 실망감과 배신감이 들었다. 미묘한 표정으로 서 있는 악셀에게 비숍이 책을 한 권 건네주었다.

"받아."

"이게 뭡니까?"

"새 마스터가 너한테 주라던데. 첫 임무 전까지 반드시 읽으라고 하더라."

"제 첫 임무가 정해졌습니까?"

악셀이 기대하는 눈으로 물었다. 비숍은 그를 아래위로 훑어보더니 말했다.

"아니. 근데 넌 무슨 임무를 하게 될지 뻔한걸."

"전 잘 모릅니다. 가르쳐 주십시오."

"때 되면 알게 될 텐데, 왜?"

비숍이 킬킬거렸다. 대답해 줄 생각이 없어 보였다.

"언제쯤인지라도 알려 주실 수 있습니까?"

"나도 몰라."

"저는 뭘 준비하면 됩니까?"

"글쎄."

"……새 마스터는 언제 옵니까?"

"안 와."

"예?"

"대리인만 왔다 갔어. 앞으로도 대리인을 통해서 지시를 내릴 거라더군."

"그건 또 무슨……."

"그럼, 전하라는 건 전해 줬으니 간다."

비숍은 악셀의 질문을 툭 끊고 나가 버렸다. 그는 악셀과 되도록 가까이 있지 않으려 했다. 붉은 눈이 꺼림칙한 모양이었다. 마스터가 자리를 비운 뒤부터는 훈련도 제대로 해 주지 않았다.

악셀은 여전히 기물로서의 생활에 대해 잘 알지 못했다. 그는 건네받은 책을 내려다보았다. 그리 두꺼운 책은 아니었다. 제목은 〈빨간 눈의 꼬마〉.

소년은 저도 모르게 눈살을 찌푸렸다. 아는 책이었다. 자꾸만 주위에 불이 나다가 결국 마을이 죄다 타 버려 혼자 떠돌게 되는 붉은 눈 소년의 이야기.

어렸을 때 아버지가 악셀에게 붉은 눈에 대해 가르쳐 주려고 사 온 동화책이었다. 차마 아들에게 자기 입으로 저주받은 눈이라고 할 수 없었던 아버지의 선택이었다.

악셀은 그 동화를 읽고 나서야 제 주위에 간혹 불이 나는 이유를 알게 되었다. 그리고 읽자마자 책을 구석에 처박고 두 번 다시 들여다보지 않았었다.

'이걸 읽으라고? 왜?'

책 표지를 험악하게 노려보고 있는데, 누군가가 불쑥 들어왔다.

"네가 악셀이라는 꼬마로군."

낯선 중년 남자였다. 그는 제멋대로 테이블에 앉더니 묵직한 가방을 내려놓았다. 악셀은 검 손잡이를 쥐고 경계하며 물었다.

"누구지?"

가방에서 두꺼운 책과 종이, 펜 등을 꺼내며 그가 대답했다.

"나는 앞으로 네 선생이 될 사람이다."

"뭐? 누구 마음대로?"

"네 후원자의 명이지."

"마스터 말인가."

"어, 그래. 아드리안 블랙이 날 고용했다."

"아드리안 블랙?"

"너는 네 후원자 이름도 모르나?"

새 마스터의 이름이 아드리안 블랙인가. 블랙이라는 건 성이 아니라 일종의 호칭인 모양이다.

악셀이 그 이름을 곱씹는 사이 선생이라는 남자는 책을 펼쳐 놓고 그를 불렀다.

"와서 앉아라. 가르칠 게 많으니까."

"뭘 가르친다는 거지?"

"역사, 지리, 수학, 정령 이론, 마물학, 괴물학 등등. 그나저나 넌 선생한테 언제까지 반말을 지껄일 거냐?"

"……제가 왜 그런 걸 공부해야 합니까?"

마물학이나 정령 이론까진 어떻게 납득이 가는데, 역사, 수학, 지리 같은 건 왜 배워야 하는지 이해할 수가 없었다.

"모르지. 난 고용되었을 뿐이니. 닥치고 앉아라."

선생이 턱짓했다. 악셀은 어쩔 수 없이 자리에 앉았다. 그 뒤로는 그가 처음으로 받아 보는 제대로 된 수업이 이어졌다. 악셀에게는 꽤 고역이었다.

'새 마스터는 내게 대체 뭘 바라는 거지?'

귀족들이나 받을 것 같은 수업이라니. 이럴 시간에 검술을 훈련하는 게 나을 것 같은데. 게다가 그 짜증 나는 동화책은 왜 준 것인지.

지금의 악셀은 도무지 새 마스터의 의도를 짐작할 수 없었다.

아리아드네는 악셀에게 줄 첫 번째 임무를 이미 정해 두었다.

'원작 초반 악셀의 임무들은 고립시켜 놓고 불이 나는지 안 나는지 지켜보는 식이었지.'

붉은 눈에 대해 들은 회원들이 호기심에 몰려와 많이들 내기를 걸었다. 정말로 불이 날지, 불이 난다면 저 꼬마 폰이 살아서 나올지, 죽어서 나올지 같은 것들을.

'마스터는 돈을 쓸어 담게 되지만, 주인공에겐 쓸데없는 임무들.'

로버트 블랙은 줄곧 그런 식의 임무만 줬다. 그러다 죽어도 상관없다는 태도였다. 하지만 어느 임무를 계기로 그는 악셀을 다른 용도로 쓰기 시작한다.

그 임무는 주인공에게 꼭 필요한 사건이었다. 그녀는 그 시기가 올 때까지 악셀에게 기본 교육만 시켰다. 훗날 유용한 지식들 위주로.

'지금은 검술을 굳이 가르치지 않아도 돼.'

악셀을 훈련시켰던 양아버지는 멸망한 크레타 제국 황실 근위 기사단장이었다. 그가 가르친 검술만 독학해도 실력을 키우는 데 문제가 없다. 주인공이라면 그런 훈련은 스스로 잘할 것이다.

그리고 기다리던 때가 왔다.

"아가씨, 겁화가 나타났대요!"

그녀의 방에 급히 뛰어 들어온 루시가 호들갑을 떨며 말했다.

악셀은 침낭에서 눈을 떴다. 일어나자마자 물주머니를 꺼내 한 모금 들이켰다. 물은 뜨뜻미지근했다.

목이 답답해서 손으로 목걸이를 잠시 잡아당겼다. 저택에서 나올 때 찬 금속 목걸이였다. 손가락 한 마디 넓이의 이 검은 목걸이는 기물들이 임무를 떠날 때 반드시 착용해야 하는 물건이었다. 임무 내내 그가 하는 행동을 기록하는 아이템이라고 들었다. 상당히 비쌀 텐데, 모든 기물이 임무 때마다 이걸 찬다니 협회가 돈이 많은 모양이었다.

악셀은 아침으로 육포를 꺼내 씹으며 주위를 한 바퀴 돌아보았다. 어제와 똑같은 풍경이었다. 새하얀 모래가 끝없이 펼쳐진 사막. 간간이 솟아 있는 흰 바위들. 소년은 그 바위들 중 하나의 우묵한 그늘에서 자고 일어난 참이었다.

별 이상이 없는 것을 확인한 뒤엔 바위에 기대앉아 편지 봉투를 꺼냈다. 고급스러운 봉투 겉에는 우아한 필체로 '블랙 폰, 악셀 발렌타인'이라고 쓰여 있었다. 이미 떼어 놓은 밀랍 봉인은 체스 협회 마크였다.

안에 있는 편지는 무척 짧았다. 아는 내용이지만 그는 한 번 더 편지를 읽어 보았다.

대사막의 수정 오아시스에서 칠색 수정을 캐 올 것.

편지 끝에는 봉투와 같은 글씨의 서명이 있었다.

아드리안 블랙.

첫 임무를 주면서도 얼굴 한 번 안 비친 그의 마스터 이름이었다.

'이상한 작자.'

편지를 집어넣고 짐을 챙겼다. 마스터가 보냈다는 여행 물품들은 무척 질이 좋았다. 사실 여행 물품들뿐만이 아니었다. 악셀에게 주어진 것들은 죄다 고급품이었다.

처음엔 잘 몰랐지만, 비숍이 워낙 적나라하게 질투했기에 곧 눈치챘다. 폰에게 이런 걸 주는 마스터는 본 적도 없다든가. 제 것보다 좋다든가. 아예 제 것과 바꾸려 들기까지 했다.

'배운 것도 의외로 쓸모가 있고.'

지리를 배우면서 대사막이 어떤 곳인지 배웠다. 수정 오아시스나 칠색 수정도 수업에 다 나왔던 것들이었다. 지도를 읽는 법도 제대로 익혀서 여기까지 오는 동안 한 번도 길을 헤매지 않았다.

대체 뭐 하러 이런 걸 배우나 싶었던 게 다 쓸모가 있었다. 기묘한 기분이다.

'이대로면 정말 쉽게 끝나겠는데.'

사막을 걷는 건 괴롭고 힘들지만, 오염 지역에서 헤매는 것보다는 백 배쯤 쉬웠다. 나침반을 들고 바위 모양을 잘 확인하며 걷기만 하면 된다.

수정 오아시스에 사는 괴물들은 먹을 걸 주면 얌전해지는 놈들이었다. 무조건 인간을 적대하는 마물과는 다르다. 칠색 수정을 캐는 요령도 알고 있으니 실수만 하지 않으면 무난할 임무였다.

'이런 쉬운 임무를 주면서, 이건 왜 줬을까.'

마스터가 보낸 편지 봉투 안에는 작고 얇은 검은색 봉투가 하나 더 있었다.

-위험한 순간에만 열어 볼 것.

겉면에 쓰여 있는 저 문구가 자꾸 신경 쓰였다. 아무리 봐도 위험할 일이 없는데.

갸웃거리던 소년은 갑자기 더 더워진 기분에 손등으로 땀을 닦았다. 시야 끝, 지평선에서 아지랑이처럼 무언가 일렁였다. 새빨간 색이었다.

'저게 뭐지?'

가느스름하게 눈을 뜨고 그것을 살피다가 불현듯 소름이 돋았다. 그것이 점점 커지고 있었다.

악셀은 본능적으로 뒤돌아 도망쳤다.

'여기 있다간 죽는다!'

사력을 다해 달렸지만 속도가 느릴 수밖에 없었다. 푹푹 빠지는 모래도 문제였고, 짊어지고 있는 야영 장비들도 문제였다. 사실 제대로 달렸어도 절대 따돌릴 수 없었을 것이다.

이글거리는 열기가 짙어진다. 공기가 말라붙으며 목이 탄다. 정면으로 드리워진 제 그림자가 갈수록 더 짙고 짧아졌다. 등 뒤에서 비치는 빛이 점점 커지고 가까워진다는 의미였다.

태양에게 쫓기는 기분이다.

정신없이 달리던 악셀은 목덜미를 찌르는 열기에 흘깃 뒤를 돌아보았다. 숨이 턱 막혔다. 불길이 파도처럼 몰려오고 있었다. 지평선 끝에서부터 불의 바다가 영역을 넓힌다. 불티가 눈처럼 휘날렸다.

'잠깐, 저건……!'

자세히 보니 그건 그냥 불꽃들이 아니었다. 불꽃으로 이루어진 짐승 떼였다. 털 대신 붉은빛과 황금빛의 불꽃이 휘날리고, 다문 잇새로 숨 대신 불티를 뿜는, 말, 여우, 곰, 사자, 멧돼지, 사슴…….

수백 마리의 짐승이 지평선을 채우며 달린다. 짓밟힌 모래가 끓는 기름에 튀겨지는 것처럼 탁탁 튀었다.

압도적인 광경이었다.

'정령수가 이렇게 많이…….'

대정령 급에는 못 미쳐도 보통 정령들보다 월등히 강하며, 제 영토를 벗어나지 못하는 대정령과 달리 자유롭게 돌아다니는 짐승들.

기사가 없는 정령수는 야생 상태다. 괴물처럼 사람을 잡아먹는 것도 아니고, 마물처럼 사람을 죽이려 들지도 않지만, 때로는 그것들보다 야생의 정령수가 더 위험하다.

정령수는 사람에게 관심이 없기 때문이다. 산불이나 홍수가 사람을 일부러 노리지 않아도 위험한 것과 마찬가지다.

'원래 혼자 다니는 정령수들이 왜 저렇게 뭉쳐서…… 아!'

파도의 선두에 다른 놈들보다 머리 하나는 큰 거대한 늑대가 보였다. 이마에 기다란 외뿔이 돋은 놈이었다.

그것을 본 악셀은 얼마 전에 선생한테 배운 것을 떠올렸다.

"정령수가 마물보다 더 위험할 때도 있다는 건, 겁화 같은 현상 때문이지. 불의 정령들은 소수의 화산 출신 말고는 죄다 땅속이나 태양에서 태어난다. 그래서 불의 정령수들은 수가 적은 대신 거의 소멸하지 않지."

"왜냐니, 당연하지 않냐? 땅속의 불이 꺼지거나 태양이 사라질 지경이면 인간들이 먼저 죽고 없을 것 아니냐. 그 외의 장소에서 태어난 불 정령들은 다들 수명이 짧다. 불이 꺼지면 죽으니까."

"큰불이 나거나 화산이 폭발하면 순간적으로 불의 정령들이 엄청나게 태어나는 건 알지? 그러면 당연히 정령수도 많이 태어나. 불이 꺼지면 다 죽을 놈들이라, 원래는 별로 위험하지 않다. 뿔뿔이 흩어져서 태어난 근처만 맴돌다가 사라지거든."

"근데 언제부턴가 웬 정령수 한 놈이 그것들을 한데 모아서 사라지기 전까지 여기저기 데리고 다니는 거야. 수백 마리에 달하는 불의 정령수들이 몰려다니니 재앙이나 다름없지. 그래서 그 현상에 겁화라는 이름이 붙었다."

"겁화는 그 우두머리 정령수의 이름이기도 해. 그놈 때문에 겁화가 발생하거든. 놈은 황금색 뿔이 달린 늑대 형상의 정령수다. 그놈은 태양이나 땅속 출신인지 제 무리가 다 없어져도 죽지도 않아. 길들이려고 도전한 놈들은 죄다 접근하기도 전에 통구이가 되어 버리니, 원."

"하여튼 겁화를 발견하면 최대한 멀리 도망가라. 보자마자 죽어라고 튀어. 불바다가 될 테니까. 도망칠 곳이 없으면 어떻게 하냐고? 그럼 시체도 못 남기고 죽는 거지."

선생이 낄낄거리며 한 말이 현실이 되어 가고 있었다. 피할 곳 없는 사막 한복판에서 겁화가 해일같이 밀려든다. 점점 거리가 가까워졌다.

발밑의 모래가 달구어지기 시작했다. 악셀은 짊어지고 있던 짐들을 죄다 내던졌다. 가벼워진 몸으로 있는 힘껏 달렸다.

그래도 거리가 벌어지지 않았다. 겁화가 너무 빨랐다. 이대로는 곧 따라잡힐 것이다. 소년은 하얗게 질려 주변을 살펴보았다. 어딜 봐도 모래, 모래, 모래. 숨을 곳은 보이지 않았다.

그때 비스듬히 솟아 있는 높다란 바위가 보였다. 악셀은 앞뒤 가릴 것 없이 바위에 달라붙었다. 신발까지 벗어 던지고 바위를 기어올랐다. 바위 꼭대기에 선 소년은 거칠게 숨을 몰아쉬며 아래를 보았다.

'이 정도 높이면 겁화에 닿지 않겠지.'

제발 이대로 지나가라. 악셀은 바위에 납작 엎드려 기도했다. 햇빛에 데워진 바위가 뜨거워 화상을 입을 것 같았지만 꾹 참았다.

우우우우, 낮게 울부짖는 짐승의 소리와, 타닥타닥 불티가 튀는 소리가 다가온다. 선두에 있던 외뿔 늑대가 코앞에 다가왔다. 그것은 무심히 바위 옆을 지나쳐 갔다. 델 듯한 열기가 바람처럼 휘몰아쳤다.

악셀은 바로 옆으로 달려가는 거대한 정령수를 홀린 듯이 바라보았다. 노랑, 빨강, 주황이 어우러지며 일렁이는 불꽃. 그 불을 휘감고 있는 날렵한 늑대. 이마의 황금색 뿔은 엄밀히 말하면 뿔이라기보다 잘 벼려진 칼날 같았다. 금속질의 단면이 불에 달구어져 휘황하게 빛난다.

'멋지다.'

죽을지도 모르는 상황에서 우습게도 그 감상이 먼저 떠올랐다.

겁화가 지나간 뒤에 그보다 작은 정령수들이 몰려왔다. 악셀은 어느 정도 안심한 상태로 그 장관을 관찰했다.

불의 바다가 바위 앞에서 갈라져 흐른다. 막힘없이 흐르던 불길이 돌연 제자리를 맴돈다. 구멍으로 흘러 들어가는 물처럼, 소용돌이를 일으키며.

소용돌이의 중심은 악셀이 있는 바위였다. 소년은 당황했다.

'뭐야, 왜 이래?'

순간, 겁화를 가르치던 선생이 했던 말이 떠올랐다.

"그러고 보니 넌 저주받은 눈깔이라 겁화랑 마주치면 도망도 못 가겠구나."

"왜긴? 그것들도 불의 정령이니 네 눈알을 좋아라 따라올 것 아니냐."

숨 쉬기 어려울 만큼 뜨거워진 열기 속에서, 등줄기에 얼음물을 쏟아부은 것처럼 오싹해졌다. 악셀은 반사적으로 제 눈을 가렸다. 손가락 사이로 실눈을 뜨고 아래를 보았다.

불로 만들어진 짐승들이 바위 주위를 빙빙 돈다. 튀어 오른 불줄기와 불티가 열풍에 휘말려 회오리를 만들어 간다. 용암이 고인 분화구 같은 눈동자들이 바위 위에 있는 그를 향했다.

'나를 보고 있다.'

뛰어오르거나 공격하진 않지만, 모든 정령수가 그를 보고 있었다. 온몸에서 땀이 뚝뚝 떨어졌다. 드러난 피부가 죄다 화끈거렸다. 끔찍한 열기였다. 심지어 점점 온도가 올라간다. 용광로 안에 갇힌 것 같았다.

공기가 희박해지는지 숨을 쉬기 어려워졌다. 사방이 불이고, 도망칠 곳은 어디에도 없다.

'이대로 죽는 건가.'

꼬마야, 네 눈을 자세히 본 적 있니?

가운데는 노랗고, 외곽으로 갈수록 붉어진단다.

네 눈동자는 새빨간 불꽃 같아.

그래서 불꽃에서 태어난 정령들이 널 따라다니나 봐!

짜증 나는 동화책에서 본 문장들이 귓가에 노래처럼 달라붙었다. 악셀은 으득 이를 갈았다. 이 빌어먹을 눈알. 눈을 뽑아 던져 주면 저것들이 물러날까?

단검을 꺼내려고 거칠게 품에 손을 넣었다. 종이가 바스락거리는 소리가 났다.

'이건…….'

소년은 단검 대신 검은 봉투를 꺼냈다.

-위험한 순간에만 열어 볼 것.

예언 같은 문구.

그는 멍하니 그 봉투를 보다가 열었다. 안에서 나온 건 얇은 편지 한 장. 붉은 잉크로 쓰인 편지는 겨우 세 줄이었다.

-〈빨간 눈의 꼬마〉는 왜 매번 혼자 살아남았을까?

-붉은 눈들은 불 때문에 일찍 죽지만, 불에 타서 죽은 것은 아니다.

-우두머리를 노려라.

수수께끼 같은 글이었다.

악셀은 어이가 없어서 편지를 구겨 버리려다 멈칫했다. 첫 번째 문구가 갑자기 번개처럼 뇌리를 내리쳤다.

동화 〈빨간 눈의 꼬마〉는 주위에 불이 나다가 끝내 마을 전체를 태워 버린 꼬마의 이야기다. 동화 속에서 꼬마가 겪은 화재 사건만 해도 7번. 늘 자기 주위에서 불이 시작된다. 마지막은 사람들이 꼬마를 가둬 놓은 상태에서 마을 전체를 태우는 규모의 대화재가 났다.

'헛간 기둥에 묶인 채로 그런 큰불이 났는데, 그 꼬마는 어떻게 살아남았지?'

꾸며 낸 이야기니 얼마든지 그럴 수도 있다. 지금까지는 그러려니 했었다. 다만, 이 순간을 예상한 듯이 들어 있던 아드리안의 편지를 보고 나니 그게 너무 이상하게 느껴졌다.

악셀은 구기려다 만 편지를 다시 내려다보았다. 붉은 눈들은 불 때문에 일찍 죽지만.

"……불에 타서 죽은 것은 아니다."

그는 제 팔로 시선을 옮겼다. 땀에 가득 젖었고, 벌겋게 달아올랐고, 뜨겁지만, 화상을 입지는 않은 제 팔뚝을.

문득 깨닫는다. 희박한 공기 탓에 입을 벌려 숨을 쉴 때마다 흩날리는 불티가 함께 들어오는데도, 입안을 데지 않고 있다는 것을.

'설마.'

악셀은 편지를 품속에 쑤셔 넣고 바위 가장자리로 걸어갔다. 너울너울 솟는 불꽃 사이로 손을 뻗어 본다.

'뜨겁다.'

장갑에 불이 붙었다. 반사적으로 손을 거뒀다. 불에 타 부스러지며 떨어지는 장갑 틈새로 상처 하나 없는 제 피부가 보였다. 화끈거리고 따갑지만 다치지는 않았다.

악셀은 비로소 확신했다.

'나는, 붉은 눈들은, 불에 타지 않는다.'

그런데도 대부분 불 때문에 일찍 죽었다는 건, 숨이 막히거나 불타 부서지는 것에 깔리거나 한 탓이겠지.

정신이 얼얼했다. 여전히 정령수들은 바위 주변을 돌면서 그를 올려다보고 있다.

우두머리를 노려라. 마지막 문구.

'겁화는 어디 갔지?'

다른 정령수들과 달리 그를 쳐다보지도 않고 지나쳤던 그놈은 대체 어디 있는 거지?

고개를 들고 치솟는 불길 너머로 주변을 본다. 불의 소용돌이 너머, 넓고 평평한 바위 위에 외뿔 늑대가 가만히 앉아 있었다. 악셀은 자신이 그것과 눈이 마주쳤음을 깨달았다.

'날 지켜보고 있었어.'

지루한 눈빛이다.

소년은 불꽃이 넘실거리는 바위 아래로 뛰어내렸다. 타지 않는다는 것을 깨달아도 그 불바다 속에 뛰어든다는 건 쉽지 않은 일이었다. 그래도 그는 했다.

미칠 듯한 열기가 휘몰아쳤다. 하늘조차 불타는 듯이 보였다. 깊은 물속처럼 불 속도 걷기가 힘들었다. 악셀은 이를 악물고 불바다를 한 발 한 발 걸었다.

뜨겁다. 너무 뜨거워서, 여기가 지옥 같다.

쓰러질 듯 휘청거리는 걸음으로 소년은 불길 사이를 가로질렀다. 제 온몸에 불이 붙는 것이 보인다. 전신을 휘감고 달라붙으며 늘어지는 불들.

허리에 차고 있던 아버지의 검이 녹아내린다. 허둥지둥 쥐어 보려 했지만 녹아내린 쇳물만이 손안에 잠깐 머물다가 흘러가 버렸다.

"……."

악셀은 빈손을 내려다보다가 다시 걸었다. 눈물이 나오는 듯했으나 곧바로 말라 버렸다. 가진 모든 것이 타오르는 와중에 옷과 단검만은 타지 않고 있었다. 공통점은 새 마스터가 보낸 물건들이라는 것.

'타지 않게 처리한 것들인가.'

알고 보냈군.

아드리안 블랙은 악셀이 겁화와 마주친다는 것, 그러고도 죽지 않으리라는 것까지 알고 그를 수정 오아시스로 보낸 것이 틀림없었다.

'빌어먹을.'

지금 이 순간, 아드리안이란 자가 제 앞에 있었으면 단검으로 그자의 눈을 찔러 버렸을지도 모르겠다.

죽이진 못하겠지만.

'어떻게? 왜?'

어떻게 이 모든 걸 알아냈고 대체 무슨 의도로 자신에게 이런 짓을 하는지 알기 전까지는 그자를 절대 죽일 수 없을 거다.

마침내 악셀은 내려다보는 우두머리 겁화의 앞에 이르렀다. 놈은 앉아 있는데도 목을 꺾어야 보일 정도로 컸다. 이걸 노리라니, 설마 이 불길 속에서 단검 하나 들고 저 거대한 정령수와 싸우라는 뜻은 아닐 거고.

'길들이라는 건가?'

무슨 수로?

막막하다. 고민하던 악셀은 손을 위로 뻗었다.

아버지에게 물어본 적이 있다.

"정령 기사가 되려면 어떻게 해야 하냐고?"

"정령수를 길들여 계약을 맺어야지. 정령수의 계약자가 되면 정령 기사가 될 수 있단다."

"어떻게 정령수를 길들이냐니, 그건 지금 네게 말로 설명하기는 어려운데."

"그래도 알고 싶냐. 으음, 일단 자신의 정령 친화력을 가늠해야 하고, 무기술이나 체술, 그리고 기술(騎術)을 복합적으로……."

한참 설명하려 끙끙거리던 아버지는 어린 악셀의 표정을 보고 포기했다.

"제일 간단한 방법은, 일단 올라타서 버티는 거다. 정령수가 지쳐서 포기할 때까지."

악셀은 뻗은 손으로 이글거리는 늑대의 불꽃을 잡았다. 털을 잡듯이 그것을 잡고 거대한 늑대 위로 기어오른다. 외뿔 늑대는 불의 신처럼 지그시 그를 내려다보기만 했다.

숨이 차서 몇 번이나 미끄러지고 간신히 붙잡기를 반복하며 놈의 등 위에 올라섰다. 엄청나게 넓은 등이었다. 저택 지붕에 기어 올라온 기분이다.

'이걸 탔다고 표현할 수 있니?'

아닌 것 같다.

겁화는 그가 올라섰는데도 반응이 없었다. 악셀은 황망히 주위를 둘러보다가 칼날처럼 길게 뻗은 뿔을 발견했다. 소년은 달리다시피 뛰어 올라가 그 뿔을 붙들었다.

"……!"

겁화가 벌떡 일어섰다. 그러곤 야생마처럼 미쳐 날뛰기 시작했다. 몸집이 거대한 만큼 여파는 야생마 이상이었다. 바위가 으스러지고 모래가 산처럼 솟구친다.

악셀은 뿔을 끌어안고 버텼다. 그오오오, 분노한 울부짖음이 치솟는다. 정령수의 전신을 덮고 있던 불꽃들이 올올이 일어선다. 더 뜨거워졌지만, 소년은 불타지 않았다.

그러자 겁화가 질주하기 시작했다. 맞바람이 귀를 찢어 버릴 듯 몰아치고 주변 풍경이 길게 늘어난다.

'차라리 이게 숨쉬기엔 낫군.'

바람이 쏟아지니 열기에 바싹 마른 목에 신선한 공기가 들어왔다. 악셀은 숨을 들이켜며 매달렸다.

해가 저물고 달이 떴다. 검게 물든 하늘 아래에서 겁화는 밤새도록 불을 사방으로 내뿜었다. 하얀 사막 위에 불로 화한 정령수가 떨어진 태양처럼 나뒹굴었다.

"크윽."

다리가 부러진 듯했다. 악셀은 뿔에 기대다시피 달라붙어 견뎠다.

다시 해가 뜬다. 정령수는 계속해서 발광하고, 소년은 버텼다. 칼날처럼 날카로운 뿔을 계속 붙잡고 있던 손에서 피가 흐른다.

'이런 곳에서 죽을 순 없어.'

죽으면 아버지의 유언을 지킬 수 없다. 게다가 아드리안 블랙이란 작자의 면상을 보기 전엔 억울해서라도 죽을 수 없을 것 같았다. 절

반은 아버지에 대한 애정과 사명감으로, 나머지 절반은 오기로 참았다.

깨문 잇새로 피가 흐르고 충혈된 흰자가 붉은 눈동자와 구별이 안 될 지경에 이르렀을 때.

겁화의 움직임이 멎었다.

소년은 피투성이로 희게 웃었다. 그의 승리였다.

대사막 외곽에 고급스러운 마차가 서 있었다. 귀족가의 마차로 보이지만 문장은 가린 상태다. 넓고 커다란 마차였다. 마차 안에 침대까지 있으니 여행용으로는 완벽했다.

안쪽 구석에서 베로니카가 꾸벅꾸벅 졸고 있고, 다른 쪽 구석에서는 사이먼이 보고서를 점검하고 있었다. 루시는 장을 보러 잠시 자리를 비운 상태였다. 아리아드네 엘디어는 창가에 앉아 거의 5분에 한 번꼴로 창밖을 내다보는 중이었다.

대마법사가 묘한 표정으로 그런 그녀를 바라보았다.

“할아비 보러 온 줄 알았더니, 진짜 목적은 따로 있었구먼.”

“할아버지 뵈러 온 것도 맞아요. 겸사겸사 온 거죠.”

주인공을 겁화 앞에 던져 놓고 나니 도저히 집에서 얌전히 기다릴 수가 없었다.

때마침 대사막과 가까운 곳에 서부 마탑이 있었다. 대마법사가 왕실의 부탁으로 마법사들을 가르치느라 거기서 머무는 중이었다. 아리아드네는 할아버지를 만나러 가고 싶다는 핑계로 결국 여기까지 왔다. 베로니카 말고도 호위를 잔뜩 달고 말이다.

"놀이 삼아 가볍게 후원하는 건 아닌 모양이구나. 이리 마중까지 나와서 기다리는 걸 보니."

대마법사가 한숨을 푹 쉬었다.

대마법사나 레베카는 아리아드네가 붉은 눈에 관심이 있어서 소년을 후원하는 것으로 알고 있었다. 붉은 눈에 관심을 가진 계기나 악셀의 존재에 대한 건 아버지의 실험실에서 기록을 봤다고 적당히 둘러댔다.

아리아드네는 미안한 표정을 지었다.

"죄송해요. 그 애한테 처음으로 맡긴 임무다 보니 걱정이 되더라고요."

"칠색 수정 캐 오는 게 뭐 그리 위험하다고. 이 근처 사람들은 다 그걸로 먹고산단다."

대마법사가 툴툴거렸다.

그는 겁화가 대사막을 휩쓸고 있다는 것을 모른다. 화산이 폭발하면서 겁화 현상이 발생한 것까지는 알지만, 그것들이 어디로 사라졌는지는 모르는 게 정상이었다.

"그래도요. 어린애잖아요."

"아이고, 아가야. 네가 그놈보다 한참 더 어린애인 건 왜 맨날 까먹누."

대마법사가 혀를 찼다. 아리아드네는 어색하게 웃고 말았다.

"대마법사님, 슬슬 수업 시간입니다."

밖에서 기다리던 하인이 마차 문을 두드리며 고했다. 대마법사는 투덜거리면서 자리에서 일어났다.

"나는 이만 가 봐야겠구나. 너무 오래 있지 말고 해가 지기 전엔 돌아오너라, 아가."

"네, 할아버지."

대마법사가 마탑으로 돌아갔다. 아리아드네는 계속 창가에 붙어 있었다.

원작에서 일어났던 일이라는 걸 안다. 주인공이 불타 죽을 리가 없다는 것도 안다. 타 죽기는커녕 그가 겁화의 주인이 될 거라는 것도 안다.

알아도 불안했다.

'내가 개입한 바람에 원작 전개가 변하면 어떡하지.'

최대한 비슷한 상황으로 만들어 놨지만 그래도 달라진 점이 많다. 그래서 망설이다가 힌트까지 보냈다. 원작에선 악셀이 스스로 깨닫는 진실이다. 어린 시절 본 동화책과 붉은 눈으로 떠돌면서 얻어들은 것들을 바탕으로.

대놓고 가르쳐 주는 건 주인공의 성장에 방해가 될 것 같고, 그렇다고 그대로 두자니 뭔가 꼬여서 실패할까 봐 불안하고.

'그리고 원작 그대로면…… 너무 고통스럽고 아슬아슬하잖아.'

원작의 주인공은 제 눈 하나를 도려내어 내던진 뒤에야 자신이 불에 타지 않는다는 것을 깨닫는다. 깨달은 후에도 겁화 현상이 뭔지 몰라서 금방 사라져 버릴 다른 정령수를 길들이려 한다. 올라타서 버텼던 정령수가 수명이 다해 사라진 뒤에야 우두머리의 존재를 알아챈 것이다.

소설에서는 그 뒤 한쪽 눈을 잃어버린 채 돌아온 악셀을 로버트 블랙이 신관까지 불러나 치료하고 내내 간호해 준다.

'그 이후로 주인공이 그놈을 본격적으로 아버지처럼 느끼기 시작했지.'

로버트 입장에선 제 폰이 악명 높은 겁화를 길들여 정령 기사가 되었으니 전처럼 대충 굴릴 수 없게 된 것에 불과했지만.

'……웬만하면 스스로 눈을 뽑는 짓은 안 하고 끝났으면 좋겠는데. 엉뚱한 정령수에 매달려 고생하는 짓도 안 했으면 좋겠고.'

악역에게 얽매이게 되는 계기일 뿐이다. 그런 일은 안 겪어도 된다. 소설 주인공이란 걸 빼고 보면 12살밖에 안 된 어린애인데, 그딴 끔찍한 경험은 안 했으면 좋겠다.

'겁화 현상도 가르쳐 놨고 힌트도 보냈으니 원작보단 멀쩡한 상태로 돌아오겠지.'

아리아드네는 다시 한번 창밖을 확인했다. 그리고 벌떡 일어섰다.

"……!"

지평선에 붉은 것이 어른거렸다. 거대한 외뿔 늑대가 소년을 등에 태우고 달려오고 있었다.

"사이먼!"

그녀의 부름에 사이먼이 화들짝 놀라 일어났다. 베로니카도 잠에서 깼다. 아리아드네는 빠르게 명령했다.

"악셀이 오고 있어. 나가서 바로 맞이해. 상태가 어떤지 확인하고 보고하러 와."

"예, 주인님."

사이먼이 밖으로 나갔다. 그녀는 후드를 꺼내 뒤집어쓰고 커튼을 단단히 친 다음 창가에 달라붙었다. 베로니카가 갸우뚱하며 물었다.

"계속 기다리고 계셨잖아요?"

"응."

"그런데 안 나가 보시는…… 거예요?"

"말했잖아. 직접 만날 생각은 없다고. 니카도 나가지 마."

"네에…… 아가씨시라면…… 뭐든 다, 이유가 있는 거겠죠."

베로니카는 순순히 자리에 앉아 검을 품에 안았다. 아리아드네는 제 모습이 보이지 않게 조심하며 커튼 틈새로 밖을 지켜보았다.

사이먼이 하인들과 의사를 데리고 주인공을 맞이했다. 거대한 겁화를 본 사람들이 경악했다. 아리아에게 어느 정도 언질을 들은 사이먼마저도 표정 관리가 힘들어 보였다.

마스터의 대리인을 알아본 악셀이 정령수를 거두었다. 겁화는 불티가 되어 흩날리며 그의 몸에 스며들었다. 안간힘을 다해 버티고 서 있지만 소년은 만신창이였다. 다리 하나가 부러졌는지 똑바로 서 있지도 못했다.

'……그래도, 다행이다…….'

아리아드네는 주인공의 두 눈이 멀쩡한 걸 확인하고 안도했다. 눈을 확인한 뒤에야 소년의 모습이 제대로 보였다. 처음으로 보게 된 어린 주인공.

그녀는 조금 놀랐다.

'아직 어리니까 귀여운 인상일 줄 알았는데.'

피와 먼지로 엉망인데도 뚜렷한 이목구비가 눈에 확 들어왔다.

'저런 분위기였구나.'

이미 귀엽다는 말보다 잘생겼다는 말이 어울렸다. 더 자라면 어떻게 될지 궁금해지는 강렬한 외모였다.

'그리고 상상한 것보다 덩치가 커.'

열 살란 몸인데도 불구하고 주인공은 꽤 키가 컸다. 16살인 에리히보다 조금 작은 정도였다.

'하긴, 소설에서 어지간한 남자하고 머리 하나만큼 차이 나는 거구

의 사내라고 묘사했었으니까…….'

하인이 다가가 비틀거리는 소년을 부축하려 했다. 하지만 악셀은 거칠게 뿌리쳤다. 그러고는 형형한 눈으로 외쳤다.

"마스터는 어디 있지?"

사이먼이 뭐라 설득하려 했다. 의사도 다가갔지만 악셀은 완강히 고개를 젓고는 마차 쪽을 똑바로 바라보았다.

"아드리안!"

아리아드네는 반사적으로 창가에서 물러났다.

"거기 있지! 나와! 마스터면서 기물을 두려워하는 거냐?"

사나운 음성이었다. 듣고 있던 베로니카의 눈이 가늘어졌다.

"저거…… 건방지네요. 후원해 주는 아가씨한테 감히."

"참아, 니카."

겁화 앞에 일부러 밀어 넣었다는 걸 깨달았을 테니 화가 날 만도 했다.

"대체……."

무어라 더 소리치던 악셀의 말이 끊겼다. 아리아드네는 후드를 더 눌러쓰고 조심스럽게 밖을 보았다. 악셀이 더는 버티지 못하고 쓰러진 듯했다. 의사가 소년을 들여다보고 있었다.

얼마 지나지 않아 사이먼이 마차로 돌아왔다.

"다리가 부러지고 탈수 증상이 심하긴 한데, 큰 문제는 없다고 합니다. 원래 튼튼한 체질이라는군요. 정령수가 깃들었으니 더 회복이 빠를 거랍니다."

"그래……."

아리아드네는 옅게 한숨을 쉬고 덧붙였다.

"저택으로 데려가서 신관을 불러다 치료해 줘."
"신관까지 부를 필요는 없어 보입니다만."
"그래도 빨리 낫는 게 좋잖아."
"알겠습니다."
"너도 한동안 재한테 붙어 있어. 사소한 문제라도 생기면 바로 보고하고."
"……예."
"잘 부탁해. 재가 무사히 완치되면 보너스 두 배로 줄게."
"최선을 다해 돌보겠습니다!"
들뜬 음성으로 답한 사이먼이 잠시 망설이다가 입을 열었다.
"그런데 저 소년…… 열두 살에 검화의 주인이 되다니, 사방에서 스카우트하려 들지 않겠습니까?"
"아니, 아무도 안 와. 있는 줄도 모르는데 어떻게 스카우트를 하려 들겠어?"
"예?"
"목걸이의 기록을 본 체스 협회에서 소문을 막을 테니까. 협회 내에선 유명인이 되겠지만."
"……."
"기물이니 좀 기다리면 노예가 될 텐데, 정령 기사를 노예로 삼을 기회를 놓칠 리가 없지. 이미 전례가 많아."
"……그렇군요."
"이제 마스터인 내가 풀어 주겠다고 해도 협회가 안 놔줄걸."
"그럼 주인님이 저 녀석을 키우시는 의미가 없지 않습니까?"
"아니, 의미가 있어. 아마도."

앳된 얼굴에 어울리지 않는 쓴웃음이 떠올랐다.

주인공은 이제 막 첫발을 떼었을 뿐이다. 그가 해야 할 일, 견뎌 내야 할 일들이 산더미처럼 쌓여 있었다. 그녀가 할 수 있는 건 악셀이 견뎌 내야 할 것들을 조금 치워 주는 것에 불과했다.

'이게 정말 의미가 있을까?'

모르겠다.

그저 아무것도 하지 않고 있을 수가 없을 뿐이다.

3

12살

오염을 치료할 수 있는 기적의 물약이 있다는 소문이 돌았다. 사람들 대부분은 그것을 헛소문으로 치부했다. 이미 그런 소문을 많이 들어 보았고, 죄다 거짓말이었기 때문이다.

그 와중에 우연히 소문의 물약을 얻은 이들이 있었다. 어차피 오염되면 죽게 되니 그들은 밑져야 본전이라는 심정으로 그 약을 들고 다녔다.

두어 달 후.

그들 중 몇몇이 미친 듯이 그 물약을 찾아다니기 시작했다.

반년 후.

'엘릭서'라 불리는 물약은 암시장에서 부르는 게 값이 되어 있었다. 귀족 가문과 대규모 용병단이 관심을 가졌다.

1년 후.

신전과 왕실까지 움직였다. 이제 엘릭서의 존재를 모르는 사람이 없어졌다.

그리고 엘디어 공녀가 대마법사와 함께 신전에 방문했다. 신전은 곧 엘릭서에 대해 공표하고 엘릭서를 기부한 엘디어 공녀에게 성녀의 칭호를 내렸다.

이듬해, 위버에 엘릭서 제조 공방이 문을 열었다. 신전에서도 엘릭서를 팔기 시작했다. 엘릭서는 폭발적으로 퍼져 나갔다. 얼마 지나지 않아 토벌에 나서는 모든 이가 엘릭서를 지니게 된다.

같은 해에, 엘릭서가 정화 작업에 효과가 있는 것이 밝혀진다. 엘리시움과 마계 간 성전의 판도가 뒤바뀐다. 1년 만에 토벌 사망자 수가 눈에 띄게 줄어든다. 오염 지역 정화 속도가 빨라진다.

그러나 대미궁은 여전히 굳건했다. 저주받은 땅은 줄곧 늘어나고 있다. 그렇게 엘릭서가 완전히 정착하고, 다시 시간이 흘렀다.

아리아드네는 12살이 되었다.

그녀는 예전보다 훨씬 건강해졌다. 발그레한 뺨이나 뽀얀 얼굴을 보면 걸핏하면 코피를 쏟았던 시절을 상상하기 어려울 정도였다. 키도 많이 컸다. 아직도 또래보다는 작은 편이지만.

"야, 해골."

이제 해골과는 거리가 멀어도 한참 먼 얼굴이 되었는데도 에리히는 여전히 그녀를 해골이라 불렀다. 아리아드네는 그게 반쯤 애칭인 것을 안다. 그래서 해골이라 불리는 게 솔직히 그리 싫진 않았다. 남매 사이는 원래 욕설이 애칭이라지 않던가.

"왜요, 밴댕이."

무심하게 대꾸하자 에리히가 그녀의 볼을 쭈욱 잡아당겼다.

"이게 오라버니한테 뭐라는 거야."

"제 오라버니 할 생각 없다던 분은 어디 갔죠?"

"언제 적 얘길 하는 거야. 걘 죽었어. 없어."

"세상이 말세이긴 하네요. 시체까지 돌아다니고."

"어. 말세긴 말세다. 사람한테 개새끼가 편지를 보내는 꼴도 다 보고."

에리히가 편지 봉투를 꺼내 흔들었다. 황금빛 사슴 문장. 엘디어에서 온 편지였다.

엘디어 공작은 아리아드네가 신전에 엘릭서 레시피를 기부한 뒤부터 반쯤 돌아 버렸다.

공작은 딸을 학대해서 양육권을 빼앗겼다는 소문이 퍼지며 평판이 땅에 추락한 상태였다. 그는 그런 상황을 수습할 능력이 없었다. 평판에 연연하지 않을 정도로 대범한 인간도 못 되었다.

엘릭서 개발을 끝내서 상황을 반전시킬 속셈인지 한동안 조용했는데, 아리아드네가 그 희망마저 끝장내 버렸으니. 그 뒤로 줄기차게 편지를 보낸다. 때로는 설득하고, 때로는 비난하고, 가족의 정에 호소할 때도 있고.

그러다 엘릭서 사업이 궤도에 오르면서 아리아드네가 어마어마한 부를 쌓자, 그 돈 중에 제 몫도 있다고 주장하기 시작했다. 차마 대놓고 난리를 피우진 못하고 계속 항의 편지를 보내는 식이지만.

아리아드네는 한숨을 쉬고 그것을 받아 들었다.

"이걸 직접 전해 주러 온 거예요? 하인한테 시키지."

"연약한 우리 해골 뚝 부러질까 봐."

"저 이제 건강한데요."

에리히가 그녀를 달랑 들더니 제 무릎 위에 앉혔다. 20살이 된 그는 이제 완연한 청년이라 아리아드네 정도는 품에 쏙 들어갔다. 그가 빙그레 웃으며 말했다.

"편지 같이 보자."

혹시 그녀가 친아버지의 편지에 상처받을까 염려가 묻어나는 태도였다. 아리아드네는 설핏 웃었다.

7살에 와서 12살이 되었다. 위버에서 지낸 지도 벌써 5년. 가족에 익숙해지기에 충분한 시간이었다. 오라비의 의도를 의심하고 밀어내는 게 아니라 품에 기대 느긋이 봉투를 뜯는다.

아빠라 여기지도 않고, 얼굴 안 본 지도 5년쯤 되어 가니 이제 공작이 뭐라 하든 별 타격이 없었다. 몰래 공작성에 사람을 심어 감시 중이라 말로만 떠든다는 걸 잘 알고 있기도 하고.

'또 무슨 헛소리를 해 놨으려나.'

빽빽한 편지지를 꺼내는데 카드가 한 장 떨어졌다. 에리히가 그것을 잡아채서 함께 볼 수 있도록 들어 올렸다. 금박을 입힌 호화로운 카드는 황당한 내용을 담고 있었다.

-결혼식에 초대합니다.

카드를 읽은 에리히의 미간이 왕창 구겨졌다.

"뭐야, 이거."

그것은 엘디어 공작의 결혼식 청첩장이었다. 아리아드네는 멍하니 입을 벌렸다.

'공작이 재혼한다고? 원작에선 없었던 일인데?'

그녀는 급히 공작의 재혼 상대를 확인했다.

레다 피카로.

'누구야?'

모르는 이름이었다. 원작에서도 본 적이 없다.

들어 있던 편지지를 펼쳐 보았다. 첫 장에는 아내를 잃고 딸도 빼앗겨 시름에 잠긴 외로운 세월이 어쩌고저쩌고하는 헛소리가 가득했다. 두 번째 장에는 레다 피카로라는 여자와 만나 사랑에 빠졌다는 이야기가 로맨스 소설처럼 구구절절 쓰여 있었다.

요약하면, 공작이 재혼하니 딸이자 후계자인 너는 반드시 결혼식에 참석하라는 이야기였다. 그녀가 심어놓은 사람들이 올린 보고서에는 공작이 누군가와 사랑에 빠진 것으로 보인다는 말이 전혀 없었는데.

'후계자를 바꾸려는 수작인가?'

가장 먼저 든 건 그 생각이었다.

원작에서는 아리아드네가 16살까지 손아귀에 있었으니 공작이 후계자 고민을 할 필요가 없었다. 하지만 지금 그녀는 공작의 손에서 떠나 외가에 있다. 엘릭서까지 가져가 버렸고 공작이 협박하든 애원하든 전혀 반응하지 않고 있다.

달아난 그녀 대신 다른 자식을 낳아 후계자로 만들어야겠다는 발상이 떠오를 만도 했다.

'가능성은 있어.'

원작에선 방계 양녀를 데려와 대신 후계로 삼지만, 그건 직계 자식이 없을 때나 가능한 일이었다. 친자식을 낳더라도 장녀인 아리아드네가 계승권이 높을 판에.

'그럼 날 죽이려 하겠네.'

친아버지가 드디어 납치나 회유를 포기하고 그녀를 죽이기로 마음먹은 모양이다. 아리아드네가 그런 결론을 내리는 사이, 편지를 읽은 에리히는 오만상을 찌푸렸다.

"이거 영 별론데."

"그러게요. 좋은 소식은 아니네요."

"결혼식에 갈 거야?"

"아니요."

아리아드네는 어깨를 으쓱이고 편지를 내려놓았다.

"결혼식 핑계로 절 불러들여서 무슨 수작을 부려 보겠다는 게 뻔한데, 제가 왜 가요."

에리히가 씨익 웃더니 그녀의 머리를 마구 헤집었다.

"우리 해골은 똑똑하고 야무지기도 하지."

"머리 만지지 마세요. 다 흐트러지잖아요."

"내가 다시 빗겨 줄게."

"처음부터 안 만진다는 선택지는 없어요?"

"헝클고 나서 빗기까지 하면 두 번이나 네 머리를 쓰다듬을 수 있는데, 왜 그런 멍청한 선택을 해야 하냐."

"그러니까 왜 그렇게까지 해서 제 머리를 쓰다듬고 싶어 하냐고요."

"몰라서 물어?"

"아는데요, 제가 그렇게 귀여우면 괜히 남 머리 엉망으로 만들지 말고 용돈으로 표현해 봐요."

아리아드네가 심드렁하게 손을 내밀자 에리히가 요란하게 웃음을 터뜨렸다.

"아, 진짜, 날이 갈수록 깜찍해지네."

그는 킬킬거리면서 금화 하나를 꺼내 그녀의 손 위에 척 올려 주었다.

"자, 귀여움 표현."

"고마워요, 오라버니."

"이럴 때만 오라버니지."

"해골 소리 그만하면 맨날 맨날 오라버니라고 불러 줄게요."

"그건 싫은데. 머리나 빗자."

빗을 꺼낸 에리히가 그녀를 의자에 앉혔다. 그는 능숙하게 그녀의 머리를 빗으며 물었다.

"그런데 해골 넌 돈도 많으면서 왜 용돈을 달라고 하냐? 너 부자 잖아."

"돈이랑 용돈은 다르잖아요. 그리고 그냥 부자 아니에요. 아아주 어마어마아아한 부자라고 해 주세요."

에리히는 새침하게 대답하는 여동생의 발그레한 귓불과 의자 아래에서 즐거운 듯 흔들리는 다리를 보았다. 저 아이는 안 그런 척하면서 사소한 애정 표현에도 몹시 기뻐한다. 돈이 중요한 게 아니라 가족에게 선물을 받은 게 기쁜 것이다.

'하여간 귀엽다니까.'

매일매일 용돈을 쥐여 주고 싶을 지경이다. 그는 시침을 떼고 물었다.

"돈이 돈이지, 뭐가 다르냐?"

"직접 번 거랑 남한테 받은 건 당연히 기분이 다르죠."

"아하, 존경하는 미래의 대마법사이자 사랑하는 오라버니가 준 돈이라서 기쁘고 몸 둘 바를 모르겠다는 거지?"

"……이거 도로 가져갈래요?"

"싫은데."

에리히는 유쾌하게 웃었다.

아리아드네는 쿠키 바구니를 들고 환상 도서관으로 들어갔다. 쿠션 더미에 기대어 책을 보고 있던 파이가 환성을 지르며 일어났다.

“와, 대환영! 만세!”

“내가, 아니면 쿠키가?”

“둘 다! 일괄 환영! 파이는 편애하지 않습니다!”

파이가 방싯방싯 웃으며 쿠키 바구니를 받아 들었다.

꼬마는 처음 만났을 때와 똑같았다. 아리아드네가 쑥쑥 자라는 동안 전혀 크지 않고 그대로였다. 달라진 점은 치렁치렁하던 은발을 노란 리본으로 묶고 다니는 것과, 그녀가 가져다준 다양한 옷을 내키는 대로 갈아입게 되었다는 것.

‘이젠 말할 때 문장도 잘 만들고, 존댓말도 쓸 줄 알고. 말투는 여전히 좀 어색하지만…….’

그녀는 야금야금 쿠키를 먹는 꼬마를 흐뭇하게 보다가 책장으로 다가갔다. 익숙하게 10권의 소설을 끄집어내자 파이가 갸우뚱 고개를 기울였다.

“의문, 아리아는 무엇이 궁금합니까?”

“응, 레다 피카로라는 마법사가 나오는지 찾아보려고.”

“레다 피카로, 결과 없음, 부재. ‘원작’에는 레다 피카로라는 이름이 나오지 않습니다.”

“그래? 역시 그렇구나.”

아리아드네는 미련 없이 책들을 내려놓았다. 그녀도 이제 원작을 거의 외우고 있었지만, 파이 정도는 아니었다.

어느 순간부터 파이는 본 책들을 토씨 하나 빼놓지 않고 외워 버렸다. 몇 페이지 몇째 줄에 있는 문장이나 책 한 권에 특정한 단어가 몇 번 나오는지까지도 바로바로 대답할 정도였다.

그녀는 파이 옆에 앉으며 물었다.

"다른 방에서는? 본 적 없어?"

"과거, 현재, 본 적 없음. 미래, 모름. 아직 안 본 책들, 잔뜩, 가득, 산더미. 끝이 없는 게 아닐까 의심스럽습니다."

파이가 쿠키를 든 손을 늘어뜨리더니 시무룩하게 덧붙였다.

"글로리아 위버의 죽음에 관한 정보도, 계속 실패. 미발견. 아리아에게 미안합니다. 재시도 반복 중. 재탐색 진행."

아리아드네는 약간 실망했다가 급히 표정을 수습했다.

"괜찮아. 원래부터 없는 정보일 수도 있어. 못 찾아도 되니까 너무 신경 쓰지 마."

"……네."

그녀는 풀 죽은 파이의 입에 쿠키를 물리고 미소를 보여 주었다. 파이는 그제야 표정을 풀었다.

엄마에 대한 정보는 4년 전에 부탁했었다. 베로니카에 대한 걸 쉽게 찾았으니, 엄마에 대한 것도 쉽게 찾을 줄 알았다. 하지만 결과는 이렇다. 파이가 4년간 환상 도서관의 책을 읽어 나가며 글로리아 위버에 대한 것을 찾고 있지만, 여전히 단서가 없었다.

환상 도서관이 만능은 아닌 모양이었다.

'그래도 치트키가 맞긴 해.'

파이가 읽은 책이 많아질수록 바로 대답이 나오는 정보도 많아졌다. 마물의 특징, 지리, 미궁 토벌 기록, 아이템 사용법, 가문과 단체에 관한 설명 등등. 아리아드네를 위해 파이가 엘 문자로 된 책들을 되도록 먼저 읽고 있어서 빠르게 정보가 느는 중이었다.

'체스 협회에 대한 것도 파이한테 많이 도움을 받았지.'

원작 정보와 파이가 검색해 주는 정보를 바탕으로 아리아드네는 주인공을 순조롭게 성장시키고 있었다.

'악셀 본인은 어떻게 생각할지 모르겠지만.'

악셀 발렌타인이 12살에 겁화의 주인이 된 이후로 협회에서 그에게 온갖 의뢰가 쏟아졌다. 아리아드네는 마스터로서 그중 많은 것을 거절했다.

다른 기물을 죽여야만 하거나, 무고한 사람을 살해하라거나, 인간을 고문하는 법을 배우고 실행하게 하는 등의 잔혹한 임무들. 내기와 관련된 무의미하고 모멸적인 임무도 모조리 뺐다.

그녀가 배제한 것 중에는 원작에 나오는 임무도 있었다. 용병단에 가입시켜서 내부에서 와해하게 하거나, 토벌대에 들어가서 배신하게 만드는 등등. 원한 쌓고, 평판 망가뜨리고, 성격에도 악영향을 미치는 임무들.

그런 것들은 교묘하게 다른 임무로 대체했다. 배신하는 대신 협조한 뒤 거래를 하는 식으로 말이다.

'회원들 설득해서 의뢰 내용 바꾸는 거, 환상 도서관의 정보가 없었으면 여러모로 힘들었겠지. 무조건 거절해야 했을지도.'

나름 애썼는데도 불구하고 그녀가 악셀에게 주는 임무는 항상 가혹했다. 한계를 시험하고, 극한 상황에 몰아넣고, 벅찬 상대와 싸우게 했다.

그렇게 원작 주인공이 얻었던 것을 전부 얻게 만들었다.

'열여섯 살에 최연소로 체스 협회 나이트 등급. 임무를 많이 뺐어도

원작하고 비슷해.'

이대로 내년에 룩 승급전을 치르게 하고 나중에 배신하면서 체스 협회에서 빼내면 '아드리안 블랙'의 역할은 끝난다. 그 뒤는 어른이 된 주인공이 알아서 할 터였다.

'그때까지만 조심해서 잘 하자.'

아리아드네는 직접 만든 주인공 성장 계획표를 들여다보며 다음 임무를 점검했다. 다른 곳에 뒀다가 눈에 띄면 큰일이라 환상 도서관에 보관하고 있었다.

그녀가 다음 임무 시점을 가늠하는 동안 파이는 쿠키 바구니를 깨끗하게 비우고 일어섰다.

"검색 추가, 레다 피카로. 다녀오겠습니다."

"무리하진 말고, 고마워."

"아리아도 쉬엄쉬엄, 느긋하게, 여유롭게. 건강이 중요합니다!"

파이가 배시시 웃으며 아리아에게 안겼다가 일어났다. 그녀는 하얀 아이가 무수히 많은 유리벽을 넘어 사라지는 것을 지켜보며 손을 흔들었다.

엘디어 공작은 간소하게 결혼식을 올렸다. 아리아드네는 참석하지 않았다. 공작이 양육권을 빼앗긴 것을 아는 사람들은 공녀의 불참을 당연하게 여겼다.

공작 역시 항의 편지를 두어 차례 보냈을 뿐 별다른 움직임은 없었다. 위버 가문과 아리아드네가 경계한 것이 무색하게 암살 시도 같은 것도 없었다.

그렇게 몇 달이 흐른 뒤, 토벌 시즌. 사냥이나 행군이 어려워지는 겨울을 앞두고 미리 대규모 토벌을 진행하는 시기. 한창 토벌 준비로 바쁜 눈보라성에 갑작스러운 방문객이 찾아왔다.

"누가 왔다고?"

변경백은 제 귀를 의심하며 되물었다. 집사가 대답했다.

"엘디어 공작 부인께서 오셨습니다."

"그러니까, 엘디어 공작 놈이랑 결혼했다는 그 여자 말인가? 이름이 레다였던가."

"예. 굉장히 급하게 오신 것 같습니다. 우유 배달 마차를 얻어 타고 오셨거든요. 옷가지도 제대로 못 챙기셨는지 얇은 옷차림으로 떨고 계십니다."

"그게 무슨…… 공작 부인인 게 확실한가? 다른 사람이 아니라?"

"주인님께서 엘디어의 결혼식에 불참 통보를 위해 보내셨던 기사가 확인했습니다. 레다 피카로, 엘디어 공작 부인이 확실하시답니다."

"신혼을 즐겨야 할 공작 부인이 야반도주한 꼴로 이 먼 위버까지 왔다고? 대체 왜?"

"외람되지만 도망쳐 오신 게 맞을지도 모르겠습니다."

"뭐?"

"오른팔에 피투성이 붕대를 감고 계시더군요. 울면서 횡설수설하시는데, 속았다는 말을 반복하십니다. 열이 있으신 듯하고요."

오른팔의 붕대, 아픈 상태. 아리아드네가 처음 위버에 왔을 때를 떠올린 변경백의 표정이 기묘해졌다.

집사가 조심스럽게 물었다.

"엘디어에서 온 자들은 무조건 거절하라고 하셨습니다만, 이 경우는…… 어떻게 할까요?"

변경백은 이마를 짚고 신음했다. 망설이던 그는 내키지 않는 투로 명령했다.

"……겨울의 위버에서 환자를 거절할 수는 없지. 일단 방으로 모셔라."

피카로 가문은 엘디어 공작령 근처에 있는 작은 남작가였다. 피카로는 말무덤이라는 미궁이 출현하면서 오염 지역이 되어 버린 땅이기도 했다. 글로리아 위버가 오염되었던 그 오염 지역 말이다.

귀족 가문은 보통 영지에 미궁의 출현을 억제하는 방어 마법진과 정령탑을 설치한다. 그래서 도시나 마을 안에서는 어지간하면 미궁이 튀어나오진 않는다.

그러나 가난한 피카로 남작가는 영지에 건설비도 비싸고 유지비는 더 비싼 정령탑을 설치할 여력이 없었다. 그래도 방어 마법진은 깔았는데 제대로 유지를 못 한 듯했다.

말무덤이 출현하면서 피카로는 영지의 반절이 오염되었다. 엘디어가 피카로의 피난민들을 받아 주었다. 그중에는 피카로 남작가 사람들도 있었다.

레다 피카로는 피카로 남작의 딸로, 엘디어성에서 신세를 지게 되면서 아내를 잃은 공작과 처음 만났다고 한다. 그리고 5년 후, 그들은 결혼하게 된다.

레다 피카로는 붉은 머리의 미인이었다. 초췌한 상태였음에도 미모가 가려지지 않았다.

"저는 프란츠를 사랑했어요. 진심으로."

그녀는 눈물범벅인 채로 덜덜 떨며 말했다.

"아름다운 분이시잖아요. 처음 봤을 때 천사가 걸어오는 줄 알았어요. 다정하게 인사를 건네주시는데 심장이 터질 것 같았죠."

그 빌어먹을 놈은 왜 쓸데없이 얼굴이 그리 잘났을까. 변경백은 내심 혀를 찼다.

"첫눈에 반했어요. 하지만 아내를 잃으신 지 얼마 안 된 분이잖아요. 그래서 티를 내지 않으려 했는데…… 세월이 흐르니까 점점, 참을 수가 없어서, 아, 죄, 죄, 죄송합니다."

홀린 듯이 말을 쏟아 내던 레다가 불현듯 여기가 어딘지 깨달은 것처럼 사과했다. 변경백이 고개를 저었다.

"괜찮습니다, 부인. 5년이나 지났고…… 저희는 그자에게 상관하지 않고 싶으니까요."

레다는 우물쭈물 눈치를 보았다. 심약해 보이는 태도였다. 백작 부인이 따뜻한 차를 권했다.

"드시고 천천히 얘기하세요."

"가, 감사합니다."

그녀는 차를 마시며 숨을 고른 뒤 말을 이었다. 눈에는 여전히 눈물이 그렁그렁했다.

"……프란츠가 딸을 학대해서 양육권을 뺏겼다는 거, 저도 잘 알고 있었어요."

"……."

"하지만, 하지만, 그가, 자기는 억울하다고, 딸이 보고 싶다고 울어서, 저는, 전, 죄송해요. 어리석게도 그걸 믿어 버렸어요. 눈이 멀었던 거예요. 죄송합니다. 제가 당한 뒤에야 깨달아서……!"

레다는 와락 울음을 터뜨렸다. 겁에 질린 듯 몸을 웅크리고 떨면서 제 팔을 움켜쥐었다. 조금 전 다녀간 주치의 제일린이 레다의 팔뚝에 예전 아리아드네에게 있던 것과 똑같은 상처가 있다고 보고했다.

변경백 부부는 심란하게 눈을 마주쳤다.

레다가 오열하며 띄엄띄엄 말을 늘어놓았다. 별거 아니라고 했다. 당신한테도 도움이 될 거라고 했다. 싫으면 바로 그만두겠다고 했다. 그런데 한 번 실험해 보고 너무 아파서, 더는 하기 싫다고 했더니 무서운 표정이 되어서…….

"……이혼하고 싶으면 하라고. 대신 그러면 피카로의 피난민들이 같이 쫓겨날 걸 각오하라면서……. 이 일을 함부로 떠들고 다녀도 같은 꼴이 날 거라고……."

"맙소사."

"도망칠 곳이 여기밖에 떠오르지 않았어요. 죄송해요. 공녀를, 저, 저, 저랑 같은 일을 당했을 그 가여운 아이를, 구해 준 게 위버니까, 그래서."

"알겠습니다, 부인. 사과하지 않아도 됩니다."

백작 부인이 부들거리는 레다를 감싸 안고 토닥였다. 레다는 겨우 안심한 것처럼 한참을 울었다.

변경백 부부는 처음에는 아리아드네에게 레다에 대해 알리지 않으려 했다. 비슷한 일을 당한 사람을 만나게 되면 그녀의 트라우마가 되살아날까 봐 걱정되었던 것이다.

하지만 눈보라성이 아무리 넓다 해도 손님이 머물면 알게 될 수밖에 없다. 손님을 가둬 둘 수도 없고, 하루 이틀 있다 떠날 것도 아니니.

결국 백작 부인이 티타임을 마련해 레다를 소개했다.

"아리아, 이분은 레다 피카로. 새로운 엘디어 공작 부인이시란다. 어제 얘기했던 것 기억하지?"

"네, 기억해요. 안녕하세요, 부인. 아리아드네 엘디어예요."

"만나게 되어 기쁩니다, 공녀님. 정말 인형처럼 예쁜 분이시군요……."

레다는 인사를 하자마자 또 울먹거렸다.

"오오, 공녀님, 죄송합니다. 저는 그에게 속았어요. 공녀님이 학대당한 게 거짓말인 줄로만 알았어요. 이렇게 작은 아이에게 프란츠는 대체 무슨 짓을……."

아리아드네는 상당히 당황했다.

레다는 그녀가 상상했던 아버지의 재혼 상대와는 전혀 다른 인상의 여자였다. 유약하고, 가련하고, 눈물 많은 사람. 병색이 남아 있는 창백한 얼굴을 보고 있자니 문득 엄마가 생각났다.

'이 사람도 공작에게 속은 걸까. 엄마처럼.'

그 추측에 돌연 감정이 울컥 치받았다.

그녀는 간신히 그것을 삼켰다. 한 가지 의문점이 들어서였다.

'공작은 왜 새로운 아내에게 필요도 없는 엘릭서 실험을 한 거지? 후계자를 낳으려고 재혼한 거 아니었어?'

그녀가 엘릭서 레시피를 신전에만 기부하고 자기한텐 내주려 하지 않으니, 실험해서 따로 물약을 완성하려 한 걸까?

'이득에 비해 손해가 클 텐데.'

인체 실험이 쉬운 것도 아니고 아리아드네처럼 잘 버티는 실험체가 흔한 것도 아니다.

심지어 그 대상이 부인이라니? 실험체 대부분이 죽는 실험을 새 부인에게 했다고? 전 부인도 죽었는데 재혼한 부인까지 죽으면 누구나 의심스럽게 볼 텐데.

게다가 엘릭서를 따라잡아 만든다 해도 공작이 얻을 이득은 얼마 되지 않는다. 엘릭서 시장은 이미 위버 제조 공방이, 즉 아리아드네가 거의 다 차지했으니까. 아무리 엘디어 공작이 무능하다는 평을 들어도 그 정도 계산이 안 될 인간은 아니었다.

'그러니 양육권을 뺏긴 뒤로 5년간 편지로 징징거리는 짓만 한 거지.'

아리아드네는 훌쩍이고 있는 레다를 흘깃 보았다.

레다 피카로에 대한 정보는 얼마 전 파이가 찾아내서 알려 주었다. 아비쉘 왕국 미궁 피해 연감에서 발견했다고 한다. 내용은 레다가 말한 그대로였다. 영지가 오염되어서 정화될 때까지 엘디어에서 신세를 지게 되는 남작가의 딸.

공작과 재혼했다는 얘긴 없었지만, 그건 원래대로라면 일어나지 않았을 일이니 없는 게 당연했다.

그녀가 심어둔 사람들이 올린 보고도 비슷했다. 5년 전부터 피난민들과 함께 엘디어성에 살게 된 여자라고.

'다 있을 법한 일이긴 한데…….'

무언가 석연치 않다. 한편으로는 지나친 의심을 하고 있는 것 같기도 했다.

'공작이 무슨 실험을 한 건지가 문제야. 설마 엘릭서 말고 다른 물약을 개발하기 시작한 걸까?'

그녀는 망설이다가 조심스럽게 물었다.

"저, 부인."

"흐읍, 네, 공녀님."

"공녀님이라뇨. 법적으로 제 새어머니신걸요."

"하, 하지만, 전, 얼마 전까지 고작 남작가의……."

레다가 새빨갛게 달아올라 우물거렸다. 어떻게 자기 같은 게 감히 공녀님을 함부로 대하겠느냐는 표정이었다.

'그러고 보니 나이가 서른하나인가 서른둘이었지.'

망할 프란츠 엘디어, 또 저보다 한참 어린 여자를 꼬드겨 결혼했구나.

'제 버릇 남 못 준다더니.'

아리아드네는 속으로 이를 갈며 방긋 웃었다.

"편히 불러 주세요, 부인. 아리아라고."

"아, 아, 네! 네! 그럴게요!"

"저…… 여쭙고 싶은 게 있는데요."

"뭐든 말하세요, 공, 아니, 아리아."

레다가 결연한 표정으로 대답했다. 아리아드네는 최대한 부드럽게 물었다.

"부인께서 당하신 실험이 정확히 어떤 실험이셨는지 알려 주실 수 있을까요?"

"그, 그, 그게……."

레다의 낯빛이 하얗게 질렸다. 이리저리 눈을 굴리던 그녀가 가쁘게 숨을 몰아쉬었다.

"엄청나게 아팠어요. 끔, 끔찍할 정도로. 너무 끔찍해서, 그냥 그대로 죽고 싶을 만큼 아파서……."

중얼중얼 말을 잇던 레다가 휘청거렸다. 백작 부인이 급히 그녀를 받쳐 주었다. 아리아드네는 놀라 손을 내저었다.

"힘드시면 말씀하지 않으셔도 돼요."

"미안해요. 조금, 조금만…… 시간이 필요할 것 같아요. 지금은, 도저히……."

레다가 다시 꺽꺽 울었다. 그녀는 너무 울어 대서 눈물로 눈가가 다 짓무를 것 같았다. 아무리 봐도 제대로 말할 수 있는 상태가 아니었다. 당장 떠올리기 힘들 만큼 트라우마가 생긴 듯했다.

아리아드네는 공작이 어떤 식으로 실험을 하는지 잘 안다. 그래서 그녀에게 굉장히 미안해졌다.

'내가 괜히 조급하게 굴었나 봐.'

"어떤 기분이실지 저도 알아요. 재촉해서 죄송합니다, 부인."

"네, 네에…… 미안해요……."

"나중에, 좀 괜찮아지신 뒤에 천천히 알려 주셔도 돼요. 당분간은 푹 쉬세요."

레다가 힘겹게 미소 지었다.

"감사해요."

레다는 주치의의 관리를 받으며 휴식을 취했다. 그사이 토벌대가 출발할 때가 되었다. 이번 토벌은 변경백 부부와 대마법사까지 모두 떠날 예정이었다.

대미궁이 나타난 지도 벌써 15년이 넘었다. 미궁의 출현 빈도도, 마물들의 기세도 해가 갈수록 더해졌다. 인류는 엘릭서가 등장한 덕에 그나마 밀리지 않고 버티고 있는 상태였다. 그 기적의 물약이 아니었다면 상황이 훨씬 심각해졌을 것이다.

그러나 엘릭서로도 해결되지 않는 저주받은 땅이 문제였다. 대미궁이 끊임없이 오염을 뿜어내고 있으므로 아무리 정화하려 해도 소용이 없었다. 흐르는 강물을 두레박으로 퍼내려는 꼴이었다.

올해, 저주받은 땅은 대륙 동부와 서부를 가르는 루오마 산맥까지 집어삼켰다. 루오마 산맥 주변에 살던 사람들은 이미 피난을 떠났다. 그리고 그게 문제였다.

눈보라성이 있는 고원 지대는 밀로 산맥에 속해 있었는데, 이 밀로 산맥은 남북으로 뻗은 루오마 산맥에서 서쪽으로 갈라져 나온 산맥이었다.

루오마 산맥 서쪽에 살던 사람들이 전부 대피해 버린 탓에 그 땅이 고스란히 마물 소굴이 되어 버렸다. 게다가 루오마에서 쏟아져 나온 마물들이 산맥을 타고 밀로 산맥까지 넘어오기 시작했다. 방치하면 위버도 위험해진다. 이런 상황이라 위버는 토벌에 최선을 다해야만 했다.

변경백 부부와 대마법사는 떠나기 직전까지 망설였다. 레다가 위버로 도망쳐 왔으니 엘디어 공작이 무슨 수작을 걸어올지 모른다. 어지간하면 토벌대를 줄이고 셋 중 하나는 남을 텐데 상황이 여유롭지가 않았다.

“에리히, 믿으마.”

“베로니카, 아리아를 잘 부탁한다.”

“혹 엘디어 놈들이 오면 절대 안에 들여놓지 마라.”

결국 그들은 신신당부를 하고 출발했다. 영주 대리인 에리히와 아리아드네를 지켜야 하는 베로니카만이 위버에 남았다.

에리히는 엘디어 공작의 움직임을 주시하기 위해 사람을 풀었다. 아리아드네는 사이먼을 악셀 쪽에 보내 놓고 이번 겨울이 끝날 때까지 눈보라성에서 나가지 않을 작정이었다.

토벌대가 떠난 지 열흘째 되던 날. 레다가 아리아드네에게 말할 결심이 섰다는 소식을 전했다.

아리아드네는 에리히와 함께 온실에 들어섰다. 레다 피카로는 이미 와서 기다리고 있었다. 푹 쉬며 요양한 덕인지 그녀의 얼굴에 병색이 사라졌다. 그녀는 상기된 얼굴로 조그만 꾸러미를 테이블에 올려놓았다.

“저어, 아리아, 얘기하기 전에, 이것부터 받아 줄래요?”

“이게 뭡니까, 부인?”

에리히가 슬쩍 끼어들었다. 레다가 머뭇거리며 대답했다.

“그게…… 저, 정령등이에요. 일이 이렇게 되었지만, 어쨌든, 전 아리아의 어머니가 되는 거잖아요. 쉬는 동안 할 일도 없고, 그래서 한 번 만들어 봤는데…….”

“정령등을 직접 만드셨다고요?”

“대, 대단한 건 아니에요. 등을 만드는 건 성의 세공사한테 부탁했고, 매듭 끈만 직접 만들었거든요. 사실 공녀님께 드리기엔 모자란 물건일 수도…….”

레다가 붉어진 채 고개를 푹 숙였다. 아리아드네는 꾸러미를 조심스럽게 풀어 보았다. 포장된 종이를 벗기니 앙증맞은 은색 정령등이 나왔다.

하얀 정령석 가루가 안에 꽉 차 있고, 파란색과 흰색 실로 엮은 매듭 끈이 목걸이처럼 달려 있었다. 정령등에 엮인 부분의 매듭은 정교한 꽃 모양이었다. 정성껏 만든 물건이라는 티가 났다.

에리히가 먼저 그것을 집어 은근슬쩍 마법으로 검사했다.

‘그냥 평범한 정령등이네.’

다른 마법은 아무것도 걸려 있지 않았다. 괜히 경계한 모양이다. 그는 민망한 듯 헛기침을 하고 아리아드네 앞에 정령등을 내려놓았다. 그녀가 그것을 말없이 보고만 있자 레다가 눈치를 보며 말했다.

“피, 피카로에선 어머니가 직접 만든 매듭을 아이의 정령등에 달아주거든요. 오래오래 건강하게 살길 바라면서 만드는 부적인데…… 처음 만들어 본 거라, 역시 어, 어설프죠?”

“아뇨, 예뻐요.”

아리아드네는 옅게 웃었다. 법적으로 새어머니라고 말하면서도 그녀는 레다를 어머니로 대할 생각은 전혀 없었다. 공작을 아버지로 여기지 않기로 마음먹었는데 공작과 결혼한 여자를 새어머니로 여길 리가 없지 않은가.

‘그런데 이 사람은 그렇지 않나 봐.’

복잡한 기분이 들었다. 그래서 좀 더 환하게 웃으며 덧붙였다.

"정말 예뻐요. 고맙습니다."

그녀는 정령등을 들어 올려 목에 걸었다. 레다의 얼굴이 밝아졌다.

"바, 받아 줘서 고마워요, 아리아."

"아니에요. 특별한 선물을 받은 제가 고마워해야죠. 소중히 간직할게요."

"공녀님께서 소중히 여겨 주신다니, 정말 영광이에요."

레다가 뺨을 붉히며 대답했다.

아리아드네는 침실 협탁에 정령등을 내려놓고 침대 위에 누웠다.

"좋은 꿈 꾸세요, 아가씨."

"루시도 잘 자."

루시가 불을 끄고 나갔다. 창에서 스며들어 온 어스름한 달빛이 협탁 위의 정령등에 드리워졌다. 아리아드네는 누운 채로 유리 속에서 빛나는 정령석 가루를 멍하니 바라보았다.

정령등을 준 뒤, 레다는 조용히 자신이 무슨 일을 당했는지 설명했다. 철문으로 닫힌 탑 꼭대기의 방. 족쇄가 달린 의자. 주사기. 그녀의 악몽에 가끔 출몰하는 공부방의 기억과 똑같은 내용이었다.

'다른 점은 액체의 색뿐이네. 투명하다고 했지.'

공작은 엘릭서를 대신할 다른 물약을 만들 생각인가? 또 인체 실험을 해서?

이가 갈렸다. 그녀는 이불을 꽉 움켜쥐었다.

'쓰레기. 악마보다 더한 종자.'

죽여 버리고 싶다. 그냥 죽여 버릴 수 있으면 얼마나 좋을까.

'레다가 증언하면 공작을 교수대로 보낼 수 있으려나. 아니, 인체 실험 시도를 했다 정도로는 무리겠지.'

그녀는 공작을 어떻게 처리해야 할지 고민하다가 잠이 들었다. 깜박이던 커다란 눈이 감기고 색색거리는 작은 숨소리가 방 안에 퍼져 나갔다. 밤이 깊어지며 달이 조금씩 기운다.

어둠 속에서 부엉이가 나지막하게 울었다. 부엉, 부엉, 부엉. 기묘하게 일정한 리듬이었다.

갑자기 아리아드네가 자리에서 일어났다. 그녀는 멍한 눈으로 창밖을 보다가 꾸물꾸물 침대에서 내려왔다.

부엉, 부엉, 부엉.

일정한 리듬이 계속 이어진다. 아리아드네는 비틀비틀 그 소리를 향해 걸었다. 그녀의 방 바로 옆 베로니카의 침실을 지나 맨발로 타박타박 계단을 내려간다.

부엉이 소리는 온실 쪽에서 나고 있었다. 소녀는 홀린 듯이 꽃 덤불 사이로 걸어 들어갔다. 낮에 앉아 대화를 나눴던 티 테이블. 하얀 의자에 앉아 조그만 피리를 불고 있던 레다가 화사하게 웃으며 아리아드네를 맞이했다.

"어서 와요, 공녀님. 잠이 오지 않나요?"

그녀가 피리를 내려놓자 부엉이 소리가 멈췄다. 소리가 멈추는 것과 동시에 아리아드네가 휘청 넘어갔다.

"어머, 다시 잠드셨네."

레다는 기다렸다는 듯 소녀를 받쳐 안았다. 잠든 아이를 가뿐하게 안아 들고 반짝거려서 눈에 띄는 백금발 위로 검은 망토를 덮었다.

온실에는 외부로 통하는 문이 있었다. 단단히 잠겨 있고 마법까지 걸린 문이지만, 안에서 여는 건 간단했다.

온실 밖은 눈이 쌓인 정원이었다. 레다 피카로는 아리아드네를 안고 정원으로 나갔다. 그녀의 입술이 달싹거렸다. 허밍 같은 속삭임이 조용히 맴돌았다. 마법 주문이었다.

부드러운 바람이 날아와 그녀의 몸을 공중에 띄웠다. 하얀 눈밭에 새겨지던 레다 피카로의 발자국이 정원 중간에서 뚝 끊겼다.

다음 날 아침, 아리아드네를 깨우러 들어갔던 루시가 비명을 질렀다.

"아가씨!"

침실 밖에서 반쯤 졸면서 기다리던 베로니카가 급하게 안에 뛰어들었다.

"무슨 일……."

텅 빈 침대를 본 그녀의 눈이 커졌다. 밤사이 아리아드네가 연기처럼 사라졌다.

"흠, 흐흠, 흠……."

기분 좋은 듯한 흥얼거림이 들려왔다.

'루시인가? 으, 왜 이렇게 몸이 무겁지.'

아리아드네는 축축 늘어지는 몸을 일으키려 꼼지락거렸다. 눈이 잘 떠지지 않았다. 푹 잔 것 같은데도 엄청나게 피곤했다.

"어머, 벌써 깼네. 안 되지. 도로 잠들렴."

발랄한 음성과 함께 보드라운 수건 같은 것이 코 위에 덮였다. 아무 냄새도 나지 않았다.

"자고 있으면 금방 다 끝날 거예요, 귀여운 공녀님."

웃음기 섞인 여자의 목소리가 들렸다. 그리고 잠이 쏟아졌다. 졸리지 않은데도 거부할 수가 없었다. 수초에 얽혀 물속으로 끌려가듯 잠에 빠져든다.

'지금 자면 안 될 것 같은데…….'

그녀는 완전히 정신을 잃기 직전 본능적으로 이름을 불렀다.

'파이.'

의식이 끊겼다.

얼마나 지났을까. 누군가 마구잡이로 그녀의 몸을 흔드는 게 느껴졌다.

"아리아, 아리아."

머리가 멍해서 아무 생각도 할 수가 없었다. 그냥 이대로 계속 눈을 감고 있고 싶었다.

"아리아!"

"꺅!"

누군가 귀에 대고 소리를 버럭 질렀다. 아리아드네는 반사적으로 비명을 지르며 귀를 막았다. 얼마나 크게 고함을 친 건지 머리까지 찌르르 울렸다.

"대체 누구야! 잠을 깨울 거면 좀 곱게……."

"아리아."

"……응?"

파이가 앳된 얼굴과 어울리지 않는 굳은 표정으로 그녀를 보고 있었다. 꼬마의 등 뒤로 황금 책장과 유리 벽이 보인다. 환상 도서관이었다. 언제 여기에 들어왔지?

"내가 졸았어?"

아리아드네는 지끈거리는 머리를 부여잡고 물었다. 뭘 하다 잠든 건지 잘 기억나지 않았다. 파이가 다급하게 그녀의 잠옷 자락을 잡아당겼다.

"아리아, 비상사태, 위기 상황."

"비상이라니, 왜?"

"아리아를 깨울 수가 없습니다. 계속 시도 중, 의식이 거부당하고 있습니다. 거부, 거절, 반발, 튕겨 나가다."

"그게 무슨…… 잠깐만, 설마."

그녀는 환상 도서관을 벗어나려 했다. 하지만 아무리 현실로 돌아가려 해도 눈이 떠지지 않았다. 숨 쉬듯 자연스럽게 이루어지던 일이 갑자기 불가능해졌다. 사태의 심각성을 깨달은 그녀가 파이를 돌아보았다.

"파이, 이게 어떻게 된 건지 알아? 난 그냥 침대에 누워 잠들었던 것 같은데."

"늦잠으로 착각, 파악이 늦었습니다. 분석 시도, 현재 약품에 의해 강제로 수면 중. 아리아, 위험. 매우 위험."

"누가 날 억지로 재우고 있다고?"

파이의 눈동자가 허공을 향하더니 이리저리 움직였다. 곧 책을 읽는 듯한 어투로 빠르게 말이 쏟아져 나왔다.

"추정 배합. 주재료, 그믐달풀, 달맞이잎. 용도는 혼란과 숙면 유도. 첨가제, 밤새나무 수액. 특정한 음파에 예민하게 반응하도록 만듭니다. 죽지 않는 돌, 신체를 이완시키고 감각을 무디게 만듭니다."

파이가 이렇게 기계적으로 행동하는 건 처음이었다. 아리아드네는 순간 당황했다가 상황이 시급하다는 것을 떠올리고 놀람을 가라앉혔다.

"그 약품이 날 잠들게 만들었다는 거지?"

"분말 형태, 호흡기를 통해 침입한 것으로 추측. 추리, 추정, 확신 불가능. 정확도는 높습니다."

가루 형태의 약품이라. 잠들기 직전까지 보고 있었던 정령등이 바로 떠올랐다. 그녀의 얼굴이 일그러졌다.

설마, 레다가? 왜? 공작이 사주한 걸까?

'그게 다 연기였다고? 어디부터 계획한 거지?'

레다 피카로의 신분과 사정은 확실했다. 신분부터 거짓말이었던 걸까?

속이 울렁거렸다. 아리아드네는 입술을 깨물며 침착해지려 애썼다.

'이럴 때가 아냐. 고민은 나중에.'

잠든 채로 납치된 거라면 충격받고 있을 틈이 없다.

"파이, 지금 바깥 상황이 어떤지 감지할 수 있어? 낮인지 밤인지, 주위에 누가 있는지, 위치가 어딘지 같은 거."

"아리아의 외부는 감지가 어렵습니다. 부정확한 결과."

"대충이라도 괜찮아."

"……추위, 어두움, 큰 여자."

"큰 여자? 빨간 머리야?"

“알 수 없음, 시각으로 감지하는 게 아닙니다.”
“그렇구나.”
아리아드네는 서재 안을 걸어 다니며 생각했다. 파이가 늦잠으로 착각했다고 했으니 시간이 그렇게 오래 흐르진 않았을 거다.
‘하룻밤이면 납치범이 아무리 빨리 움직였어도 위버를 벗어나진 못해.’
아침이 되자마자 다들 그녀가 납치된 걸 알아차리고 찾고 있을 터다. 대마법사나 변경백 부부가 없다 해도 주인공도 인정한 천재 마법사인 에리히가 있었다. 얌전히 기다리고 있으면 금방 구출될 확률이 높았다.
‘문제는 날 납치한 목적인데.’
엘릭서 때문이라면 죽이진 않을 거다. 하지만 다른 이유라면, 예를 들어 후계자 문제라면. 죽이려 할 수도 있다.
‘이대로 자고 있을 순 없어. 목적을 알아봐야 해.’
“파이, 내 몸은 지금 묶여 있어?”
그녀의 물음에 파이가 고개를 도리도리 저었다.
“그럼 깨어나기만 하면 도망칠 수도 있다는 소린데.”
“계속 시도 중, 실패. 실패…….”
실패란 단어를 반복하던 파이의 눈이 돌연 그렁그렁해졌다.
“아리아, 죽어? 죽는 거야?”
“아직 안 죽었어. 괜찮아.”
“안 돼, 죽을 거야. 이대로면 아리아가 죽어. 다시는 못 만나. 싫어!”
급격히 불안정해진 파이가 존대를 배운 뒤로 잘 하지 않던 반말까지 하며 발을 동동 굴렀다.

"파이? 갑자기 왜 그래?"

"글라무스."

파이는 창백한 얼굴로 말을 이었다.

"주위 재료, 도구, 환경, 준비되고 있는 마법. 단서 조합. 원작과 비교. 가장 일치하는 결론, 영혼 추출. 즉, 글라무스."

아리아드네의 낯빛도 희게 질렸다. 글라무스라니, 원작에서 엘디어 공작이 그녀의 영혼을 뽑아 만들었던 물건 아닌가.

정령사가 아닌 사람도 정령술을 쓸 수 있게 만들어 주는 아이템. 주인공이 내내 애용하기 때문에 '아리아드네 엘디어' 본인보다 소설에서 훨씬 비중이 높은 물건이었다. 그녀를 납치한 자의 목적이 비로소 분명해졌다.

"글라무스를 만들려고…… 날 납치한 거구나."

이게 왜 이 시점에, 라는 의문은 떠오르자마자 사라졌다.

원작에서 엘디어 공작 권력의 근원은 분명 엘릭서였지만 정령사로 이름을 날리던 양녀도 제법 큰 역할을 했다. 그 양녀는 제 힘의 원천이 무엇인지 잘 알기에 공작에게 절대적으로 충성했다.

'엘릭서가 사라져서 남아 있는 글라무스 개발에 집중한 거겠지. 그래서 원작보다 한참 빨리 글라무스가 등장한 거고.'

아리아드네는 어질어질한 머리를 부여잡았다.

목적이 글라무스라면 파이 말대로 그녀는 곧 죽는다. 영혼을 옮겨 담을 준비가 끝나자마자 죽게 될 것이다. 산 채로 엘디어까지 데려가는 것보다 영혼만 뽑아 가는 게 훨씬 간단하고 들킬 염려도 적으니까.

구출을 기다리고 있을 여유가 없었다.

'당장 일어나야 해. 당장.'

그런데 무슨 수로? 약품에 절어 잠들어 있는 상태인데.

입술을 잘근잘근 씹다가 문득 한 가지 아이디어가 떠올랐다. 원래라면 절대 시도하지 않을 미친 짓이.

"파이."

파이가 훌쩍거리며 고개를 들었다. 아리아드네는 마른침을 삼키고 물었다.

"여기에, 환상 도서관 안에 있는 나는 뭘까? 현실의 내가 여기로 순간 이동하는 건 아니잖아. 내 몸은 자고 있는데."

"……아리아?"

"전부터 줄곧 생각해 본 게 있어."

"파이는 아리아가 갑자기 무슨 말을 하는 건지 잘 모르겠습니다."

"내가 환상 도서관에 드나드는 방식이나, 파이 네가 날 불러들이거나 내보내는 게 가능한 것, 내 몸 주위 상황을 파이가 대략 감지할 수 있는 것, 이런 것들을 지켜보면서 말이야."

그녀는 황금 책장으로 다가가며 말을 이었다.

"이 세계의 정령술은 정령사가 자신의 영혼에 통로를 열어서 대정령과 연결되는 식이지."

"채널?"

"응, 그거. 그 채널을 통해 대정령은 정령사의 영혼과 교감하고, 정령사가 뭘 하는지 관찰하는 게 가능해지잖아. 그동안 정령사는 대정령의 힘을 빌려 쓸 수 있게 되고."

"아리아가 왜 정령술 이야기를 하는 건지 모르겠습니다."

"그거 내가 환상 도서관을 드나드는 거랑 되게 비슷하지 않아? 나는 너하고 교감하면서 환상 도서관의 힘을 빌려 쓰고, 파이 너는 나를 관찰할 수 있잖아."

"……!"

파이의 입이 멍하니 벌어졌다. 꼬마는 심각한 표정으로 되물었다.

"파이는 대정령입니까? 아리아와 연결된?"

"글쎄, 그건 나도 모르겠어. 대정령이라고 하기엔 파이가 여러모로 특이해서. 내가 환상 도서관을 드나드는 것도 정령술이라기엔 이상한 점이 많지?"

그녀는 황금 책장 구석에 있는, 파이가 좋아하는 물건들을 모아 놓은 선반을 뒤적거렸다. 전에 분명히 파이가 여기에 두는 걸 봤는데.

"어쨌든 특이한 점들을 제외하고 정령술에 억지로 끼워 맞춰 해석해 보면……."

찾았다. 아리아드네는 구석에 놓여 있는 손수건 뭉치에 손을 뻗었다.

"……파이는 환상 도서관의 대정령, 환상 도서관은 어딘가에 존재하는 파이의 영토. 나는 영혼에 환상 도서관과 연결된 채널을 가진 정령사라고 볼 수 있겠지."

"하지만, 아리아, 이상합니다. 정령사, 대정령과 직접적인 대화가 불가능. 채널에 직접 접촉하는 것도 불가능. 인간은 그런 행동을 할 수 없습니다."

"그래, 그런 짓을 했다간 영혼이 부서지지. 그러니까 환상 도서관과 나를 연결하고 있는 건 채널이 아니거나…… 아주아주 특이한 채널일 거야."

그녀가 손수건을 벗겼다. 안에 있던 건 예쁘게 세공된 은 커트러리였다.

파이는 음식을 먹을 필요가 없지만, 맛있는 걸 먹는 것을 굉장히 좋아했다. 그래서 가끔 디저트 말고 제대로 된 요리도 가져다주고, 아예 파이가 쓸 나이프와 포크 등 커트러리도 여럿 선물로 주었다.

그녀는 여러 나이프 중 날이 가장 날카로운 것을 집어 들었다.

"이걸 아주 특이한 채널이라고 치면 여기에 있는 나는, 음, 일종의 유체 이탈 상태겠지?"

"파이는 이해가 가지 않습니다. 영혼, 접촉 불가. 아리아, 접촉 가능."

"글쎄, 영혼끼리는 접촉이 가능하지 않을까? 어쨌든 채널은 영혼에 뚫린 통로니까 그 통로로 영혼의 일부나 의식 같은 게 새어 나갈 수도 있잖아."

"불가능, 오류, 착오. 정령사의 채널은 그런 식으로 작동하지 않습니다. 게다가 아리아는 물질을 가지고 환상 도서관을 드나듭니다."

"그런 건 예외라고 치고 상상해 봐. 여기에 있는 내 몸이 영혼이든 뭐든 현실의 몸과 연결되어 있다면."

그녀는 나이프를 쥔 손으로 제 목을 겨누어 보다가, 배 쪽으로 위치를 옮겼다.

'목을 잘못 찔렀다가 쇼크로 진짜 죽으면 안 되니까.'

"아리아……?"

파이가 불안한 듯 손가락을 꼼지락거렸다. 아리아드네는 침착하게 말했다.

"이 몸에 강하게 충격을 주면 현실의 몸에도 뭔가 영향이 가겠지?"

"아리아!"

그녀가 무슨 짓을 하려는 건지 깨달은 파이가 새파랗게 질렸다. 그녀는 짧게 심호흡을 하고 그대로 제 배를 찔렀다. 무딘 통증이 나이프에 찔린 곳에서부터 전신으로 퍼져 나갔다. 손이 새빨갛게 물든다.

"으……."

"안 돼! 아리아, 죽는다!"

파이가 와락 울음을 터뜨리며 그녀에게 달려왔다.

"괜, 찮아, 파이. 안 죽어."

'통각이 둔해져서 다행이다. 둔해진 게 이 정도라니.'

아리아드네는 상처를 막으려는 파이를 밀어내며 설명했다.

"납치범들도, 영혼을 뽑아내기 전엔, 날 무슨 수를 써서라도 살려 놔야 할……."

말을 다 끝내기도 전에 시야가 뒤바뀌었다. 그녀는 차가운 돌바닥 위에서 눈을 떴다.

"윽!"

눈을 뜨자마자 배를 움켜잡고 몸을 떨었다. 둔한 통각 덕에 칼에 찔린 충격이라기보다는 한 대 맞은 듯한 느낌이었지만, 아픈 건 아픈 거였다.

그녀는 신음을 흘리며 배를 더듬어 보았다. 아무런 상처가 없다. 다만, 나이프는 여전히 손안에 있었다. 쥐고 있던 것이라 함께 나온 모양이다.

'환상 도서관에서 입은 상처는 현실에 안 나타나는구나. 충격은 받는 것 같지만.'

여러모로 기이한 현상이었다. 물론 기이한 현상이건 뭐건 현실에서 잘 깨어났으니 상관없었다.

'거의 도박이었는데 성공했네. 운이 좋아.'

진짜 부상이 아니라서 그런지 통증은 금방 가라앉았다. 그녀는 급히 주위를 살펴보았다. 어둡고 축축한 동굴 속. 구석에 놓인 램프 불빛이 어른어른 주위를 비췄다.

바닥에 복잡한 마법진이 그려져 있었다. 마법을 잘 모르는 그녀가 보기에도 미완성인 마법진이었다. 한 조각 잘라 먹은 파이처럼 일부가 비어 있었으니까. 한창 만드는 중인 듯했고, 그녀는 그 마법진 중심에 누워 있는 상태였다. 주변은 조용했다.

'아무도 없나?'

납치범은 그녀를 약으로 재워 놓았다고 안심한 모양이다. 아리아드네는 조심조심 몸을 일으켰다.

'약 기운이 남아 있네.'

현기증이 일었다. 눈앞이 가물거리며 몸이 축축 늘어졌다. 방심하면 그대로 잠들어 버릴 것 같았다. 그녀는 고개를 흔들며 간신히 일어났다.

잠옷 차림이라 맨발이었다. 동굴 바닥을 맨발로 디디자 따끔거림과 시릴 듯한 차가움이 느껴졌다. 덕분에 약간 정신이 들었다. 여기저기에 놓여 있는 정령석들을 피해 마법진에서 벗어났다.

길은 두 갈래였다. 하나는 입구고 하나는 동굴 안으로 더 깊이 들어가는 길 같았다. 그녀는 동굴 벽에 기대서 양쪽을 번갈아 보았다.

'어느 쪽이 밖이지?'

고민한 것이 무색하게 금방 결론이 났다. 한쪽에서 거센 눈보라 소리가 들렸다. 그녀는 윙윙거리는 바람 소리를 향해 무작정 걸었다. 걸을수록 추위가 극심해졌다. 손발이 얼어붙는다. 얇고 하늘하늘한 레이스 잠옷은 보온에 전혀 도움이 되지 않았다.

다행히 동굴은 그리 길지 않았다. 금세 밖이 보였다. 아리아드네는 이를 딱딱 부딪치며 눈보라가 휘몰아치는 바깥을 내다보았다. 산 중턱인 듯한데 눈 때문에 아무것도 보이지 않았다.

'이건, 도저히…….'

감시도 없고 묶어 두지도 않은 게 약 때문만은 아니었다. 무력한 어린애가 이런 날씨에 이런 차림으로 도망칠 수 있을 리가 없으니 내버려 둔 거였다.

그녀는 나이프를 움켜쥔 채 동굴 입구에 쪼그리고 앉아 덜덜 떨었다.

'어떡하지?'

도망치는 건 자살행위나 다름없다. 쥐고 있던 나이프를 들여다보았다. 싸우는 건 어렵더라도 숨어 있다가 몰래 찌르는 정도는 가능하지 않을까?

'아냐, 무모한 짓이야.'

그녀는 암살자도 아니고 단검을 다루는 법을 배운 적도 없는 12살짜리 어린아이였다. 사람을 죽일 각오로 찌를 준비가 되어 있지도 않았다.

'돌아가면 단검술 정도는 익혀 둬야겠어.'

살아 돌아갈 수 있긴 할까. 여기서 죽는 게 아닐까.

눌러 놓았던 두려움이 발목을 타고 슬금슬금 기어오른다. 아리아드네는 입술을 꽉 물었다.

'고작 이 정도 상황에서 겁을 먹으면 어떡해.'

지금의 자신보다 어린 나이에 주인공은 혼자 오염 지역을 헤매고 다녔다. 그녀와 동갑일 때는 그녀가 직접 그 애를 분지옥으로 보냈다. 제멋대로 결말을 바꾸자는 목표를 잡고 그 핑계로 주인공에게 시련을 주고 있다. 그래 놓고 그녀가 겁을 먹고 포기하려 하는 건 염치가 없는 짓이었다.

'악셀이 겪었을 일들에 비하면 이 정도 위기는 아무것도 아니잖아'

그녀는 달달 외우고 있는 소설 내용들을 곱씹어 보았다. 이 위기를 벗어날 단서가 어디 있지 않을까.

"어떻게 일어난 거지?"

이상하다는 듯한 목소리가 뒷덜미에 착 달라붙었다. 아리아드네는 하얗게 질려 뒤를 돌아보았다. 동굴 안쪽에서 나온 듯한 레다 피카로가 팔짱을 끼고 그녀를 내려다보고 있었다.

"이삼일은 못 깨어나야 정상인데."

레다가 혼잣말을 중얼거렸다. 비딱하게 선 그녀에게선 처음 만났을 때의 유약한 분위기가 하나도 느껴지지 않았다. 눈물로 그렁하던 눈동자가 바짝 말라붙어 건조하게 아리아드네를 훑고 있다.

아리아드네는 떨림을 참으며 부러 비꼬는 투로 말했다.

"인상이 굉장히 달라지셨네요, 부인. 못 알아볼 뻔했어요."

"그런 것치곤 별로 놀라지 않네?"

레다는 웃으며 다가왔다. 반사적으로 뒤로 물러나는 아리아드네의 손목을 그녀가 잽싸게 움켜쥐고 비틀었다. 쥐고 있던 나이프가 챙그랑, 떨어졌다.

"아."

"나이프는 어디서 났을까? 난 이런 거 안 챙겨 왔는데. 하여간 신기한 아가씨야."

발로 나이프를 걷어차 치운 레다가 안쪽으로 그녀를 잡아당겼다.

"들어가자. 춥잖니."

"……."

아리아드네는 잠깐 버티다가 곧 순순히 그녀를 따라갔다. 여기서 반항하는 건 의미 없는 체력 낭비에 불과했다. 그녀는 레다에게 붙들려 걸으며 나직이 물었다.

"정령등이었죠?"

"……."

"정령석 가루에 약품 가루를 섞어 놓으면 숨길 수 있으니까. 그걸로 절 잠들게 만든 거죠? 방에 숨어드는 건 불가능했을 테니 몽유병 증세 같은 걸 일으켜 제가 제 발로 걸어 나오도록 했을 거고."

"듣던 대로 똑똑하구나."

"왜 날 납치했어요?"

이미 알지만 모르는 척 물었다. 레다는 뒤도 돌아보지 않고 대답했다.

"돈 때문에?"

"거짓말."

"그래, 거짓말이야. 다른 목적이 있지."

"공작이 시켰나요? 피카로 난민들을 인질로 삼아서?"

레다가 흘깃 그녀를 돌아보았다.

"프란츠가 나한테 시킨 게 아니라, 내가 프란츠한테 시킨 거야."

뭐라고?

아리아드네는 놀라 고개를 들었다. 레다의 입가에 깊은 미소가 떠올랐다.

"넌 네 아빠가 어떤 사람인지 잘 모르는구나. 그 얼굴만 반반한 남자가 엘릭서를 개발할 능력이 된다고 생각했니?"

"……!"

실은 의문스러워한 적이 있다. 프란츠 엘디어는 무능한 자다. 왕국 제일의 가문을 쥐고도 제대로 휘두를 줄도 모를 정도로.

그런데 어떻게 그런 작자가 엘릭서라는 걸출한 물약을 만들어 낼 수 있었던 걸까? 아무리 아리아드네라는 완벽한 실험체가 있어도 약을 만드는 것 자체는 하나부터 열까지 그가 한 것 아닌가.

그는 약초학이나 연금술에 해박하지도 않았고, 특정 분야에만 능통한 천재도 아니었으며, 마법에도 문외한이었다. 그래서 솔직히 원작의 설정 오류가 아닌가 의심한 적이 있었다.

그런데, 설마.

'배후에 다른 사람이 있었다고?'

그녀는 커진 눈으로 레다를 올려다보았다. 레다는 자랑스럽게 웃었다.

"다 내 작품이야. 전부 내 거라고. 프란츠의 그 멍청한 머리로 어떻게 그런 걸 만들겠어?"

"……."

"엘릭서를 처음 구상한 것도 나고, 개발 계획을 짠 것도 나고, 네 실험 결과를 보고받으며 성분을 조정한 것도 나야."

"……."

"나는 엘릭서를 완성하려면 특정한 실험체가 필요하다는 걸 알아냈고, 그 실험체를 만들 방법도 계획했지. 실행은 프란츠가 했지만."

"……뭐라고요?"

"정령술 재능이 있는 어린아이가 필요하니 정령사들이랑 애 좀 만들어 오라고 시켰거든."

지금, 저게, 무슨 뜻이지.

아리아드네가 우뚝 멈춰 섰다. 레다는 태연히 말을 이었다.

"다행히 프란츠가 그거 하난 잘해서. 얼굴도 신분도 끝내주고 돈도 많잖아? 덕분에 네 이복 남매가 잔뜩 생겼단다. 7명인가, 8명쯤?"

깔깔 웃은 레다가 덧붙였다.

"근데 너 말곤 다 실패해서 죽었어. 네가 유일한 성공작이야. 대마법사의 피를 이은 정령사가 낳은 애니까 가능성이 높을 거라고 짐작하긴 했어. 이 정도로 완벽할 줄은 몰랐지만."

말뜻을 이해하자 숨이 턱 막혔다. 몸이 절로 떨렸다.

상상도 해 보지 못한 진실이었다. 아니, 진실이 맞긴 할까? 그냥 저 납치범이 아무 말이나 떠들고 있는 건 아닐까?

"못 믿겠다는 얼굴이구나."

레다가 짓궂게 웃었다. 아리아드네는 목소리가 떨리지 않게 주의하며 입을 열었다.

"공작이 꼭두각시처럼 당신이 시키는 대로 했다고요?"

"프란츠는 엘릭서가 가져다줄 부와 명예 정도는 계산할 수 있는 멍청이니까."

"말도 안 돼. 그가 당신의 발상만 믿고 투자했단 거예요?"

"그럼, 믿어야지. 내 말인데 어떻게 안 믿겠니."

"당신이 뭐길래?"

'원작에는 아예 등장도 안 하는 여자잖아.'

공작이 엘릭서가 완성된 직후에 레다를 토사구팽한 거라면 악셀 발렌타인의 시점에서 전개되는 소설에는 안 나올 수도 있긴 했다.

'하지만 말이 되지 않아.'

고작 남작의 차녀다. 나이가 그리 많지도 않았다. 그녀가 태어나기 전의 레다는 기껏해야 스물 남짓한 아가씨였을 거다. 그보다 어렸을 수도 있고. 그런 레다 피카로의 말을 믿고 공작이 시키는 대로 아이를 낳고 실험까지 했다고?

믿을 수 없다.

"내가 누구냐고?"

레다가 아리아드네의 턱을 잡고 들어 올렸다. 그녀가 노래하듯 속삭였다.

"나는 레다 피카로, 검은 잔을 받은 마법사란다. 무슨 뜻인지 아니?"

알고 있다. 검은 잔을 받았다는 것은 마계에 영혼을 팔아 힘을 얻었다는 뜻이었다. 마계에 잠식되고 있는 이 세계에서 그런 자들은 말 그대로 인류의 배신자였다. 인간이길 포기한 족속들이므로.

평범한 인간은 검은 잔을 받고 싶어도 받지 못한다. 쓸모 있고, 자질 있고, 인간성이 망가진 자들만이 검은 잔을 받는다. 가장 많은 건 마법사였다. 사람들은 검은 잔을 받은 마법사들을 따로 구별해 불렀다.

아리아드네는 신음처럼 답했다.

"흑마법사."

"우리의 별명까지 아는구나. 잘 모르는 사람이 대부분인데."

레다가 재미있다는 표정으로 말했다.

흑마법사라면 공작이 넘어간 건 이해가 된다. 그들은 마계의 지식과 인간을 초월한 힘을 한 몸에 지닌 자들이니. 여전히 이해가 되지 않는 점은 마계의 끄나풀인 흑마법사가 엘릭서를 구상했다는 사실이다.

"흑마법사가 대체 왜 엘릭서를?"

"출세하려고."

"뭐라고요?"

“마계에도 세력이 있다는 걸 아니? 크게 셋으로 나뉘는데, 음, 인간이 알기 쉽게 말하면 마물, 미궁, 오염이야. 마왕님의 명 아래 세 명의 군주가 각자의 방식으로 엘리시움을 점령하는 중이지.”

원작에 없던 내용이었다. 마왕은 대미궁 끝에서 등장하지만, 세 군주 같은 것은 등장하지 않는다.

‘아, 혹시 대미궁 중간 보스들인가? 걔들이 세 군주였나?’

“어때, 네가 보기엔 셋 중 뭐가 가장 인간들에게 치명적이니?”

“……오염이죠.”

미궁이 생겨나는 것도, 마물이 쏟아지는 것도 위험하긴 했다. 그러나 이 세계가 멸망해 가는 건 결국 늘어나는 오염 지역 때문이었다.

레다가 못마땅한 듯 말했다.

“그래, 오염이 너무 앞서가지. 인간은 오염 대책이 너무 부족해. 이대로면 늪지기의 권속들이 대부분의 공을 차지할 거야.”

“늪지기가 오염 세력의 군주고, 당신은 다른 세력 소속이란 거군요.”

“맞아, 난 미궁 소속이거든.”

“그래서 오염의 기세를 꺾으려고 엘릭서를 개발한 거라고요? 인간이 오염과 좀 더 잘 싸우도록?”

“이해가 빠르네.”

“자기 세력의 이득을 위해 적을 돕다니, 마계도 막장이네요.”

“적? 이 약해 빠진 세계가 우리의 적이 될 것 같아? 이 정도 도움쯤은 소소한 여흥이지.”

한껏 비웃은 레다가 그녀를 다시 움켜쥐었다.

“내가 이런 얘길 왜 다 해 주는 줄 아니?”

“어차피 죽을 아이라서?”

"말이 잘 통하니 좋네. 엘릭서는 이미 다 퍼졌으니 다음 계획을 실행해야지. 널 재료로 만들어야 하는 게 있거든."

아리아드네는 질질 끌려 마법진이 있는 공터로 되돌아왔다. 레다는 그녀를 구석에 주저앉혔다.

"약에 내성이 있는 모양인데 여기서 얌전히 기다리렴. 얼마 안 남았어."

생긋 웃은 레다가 입술을 달싹거렸다. 낮은 속삭임과 함께 바닥에서 돌이 자라나 아리아드네의 발을 얽어매었다. 그녀가 꼼짝도 못 하게 된 것을 확인한 뒤 레다는 동굴 안쪽으로 들어가 버렸다.

아리아드네는 동굴 벽에 기대앉아 심호흡을 했다. 레다 피카로에게 들은 사실들 때문에 토할 것 같았다.

"덕분에 네 이복 남매가 잔뜩 생겼단다."

"근데 너 말곤 다 실패해서 죽었어."

끔찍하고 아득하다. 공작이 엄마를 사랑해서 결혼한 게 아니란 것쯤은 알고 있었지만, 애초에 실험체로 적당한 아이를 낳는 걸 목적으로 접근했을 줄이야.

그녀는 치솟는 역겨움과 분노를 눌러 삼켰다. 새삼 이런 것에 충격받아선 안 된다. 침착해져야만 살아남을 수 있다.

'원작다운 진실이잖아. 원래 이런 소설이고 이런 세계야.'

원작에 나오지 않은 내용이지만 원작의 분위기와는 일치하는 이야기였다.

'주인공도 가장 믿었던 동료가 마계의 사도라서 뒤통수 맞고 죽은

적 있었지.'

배신은 곳곳에 있고, 언제나 최악의 적은 마계와 얽혀 있다. 요 몇 년 따뜻한 사람들 사이에서 너무 평화롭게 살았던 탓에 잊고 있었나 보다.

'그래도 그렇지, 엘릭서까지 배후에 마계가 연결되어 있었다니.'

공작도 검은 잔을 받았을까? 아니, 그건 아닐 것이다. 그냥 엘릭서라는 미끼에 넘어가 흑마법사와 거래한 악질적인 인간일 뿐.

'원작에서 악셀이 처리한 공작은 평범한 인간이었어. 검은 잔을 받았다면 죽을 때 그 힘으로 발악하는 게 나왔겠지.'

레다 피카로는 왜 그 시점에 없었을까. 공작이 흑마법사를 토사구팽할 수 있었을 것 같진 않다. 아무래도 원작에선 글라무스를 만든 뒤에 레다가 공작을 떠난 모양이다.

'그럼 글라무스를 만드는 것도 오염의 기세를 꺾기 위해서인가?'

정령사는 오염의 천적이다. 정령사는 정령석을 만들어 낼 수 있으며, 자기 주변을 정령의 영토로 만들어 오염을 방지할 수 있다. 정령사가 없으면 오염 지역에서 장기간 머물며 전투를 벌이는 것이 거의 불가능했다. 따라서 미궁 토벌에는 정령사가 필수다.

문제는 정령사의 숫자가 적다는 점이다. 정령사는 언제나 귀했다. 귀할 수밖에 없는 이유가 있다. 어린 정령 기사는 있어도 어린 정령사는 없는 것도 그 때문이다.

아리아드네는 발을 얽고 있는 돌을 만져 보았다. 망치로 깨부수지 않는 한 벗어날 방법이 없어 보였다.

'이걸 풀어 봤자 밖은 눈보라가 몰아치고 있고.'

구출을 기다리고 있을 여유도 없다.

'결국 그 방법밖에 없구나.'

최후의 수단으로 미뤄 놓았던 것. 지금 당장 정령사가 되는 수밖에 없다.

'이론은 완벽하게 알고 있긴 한데. 아니까 더 무섭네.'

원작은 주인공 중심 소설이고, 주인공은 정령 기사다. 그래서 소설에는 정령사에 관한 설명이 그렇게까지 자세하지 않았다. 소설만 봤을 때는 어린 나이에 정령사가 되는 게 위험하다는 건 알아도 구체적으로 얼마나 위험한지는 잘 몰랐다.

파이의 도움으로 정령술 관련 책을 여럿 접한 지금은 잘 안다. 너무 잘 알아서 탈이었다.

정령사가 되려면 가이드 시술을 받아야 하는데 몸이 덜 자란 아이는 이것을 견디지 못한다.

'몸에 마법진을 새기고 정령석을 박아 넣어야 하니 당연하지.'

어른도 종종 부작용이 생기는 시술이다. 몸집에 따라 다르지만 적어도 16살은 넘어야 시도라도 해 볼 수 있다.

'그렇다고 가이드 시술도 안 받은 채로 정령술을 쓰는 건 더 미친 짓이지만.'

미친 짓이건 뭐건 어쩔 수 없었다. 남은 수단은 이것뿐이니까. 아리아드네는 눈을 감고 집중했다.

가이드 시술을 받으면 저절로 채널이 열리고 원하는 대정령이 자유롭게 접속하게 된다. 그러나 가이드가 없는 그녀는 수동으로 채널을 열어야 했다. 가까운 대정령이 응답할 때까지 계속 신호를 보내는 식으로.

'전생으로 치면 스팸 메일을 열어 볼 때까지 끊임없이 보내는 거나

다름없지만…… 어쩔 수 없어.'

어쨌든 대정령이 신호에 답하기만 하면 연결되면서 그녀의 영혼에 채널이 열린다.

'접속한 뒤 내 사정을 보고 용서해 주길 비는 수밖에.'

우선 여기에서 가장 가까운 대정령의 영토를 찾아야 했다. 정령 친화력이 있는 사람이라면 자연스럽게 정령이 느껴지기 때문에 어려운 일은 아니었다.

특히 대정령은 압도적으로 강한 존재라 더 감지하기 쉽다. 너무 거대해서 인간의 몸에 담기지도 않기 때문에 대정령과 계약하는 정령기사가 없는 것이다.

금세 대정령이 느껴졌다. 몸이 한쪽으로 잡아당겨지듯 기운다. 아주 가까웠다.

'잠깐만, 그러고 보니.'

눈보라성 근처 눈 덮인 산 중턱에서 가장 가까운 대정령이라고 하면 누군지 뻔했다. 그녀는 머리를 부여잡고 신음처럼 중얼거렸다.

"만년설 왕관이잖아……."

재작년 생일 선물들 중 '대정령 도감'이 있었다. 도감을 받자마자 만년설 왕관부터 찾아봤었다. 위버를 위해서라도 정령사가 되면 꼭 연결되고 싶은 대정령이었으니까.

그렇게 펼쳐 본 만년설 왕관의 페이지에는 새빨간 글씨로 주의 사항이 쓰여 있었다.

-인간을 멸시함.

-채널 접속을 거부함.

-강제로 접속된 채널의 정령사를 죽인 적이 있음.

-우연히 연결될 경우, 연결을 끊고 즉시 차단하는 것을 추천함.

(다시 접속하여 복수한 사례가 있음)

이 정도로 험악한 설명이 딸린 대정령은 어디에도 없었다. 그때 아리아드네는 곱게 도감을 덮고 만년설 왕관을 포기했었다.

'안 돼. 다른 대정령 없나? 제발.'

우호적이고 부드러운 대정령과 연결되어도 위험할 판에 이런 대정령으로 채널을 열었다간 끝장이었다.

그녀는 초조하게 집중했다. 하지만 다른 대정령은 느껴지지 않았다. 그녀가 감지할 수 있는 범위 내에 있는 건 저 미치광이 대정령뿐인 듯했다.

더 지체할 시간도 없었다. 레다 피카로가 언제 돌아올지 모른다. 지금 당장 시도해야 했다. 아리아드네는 입술을 꽉 깨물고 신호를 보냈다. 신에게 기도하는 것처럼 깊고 간절하게, 반복적으로 기원하면 된다.

그녀가 지금 행하는 건 가이드 시술이니 채널 분석이니 하는 현대적인 정령술 이전의 원초적인 정령술이었다.

최초의 정령사는 목숨의 위기에서 아무나 자신을 좀 구해 달라고 간절히 빌다가 대정령의 응답을 받았다고 한다. 그 대정령이 시끄러워 못 살겠다고 화를 내며 인간을 도와준 것이 정령술의 시작이라던가.

'제발.'

간절히 두드린다. 제발. 여기서 이렇게 죽고 싶지 않아.

어느 순간, 누군가가 응답했다.

"흡."

무언가가 노도처럼 전신에 쏟아져 들어왔다. 땅을 파다가 돌연 지하수가 터져 나오듯 거대한 힘이 터져 나오며 그녀의 영혼에 길을 낸다.

'채널이 열렸어!'

직감적으로 알았다. 깨달은 것과 동시에 혈관을 타고 얼음물이 흐르는 것처럼 전신이 차가워졌다.

"윽……."

아리아드네는 몸을 웅크리고 떨었다. 손끝 발끝이 파랗게 얼어붙는 게 보였다. 몸 곳곳에서 하얀 서리가 꽃처럼 피어난다. 피부 위를 질주하던 서리가 그녀의 몸을 넘어 바깥으로 향했다.

그녀가 기댄 벽, 바닥, 공기까지 차가워지며 성에가 돋아나고 얼음이 맺힌다. 발을 얽어매고 있던 돌이 희게 얼어붙더니 쩍 갈라져 떨어졌다.

'돼, 됐어.'

내쉬는 숨을 따라 냉기가 퍼져 나간다. 지독한 한기가 공간을 채우며 사방에서 고드름이 돋아났다. 공기가 얼어붙으며 얼음 결정이 눈송이처럼 흩날린다.

흘러넘친 힘이 그녀를 중심으로 만년설 왕관의 영토를 재현하고 있었다. 만들어지고 있던 마법진 위에 서리가 돋아나고 정령석이 얼어붙어 깨졌다. 아리아드네는 움직일 수가 없었다.

'통제가 안 돼…….'

열린 채널로 끊임없이 거대한 힘이 쏟아져 제멋대로 날뛴다. 지금 그녀의 몸은 그저 힘의 통로에 불과했다.

"이게 무슨……."

이변이 생긴 것을 알아차렸는지 레다가 튀어나왔다. 그녀는 이제 얼음 동굴이라고 불러야 할 법한 공터를 보고 입을 떡 벌렸다

“정령술? 너 미쳤니? 죽고 싶어?”

“어차피, 죽일 거라면서요? 그럼 얌전히 죽어 줄 줄 알았어요?”

아리아드네가 파리하게 질린 입술로 웃었다. 드드득, 얼음이 영역을 넓히며 레다에게로 향한다. 레다는 뒤로 물러나며 고함을 질렀다.

“가이드도 없이 정령술을 쓰면……!”

“알아요. 뭔 상관이야. 이래 죽나 저래 죽나.”

아리아드네는 태연히 대꾸했다. 겉으로는 허세를 부리며 속으로는 안간힘을 다해 흐르는 힘을 조절하려 하고 있었다.

‘이거, 화내고 있는 거 같긴 한데.’

쏟아지는 힘에서 대정령이 분노하고 있다는 건 막연히 느껴졌다.

미안해요. 어쩔 수 없었어요. 한 번만 도와주세요. 나중에 갚을게요.

반복적으로 기원했지만 전혀 전달되는 것 같지가 않았다. 대정령이 알아듣지 못한 건지 알아듣고도 무시하는 건지 구별이 가지도 않는다.

‘가이드가 없으니 어떤 상황인지 알 수가 없네.’

각오한 것보다 더 막막했다. 원래 발을 묶은 것만 부수고 도망가려 했는데. 아리아드네는 지그시 이를 물었다. 방향을 바꿔야겠다.

‘차라리 이 점을 이용하자.’

쏟아지는 힘을 부추겼다. 막는 것은 어려워도 부추기는 건 간단했다. 흩날리던 얼음 결정이 점점 빨라진다. 살을 에는 냉기가 바람이 되어 휘몰아친다. 실내에 눈보라가 만들어지고 있었다.

“겁이 없어. 무슨 어린애가!”

레다가 당황하며 빠르게 주문을 외웠다. 투명한 막 같은 것이 생겨나 아리아드네를 가뒀다. 그녀를 격리해서 '영토'가 더 늘어나는 것을 막으려는 목적이었다.

"그거 소용없다는 거 알지 않아요? 난 지금 가이드가 없어서, 몸 상태 따져 가며 출력 제한하지도 못……."

아리아드네는 말하다 말고 울컥 속에서 솟는 것을 퉤, 뱉어 냈다. 핏덩이였다.

"……하니까, 만년설 왕관이 직접 강림할지도 몰라. 내 자질이면 대정령을 얼마나 오래 유지할 수 있을지, 당신이 더 잘 알죠?"

그녀의 말뜻을 알아들은 레다의 낯빛이 굳었다.

정령사가 가이드 시술을 받는 건 자기 자신을 위해서였다. 가이드는 다양한 마법의 집합체다.

채널의 현황을 분석하여 알아보기 쉽게 표시해 주고, 간편하게 관리할 수 있도록 도와준다. 접속 중인 대정령의 반응을 번역해서 인간에게 해석해 주고, 인간의 언어를 번역해서 대정령에게 전달해 준다. 필요한 정령력의 양과 종류를 계산해서 대신 조절해 준다. 정령사의 상태를 실시간으로 확인해서 과도한 힘이 흘러 들어올 경우 자동으로 조절하거나 제한해 주기도 한다.

그야말로 첨단 마법의 산물. 마법사가 아닌데도 이렇게 복잡하고 수준 높은 마법을 지속적으로 써야 하니 정령사의 몸에 직접 마법진을 새기는 것이다.

다만, 가이드를 쓰는 정령술은 안정적인 만큼 한계가 있었다. 신체에 부담이 가거나 가이드 시스템이 감당할 수 없는 규모의 정령술을 쓰려 하면 자동으로 제한이 걸린다.

대정령이 인간의 몸에 강림하는 것도 당연히 막는다. 그런 짓을 했다간 정령사가 죽으니까. 다르게 말하자면, 가이드가 없는 정령사는 대정령을 직접 불러낼 수도 있다는 소리다.

레다가 쳐 놓은 투명한 방어막 속에서 눈보라가 휘몰아쳤다. 스노글로브를 미친 듯이 흔들어 놓은 듯한 광경이었다. 레다는 아리아드네를 기절시킬 마법을 준비하다가 그 안에서 이상한 그림자를 보았다.

얼음이 솟아 몸을 만들고, 고드름이 역으로 돋아나며 왕관을 만들고, 눈송이가 달라붙어 머리카락과 옷을 만든다. 분노한 남자의 형상이 눈보라 사이에서 서서히 모습을 드러내고 있었다.

아리아드네는 피 섞인 기침을 반복하며 흐린 눈으로 그것을 보았다. 레다가 새파랗게 질린 꼴이 꽤 봐 줄 만했다. 그녀는 웃으며 말했다.

"대정령이 진짜 왔네요. 같이 죽기 싫으면 잘 해 봐, 흑마법사."

"이런 미친!"

레다가 비명을 질렀다.

완성된 얼음 조각상이, 만년설 왕관이 눈을 떴다. 동시에 눈보라가 폭발하듯 휘몰아치며 방어막을 찢어발겼다. 레다는 화급히 물러나며 제 주변에 몇 중의 방어막을 쳤다. 치는 족족 방어막이 종잇장처럼 찢어졌다.

쩌적, 얼어붙은 천장과 벽에서 무서운 소리가 났다. 동굴이 팽창하는 얼음의 힘을 견디지 못하고 금이 갔다. 한번 생긴 금은 순식간에 늘어나며 동굴을 무너뜨렸다.

"……!"

얼음과 뒤섞인 돌 더미가 우르르 쏟아진다. 레다는 무어라 소리를 질러 대며 동굴 밖으로 달려 나갔다. 그녀는 바로 마법을 써서 날아

올라 멀어졌다. 날뛰는 대정령 앞에 얼쩡거리는 건 흑마법사에게도 자살행위인 모양이다.

'튀는 거 되게 빠르네.'

어떻게든 납치범은 물리치긴 했는데 어째 더 큰 위기를 불러일으킨 기분이었다.

아리아드네는 손 하나 까닥할 힘도 없었다. 그녀는 벽에 바짝 붙은 채로 멍하니 남자의 형상을 올려다보았다. 그저 눈을 뜬 것만으로 동굴을 무너뜨린 대정령이 분노한 얼굴로 그녀를 내려다보고 있었다.

무너지는 돌 더미가 대정령의 주위에 닿으면 얼음 가루가 되어 산산이 바스러졌다. 바로 앞에 있었기에 아리아드네도 다행히 돌에 깔리진 않았다. 쾅쾅거리는 요란한 소리가 잦아들자 회색 하늘이 드러났다. 산 일부가 다 무너져서 하늘이 보일 지경이 된 것이다.

춥고 어지러웠다. 채널을 닫고 싶었으나, 마음대로 되지 않았다. 만년설 왕관이 입을 열어 무어라 말했다. 그 입에서는 눈밭을 밟는 듯한 소리가 났다. 그녀는 정령의 언어를 알아들을 수가 없었다.

그 순간이었다.

[접속 완료. 상대 동기화. 번역 시작.]

[만년설 왕관이 당신의 나이를 묻고 있습니다.]

작은 속삭임이 뇌리에 스쳤다. 익숙한 목소리였다. 아리아드네는 저도 모르게 되물었다.

"파이?"

[들립니까?]

"들리는데, 어떻게……."

[아리아가 개방한 채널을 감지했습니다.]

대정령이 눈매를 일그러뜨리고 그녀를 향해 손을 뻗었다. 투명한 얼음으로 만들어진 손이 그녀의 목을 움켜잡았다. 속삭임이 다급해졌다.

[대정령, 만년설 왕관이 당신의 나이를 묻고 있습니다.]

[만년설 왕관이 분노하고 있습니다.]

그녀 역시 급히 대답했다.

"열두 살. 열두 살이에요."

목을 조르려던 대정령의 움직임이 멎었다. 그는 피투성이가 된 아리아드네의 입가와 파랗게 얼어붙은 손발을 보더니 그녀를 눈 더미 위로 휙 내던졌다.

"꺅!"

[만년설 왕관이 당신처럼 어린 정령사는 처음 본다고 합니다.]

[대정령, 만년설 왕관의 현재 상태를 분석합니다.]

[분석 완료. 대정령, 만년설 왕관: 불쾌 50%, 분노 20%, 짜증 10%, 호기심 10%, 연민 5%, 감탄 5%.]

파이가 빠르게 말을 읊었다. 만년설 왕관이 얼음이 서걱거리는 듯한 소리를 몇 번 내뱉고는 돌아서서 사라졌다.

[만년설 왕관이 당신이 어린아이라서 한 번만 자비를 베풀어 주겠다고 합니다.]

[대정령, 만년설 왕관이 채널에서 퇴장했습니다.]

파이의 알림이 끝나자마자 아리아드네에게서 쏟아지던 냉기가 뚝 멈췄다. 만년설 왕관과의 연결이 해제된 것이다.

아리아드네는 눈밭에 널브러진 몸을 움직였다. 기절하기 직전의 몸 상태였다. 하지만 정말로 기절했다간 동사할 게 뻔했다. 그녀는 비틀거리며 일어났다. 긴 머리카락에 눈이 엉켜 얼어붙은 채로 시야를 온통 가리고 있었다. 손등으로 그것을 치우며 파이를 불렀다.

"파이, 어떻게 된 거야?"

[파이는 아리아의 채널에 접속했습니다.]

"대정령으로서?"

[잘 모르겠습니다. 동기화 진행됨.]

[현재 아리아의 상태와 채널의 현황을 관찰할 수 있습니다.]

[분석 중. 파이는 당신의 채널에 관여할 수 있을 것 같습니다.]

파이의 음성은 그녀가 알던 것보다 조금 더 낮고 차분해져 있었다. 꼬맹이가 아니라 좀 더 자란 소년의 미성. 소녀인지 소년인지 정확히 구별이 가진 않았다.

생소한 기분이었다.

"네가 지금 굉장히…… 가이드 같은 느낌인데."

[동의. 파이는 아리아드네의 가이드와 유사한 역할이 가능합니다.]

"어쨌든 고마워. 덕분에 살았어."

[당신의 생존은 제게 매우 중요합니다. 당연한 일입니다.]

"근데 어떻게 이런 일이 가능하지? 네가 특이한 대정령이라서일까, 아니면 나한테 심어진 무언가라서……."

머리가 지끈 울렸다. 아리아드네는 웩 피를 토해 내곤 무너진 동굴 바위 위에 걸터앉았다. 깊게 생각할 몸 상태가 아니었다.

'산이 무너지다시피 했으니 수색 중인 사람들이 알아차렸으면 좋겠는데.'

손발은 이제 감각이 없었다. 이대로는 오래 버티지 못할 것 같았다. 힘없이 늘어진 그녀의 머릿속에 파이의 목소리가 울렸다.

[알림. 대정령, 신록의 그릇이 당신의 채널에 접속을 시도합니다.]

"어?"

[대정령, 신록의 그릇이 접속했습니다.]

[신록의 그릇이 당신을 보고 깜짝 놀랍니다.]

[신록의 그릇이 당신의 상태를 걱정합니다.]

"잠깐만, 신록의 그릇이라면……."

아는 대정령이었다. 창문에 매달려 그녀를 향해 다가오던 나팔꽃 덩굴이 떠오른다. 이어 나오는 그녀의 음성에는 그리움이 담뿍 묻어 있었다.

"……엄마의 채널에 접속하던 대정령이잖아."

[신록의 그릇이 당신의 채널에 정령력을 제공하려 합니다. 받아들이시겠습니까?]

[조언. 그녀의 힘은 당신의 현재 상황에 매우 도움이 될 것입니다. 받아들이시는 것을 추천합니다.]

"당연히 받아들여야지. 고마워요."

아리아드네는 급히 고개를 끄덕였다. 그러자 채널을 통해 숲의 향기가 부드럽게 흘러들었다.

만년설 왕관 때처럼 분노로 휘몰아치는 기운이 아니었다. 안정된 채널로 우호적인 대정령이 제공하는 힘. 그녀는 그것을 자연스럽게 제 주위로 흩뿌렸다. 섬세하게 조절할 요령도 여유도 없는 터라 일단 뿌리기만 했다. 그것만으로도 충분했다.

"아……."

신록의 그릇의 영토 일부가 그녀의 주위에 구현되었다. 그녀를 중심으로 옳은 연둣빛의 잔디밭이 뻗어 나간다. 얼어붙은 바람이 날뛰던 공간에 숲 냄새가 섞인 부드러운 공기가 감돈다. 나무가 솟아나고 꽃이 핀다.

아리아드네의 주위는 숲속의 작은 빈터처럼 바뀌었다. 노란 꽃이 핀 나뭇가지 사이로 여전히 눈보라가 몰아치는 설산의 풍경이 보였다. 그러나 그녀가 펼쳐 놓은 영토 안은 전혀 춥지 않았다. 내리쬐는 햇볕마저 따스했다.

[대정령, 신록의 그릇의 현재 상태를 분석 중입니다.]

[분석 완료. 대정령, 신록의 그릇: 친밀 40%, 연민 20%, 반가움 15%, 애틋함 15%, 감탄 10%.]

[신록의 그릇은 당신이 누구인지 이미 알고 있습니다.]

문득 기운이 제멋대로 움직이더니 나팔꽃 덩굴이 돋아나 그녀가 앉아 있는 바위를 휘감고 올랐다. 엉킨 나팔꽃 덩굴이 그녀를 감싸듯 받쳐 주었다. 그녀의 뺨 근처에 핀 나팔꽃이 인사하듯 까닥거렸다.

추위 대신 온기. 그리운 나팔꽃. 끌어안듯 온몸을 감싸 안아 주는 잎사귀들. 지치고 상처 입은 그녀의 눈이 가물가물해졌다. 파이가 그녀의 상태를 잘 아는 듯 속삭였다.

[파이는 가이드의 기능을 학습 중입니다. 정령사가 쉬는 동안 잠시 채널을 대신 유지하는 건 가이드의 기본 기능입니다. 학습 완료. 실행 가능.]

[쉬어도 됩니다, 아리아.]

아리아드네는 고마워, 라고 작게 중얼거리고는 나팔꽃 덩굴에 파묻혀 잠들었다.

베로니카는 무섭게 굳은 얼굴로 철마를 몰았다.

아리아드네를 납치한 자, 레다 피카로로 짐작되는 범인은 마법으로 달아났다. 멀리 가지 못했을 것은 확실하지만 날아서 사라진 터라 흔적이 남지 않았다.

믿을 것은 에리히뿐이었다. 에리히는 지금 정원에 미미하게 남아 있는 마법의 흔적을 분석해서 범인이 달아났을 곳을 추적하는 중이었다.

눈표범 기사단은 근처 마을들을 죄다 뒤지러 갔다. 에리히는 베로니카에게 추적이 끝날 때까지 대기하라고 말했다. 그러나 베로니카는 도저히 가만히 앉아 있을 수가 없었다.

그녀는 아리아드네의 호위 기사였다. 임명된 뒤로 가끔 토벌대에 차출될 때 말고는 줄곧 아리아드네의 곁을 지켰다. 걸핏하면 쓰러지던 병약한 어린아이가 건강해지고 조금씩 키가 크는 것을 지켜봤다.

제조실에 틀어박혀 날을 새며 엘릭서를 만드는 것을 봤다. 그 애가 처음으로 만든 엘릭서들 중 하나를 선물로 받았다. 위버에 공방을 세우는 과정을 봤다. 성녀의 칭호를 받을 때도 옆에 있었다.

아리아드네의 생일을 네 번 봤다. 그녀로부터 생일 선물을 네 번 받았고, 세 번 생일 선물을 줬다. 천 일쯤 붙어 지냈고 수백 번의 웃음이 오갔다.

베로니카 브란테는 고아였다. 마을 근처에 생긴 미궁으로 인해 모든 것을 잃었고, 우연히 정령 기사가 되면서 홀로 살아남았다. 그녀에게 위버는 새로운 집이었다. 아리아드네는 가족이었다. 똑똑하지만 몸이 약한, 정말 귀여운 여동생.

베로니카 브란테는 천재였다. 정령 기사가 된 이후로 실패를 겪어 본 적이 없다. 큰 부상을 입은 적도 없었다. 그런 그녀에게 아리아드네의 실종은 처음으로 겪어 보는 실패였다.

지키지 못했다. 다 잃어버리고 다시 얻은 새로운 가족을.

그녀는 단순하게 사는 사람이었다. 깊게 생각하느니 잠이나 한숨 더 자는 걸 좋아했다. 하지만 지금은 잠이 오지 않았다. 베로니카는 아침부터 온종일 아무것도 먹지 않고 산을 헤집고 있었다.

한쪽에만 걸어 둔 귀걸이가 짤랑짤랑 빛났다. 통신 아이템이었다. 통신 경로에 오염 지역이 있으면 먹통이 되는 터라 요즘엔 전령을 주로 쓰지만 오염 지역이 아닌 곳에서는 유용한 물건이다.

[추적 끝났어. 망할, 정체불명의 노이즈 때문에 더럽게 오래 걸렸어.]

에리히가 거칠게 숨을 몰아쉬며 말했다.

"무슨, 노이즈?"

[내가 잘 모르겠는 걸 보니 흑마법이겠지. 빌어먹을. 흑마법 쪽은 아는 게 별로 없단 말이야.]

"흑마법."

철마를 움켜쥔 베로니카의 손마디가 하얗게 변했다. 그녀는 이를 악물었다.

"그래서, 위치는?"

[라랏슈아 동남쪽 비탈 같은데 노이즈 때문에 정확하진 않아. 콘라드 정령수 타고 바로 날아가는 중이야.]

"내가 더 가까워. 먼저 갈게."

[야! 기다려! 흑마법사가 있으면 같이 들어가야…….]

버럭 고함을 지르던 에리히의 말끝이 흐려졌다.

[잠깐, 저게 뭐야. 콘라드? 저거 뭐냐? 내가 생각한 거 맞아? 니카, 너 혼자 들어가지 말고 기다려. 알겠어?]

그가 얼떨떨하게 묻는 소리와 함께 통신이 뚝 끊겼다.

베로니카는 멈추지 않았다. 그녀는 하늘에 있었던 에리히보다 조금 늦게 그것을 발견했다. 흰색과 회색, 검은색만이 존재하는 무채색의 산 중턱에 뜬금없이 싱그러운 녹음이 칠해져 있었다.

토벌 경험이 많은 베로니카는 저게 무슨 현상인지 바로 알아차렸다. 정령사가 자기 주변에 영토를 구현하면 저렇게 된다. 영토의 분위기는 어떤 대정령의 힘을 빌려 왔는지에 따라 다르고, 형태도 정령사마다 다 다르지만, 어쨌든 저건 영토였다.

베로니카는 철마의 속도를 올렸다. 정령사가 있다면 흑마법사와 싸우고 있을 확률이 높았다. 정령사는 흑마법사와 같은 편이 될 수 없기 때문이다.

검은 잔을 받으면 모든 대정령이 적대적으로 바뀐다. 따라서 검은 잔을 받은 자는 정령사로 살 수 없게 된다. 대정령의 힘을 쓸 수 없으니 그들은 결국 다른 곳에 채널을 연결해 힘을 쓴다. 그런 자들을 마계의 사도라고 불렀다.

그러므로 정령술을 쓸 수 있는 정령사는 무조건 흑마법사의 적이다.

그녀는 검을 뽑아 들고 영토에 침입했다. 정령사의 영토에 허락 없이 들어왔으니 반발이 있을 것을 대비했는데, 아무런 반발이 없었다. 도리어 그녀를 안내하듯 우거진 나뭇가지들이 움직이며 통로를 만들었다.

"……?"

그녀는 꽃향기가 물씬 나는 나뭇가지 통로를 가로질러 달렸다. 그 끝에 햇빛이 드리운 공터가 나왔다. 공터의 중앙에 백금발의 소녀가 나팔꽃 덩굴에 파묻혀 잠들어 있었다. 침범해선 안 될 것 같은 평화로운 광경이었다.

베로니카는 반사적으로 철마를 세우고 뛰어내렸다. 여기가 영토의 중심인 듯한데 이상하게 영토를 만든 정령사가 보이지 않았다. 그녀는 조심스럽게 다가가며 소녀의 이름을 불렀다.

"아리아드네 아가씨……?"

덩굴 코앞에 다가간 후에야 베로니카는 아리아드네의 상태를 알아차렸다. 파랗게 언 손발과 피투성이 앞섶.

"안 돼."

베로니카는 창백해져서 그녀를 안아 올렸다. 소녀의 고개가 힘없이 꺾였다.

"안 돼, 안 돼, 안 돼!"

마을이 전멸하던 순간이 떠올랐다. 그녀의 여동생도 그때 이렇게 힘없이 목이 꺾였었다.

베로니카는 새파랗게 질린 채 아리아드네를 안고 철마에 올라탔다. 막 출발하려던 찰나 허공에서 요란한 날갯짓이 들렸다.

"니카! 혼자 들어가지 말라고 분명히…… 아리아?"

에메랄드빛 독수리에서 내려온 에리히가 베로니카의 품에 있는 아리아드네를 발견했다.

"아리아!"

비명처럼 소녀의 이름을 부른 그가 급히 타고 온 정령수를 가리켰다.

"에메랄드가 더 빨라! 이리로!"

베로니카는 군말 없이 철마를 없앴다. 에메랄드의 정령 기사인 콘라드가 급히 자리를 마련했다. 정령수에 탄 그들이 하늘로 떠오르자, 아래에 펼쳐져 있던 영토가 사그라들었다.

빛나는 가루가 되어 흩어지는 녹음을 뒤로하고 그들은 빠르게 눈보라성으로 되돌아갔다.

아리아드네는 환상 도서관에서 눈을 떴다. 낯선 사람이 그녀를 들여다보고 있었다. 그녀 또래의 소녀였다. 아니, 소년인가?

열두세 살쯤 되어 보이는 아이는 곱상한 얼굴이었다. 신비한 황금빛 눈동자가 그녀를 빤히 바라본다. 옷 대신 흰 천을 휘감고 있고, 긴 은발은 노란 리본으로 묶고 있다.

노란 리본?

"파이?"

그녀의 부름에 금색 눈동자가 예쁘게 휘었다.

"아리아."

하루아침에 대여섯 살 꼬마에서 그녀 또래로 자란 파이가, 그녀를 꽉 끌어안았다가 놓아주었다.

"걱정했습니다."

"아, 응……. 그런데 너 많이 자랐네……?"

"당신의 채널에 관여하려 노력하던 중에 성장했습니다."

파이가 조곤조곤 대답했다. 예전보다 훨씬 차분해진 어투였다. 아리아드네는 낯설어서 멍하니 아이를 바라보았다.

"영원히 안 자라는 줄 알았는데……. 그런 식으로 성장할 수 있는 거였어?"

"잘 모르겠습니다. 그래도 자란 덕분에 당신의 가이드 역할이 가능했으니 다행입니다."

웃으며 대답한 파이가 일어서서 가볍게 한 바퀴 돌았다. 긴 은발이 노란 리본 끈과 함께 흩날리며 반짝반짝 빛났다. 그녀를 돌아보는 눈동자도 보석처럼 반짝였다.

"파이가 자란 모습, 이상합니까?"

"아니, 아니, 그런 건 아니야. 엄청 예쁘……."

무심코 칭찬하려다 아리아드네는 고개를 갸웃거렸다.

"근데 파이는 성별이 어떻게 돼?"

인간이 아닌 데다 계속 꼬마 모습이라 지금까지는 파이의 성별 같은 걸 생각해 본 적이 없었다. 그런데 성장한 것을 보니 조금 신경이 쓰였다. 아직도 남녀의 구별이 명확하지 않은 나이대로 보이지만, 더 자라면 성별이 확 드러나지 않을까.

파이가 그녀 옆에 다시 주저앉았다. 아이는 진지하게 물었다.

"아리아가 보기엔 어느 쪽으로 보입니까?"

"음, 여자애?"

"그럼 그런 것으로."

"뭐?"

"당신이 여자라고 믿는다면, 파이는 여성입니다."

파이는 그녀의 뺨에 가볍게 입을 맞추고 화사하게 웃었다. 이마나 뺨에 뽀뽀를 하는 건 종종 있었던 일이었다. 주로 너무 귀여워서 아리아드네가 먼저 뽀뽀를 하고, 파이가 까르르 웃으며 되돌려 주는 식으로. 그런데 또래의 모습으로 이러니 기분이 약간 이상했다.

아리아드네는 뒤로 조금 물러나며 눈썹을 모았다.

"그럼 내가 남자라고 믿으면 넌 남자가 돼?"

"아마도 그럴 겁니다."

"그런 게 어딨어. 말도 안 돼."

"여기에 있습니다. 그리고 파이도 이유는 잘 모릅니다. 그냥 그렇게 될 것 같다는 직감이 듭니다."

파이가 고개를 기울이며 덧붙였다.

"추측해 보자면, 아리아가 이곳에 드나드는 유일한 사람이기 때문일 겁니다."

"그게 관계가 있어?"

"확신할 수 없습니다. 그냥 그럴 것 같습니다."

아리송했다. 아리아드네는 고개를 내저었다.

"됐어. 어쨌든 성별이 정해져 있지 않다는 소리지? 그럼 네가 원하는 대로 정해. 난 상관하지 말고."

"알겠습니다."

웃으며 답하던 파이가 문득 허공에 시선을 주었다.

"아리아, 슬슬 나가 보는 게 좋겠습니다."

"왜?"

"당신이 깨어나지 않아 다른 인간들이 걱정하고 있습니다."

"그러고 보니 난 무사히 발견된 거야?"

"예. 치료받는 중에 아리아가 고통 때문에 깨어나려 해서 잠깐 여기로 불러들인 겁니다."

"아, 그래서…… 고마워, 파이."

"도움이 되어 기쁩니다."

파이가 그녀의 눈 위에 손을 덮었다. 아이가 자신을 내보내려 한다는 것을 알아차린 아리아드네가 급히 그 손을 잡았다.

"잠깐만."

"……?"

"네가 가이드 역할 했던 거 말이야."

"원리는 파이도 잘 모릅니다."

"그런 건 나중에 천천히 알아보기로 하고, 중요한 건, 앞으로도 파이 네가 내 가이드 역할을 할 수 있느냐는 건데."

"할 수 있습니다."

파이는 그녀의 서재 구석에 산더미처럼 쌓아 둔 책을 가리켰다.

"가이드와 관련된 기록입니다. 일반적인 기능, 학습 완료. 응용 기술 및 확장 기능, 학습 중. 앞으로도 파이는 아리아의 가이드입니다."

"그러면 시술도 안 받아도 되고, 나야 좋은데……. 넌 괜찮아? 힘들진 않아?"

"즐겁습니다."

즉답한 파이가 환히 웃었다.

"할 일이 생기는 것은 즐거운 일입니다."

아리아드네는 금세 납득했다. 파이는 환상 도서관 안에서 나갈 수 없고 잠을 자지도 않는다. 읽을거리는 무한하다지만 평생 책을 읽는 것 말고는 아무것도 할 수 없다면 얼마나 지루할까.

때문에 파이는 그녀가 무언가 찾아 달라고 하거나, 음식이나 소소한 선물을 가져다주는 것을 굉장히 좋아했다. 가이드 역할을 하며 그녀와 함께하는 것도 파이에게는 재미있는 놀이가 될 것이다.

'놀거리를 좀 더 많이 가져다줘야겠다. 간식이나 장난감 말고 다른 것들로. 수공예 도구나 악기 같은 게 좋겠네.'

그녀는 미소 지으며 손을 내밀었다.

"그럼, 앞으로도 잘 부탁할게."

"파이도 노력하겠습니다."

파이가 그녀의 손을 맞잡았다. 다른 손이 다가와 그녀의 눈 위를 살짝 덮었다.

"이제 일어날 시간입니다, 아리아."

아리아드네가 현실에서 눈을 뜨자마자 마주한 것은 에리히였다. 에리히는 침대가에 앉아 그녀가 처음 보는 사나운 표정으로 창밖을 보고 있었다.

몸에 힘이 하나도 없었다. 아리아드네는 입술을 달싹였다.

"오라버니."

에리히가 감전된 것처럼 펄쩍 뛰더니 그녀를 돌아보았다. 그녀와 눈이 마주친 그가 일그러진 미소를 지었다.

"겨우 좀 찌워 놓으니 또 해골이 됐네."

"깨어난 동생한테 하는 첫 말이 해골 타령이라니, 여전히 밴댕이 심보네요."

"그럼 내가 울음이라도 터뜨릴 줄 알았냐?"

말은 불퉁한데 그녀의 뺨을 쓰다듬는 손은 가늘게 떨리고 있었다. 에리히는 가벼운 투로 말했다.

"손가락 움직여 봐."

"팔이 무거운데요."

"누가 팔 움직이래? 손가락 말이야, 손가락."

아리아드네는 제 손을 내려다보았다. 손가락마다 붕대가 둘둘 감겨 있었다.

'동상 때문인가.'

그녀가 열 손가락을 꼼지락거리자 유심히 그것을 살펴본 에리히가 쓴웃음을 띠었다.

"누가 해골 아니랄까 봐, 손가락 제대로 움직이는지도 확인을 하게 만드냐."

"이제 그만해도 돼요?"

"아프진 않고?"

"괜찮아요."

"아니다. 내가 멍청하지. 너한테 아프지 않느냐고 묻는 게 뭔 의미가 있겠어."

툴툴거린 에리히가 가느다란 그녀의 손가락을 가만가만 쓰다듬었다. 그가 신경질적으로 말했다.

"앞으로 넌 아프냐고 물었을 때 절대 괜찮다는 소리 하지 마."

"그럼 뭐라고 해요?"

"모르겠다고 해. 넌 모르는 거 맞잖아."

"저 통각 아예 못 느끼는 거 아니거든요? 아플 땐 아프다고요."

"네가 아프다고 할 상황이면 아무도 아프냐고 안 물어볼걸. 딱 봐도 심각한 상태일 거 아냐."

"……."

"발가락도 움직여 봐."

에리히가 그녀의 발치로 턱짓했다. 아리아드네는 이불 속에서 꼼질꼼질 발가락을 움직였다. 잘 움직이는 걸 보니 동상은 깨끗이 치료된 모양이다.

"잘 움직여요."

"그래."

길게 한숨을 내쉰 에리히가 의자 등받이에 기댔다. 그는 꽤 피곤해 보였다.

"잠은 제대로 잤어요?"

"해골이 내 몫까지 자는데 뭐 하러?"

"제가 얼마나 잤는데요?"

"4일."

"……좀 많이 잤네요."

"너 하루만 더 늦게 일어났으면 앞으론 용돈 영영 안 주려 했어."

"누가 밴댕이 아니랄까 봐 치사하게. 이건 제 탓 아니잖아요."

아리아드네가 푸념하듯 한 말에, 에리히가 문득 칼에 베인 듯한 표정을 지었다.

"……미안."

"왜 사과를 하세요?"

"그 여자가 널 노리는 걸 못 알아채서."

"저도 몰랐는걸요."

"넌 몰라도 난 알아챘어야지. 넌 쪼그만 게 맨날 자기가 어른인 줄 알아."

그가 거칠게 그녀의 머리를 헝클였다. 아리아드네는 짜증을 내는 대신 작게 웃었다.

"근데 무슨 일이 있었는지는 안 물어봐요?"

"좀 쉬었다 얘기해도 돼. 범인도 잡아 놨으니."

그녀는 깜짝 놀랐다.

"레다 피카로를 잡았어요?"

"그럼 잡았지, 놓쳤겠어? 네가 납치당하는 것도 못 막았는데 범인까지 놓치면 나가 죽어야지."

"흑마법사잖아요. 위험하지 않았어요?"

"흑마법사가 뭐. 너 날 너무 얕본다?"

에리히가 퉁명스럽게 대답했다. 아리아드네는 놀라 살짝 입을 벌렸다.

'진짜 잡았다고? 흑마법사를?'

에리히 위버가 대단하다는 건 잘 안다. 하지만 그녀가 아는 에리히는 원작에 등장하는 에리히였다. 주인공이 회귀할 때마다 조금씩 달라지지만, 대체로 28~30살 사이인 에리히 위버 말이다.

20살에 벌써 달아난 흑마법사를 추적하고 잡을 실력일 줄은 몰랐다.

"가둬 놨어요?"

"어. 대충 목적과 방법은 들었고, 할아버지 돌아오시면 더 자세한 심문을 부탁드리려고. 내가 더 하면 아무래도 죽여 버릴 것 같아서."

무심히 대답한 에리히가 말을 이었다.

"어쨌든 네가 걱정할 일은 없어. 엘디어의 개새끼도 어른들이 알아서 할 테니 넌 신경 쓰지 마."

"아뇨. 공작은 건드리지 마세요."

아리아드네가 담담히 말했다. 에리히는 의아한 얼굴로 반문했다.

"뭐? 네가 이 꼴을 당했는데 그놈을 놔두라고?"

"상대가 흑마법사잖아요. 공작은 아무것도 몰랐다고, 자긴 흑마법에 속아 넘어간 피해자라고 주장할걸요."

"……."

"그러면 공식적으로 처벌하긴 어렵죠. 잘못하면 절 학대한 것도 흑마법사 때문이라는 식으로 흘러갈 거예요. 안 그래요?"

에리히의 입이 꾹 다물렸다.

마계의 목표는 이 세계의 멸망이다. 정복이 아니다. 마계의 권속들이 죽이지 않는 인간은 오직 검은 잔을 받은 자들뿐이다.

그리고 그 '생존권'은 마계에 쓸모가 있는 인간들에게만 주어지는 거지, 그 인간들의 가족이나 친지 등 주변인에겐 주어지지 않는다. 즉, 검은 잔을 받는다는 건 자신 외의 모든 인간을 죽이려 든다는 뜻이다.

그런 이들과 협력한다고? 자살 희망자가 아니고선 말이 되지 않는다. 그래서 흑마법사와 얽힌 이들은 거의 피해자였다. 협박이건, 세뇌건, 현혹하는 마법을 썼건, 어쨌건 강제적으로 이용당한 자들.

엘디어 공작은 마계 내의 파벌 다툼으로 인한 몹시 이례적인 경우였다. 마계에 파벌 간의 경쟁이 있다는 것조차 아무도 모른다. 공작이 피해자라는 주장이 훨씬 자연스러울 것이다.

솔직히 흑마법사에게 직접 들은 아리아드네 자신도 레다가 한 말들을 완벽하게 믿기 어려운 판이다.

'납치당한 어린애의 악몽이나 착각으로 치부하지나 않으면 다행이지.'

게다가 이 얘기가 나오면 엘릭서가 마계의 수작이라는 사실까지 밝혀져야 한다.

‘그건 안 돼. 엘릭서를 꺼리게 될 거야. 나한테까지 엉뚱한 불똥이 튈 수도 있고.’

아리아드네는 나직이 말했다.

“공작은 내버려 두세요. 피해자라고 떠들든 말든.”

“그럼 그 개새끼가 피해자인 척하는 걸 내버려 두라고? 그건 싫은데.”

“저도 싫어요. 하지만 위버가 그자를 벌하려고 무리하게 되는 건 더 싫어요.”

“우릴 얕보지 마, 아리아.”

“얕보는 게 아니라 걱정하는 거예요. 그리고.”

그녀의 표정이 서늘해졌다.

“그자는 제 몫이에요.”

에리히는 인형처럼 귀여운 소녀의 눈동자가 새파랗게 타오르는 것을 보았다. 분노인지, 증오인지, 둘 다인지 모를 감정이 그 안에서 이글거렸다.

“프란츠 엘디어는 제가 처리할 거예요. 제가 그자의 모든 것을 빼앗을 나이가 되면.”

“……빼앗는다고?”

“작위를 계승하려면 열여덟 살은 되어야 하잖아요. 제가 어른이 될 때까지는 그자가 무사히 그걸 맡아 줘야죠.”

아리아드네가 가볍게 대꾸했다. 에리히는 제 반 토막밖에 안 되는 사촌 동생을 보며 새삼 놀랐다.

만약 어떻게든 엘디어 공작이 흑마법사와 손을 잡은 것을 증명하면 공작은 인류의 배신자로 처형당한다. 그러면 공작이 가진 모든 것이 사라질 확률이 높았다.

일단 왕실이 처벌하면서 대부분을 회수할 것이다. 나머지는 미성년자 후계자를 대신해 계승 순위가 뒤쪽인 친척들이 '맡아 준다'는 명목하에 갈가리 찢어 갈 터다.

그러니 공작은 처벌받지 않고 살아 있어야만 했다. 아리아드네 엘디어가 정당하게 작위를 계승할 때까지.

'우리 해골은 알면 알수록 대단하다니까.'

저 나이에 감정에 휘둘리지도 않고, 제 몫을 제대로 챙길 줄도 알고, 어른들도 생각하기 어려운 지점까지 고려하며 움직인다. 엘릭서 사업 관련은 보다 보면 미래를 내다보는 게 아닐지 의심스럽기까지 했다.

'좀 알겠다 싶으면 또 놀라게 하고.'

에리히는 새삼 감탄했다. 계속 이런 식이라면 아리아드네를 구한 정령술을 쓴 사람이 본인이라고 해도 그러려니 할지도 모르겠다.

'에이, 설마. 아무리 그래도 그건 진짜 말도 안 되는 소리지.'

상식적으로 불가능한 일이다. 아마 지나가던 정령사가 운 좋게 도움을 준 것일 터다. 그는 보답하기 위해 그 정령사를 찾는 중이었다.

"……그래, 네 말이 맞아. 부모님과 할아버지께도 그렇게 말씀드릴게."

"고마워요."

"고마우면 이젠 복잡한 생각 그만하고 뭐라도 좀 먹자."

에리히가 빙긋 웃으며 설렁줄을 당겼다.

얼마 지나지 않아 침실에 음식이 가득 차려졌다. 소화가 잘 되는 요리 위주였다. 에리히는 오랜만에 아리아드네와 함께 식사를 했다. 그녀는 애피타이저를 먹다 말고 문득 생각났다는 듯 고개를 들었다.

"참, 오라버니."

"응?"

"저, 정령술을 쓸 수 있게 되어서요."

에리히는 먹던 음료를 뿜을 뻔했다. 요란하게 기침을 하는 그에게 아리아드네가 차분히 말했다.

"성 지하에 어머니가 쓰시던 정령술 연습실이 있다고 들었어요. 그거 좀 개방해 주세요."

에리히 위버는 켁켁거리며 생각했다. 아리아드네가 관련된 문제에서는 앞으로 그냥 상식을 버리자고.

아리아드네는 부서진 은색 정령등을 가만 내려다보았다.

레다가 선물로 줬던 정령등이었다. 이 안에 수면 가루가 있었다는 게 뒤늦게 밝혀진 뒤, 혹시 몰라 분해해서 조사하고 있다고 한다. 결과는 별것 없었다. 매듭 끈을 만드는 피카로의 관습도 사실이었다.

'마음은 거짓이었겠지만.'

정령등에 달린 정교한 매듭 끈은 끊어진 채 풀려 있었다. 그녀는 이것을 진심으로 기뻐하며 받았다. 엄마를 연상하기도 했었다.

'해이해졌어.'

믿으면 안 되었다.

'기대하지 않으면 상처받지도 않는다는 걸 잘 알면서.'

그동안 좋은 사람들에게 둘러싸여서 지냈다. 이 세계에서 그 사람들이 얼마나 희귀한 사람들인지 새삼 깨닫는다.

아리아드네는 매듭 끈을 벽난로에 던졌다. 끈은 순식간에 불타 재가 되었다. 그것을 빤히 보고 있으려니 노크 소리가 들렸다.

"베로니카 브란테입니다."

"들어와."

문이 열리고 베로니카가 들어섰다. 아리아드네는 그녀 쪽을 돌아보지 않고 말했다.

"니카, 훈련하다가 쓰러졌다면서."

"……."

"제일린이 과로라고 그랬어. 정령 기사가 훈련하다 과로로 쓰러지는 건 처음 봤대. 왜 그런 거야?"

"전, 부족하잖아요."

"뭐가 부족해? 눈표범 기사단에서 니카가 가장 강하잖아. 외숙모도 이젠 널 못 이기겠다고 하셨고."

"……아가씨를 못 지켰어요."

아리아드네는 베로니카를 그제야 돌아보았다. 베로니카는 묵묵히 눈을 내리깔고 있었다. 아리아드네는 작게 한숨을 쉬었다.

"그건 니카 잘못이 아니야."

"전, 아가씨가 빠져나가시는 걸…… 눈치 못 챘어요. 바로 제 방문 앞을, 지나가셨는데."

"자고 있었잖아."

"그건 상관없어요."

베로니카가 분한 듯 입술을 깨물었다. 아리아드네는 그 모습을 물끄러미 바라보다가, 결정했다. 몇 년 전부터 보류하고 있던 결정이었다.

"니카는 지금보다 더 강해지고 싶어?"

"네."

"무리해서라도?"

"네."

"위험할 수도 있어. 죽을 수도 있어. 그래도 지금보다 훨씬 강해질 방법이 있으면 도전해 볼 거야?"

"네?"

베로니카가 의아한 듯 바라보았다. 아리아드네는 그녀에게 지도를 하나 내밀었다.

"대삼림 남쪽 오염 지역의 지도야. 여기, 내가 표시해 둔 곳 보여?"

"네에……. 그런데 이건 왜……?"

"여기에 가면 작은 연못이 있을 거야. 가는 길에 마물 엄청나게 많을 거니까 각오하고."

그러고는 뒤이어 편지 봉투를 세 장 꺼내 놓았다.

"연못을 발견하면 첫 번째 편지를 열어 봐. 편지를 보고 나면 두 번째 봉투를 언제 열어야 하는지 알 수 있을 거야."

"저기, 아가씨, 이건 대체."

"그리고 마지막 봉투는 정말 위험하고 막막할 때만 열어 봐야 해."

주인공을 배신했던 동료가 얻었던 것이 그곳에 있었다.

아리아드네는 엘릭서로 부를 쌓자마자 사이먼을 통해 몇 가지 작업을 시작했었다. 그중 하나는 그녀를 위해 일할 용병단을 만드는 것이었다.

그녀는 그 용병단에 엄청난 투자를 하고 많은 일을 시켰다. 대부분 원작에서 나온 유용한 아이템, 물건, 정보를 미리 구해 두는 일이었다. 이곳에 대한 단서도 그들이 구해 왔다. 그들은 뭔지도 모르고 확보한 것이지만.

대미궁에 같이 갈 정령 기사를 정하면 보내려던 장소였다. 배신자가 여기서 손에 넣은 힘을 대신 얻게 하려고.

"정말로 강해지고 싶다면 나를 믿고 여길 다녀와."

이런 막무가내의 말을 믿고 따를까? 그녀를 믿어 줄까?

아리아드네는 반쯤 도박하는 심정으로 베로니카를 바라보았다. 베로니카는 바로 지도와 편지 봉투들을 받아 들었다.

"알겠습니다. 다녀올게요."

산뜻한 태도였다. 별 고민도 하지 않았다. 아리아드네는 제가 제안해 놓고서도 놀랐다.

"그렇게 바로 결정해도 돼? 더 자세한 건 안 물어봐?"

"네? 다…… 설명해 주셨잖아요."

그녀가 갸웃거렸다. 아리아드네는 멀거니 그녀를 보다가 말했다.

"내가 설명해 준 건 거기 가면 위험할 거고, 죽을 수도 있지만 강해질 수 있다, 가 끝인데. 이걸로 충분해?"

"아가씨는…… 제가 아는 사람 중에 제일, 똑똑하시잖아요."

아리아드네는 늘 스스로가 그리 영리한 편이 아니라고 생각했다. 원작을 알고, 지식의 창고인 환상 도서관이 있고, 전생의 기억이 있기 때문에 똑똑한 척할 수 있을 뿐. 그녀는 고개를 저었다.

"똑똑하기는 나보다 사이먼이 더 똑똑하지. 에리히 오라버니는 솔직히 말도 안 되는 천재 수준이고."

"그런 똑똑함 말고요."

"그럼?"

"뭐가 필요한지, 뭐가 중요한지, 어떤 선택이 나은지…… 아가씨는, 잘 아시잖아요."

베로니카가 빙그레 웃으며 덧붙였다.

"그리고 굉장히, 착하시고, 정도 많으시고."

"내가 착하고 정이 많다고? 진심이야?"

아리아드네가 어이가 없어 하자 베로니카가 느릿느릿 말을 이었다.

"아가씨는, 주는 걸 좋아해요."

"……?"

"늘 뭔가, 해 주고 싶어 하시잖아요. 주위 사람들한테."

"그런 건 다 나한테 이득이 되니까 하는 거야. 난 손해 안 봐."

"글쎄요. 아가씨가 원하는 이득은…… 너무 적어요. 가끔은, 당연히 아가씨 것인 걸…… 얻으려고, 애를 쓰시기도 하고. 그러면서 자기가 뭔가 받으면, 깜짝깜짝 놀라시고."

베로니카는 가끔 아리아드네가 필사적이라고 생각하곤 했다. 자신이 쓸모 있고 유용한 사람이어야지만 사랑받을 수 있다고 믿는 것처럼. 그런 깊은 불안이 느껴졌다. 몇 년 전에 비하면 많이 나아져서 지금은 꽤 익숙해지긴 했지만, 아직 멀었다.

'이런 건, 그냥 아가씨가 필요하니까 다녀와, 라고 해도 다녀올 수 있는데.'

강해질 수 있다니, 오히려 베로니카 자신이 고마워해야 할 기회를 주면서 왜 받아 주는 것에 놀라는지.

"그런 아가씨가, 제안하시는 건데…… 제가 왜 고민해요?"

"아니, 저기, 음, 내 말을 믿어?"

"네……? 저보다 훨씬 똑똑한 아가씨가, 제가 강해질 방법을 알려 주는데…… 안 믿을 이유가, 있어요?"

베로니카가 갸우뚱하며 되묻자 아리아드네의 말문이 막혔다. 그녀는 머뭇거리다 가까스로 말했다.

"내가 틀렸을 수도 있잖아. 잘못 알았을 수도 있고."

"그게 왜요?"

"왜라니……."

"그건 그냥 돌아와서…… 가 봤는데 아닌 것 같아요, 하면 되는 일이잖아요."

"아니, 그러면 니카는 괜히 헛고생한 게 되잖아."

"왜 헛고생이에요? 그 정보가 잘못되었다는 걸, 아가씨가 알게 되는 거잖아요……. 그건 헛고생이 아닌데."

아리아드네는 뒤통수를 한 대 맞은 듯한 표정이 되었다. 베로니카는 진심으로 의아한 얼굴이었다.

'니카가 이 정도로 날 믿어 줄 줄은 몰랐는데.'

아리아드네가 미래의 동료로 베로니카를 확정한 건 그녀를 믿을 수 있게 되었기 때문이다. 믿으니까 제안했다. 그랬더니 베로니카도 자신을 믿는다는 것을 알게 되었다. 믿고 제안하지 않았다면 몰랐을 사실이다.

그녀는 문득 벽난로 쪽을 돌아보았다. 믿지 않으면 배신당할 일은 없다. 하지만 믿지 않으면 믿음을 얻을 수도 없다.

조금 더 세상이 명쾌해진 기분이었다. 아리아드네는 기쁘게 웃었다.

"고마워, 니카."

4

15살

오염 지역의 하늘에는 밤낮이 없다. 낮이건 밤이건 어둡고 텁텁한 괴상한 빛이 사방을 비춘다. 그 빛 아래에서 오래 머물면 정신이 점점 이상해진다. 환청을 듣고 환각을 보다가 자살하거나 옆 사람을 마물로 착각하게 된다.

"하늘 보고 싶다."

비숍이 쭈그려 앉은 채 투덜거렸다.

정령사의 시체에서 쓸 만한 것들을 챙기던 나이트가 대꾸했다.

"고개 들면 보이는 게 하늘이잖아."

"저딴 거 말고! 파란 하늘! 구름 낀 하늘! 밤하늘! 뭐든 좀 제대로 된 하늘 보고 싶, 억!"

고함을 질러 대던 비숍의 귓가를 무언가가 스치며 바닥에 푹 박혔다. 눈만 굴려 그것의 정체를 확인한 비숍이 헛숨을 들이켰다. 칼날처럼 생긴 비늘이었다. 날에 극독이 묻어 있어 죽을 고비를 넘기며 잡았던 마물의 비늘.

"시끄러."

비늘을 던진 악셀 발렌타인이 툭 내뱉었다.

"죽기 싫으면 입 닥쳐."

"저 시건방진 애송이가!"

비숍이 으르렁거리며 벌떡 일어났다. 악셀에게 향하는 그의 앞을 나이트가 가로막았다.

"뭐야?"

"소란 피우지 말고 일이나 해. 여기가 어딘진 알고 떠들어 대는 거냐?"

"저 새끼가 먼저 시비를 걸잖아!"

"그래서, 뭐?"

"그래서는 무슨 그래서야. 그럼 솜털 파릇한 애새끼가 저렇게 구는데 가만있으라고?"

"너 쟤 모르냐?"

"내가 쟬 알아야 돼?"

"저놈 눈알 보고도 몰라? 너 기물 된 지 얼마나 됐어?"

"3개월 됐다. 왜!"

"어쩐지 비숍 주제에 지랄을 한다 싶더라니."

"뭐? 너 이 자식……."

목에 핏대를 세우며 소리치던 비숍이 순간 얼어붙었다. 멈춘 그의 가슴팍에 칼날로 만들어진 거미 다리 같은 것이 삐죽이 튀어나왔다.

"어, 어."

비숍은 덜덜 떨리는 손으로 다리를 움켜쥐려다, 그대로 푹 쓰러졌다. 즉사였다. 그리고 쓰러진 그의 몸 뒤, 해초처럼 흐느적거리는 수풀 사이로, 수십 개의 형광 눈알이 드러났다. 나이트가 욕설을 내뱉으며 검을 뽑아 들었다.

"망할, 그러게 죽기 싫으면 떠들지 말라니까!"

검을 든 그의 팔이 부르르 떨렸다. 그는 온몸이 상처투성이였다. 솔직히 더 싸울 힘이 남아 있지 않았다.

이 임무가 시작된 뒤로 하루에 3시간도 자지 못했다. 마물이 너무 많았다. 근처에 미궁이라도 새로 생겼는지 끝도 없이 밀려들었다.

나이트는 조금 전까지 자신이 뒤지고 있던 정령사의 시체를 흘깃 보았다. 어젯밤의 습격에 정령사가 죽었다. 정령사가 죽고 나자 모두가 빠른 속도로 죽어 나갔다.

밤새도록 싸우고 도망치는 것을 반복했다. 아침까지 살아남은 건 오염 지역에서도 단독 생존이 가능한 정령 기사 세 명뿐. 그리고 그중 하나가 방금 떠들다가 죽었다.

'다음 차례는 내가 되겠군.'

나이트는 소리 없이 다가오는 마물 무리를 보며 각오를 다졌다. 순간, 악셀이 그를 스쳐 튀어나왔다.

"겁화."

그가 정령수의 이름을 부르자, 검날을 타고 불길이 일었다. 불에 휘감긴 검을 쥔 악셀이 마물 무리로 향하며 말했다.

"짐 가방 옆에 붙어 있어라. 타 죽기 싫으면."

"어, 어."

나이트는 허둥지둥 짐 가방 옆에 달라붙었다. 뒤이어 새빨간 불꽃이 텁텁한 하늘을 휘황하게 밝히며 타올랐다. 검을 쥔 악셀이 그 불길 속으로 뛰어들었다. 나이트는 눈앞에 펼쳐진 불바다를 보며 꿀꺽 침을 삼켰다.

붉은 눈을 가진 겁화의 주인, 블랙 룩에 대한 소문은 협회 내에 파다했다. 그래서 19살밖에 안 된 애송이가 밤새도록 이어진 습격에서 가장 많은 마물을 베었어도 그리 놀라진 않았다. 하지만 지금 이 상황은 좀 놀라웠다.

'그 습격 와중에도 힘을 아끼고 있었다고?'

지쳐 뻗어도 이상하지 않을 텐데 이런 힘이 남아 있다니. 악셀은 오히려 어젯밤보다 더 크고 강한 불을 피워 내고 있었다. 검을 휘두를 때마다 불꽃이 길게 튄다. 불길 속에서 그림자가 어른거린다.

불 속의 악셀은 물 만난 고기처럼 날뛰었다. 그의 검에 닿는 족족 마물의 몸에 불이 붙었다. 그 불은 마물을 새카맣게 태워 버릴 때까지 꺼지지 않았다. 수십의 마물은 얼마 지나지 않아 죄다 재가 되어 버렸다.

마지막 마물을 벤 악셀이 검을 거두었다. 그가 겁화를 집어넣었어도 남은 불티가 사방 곳곳에서 타올랐다. 불꽃들이 만들어 내는 상승 기류를 타고 재 가루가 눈처럼 흩날렸다.

나이트는 기가 질린 얼굴로 돌아오는 악셀을 바라보았다.

"어젯밤에도 이렇게 좀 날뛰지 그랬냐."

"그럼 다들 마물이 아니라 겁화에 타 죽었겠지."

"……."

할 말이 없어진 나이트가 입을 다물었다.

겁화는 대정령급이 아닌가 의심될 정도로 강대한 정령수지만, 그 강대함 자체가 단점이었다. 꺼내면 주위가 불바다가 되어 버린다. 마물이건 인간이건 가리지 않고 태워 버리는 불이 사방을 잡아먹는 것이다. 그래서 악셀 빌렌디인은 정령수를 안전히 꺼내지 않는다. 일부만 꺼내 검에 휘감고 쓰곤 했다.

또 다른 단점은 다양한 재료로 쓰여서 돈이 되는 마물의 시체가 제대로 남지 않는다는 점이다. 죄다 타 버리니까. 악셀은 잿더미를 검 끝으로 뒤져 쓸 만한 것이 있는지 찾아보았다. 뼛조각과 타다 만 비늘 몇 개 말고는 건질 것이 없었다.

"야, 룩. 이번 임무, 이상하지 않냐."

지쳐 늘어져 있던 나이트가 중얼거리듯 말했다. 악셀은 대꾸하지 않고 비숍의 타 버린 시체 사이에서 그나마 멀쩡한 단검을 주웠다.

7년 전에 함께 지내던 비숍이 죽었을 때는 당황했었다. 친하기는커녕 무관심한 사이였는데도 꽤 충격을 받았다. 이제는 사람이 죽으면 시체에 쓸 만한 물건이 있는지부터 확인한다. 오염 지역에서는 뭐든 귀중하므로.

"안 이상하냐고. 협회 놈들이 뭣 같은 임무 주는 거야 익숙한데, 그래도 그놈들은 어떻게든 해낼 수 있는 임무를 주잖아. 우리가 살아 있어야 돈이 되니까."

"……."

"근데 이건 아냐. 이건 아무리 봐도 애초에 불가능한 임무라고."

악셀도 오염 지역에 발을 들인 직후부터 어렴풋이 알아차렸다. 이번에 주어진 임무는 이상하다고.

12개가 넘는 토벌대를 잡아먹고 간신히 닫힌 미궁이 남긴 오염 지역. 정화할 여력이 안 되어서 더 퍼지지 않도록 막고 있는 게 고작인 곳. 그 안, 닫힌 미궁 최심부에 있을 미궁의 핵 파편을 가져오라는 게 이번 임무였다.

겉으로 보기에는 그렇게까지 무리한 임무가 아니었다. 미궁을 직접 닫으라는 것도 아니고 어디에 있을지도 모르는 물건을 구해 오라는 것도 아니다. 오염 지역을 돌아다니는 거야 늘 있는 일이니.

다른 마스터의 기물과 함께하는 임무라는 것도 별로 이상하지 않았다. 혼자서는 할 수 없는 임무고, 아드리안 블랙에게는 악셀 외의 다른 기물이 하나도 없었으니까.

그자는 로버트로부터 넘겨받은 기물들을 악셀을 제외하곤 전부 없애 버렸다. 차근차근 줄어들더니 작년부터는 그 커다란 저택에 악셀만 남아 있었다.

처음엔 기물들이 임무에 투입되어서 죽은 줄 알았다. 아니면 다른 마스터나 회원에게 팔아넘겼거나. 그래서 같이 지내던 기물이 하나씩 사라질 때마다 마스터가 두렵고 증오스러웠다.

진실을 알게 된 건 재작년, 나이트에서 룩으로 승급했을 때.

승급전은 모든 마스터의 나이트 등급 기물이 모여서 치렀다. 방식은 승급전마다 다 다르지만 상위 5명만이 룩으로 승급하는 건 동일하다.

악셀이 치른 승급전 방식은 생존이었다. 격리된 섬에 나이트들을 몰아넣고 한 달간 생존하게 한다. 식량도, 식수도, 아무런 아이템도 없이 맨몸으로 말이다.

그리고 그 섬에 수백 마리의 다양한 마물과 5마리의 상급 마물을 풀어놓았다. 한 달 후에 살아남은 자 중에서 상급 마물의 핵을 손에 넣은 5명만 승급하는 방식이었다.

그 경기에서 악셀은 다른 마스터의 기물과 대치하다가 진실을 들었다.

"가만있어도 자유의 몸이 될 블랙의 기물이면서 왜 기를 쓰고 승급하러 들어? 나한테 양보하란 말이야!"

그가 잡은 마물의 핵을 탐내며 악을 쓰던 놈을 붙잡고 협박하다시피 해서 무슨 이야긴지 알아냈다.

아드리안 블랙은 제 기물에게 누가 봐도 불가능한 임무를 주고, 임무를 받지 않고 포기하도록 유도한다. 기물이 임무를 포기하고 빚더미에 올라앉으면 마스터인 자신이 구매해 버린다.

그런 방식으로 기물을 자연스럽게 협회에서 빼내 제 소유로 만들고는 적당한 재산과 함께 자유의 몸으로 풀어 주는 것이다.

지금까지 블랙을 거쳐 간 기물은 모두 같은 방식으로 자유가 되었다.

"마스터들은 돈을 벌려고 이 짓을 하는데, 블랙은 마스터면서 오히려 돈을 미친 듯이 쓰고만 있지. 미친놈이야."

악셀에게 붙들린 기물은 이해가 안 간다는 표정으로 그렇게 말했다.

"임무를 수주하는 기준도 모르겠어. 마스터 입장에서 제일 돈 되는 게 경기인데, 네놈, 경기 치러 본 적 한 번도 없지?"

기물끼리 죽을 때까지 싸우게 만드는 게 경기다.

노예 검투장과 비슷하지만 기물들은 노예들과 수준이 다른 존재였다. 재능 있는 자를 엄선하여 훈련한 결과물들. 나이트급부터는 노예 시장에선 볼 일이 없는 정령 기사가 대부분이었다. 개중에는 마법사나 정령사까지 있었다.

그들끼리 목숨 걸고 싸우는 걸 구경할 수 있는 경기야말로 체스 협회의 꽃이다. 협회가 은밀히 운영되는 이유이기도 했다. 마계와의 성전에 나서야 할 인재들을 놀잇감으로 소모하고 있으니 물밑에서 운영될 수밖에 없다.

그리고 악셀은 그런 경기에 한 번도 참가해 본 적이 없었다. 그는 경기의 실체조차 그때 처음 들었다. 함께 있던 기물들도 마찬가지다. 블랙은 한 번도 마스터끼리의 경기를 치르지 않았다.

"네놈은 어제까지 등을 맞대고 싸우던 동료를, 수백 명의 회원 놈들이 웃고 떠드는 가운데에서 죽여야만 했던 적도 없겠지."

기물이 미친 듯이 웃더니 말했다.

"이 승급전에 참가한 기물 중에서 동료 등에 칼 안 꽂아 본 건 너뿐일 거다."

"……!"

"운 좋게 돈 많은 호구 마스터한테 걸렸으면 이런 건 우리한테 양보하라고."

"……양보할 생각은 없다."

"빌어먹을 새끼가!"

악셀은 그에게 다시 덤벼드는 기물을 제압한 뒤, 쥐고 있던 핵을 던져 줬다.

"뭐야, 이건. 양보할 생각 없다며."

"양보가 아니라, 이야기를 들은 값이다."

그는 그 기물을 보내 준 뒤 다른 상급 마물을 잡아 다시 핵을 손에 넣었다. 그리고 승급전이 끝날 때까지 숨어서 기다리며 지금까지 겪었던 일들을 하나하나 되짚어 보았다.

12살에 기물이 되어 첫 임무를 받고, 겁화의 주인이 되었다. 그 뒤로 6년, 18살이 될 때까지 그가 했던 임무들. 힘든 일은 많았다. 정말 많았다. 그러나 자신은 언제나 그 과정에서 무언가를 배우거나 얻었다.

그리고 후원받은 물건들. 그는 보급품이 부족하거나 물건의 질이 떨어져 고생한 적은 단 한 번도 없다. 다른 기물들은 그렇지 않았다고 한다. 물약이 부족해 부상이 심해지고, 붕대가 부족해 쓴 것을 재활용하고. 그런 경우가 있다는 것을 처음 알았다.

또 이상한 점은 교육이었다. 그건 이런 이야기를 듣기 전에도 늘 이상하게 여겼던 점이었다. 어떤 기물도 그처럼 고등 교육을 받지 않았다. 부려 먹을 기물이 쓸데없이 아는 게 많아지면 다루기 어려우니, 당연한 일이었다.

사실 마스터들부터가 그리 많은 교육을 받은 자들이 아니었다. 마법사 기물들도 마법만 배우지 역사니 지리니 하는 것을 배우진 않는다. 그런데도 악셀은 고위 귀족 수준의 교육을 받았다. 그중에는 예법과 교양까지 포함되어 있었다. 그는 심지어 사교용 춤까지 배웠다.

그리고 가장 이상한 점. 아드리안 블랙은 그에게 임무를 줄 때 늘 밀랍으로 봉인한 봉투를 보냈다. 위기 상황일 때, 돌발 상황이 발생했을 때, 어떻게 해야 할지 막막할 때, 열어 보면 그 안에는 언제나 해답이 있었다.

물론 해답이 대놓고 쓰여 있었던 적은 한 번도 없다. 주로 그가 배운 것 중 무언가를 떠올리게 하는 힌트들이 쓰여 있었다.

처음에는 굉장히 기이하게 느꼈으나 반복될수록 차츰 익숙해졌다. 하지만 악셀에게 익숙하건 말건, 그건 특별하고 이상한 일이었다.

어떤 마스터도 그런 짓을 하지 않는다. 하고 싶어도 할 수가 없다. 임무에서 기물에게 무슨 위기나 돌발 상황이 생길 줄 알고 그런 걸 보낸단 말인가?

그리고 이렇게 온갖 정성을 기울이면서도, 아드리안 블랙은 어째서 단 한 번도 제가 키우는 기물을 만나러 오지 않는가?

악셀은 아드리안의 얼굴조차 모른다. 나이가 많은지 적은지, 성별이 뭔지도 모른다. 이름을 보면 남자 같지만 가명일 수도 있으니 확신할 수 없다.

'왜?'

사라진 기물들이 전부 자유의 몸이 되었다는 것과 블랙이 돈을 벌기는커녕 오히려 돈을 퍼붓고 있다는 것을 알게 되니 마스터를 향하던 분노와 증오가 누그러졌다.

그러자 아드리안을 향해 품었던 의문이 커져서 그 자리를 채웠다.

'대체 왜?'

따지고 보면 겁화의 주인이 된 것부터 마스터의 계획대로였다. 마스터가 바뀌지 않고 계속 로버트 블랙이었다면 자신이 겁화의 주인이 될 수 있었을까?

악셀은 그 질문에 답할 수 없었다.

아드리안 블랙은 대체 자신에게 뭘 원하길래 이런 투자를 하는가? 아니, 투자가 맞긴 한 건가?

그는 자신이 마스터로부터 받은 것들을 되새겨 보았다. 까마득하게 많다. 기물이 되기 전의 자신은 굶주리는 고아 소년에 불과했으므로.

다른 마스터들처럼 그를 이용해 돈을 벌고 있을 거라 여겼을 때는 이런 식으로 셈해 본 적이 없었다. 다른 마스터들처럼, 이 모든 것을 빚으로 지워 그를 노예로 만들 줄 알았기에 무엇을 받든 기쁘지 않았다.

하지만 아드리안 블랙은 모든 기물을 도로 사서 해방시켰다. 이제 악셀 자신만 남아 있다. 마스터가 악셀도 똑같은 방식으로 해방한다면 그가 받은 것들은 전부 아드리안의 호의가 된다.

아버지는 그를 갚을 줄 아는 사람으로 키웠다. 은혜건, 원수건, 받은 것은 뭐든 갚아 주라고 가르쳤다. 아드리안 블랙이 언젠가 자신을 해방시킨다면 악셀은 그에게 받은 것을 갚아 주어야만 했다.

마음이 불편해졌다. 그날부터 악셀 발렌타인은 줄곧 마음이 불편했다. 그렇기에 1년이 지난 오늘, 불가능해 보이는 임무 와중에도 악셀은 나이트처럼 단언할 수 없었다.

그는 들고 있던 검을 검집에 집어넣었다. 18살, 성인이 된 생일날 아침에 마스터의 대리인인 사이먼이 보급품 상자를 주었다. 평소와 같은 보급품들 사이에 이 검이 있었다. 생일 선물처럼. 돈이 있어도 구하기 힘들다는 미스릴 검이었다.

매년 이런 식이었다. 마스터는 생일 축하한다는 말도 없이 아무것도 아닌 것처럼 특별한 물건을 보급품에 섞어 보내곤 했다.

그전까지는 우연인 줄 알았다. 그게 생일 선물이라고는 상상도 해 보지 않았다. 그도 그럴 것이 악셀은 누구에게도 제 생일에 대해 말한 적이 없었다. 양아버지가 죽은 뒤로는 아무도 모르고 그 자신도 챙기지 않는 생일이었다.

마스터도 알 리가 없는데, 어떻게.

19살 생일에도 마스터는 선물을 보냈다. 악셀은 여전히 이해가 가지 않았다.

나이트가 초조하게 중얼거렸다.

"보기엔 무난해 보이는 임무가 어떻게 이럴 수 있어? 처음부터 말도 안 되는 임무면 포기했을 거 아냐. 이건 가서 죽으라고 보낸 거야. 그게 아니고선 설명이 되지 않아."

악셀은 불편한 기분으로 검을 내려다보다가 거칠게 대꾸했다.

"마스터가 내게 그런 임무를 줄 리가 없다."

"허이구?"

나이트는 보란 듯이 얼굴을 구겼다.

"하, 그러고 보니 네 마스터는 그 유명한 또라이 블랙이었지. 돈을 불쏘시개로 쓰는 놈. 그래서 널 버릴 리 없다 믿는 거냐?"

악셀은 이죽거리는 나이트를 내버려 두고 짐을 챙겨 들었다.

"제기랄."

그가 묵묵히 걷기 시작하자 나이트도 욕설을 내뱉으며 일어났다.

그들은 조용히 이동했다. 움직이는 그들의 몸에 은은한 붉은빛과 초록빛이 감돌았다. 정령수의 가호였다.

정령 기사는 이 가호 덕에 오염 지역에서도 버틸 수 있었다. 아예 자기 주위의 인간에게 우호적인 영토를 생성하는 정령사와 비교할 수준은 못 되어도 제 몸뚱이 정도는 한동안 보호하는 게 가능하다. 정령등이 꺼지는 순간 목숨이 위태로워지는 일반인과는 확연히 다른 강점이었다.

지도를 든 악셀이 앞장서고 나이트가 비틀거리며 뒤따랐다. 오염된 곳은 오염되기 전과 상당히 다른 지형이 될 때가 많다. 그래서 기존의

지도는 쓸모가 없었다.

그러나 악셀에게는 이 지역의 대략적인 지도가 있었다. 토벌대가 이곳의 미궁을 닫을 때 만든 지도로, 마스터가 이번 임무를 위해 보내준 물건이었다.

악셀은 무심코 가슴팍을 확인했다. 품 안에서 종이가 바스락거렸다. 이번 임무에도 아드리안 블랙은 봉인된 편지를 보냈다. 지금껏 늘 그래 왔듯이 위기가 오면 이 편지가 그를 도와줄 것이다.

그렇게 한참을 걸었다. 밤이건 낮이건 똑같은 하늘 때문에 시간의 흐름을 알기 어려웠다. 악셀은 회중시계를 꺼내 시간을 살폈다. 이것도 '생일 선물'로 받은 것 중 하나였다. 오염 지역은 시계가 제대로 작동하지 않는 경우도 많은데, 정령석을 박아 넣어 그런 일을 방지한 값비싼 시계였다.

시간을 보니 슬슬 밤이다. 그는 멈춰서 노숙 준비를 했다. 그들은 육포와 비스킷으로 식사를 때웠다. 오염 지역에 있는 것은 아무것도 먹을 수 없다. 사냥한 고기든, 나무 열매든, 물이든 간에, 뭐든 먹으면 살이 썩어 들어가며 죽는다.

공기조차 오염되어 있어 일반인은 정령등 없이는 숨도 못 쉬는 곳이니 어쩔 수 없는 일이었다. 그래서 정령사가 만드는 영토 내에서 물과 식량을 얻곤 하는데, 정령사가 죽었으니 물 한 방울도 아껴야 했다.

악셀은 남은 물의 양을 가늠하다가 인상을 찌푸렸다. 오염 지역에서 나갈 때까지 버티려면 간당간당했다.

"룩."

마찬가지로 식수통을 확인한 나이트가 가라앉은 목소리로 말했다.

"그냥 바로 돌아가자."

"임무를 포기하자고? 그게 무슨 뜻인지 잘 알 텐데."

"제길, 목숨보다 중요한 게 어딨어."

"물이 부족한가?"

"물이 문제가 아니야. 아까도 말했지만, 이대로면 죽어. 임무고 뭐고 둘 다 죽는다고."

나이트는 신경질적으로 머리를 긁적였다.

"미궁 입구는 구경도 못 했는데 정령사도, 마법사도, 신관도 다 죽었어. 너랑 나 달랑 둘 남았다고."

"내일이면 입구에 도착할 수 있다. 미궁을 토벌하는 게 아니니 충분히 가능해."

"그거 토벌된 미궁이 맞긴 해? 미궁이 닫힌 오염 지역에서 마물이 이렇게 끊임없이 튀어나올 수 있어? 핵이 살아 있는 거 아냐?"

"지도가 있지 않나. 토벌되지 않았다면 지도가……."

"……없는 게 보통이지. 하지만 여긴 토벌대가 11개가 12개 전멸한 곳이잖아. 드나든 놈이 그쯤 되면 토벌 실패해도 지도가 돌아다닐 만도 하지."

"무슨 말이 하고 싶은 거냐?"

"난 살고 싶다고!"

나이트의 음성이 높아졌다.

"여기서 돌아가자. 미궁에 들어간 뒤에 핵이 살아 있다는 걸 깨달으면 끝장이야."

악셀은 묵묵히 품속을 확인했다. 바스락거리는 종이의 감촉. 그는 고개를 저었다.

"나는 포기하지 않는다. 포기할 거면 혼자 돌아가."

"그러다 죽는다니까?"

"이런 곳에서 죽을 생각 없어."

"미치겠네. 누군 죽을 생각이 있는 줄 알아?"

"안 돌아갈 거면 잠이나 자라."

악셀이 침낭 대용의 망토를 뒤집어쓰고 눈을 감았다. 나이트는 이를 갈았다가 한숨을 쉬다가 끙끙거리는 등 한참을 안절부절못했다. 왔던 길을 혼자 돌아갈 엄두는 나지 않는 모양이었다. 그가 짜증스럽게 말했다.

"넌 네 마스터를 그렇게 믿냐? 왜? 블랙은 돈 보고 마스터질을 하는 게 아니라서? 그놈은 기물들을 다 해방시켜 주니까?"

악셀은 대답하지 않았다. 나이트가 나지막이 말을 이었다.

"룩. 내 나이가 서른다섯이야. 너보다 등급은 낮아도 기물 생활 10년은 더 했다."

"……."

"아무런 목적 없이 잘해 주는 마스터가 있을 리가. 그런 자비로운 인간이면 협회 마스터 따위가 아니라 고아원 원장을 하고 있겠지."

"……."

"다 목적이 있는 거야. 기물은 도구일 뿐이고. 아무리 아껴 썼더라도 필요하면 버리고 바꿀 수 있는 게 도구란 말이다. 넌 강하니까 뭐가 다를 것 같냐? 그래 봤자 좋은 '도구'야."

"……."

"기물 중에선 귀한 룩이라 해도 승리하기 위해선 얼마든지 희생시킬 수 있다고. 그게 체스잖아."

악셀이 미동도 하지 않자, 나이트가 풀썩 드러누우며 욕설을 뇌까렸다.

"망할, 거하게 뒤통수 한번 맞아 봐야 정신을 차리지."

힘든 밤이었다. 곯아떨어져서 가호가 끊기기라도 하면 자다가 골로 간다. 가호를 유지하기 위해 선잠을 잘 수밖에 없었다. 마물이 습격할까 봐 경계도 해야 했다.

자는 둥 마는 둥 하는 시간을 보내고 일어나 아침을 먹었다. 나이트는 초췌한 얼굴로 육포를 뜯었다. 부상이 있는 터라 악셀보다 더 피로했을 것이다. 그의 눈은 반쯤 풀려 있었다.

악셀은 나이트의 몸을 뒤덮은 초록빛이 흐릿하게 깜박이는 것을 보았다.

"나이트, 가호 흔들린다. 집중해."

그는 한마디 주의를 준 뒤 뒷정리를 했다. 침낭을 챙겨 넣는데 뒤에서 육포가 툭 떨어지는 소리가 났다. 악셀은 뒤를 돌아보면서 반사적으로 검을 뽑았다. 옳은 판단이었다.

"큭!"

나이트가 대뜸 뽑아 내리친 검을 간신히 막았다. 그를 내려다보는 나이트의 눈이 흐릿했다.

"으어어!"

나이트가 괴성을 내지르며 마구 검을 휘둘렀다. 검날을 따라 연두색 바람이 사방팔방 내쏘아졌다. 악셀은 이를 갈며 불이 휘감긴 검으로 그것을 하나하나 쳐 냈다. 나이트의 눈은 그새 완전히 뒤집혀 있었다. 몇 번 본 적 있는 현상이다.

'미쳤군.'

자다가 가호가 약해져서 오염된 햇빛을 쬔 듯했다.

'죽일까.'

잠깐 고민했지만 고개를 저었다. 어젯밤 한참 떠들어 대던 게 생각났다. 혼자서 돌아갈 자신이 없어 설득하려 한 거라지만, 저자가 그를 걱정한 것도 꽤 진심이었다. 마스터를 지나치게 믿고 있는 어린 기물에게 오래 기물로 있었던 선배로서 말이다.

'치료할 방법이 없는 것도 아니고.'

바람을 쳐 내며 접근해서 명치를 무릎으로 올려 쳤다. 꺽꺽거리며 널브러진 나이트를 내버려 두고 소매를 걷었다. 팔목에 차고 있던 검푸른 금속 팔찌를 조작했다.

예전에 임무 중 미궁에서 얻은 물건이었다. '인벤토리'라고 분류되는 것으로, 내부에 꽤 큰 공간이 존재해서 물건을 보관할 수 있는 극히 희귀한 아이템이다.

'마물은 알이 아니라 보물을 지키기 위해서 발악한다, 였던가.'

아드리안의 편지에 있던 그 문구 때문에 이상하게 발악하던 마물의 주변을 뒤져 봤다. 다른 동료는 전부 알 때문에 날뛴 거라 여기고 떠난 뒤였다. 편지가 아니었으면 그도 뒤져 보지 않았을 거다. 그리고 선생으로부터 그 마물의 습성에 대해 배우지 않았다면, 둥지 아래의 땅을 파헤쳐 볼 생각도 못 했을 터다.

둥지 밑에서 인벤토리를 찾은 뒤 악셀은 사이먼을 통해 그것을 마스터에게 보내려 했다. 임무 중에 얻은 물건은 모두 마스터의 소유가 되므로. 하지만 사이먼은 태연히 자긴 아무것도 못 봤다고 했다.

"마스터께서 임무 중에 얻은 게 아닌 물건은 회수할 필요가 없다고 하셨

습니다."

"봤잖아. 기록용 목걸이에 다 남아 있을 텐데?"

"기록이요?"

사이먼이 그가 반납한 목걸이를 살피더니 들으란 듯이 혀를 찼다.

"이런, 망가졌군요. 협회에서 새 목걸이를 받아 오겠습니다. 겁화 때문에 앞으로도 종종 목걸이가 고장 날지도 모르겠군요. 새것으로 교환하면 되니 신경 쓰지 마십시오."

기물에게 대놓고 협회 몰래 아이템을 빼돌리라는 뜻이었다. 앞으로도 종종 이런 일이 있을 거라는 말이기도 했다.

악셀은 조용히 물었다.

"회수할 필요가 없다는 거, 마스터가 직접 내린 명령인가?"

"그렇습니다."

"이게 뭔지는 아나?"

"글쎄요. 뭔진 몰라도 당신 겁니다."

자기가 편지로 챙기라고 지시해 놓고서 모른 척하다니.

그때는 마스터가 협회에 보고하지 않고 아이템을 따로 챙기려고 그러는 줄 알았다. 이런 식으로 빼돌리면 내가 안 돌려줘도 못 따지지 않나. 악셀은 아드리안을 한심하다고 생각했다.

그것들을 아무도 몰래 자신에게 주는 것 자체가 마스터의 목적이었다는 걸 깨달은 건, 마음이 불편해진 이후다.

악셀은 인벤토리에 쌓여 있는 엘릭서를 한 병 꺼냈다. 아드리안은 값비싼 엘릭서를 펑펑 쓰고 다녀도 될 정도로 보내 주곤 했다. 다른 기물들은 한 병씩 들고 다니는 게 고작인데 제 마스터는 어지간히 돈이 많은 모양이다.

그는 멍치를 부여잡고 뒹굴고 있는 나이트의 턱을 붙들고 엘릭서 병을 물렸다.

"컥, 컥."

오염을 정화하는 물약은 빛에 의한 오염도 치료해 주었다. 황금빛 액체를 억지로 몇 모금 들이켜자 나이트의 눈에 초점이 돌아왔다.

"도로 미치기 싫으면 가호부터 켜."

나이트는 본능적으로 가호를 발동했다. 악셀은 그를 내팽개치고 남은 엘릭서 병을 던져 주었다.

"……내가 오염됐었나?"

"빛에."

"젠장."

주저앉은 나이트에게 악셀이 짐 가방을 내밀었다.

"여기서 기다려."

"뭐?"

"임무는 나 혼자 하고 오지."

"이 임무를 어떻게 혼자……."

"혼자 하는 게 더 편하다."

무어라 반박하려던 나이트가 입을 다물었다. 겁화를 불러내 날뛰던 악셀을 보고 나면 혼자가 편하다는 말에 납득할 수밖에 없다.

"오래는 못 기다린다."

"알아서 해. 돌아가도 상관없으니까."

"식량이랑 식수도 다 줘 놓고 어린 게 허세 부리기는."

"내 몫은 따로 있다."

"음?"

악셀은 말없이 소매를 걷고 금속 팔찌를 보여 주었다. 팔찌의 표면을 확인한 나이트의 안색이 변했다. 모든 인벤토리 아이템은 마물의 입 같은 형태가 달려 있다. 그 입을 열어 물건을 넣고 빼는 것이다.

"그거, 인벤토리냐?"

"맞아."

"그것도 마스터가 준 거냐."

"……."

"미친, 진짜, 진짜 미쳤네. 저거 하나면 평생 호화롭게 놀고먹을 수 있을 텐데."

악셀은 망연히 중얼거리는 나이트를 내버려 두고 돌아선 뒤 지도만 들고 미궁 입구로 향했다. 가는 길에 몇 차례의 전투를 치렀다. 지긋지긋할 정도로 마물이 많았다.

다행스럽게도 닫힌 미궁은 멀지 않은 곳에 있었다. 겉보기에는 기괴하게 비틀린 탑 같은 형태였다.

'핵이 지하에 있댔지.'

보기에는 최상층으로 올라가야 핵이 있을 것처럼 생겼는데, 실세 핵은 지하 깊은 곳에 있었다. 초반 토벌대는 그걸 몰라서 죄다 탑을 오르다 실패했다고 한다.

그는 조심스럽게 미궁 내부로 들어갔다. 토벌이 끝난 미궁은 스산한 폐허 같은 분위기였다. 말라붙은 핏자국과 무너진 돌 더미를 지나 아래로 향했다. 곳곳에서 시체의 악취가 풍겼다. 악셀은 가호를 좀 더 강하게 몸에 둘렀다.

'마물이 있을 줄 알았는데.'

밖과 달리 미궁 내부는 조용했다. 치열한 전투의 흔적만이 남아 있었다. 함정도 다 망가져서 길을 방해하는 건 아무것도 없었다.

그는 금세 최하층에 도달했다. 넓은 공동이었다. 그곳에서 공동이 좁아 보일 정도로 거대한 마물의 시체가 썩어 가는 중이었다.

악셀은 신중하게 시체를 살펴보았다. 진흙 덩어리 같은 몸체에 벌레 다리 같은 발이 여럿 달려 있었다. 토벌대가 다리를 베어 갔는지 몇 개는 자국만 남았지만 원래는 8개쯤 달려 있었던 듯했다.

날개 비슷한 흉측한 부위는 불이나 번개에 지져진 듯 새카맸다. 눈이 있었을 곳은 뻥 뚫려 있었다. 쓸 데가 있을까 싶어 토벌대가 파내 갔을 것이다. 내장도 다 가져갔거나 썩었는지 배 속도 비어 있었다.

'모르는 마물이군.'

기나긴 성전을 치르고 있는데도 세상에는 알려진 마물보다 모르는 마물이 더 많았다. 미궁의 핵을 지키는 보스급쯤 되면 아는 마물이 드물 지경이었다.

'죽은 건 확실하다.'

그는 불탄 나뭇가지처럼 이리저리 뻗어 있는 날개 부위를 뛰어넘어 중앙으로 다가갔다.

미궁의 핵은 대체로 바닥에 반쯤 박힌 커다란 알처럼 생겼다. 엄청나게 단단한 껍데기를 깨고 들어가면 안에 오염수가 가득한 웅덩이가 있다. 미궁이 살아 있으면 그 웅덩이에서 오염이 퍼지고 마물이 튀어

나온다. 웅덩이 자체가 마계의 문 역할을 하는 것이다.

주변을 둘러싸고 있는 불투명한 수정 같은 것들을 전부 부수면 문이 닫히고 오염수도 서서히 말라붙는다. 그게 미궁을 닫는 방법이었다.

이번 임무에서 가져가야 하는 핵의 파편은 알껍데기 같은 부분이었다. 단단하고 오염에 변형되지 않는 재질이라 여러모로 유용한 재료였다. 워낙 커서 토벌대가 다 챙겨 가지 못하고 남겨 두곤 한다. 그 남은 것을 좀 챙겨 가면 끝이다.

악셀은 인벤토리를 열고 큼직한 파편들을 골라 집어넣었다. 그러다 문득 이상함을 느꼈다.

'웅덩이가 왜 덜 말랐지?'

수정 틀은 분명 부서져 있는데, 웅덩이에 얕게 오염수가 깔려 있다. 토벌된 지 꽤 시간이 흘렀으니 진작 말라붙었어야 하는데.

예감이 좋지 않았다. 그는 대충 파편을 챙기고 공동 입구로 향했다. 그가 다가가자 벽이 젤리처럼 흐물흐물해지더니 뚫려 있던 입구를 메꾸기 시작했다.

"……!"

악셀이 다급히 검을 던졌지만 늦었다. 입구는 순식간에 사라지고, 벽은 매끈하고 단단한 상태로 되돌아갔다. 던진 검은 그대로 벽에 박혀 버렸다. 쥐고 당겨 보니 미동도 하지 않았다.

'빌어먹을.'

이런 현상을 본 적은 없지만 배운 적은 있다. 미궁의 함정 중에는 간혹 먹잇감을 안에 끌어들인 다음 이런 식으로 문을 없애고 가두는 것이 있었다. 그리고 그런 함정의 경우, 대체로.

'먹이를 먹을수록 끝없이 성장하는 마물이 숨어 있다.'

그는 창백해진 채 뒤를 돌아보았다. 웅덩이에 고여 있던 얕은 오염수가 슬금슬금 솟아올랐다. 검붉은 액체는 기분 나쁘게 문큼거리며 죽은 마물의 시체만큼이나 큰 애벌레의 형상을 이루었다.

악셀은 그 애벌레의 덩치를 본 순간 마물의 시체가 왜 텅텅 비어 있었는지 깨달았다. 토벌대가 챙겨 간 것이 아니라 저놈이 먹은 것이다.

'오염벌레!'

웅크려 있으면 영락없이 오염수가 고여 있는 것처럼 보이는 마물. 작을 때는 최하급 마물보다 약한, 말 그대로 벌레 수준이지만 먹이를 먹을수록 무섭게 성장한다. 성장한 오염벌레는 최상급 마물로 분류된다.

천장에 닿을 정도로 우뚝 선 애벌레가 수십 개의 더듬이를 이리저리 움직이며 냄새를 맡았다. 악셀은 벽에 박힌 검을 버리고 재빨리 마물 시체 사이에 숨었다. 오염벌레가 드러눕더니 느리게 기어다녔다. 함정에 갇힌 먹이를 찾는 듯했다.

'상성이 최악이군.'

숨이 턱 막힌다. 저놈은 물컹물컹한 생김새 그대로 불에 잘 타지 않는다. 입구가 막혔으니 도망칠 곳도 없다.

어떻게 해야 할까.

악셀은 오염벌레가 움직이는 방향의 반대로 기어 마물 시체의 텅 빈 눈구멍 속으로 들어갔다. 들키는 건 시간문제였다. 그는 품속을 뒤져 아드리안의 편지를 꺼냈다.

언제나처럼 이 안에 힌트가 있을 것이다. 악셀은 급히 봉투를 열었다.

들어 있는 것은 얇은 카드 한 장. 딱 한 줄의, 아주 짧은 문장이 쓰여 있었다.

-살아 돌아오지 마라.

그는 눈을 부릅떴다.

"이건 가서 죽으라고 보낸 거야."

"거하게 뒤통수 한번 맞아 봐야 정신을 차리지."

나이트가 뇌까렸던 말들이 귓가에 웅웅 울렸다.

악셀은 고개를 내젓고 카드를 뒤집어 보았다. 아무것도 없었다. 다시 읽어 보았다. 잘못 읽은 게 아니었다. 익숙한 아드리안 블랙의 필체였다.

여기서 죽으라고.

그의 손안에서 카드가 와그작 구겨졌다.

쉬익거리는 소리가 근처에서 들린다. 벌레의 숨소리였다. 악셀은 구긴 카드를 내팽개치려다 멈칫하고, 그것을 도로 품에 집어넣었다. 그리고 짐승처럼 무표정해진 얼굴로 오염벌레를 바라보았다.

아드리안이 지금까지 그에게 뭘 베풀었건 간에.

그자가 죽으란다고 죽어 줄 생각은 없었다.

아리아드네는 후드를 벗고 모자를 확인했다. 눈에 띄는 머리칼을 루시가 꼼꼼히 땋고 핀을 꽂아 틀어 올린 다음 모자 속에 감춰 주었다.

그런데도 머리칼이 곱슬거리는 데다 워낙 길고 풍성해서 영 불안했다.

"아가씨?"

베로니카가 의아한 듯 작게 그녀의 이름을 불렀다. 그녀는 고개를 저었다.

"아무것도 아냐. 악셀 들어간 지 얼마나 됐지?"

"음…… 이제 두 시간쯤, 되었네요."

"그래, 고마워."

아리아드네는 모자 위로 후드를 깊게 눌러쓴 뒤 베로니카를 돌아보았다.

"남자 같아?"

"가면, 쓰셔야죠."

"목소리 말이야."

"음, 네, 그 약 효과 좋네요."

"그럼 됐어."

그녀는 아드리안 블랙으로서 이곳에 왔다. 아래에선 거의 보이지 않는 탑 꼭대기에 조그맣게 영토를 펼쳐 놓고 며칠째 잠복 중이었다.

신록의 그릇에게 힘을 빌려 만든 영토 덕에 탑 위는 작은 정원처럼 보였다. 베로니카는 파릇한 잔디밭에 돗자리까지 깔고 느긋하게 나무에 기대앉아 있었다. 그녀가 도시락 바구니를 뒤적거리며 말했다.

"뭣 좀…… 드실래요, 아가씨?"

"괜찮아."

"맛있는 거 많아요."

"니카 먹어."

"혼자 먹으면…… 맛없어요."

[알림. 원작을 바탕으로 추측했을 때, '주인공'이 오염벌레를 처리할 때까지 최소 4시간이 남았습니다. 식사 후 휴식을 취할 것을 권합니다.]

'파이, 지금 내가 밥이 넘어가겠어?'

원작에서도 만신창이로 살아남은 곳에 주인공을 밀어 넣어 놓고, 편지에도 저주나 다름없는 말만 써 놨다.

'역시 안으로 들어가서 지켜보는 게 낫지 않을까.'

[경고. 주인공에게 들킬 확률 95%.]

'불안하단 말이야. 걔가 실수하면 어떡해. 아직 어리잖아.'

[악셀 발렌타인은 성인입니다.]

'갠 정령수도 겁화밖에 없어!'

[원래 정령 기사는 하나의 정령수와만 계약합니다. 그리고 아리아는 이미 주인공의 실패도 대비해 두었습니다.]

'그거 제대로 작동 안 하면 어떡해?'

[파이는 아리아의 과보호가 심하다고 판단합니다.]

'……'

아리아드네 자신도 머리로는 알고 있었다. 원작의 주인공에 비하면 지금의 주인공은 거의 꽃길이나 다름없는 삶을 살아왔다는 것을.

물론 어디까지나 원작 기준이었다. 12살짜리가 부모나 가족처럼 돌봐 주는 사람도 없이 치열한 전투를 하며 자라는 걸 일반적인 기준에선 꽃길이라 표현하지 않는다. 그 차이가 그녀의 딜레마였다.

상대적으로 곱게 큰 주인공이 그녀의 도움 없이 원작의 위기를 헤쳐 나올 수 있을지. 성장을 위해 꼭 고난이 필요한 건 아니라지만, 아무리 그래도 그녀가 주인공을 너무 편안하게 키운 건 아닌지.

그런 반면 자신이 어린 주인공에게 너무 잔인하게 굴고 있다는 자각도 매번 느낀다. 주위에 정을 붙일 사람도 만들어 주지 않고, 다 알면서 일부러 위험한 상황에 몰아넣고.

'이젠 배신할 준비까지 하고 있지.'

그녀는 악셀이 오염벌레를 처리하고 나오면 아드리안으로서 뒤통수를 치기 위해 기다리고 있었다. 원작에서 로버트 블랙이 그랬던 것처럼 배신감에 불타오르게 만들어야 했다. 동시에 악셀이 협회를 피해 대륙의 최북단까지 도주하게 만들어야 했다. 그래야만 원작 전개를 따라갈 수 있다.

그러나 결말을 바꾸는 방법이 오직 그것뿐만은 아니다. 그녀는 사실 또 하나의 길을 준비해 놓았다. 처음엔 떠올리지 못했으나 원작의 아리아드네와 확연히 다른 삶을 살게 된 그녀가 파이의 도움을 받아 새롭게 찾아낸 길.

원작에서 완전히 벗어나는 길.

'만약…… 주인공이 내 영향으로 원작과 너무 달라졌다면.'

내심 정해 둔 선이 있었다. 그녀가 키운 악셀 발렌타인이 그 선을 넘어설 정도로 원작의 주인공과 달라졌다면.

'두 번째 방법을 택해야겠지.'

그녀는 초조하게 가면을 만지작거렸다. 그때 탑 아래로 누군가가 다가오는 것이 보였다.

'누구지?'

낯선 얼굴이다. 행색을 자세히 살펴보니 이 임무에 동원된 기물 중 하나 같았다.

'살아남은 사람이 있었어?'

그녀는 내심 당황했다.

마스터 자격을 사면서 결심한 게 있었다. 자신은 주인공도 아니고 영웅도 아니니 모두를 살릴 순 없다. 원작의 전개를 유지할 필요도 있다. 그래서 무리해서 기물들을 구하지 않기로 했다.

대신 그녀의 손에 떨어진 기물들, 원작 전개와 큰 상관이 없는 이들은 되도록 다 살려서 내보내기로 했다. 그들을 위해서가 아니라 그녀 자신의 정신 건강을 위해서였다. 그것마저 하지 않으면 스스로가 역겨워질 것 같았으므로.

그 결심대로 이번 임무에 나선 기물들은 구해 줄 수 없었다. 자연스럽게 흘러가는 대로 내버려 두었다.

원작에서 그들은 기이할 정도로 많은 마물의 습격에 하나씩 죽어나간다. 그중엔 주인공의 겁화에 타 죽은 이들도 있었다. 악셀 발렌타인은 죽기 싫으면 알아서 피하라는 태도로 겁화를 휘두르니까.

'파이, 원작대로면 생존자가 없는 거 확실하지?'

[원작 정리. 마지막 새벽 이후 주인공을 포함한 5명 생존. 이후 마물의 습격으로 1명 사망, 겁화의 여파로 2명 사망, 나머지 2명은 정신 착란 상태가 되어 주인공의 손에 처리됩니다.]

'이상하네.'

아리아드네로선 짐작할 수 없었다.

원작과 달리 악셀이 동료를 위해 겁화를 자제하는 바람에 마물을 덜 죽였고, 아이러니하게도 그 때문에 마지막 새벽 이후 겨우 3명만 살아남았다는 것.

그리고 그녀가 엘릭서를 아낌없이 보내 준 덕에 악셀이 정신 착란으로 덤벼드는 동료를 그것으로 살려 줬다는 것도.

'뭐, 하나라도 너 살았으면 좋은 거지.'

주인공이 나오기 전에 저자를 빼돌려서 오염 지역 밖으로 보내야겠다. 그렇게 결정하고 내려다보니 남자가 이상한 행동을 하고 있었다. 절뚝이며 다가온 남자는 뒤엉킨 문어 다발 같은 수풀 틈 사이에 몸을 감췄다. 그러곤 검을 들고 입구를 주시한다. 누가 봐도 나오는 사람을 암살하기 위한 준비였다.

"저 인간, 욕심이 뚝뚝 묻어나요."

어느새 그녀 옆에 다가온 베로니카가 눈살을 찌푸리며 말했다.

"욕심?"

"눈이 막 번들거리는 게…… 딱 그래요."

"이 거리에서 그게 보여?"

"네."

베로니카가 끄덕이더니 태평스럽게 물었다.

"죽이고 올까요?"

"……아니. 일단 목적이 뭐냐고 묻고 나서, 어?"

[이변. 주인공이 나옵니다.]

파이가 급히 말했다. 아리아드네는 비명을 지를 뻔했다.

'왜 쟤가 벌써 나와!'

적어도 4시간은 더 있어야 나올 줄 알았던 주인공이 탑에서 나오고 있었다.

밖이 보인다. 악셀 발렌타인은 미스릴 검을 고쳐 쥐며 서둘러 걸음

을 옮겼다.

'생각보다 오래 걸렸군.'

오염벌레는 금방 처리했는데 미스릴 검을 뽑아 내고 벽에 구멍을 뚫느라 오래 걸렸다.

처음에는 막막했다. 불에 타지도 않는 최상급 마물을 좁은 공동에서 검도 없이 상대해야 하니. 하지만 그간 배운 것들이나 쌓아 온 경험이 헛되지 않아서 그는 금세 저 마물을 죽일 방법을 떠올렸다.

오염벌레는 불타지 않지만 가둬 놓고 주위에 불을 둘러 고온으로 만들면 익어 죽을 것이다. 물에 불을 직접 집어넣으면 꺼지지만 그릇에 물을 담고 가열하면 도리어 물이 끓어 버리듯이 말이다.

마침 여기엔 거대한 오염벌레를 담기에 딱 적당한 그릇도 있었다. 속이 텅 빈 마물의 시체 껍질 말이다.

'유인해서 가두면 돼. 유인하기야 쉬운데 가두는 건 어떻게…….'

쉭쉭거리는 벌레의 숨소리를 들으며 웅크려 있던 악셀은 문득 생각했다. 만약 아드리안의 편지가 평소처럼 있었다면.

아드리안은 어떤 힌트를 주었을까?

'마스터라면.'

아마 지금까지 배운 것들과 지금 가지고 있는 것들을 이용하게 만들었을 터다. 마치 예상하고 대비해 둔 것처럼, 얼마 전에 복습한 내용이나 최근에 받은 보급품에 관련된 물건이 있을 거고.

'정말 그자는 예지 능력이라도 있는 건가.'

원작과 같은 방법으로 마물을 죽이려던 악셀은 아드리안에 대해 생각하다가 다른 방법을 떠올렸다. 더 쉽고 빠른 방법을 말이다.

'오염벌레는 몸이 오염수로 이루어져 있다. 그리고 오염수는 엘릭서

에 의해 치료된다.'

그럼 굳이 번거롭게 싸울 게 아니라 저놈이 죽을 때까지 엘릭서를 뿌리면 간단하지 않은가.

그는 팔목의 인벤토리를 내려다보았다. 이 안에는 무지막지한 양의 엘릭서가 있었다. 아드리안이 평소보다 훨씬 많은 양을 보냈다.

'설마, 이러라고 일부러 이렇게 많은 양을 보낸 건가.'

등줄기에 소름이 돋았다. 악셀은 헛웃음을 흘렸다.

'그럼 그 편지는 죽으라는 뜻이 아니라…….'

아드리안이 자신의 힌트 없이도 악셀이 해낼 수 있는지를 시험하려 하는지도 모르겠다.

사실 아리아드네는 이번 임무를 마지막으로 주인공을 배신할 예정이라 두고두고 쓸 만큼 넉넉하게 엘릭서를 준 것뿐이었다. 물론 그것을 모르는 악셀로서는 이번에도 마스터가 예상하고 준비해 뒀다고 추리할 수밖에 없었다.

기묘한 기분이었다. 화가 나기도 하고, 자존심이 상하기도 하고, 그러면서도 묘하게 뿌듯한.

그는 비스듬히 입꼬리를 올린 채 엘릭서 병들을 꺼냈다. 어쩌면 이 '시험'을 통과하면 그놈의 마스터와 드디어 만날 수 있을지도 모르겠다는 예감이 들었다.

이후는 하품이 나올 정도로 쉬웠다. 엘릭서를 뿌리는 족족 오염벌레는 괴성을 내지르고 몸부림치며 물러섰다. 엘릭서가 닿은 벌레의 몸뚱이는 말 그대로 녹아내렸다.

엘릭서를 다 쓸 때쯤 오염벌레는 주먹만 하게 줄어들었다. 악셀은 작아진 마물을 밟아 으깨 버렸다. 그 뒤 겁화를 꺼내 벽을 흐물흐물해지도록 달구어 검을 뽑아내고 구멍을 뚫어 탈출했다.

상처 하나 입지 않고 빠져나왔다. 그때까지는 기분이 좋았다. 난데없이 습격을 당하기 전까지는 말이다.

입구에 발을 디디는 순간, 살기를 담은 검과 보이지 않는 바람의 칼날이 동시에 그를 찔러 죽이려 들었다. 하나를 피하면 다른 하나에 당하게 되는 순차적인 공격이었다.

"……!"

악셀은 탁월한 반사 신경으로 검을 피하고 뽑아 든 검으로는 바람을 쳐 냈다. 그러면서 예민한 감각으로 깨달았다.

'방금, 닿기 직전에 외부의 힘으로 바람의 방향이 틀어졌다.'

누군가 개입해서 그를 도우려 했다. 그 사실을 머리에 넣고, 악셀은 자신을 습격한 남자를 붙잡아 바닥에 메다꽂았다.

"컥!"

돌바닥에 얼굴을 처박은 남자가 억눌린 신음을 흘렸다. 악셀은 그의 뒤통수를 한 손으로 꾹 누른 채 나지막하게 물었다.

"나이트, 이게 무슨 짓이지?"

"제기랄!"

나이트가 욕설을 내뱉더니 바람을 일으켰다. 그의 몸에서 연둣빛이 치솟아 형상을 이루려 했다. 정령수를 꺼내면 귀찮아진다. 악셀은 말없이 손에 불길을 일으켰다.

"크아악!"

뒤통수가 말 그대로 익어 버리는 감각에 나이트가 비명을 질렀다. 튀어나오려던 정령수가 그의 신체를 보호하기 위해 되돌아갔다. 연둣빛이 나이트의 전신을 뒤덮으며 불을 밀어내려 애썼다. 악셀은 손에 힘을 주며 입을 열었다.

"무슨 짓이냐고 물었다."

"놔! 놔! 놓으라고!"

"대답할 생각이 없어 보이는군."

악셀이 다른 손으로 검을 뽑자 나이트가 사색이 되어 소리쳤다.

"이, 이벨노리!"

"뭐?"

"그, 그것만 가져다 팔면, 이런 거지 같은 임무 안 하고 평생 편하게 살 수 있을 테니까!"

"그래서, 날 죽이고 훔쳐 도망치려 했다고?"

"그, 그래. 미안하다! 잠깐 눈이 멀었어! 실수라고! 루, 룩, 넌 어려서 잘 모르나 본데, 그, 그런 귀한 물건 남한테 함부로 보이면 안 돼. 그래! 사, 사실 난 너한테 그 점을 가르쳐 주려고……."

악셀은 비스듬히 입꼬리를 올렸다.

"내가, 그렇게 만만해 보였나."

불꽃이 폭발적으로 터져 나왔다. 곧 그 자리에는 새카맣게 타 버린 시체만이 남았다.

손에 묻어난 재를 대충 털어 낸 악셀이 정면으로 시선을 향했다. 누군가가 딱히 기척을 숨기지도 않고 그곳에 서 있었다. 전신을 덮은 검은 망토. 눌러쓴 후드 아래로 언뜻 보이는 얼굴은 흰 가면으로 가려져 있었다.

키가 작았다. 그의 가슴팍에 겨우 닿을 키다. 악셀은 유독 키가 커서 아직 자라는 중인 지금도 어지간한 성인 남성보다 반 뼘은 컸다. 그런 그의 가슴팍쯤 오는 키라면 어린아이거나, 키가 유난히 작은 여자.

적의는 느껴지지 않는다.

'저자가 아까 나를 도우려 한 거군.'

그를 베려던 바람의 방향을 바꾼 외부의 개입이 저자인 모양이다. 거기까지 판단하고서 그가 입을 열었다.

"누구냐."

아리아드네는 사람이 눈앞에서 불타 죽는 것을 처음 보았다. 문장으로 읽은 것과 눈으로 본 것 사이에는 까마득한 거리가 있었다.

잠시 자신이 무엇 때문에 여기에 와 있는지를 잊을 뻔했다.

[잠들지 않는 심판이 당신에게 저 호쾌함을 본받으라고 합니다.]

[신록의 그릇이 잠들지 않는 심판에게 화를 냅니다.]

[신록의 그릇이 당신을 걱정하고 있습니다.]

[뒤로 걷는 물이 당신이 키운 인간의 실력을 궁금해합니다.]

파이가 빠르게 읊는 말들에 겨우 정신이 들었다. 그녀는 지금 혼자가 아니었다. 채널을 열어 둔 덕에 여러 대정령이 그녀를 지켜보고 있었다. 아리아드네는 심호흡을 하고 고개를 들었다. 불탄 시체 대신 악셀 발렌타인에게 시선을 고정했다.

사실 이 자리엔 대리인을 구해 보냈어도 됐었다. 어차피 악셀은 아드리안 블랙이 누구인지 전혀 모르니까. 하지만 여러 가지 이유로 그녀는 직접 여기에 왔다. 그녀를 걱정하는 이들을 설득하느라 고생하는 것을 감수하며 말이다.

가장 큰 이유는 악셀이 어떻게 자랐는지 확인하기 위해.

원작의 주인공과 현재의 악셀을 비교해서 판단할 수 있는 사람은 그녀밖에 없었다.

19살의 주인공이 눈앞에 서 있다. 새카만 머리칼 아래로 형형한 붉은 눈동자. 반듯한 콧날. 단단한 턱. 훤칠한 이마. 사나워 보이는 눈썹. 찌푸린 미간. 이건 또 뭐야, 하는 표정으로 노려보고 있는데도 절로 감탄이 나올 만큼 잘생긴 얼굴이었다.

소설에서 이 시점의 주인공은 거칠고 그늘진 얼굴에 피로한 인상이라 묘사되었는데 눈앞의 주인공은 여유롭고 자신만만한 인상이었다. 아마 로버트가 아닌 그녀가 키운 탓일 터다.

'다 컸네. 잘 컸고.'

솔직히 지쳐 보이는 것보다 훨씬 보기 좋았다. 벼랑 끝에 몰려 굶주린 맹수보다는 털에 윤기가 흐르고 자신감이 넘치는 맹수가 더 보기 좋지 않은가. 하지만 그녀의 마음에 드는 것과 별개로 원작과 거리가 멀어 보이는 점은 문제였다.

'좋은데, 좋지가 않네.'

그녀는 계획대로 말을 꺼냈다.

"분명히 내가 살아 돌아오지 말라고 했는데."

그녀에게서 소년의 목소리가 튀어나왔다. 악셀의 어깨가 움찔했다.

"……아드리안 블랙?"

"왜 살아 돌아왔지, 악셀 발렌타인?"

"마스터가 맞군."

붉은 눈동자가 그녀를 뚫어지게 응시하고 있었다. 이제 원작 로버트 블랙의 대사를 읊는다.

"웬만하면 이렇게 내 손으로 널 죽이고 싶진 않았다. 그러게 눈치껏 알아서 죽어 줘어야지.”

그 말을 마지막으로 그녀는 정령술을 사용했다.

[분석 완료. 대정령, 창백한 푸름: 친밀 30%, 흥미 20%, 만족 15%, 그 외 감정 통합 35%.]

[우호적인 감정이 50% 이상이므로 안전합니다. 창백한 푸름의 정령력을 추가로 사용합니다.]

주변에 영토가 구현되기 시작한다.

영토의 범위, 구현 속도, 구성 수준, 유지 시간 등은 모두 정령사의 실력에 따라 달라진다.

아리아드네의 영토는 순식간에 펼쳐졌다. 새카맣게 느껴질 정도로 깊은 푸른색. 단숨에 엄습하는 냉기. 조용한 일렁임. 가득 차 있으면서도 아무것도 없는 심해의 풍경.

“……!”

난데없이 심해 속에 빠진 꼴이 된 악셀 발렌타인이 급히 숨을 참는 것이 보였다.

바닷속에서 아리아드네가 서 있는 부근만이 따스해 보이는 잔디밭이었다. 잔디밭이 시작되는 곳부터는 우주처럼 깊은 물 대신 살랑거리는 햇빛이 공간을 채웠다.

비현실적인 광경이었으나 아리아드네에게는 익숙했다. 근처는 신록의 그릇으로부터 빌려 온 잔디밭을, 나머지 범위는 북쪽 바다의 대정령인 창백한 푸름으로부터 빌려 온 차가운 심해로 영토를 구현하면 이렇게 된다.

다른 대정령의 힘을 동시에 빌려 복합적인 영토를 만드는 건 까다로운 일이었다. 그러나 성공하기만 하면 이런 식으로 효과적인 공격

수단이 된다.

악셀이 내뱉은 숨이 물거품이 되어 위로 솟구쳤다. 금세 숨이 막혀 올 것이다. 수압에 짓눌리는 감각이 느껴질 거고, 얼음물이나 다름없으니 피가 식어 갈 터다.

이제 '아드리안 블랙'이 자신을 죽이려 한다는 것을 깨닫겠지. 그러면 아까 자신에게 덤빈 나이트를 불태워 버린 것처럼 바로 보복하려 할 거고.

'그걸 바로 제압한 다음, 죽기 직전까지 몰아야 해.'

그녀가 직접 온 건 이것 때문이기도 했다. 원작 로버트는 기물들로 돌아온 주인공을 포위해 공격했는데, 그걸 흉내 내어 사람을 동원하기는 너무 위험했다.

'원작에서 악셀이 포위망 뚫으면서 반 넘게 죽였잖아.'

자신의 정령술이라면 혼자서 안전하게 주인공을 제압할 수 있다.

아리아드네는 악셀을 살폈다.

'슬슬 숨이 막힐 텐데?'

그는 영토가 구현된 직후에만 놀란 듯 조금 움직이더니 이제는 미동도 없이 서 있었다.

'표정이 잘 안 보여.'

그녀 주위는 밝지만 나머지는 심해라 어두워서 그의 표정이 잘 보이지 않았다.

'파이.'

[영토 내의 생물 분석. 주인공은 움직이지 않고 있습니다.]

'왜 저러는 거야?'

[불명. 파이는 주인공이 위기를 탈출할 방법을 구상 중일 거라고

추측합니다.]

심해에서 겁화의 힘을 쓸 순 없으니 다른 방법을 찾아야 하긴 했다. 정령사의 영토 내, 원거리에서 정령사와 싸우는 게 불리하다는 것쯤은 잘 알 것이다.

영토를 탈출하는 게 우선이다. 호흡을 확보하기 위해서라도. 아니면 어떻게든 정령사에게 접근하여 근접전을 유도하거나. 어느 쪽이든 움직여야 했다. 그런데 왜 가만있는 거지?

'물속에서 어떻게 해야 할지는 금방 떠올렸을 텐데. 불을 쓰지 못하는 상황 위주로 훈련 많이 했잖아.'

아리아드네는 초조함을 숨기려 애쓰며 기다렸다. 악셀은 전혀 움직이지 않았다. 시선이 따갑게 느껴졌다. 어쩐지 그가 자신을 관찰하고 있다는 느낌이 들었다.

[경고. 인간이 숨을 참을 수 있는 한계 시간에 도달했습니다.]

뭐? 아리아드네는 화들짝 놀랐다가, 급히 물었다.

'아직 괜찮지 않아? 정령 기사는 보통 인간보다 훨씬 오래 버틸 수 있잖아.'

[정령 기사의 강화된 신체를 기준으로 예상한 시간입니다. 불 속성 정령수의 가호는 수중 호흡에 별로 도움이 되지 않습니다.]

그녀는 악셀을 멍하니 바라보았다. 그는 여전히 그녀에게 시선을 두고 있었다. 움직이지 않는다. 그러다 돌연 물거품이 일었다.

[경고. 영토 내 생명체 분석 결과. 주인공이 호흡 곤란으로 인한 반사적 호흡을 시작합니다.]

[이 상태가 유지되면 곧 익사합니다.]

[익사까지 약 1분 남았습니다.]

'아냐, 설마, 쟤가 나를 그 정도로 믿는다고? 죽이려 하는데도 가만 있을 정도로?'

움직여. 움직이라고. 반항해. 로버트에게 반격한 것처럼 나한테 반격하라고, 제발.

[익사까지 10초, 9초, 8초…….]

곧 죽는다는 사실을 못 깨달을 리가 없는데. 왜 반항하지 않는 거야? 왜?

이대로 악셀이 죽으면 회귀도 하지 못한다. 주인공이 회귀 능력을 각성하는 건 대미궁이 있는 옛 크레타의 수도 라비린토스에 발을 디딘 후니까.

[5초, 4초, 3초…….]

'안 돼!'

아리아드네는 결국 다급하게 정령술을 거두었다. 사방을 채웠던 심해가 환상처럼 사라지고 그녀 근처의 잔디밭이 넓어지며 영토를 채웠다.

악셀이 쿨럭쿨럭 물을 뱉어 내더니 풀썩 쓰러졌다. 그녀는 그에게 달려갈 뻔했다가 간신히 멈췄다.

"파이."

[영토 내 생명체 분석. '주인공'은 기절했습니다. 체내에서 정령수가 활동 중. 호흡 시작. 신체 상태 양호.]

"하……."

아리아드네는 안도의 한숨을 내쉬며 주저앉았다. 악셀이 무사하다는 걸 확인하고 나니 울컥 화가 치밀었다.

'설마 죽어도 상관없어서 가만있었던 건 아닐 테고. 내가 자길 죽일 리가 없다고 믿은 거지, 이거.'

무모하다. 아무리 '아드리안'이 그를 특별 대우했고 그에게 많은 것을 베풀었다지만, 이렇게까지 믿어서는 안 된다.

원작에서도 주인공이 로버트 블랙을 양아버지처럼 따르며 헌신하긴 했다. 로버트가 내준 임무 때문에 죽을 고비를 넘기면서도 그가 일부러 그러진 않았으리라 믿었고, 경기에서 다른 기물과 목숨 걸고 싸우면서 그게 로버트를 위한 일이라고 믿었다. 자신이 로버트에게 아들처럼 헌신하니 로버트도 자신을 아들처럼 여길 거라 믿었다.

하지만 주인공의 신뢰는 로버트가 자길 직접 죽이려 하는 걸 눈앞에서 확인하기 전까지였다. 지금 그녀가 악셀에게 한 것처럼 로버트가 그를 직접 죽이려 들었을 땐 마스터가 날 죽일 리 없다며 가만있진 않았단 소리다. 되레 로버트를 죽이려 들었지.

'심지어 난 로버트처럼 곁에서 가족 흉내를 내 주지도 않았잖아.'

아드리안은 지금까지 악셀을 만나 준 적도 없다. 편지야 보냈지만 그 편지에는 한 번도 사담을 쓰지 않았다. 임무에 대한 힌트만 썼다.

악셀도 딱히 다가오지 않았다. 마스터를 만나고 싶다고 사이먼에게 요청한 적이 몇 번 있긴 했으나, 거절하자 그 뒤로는 별다른 반응이 없었다.

'배신할 때 상처를 덜 주려고 최대한 접점을 없앤 건데.'

물론 아무리 그래도 어느 정도 그녀를 믿게 되리라는 건 예상했다. 주인공이 바보도 아니고 자신이 특별 대우를 받고 있다는 걸 모를 리가 없으니까. 직접 자기를 죽이려 드는 걸 보면서도 믿을 줄은 몰랐을 뿐이나.

'아니, 아예 몰랐던 건 아니야.'

로버트처럼 아껴 주는 시늉을 한 것도 아닌데 왜 이렇게 되었는지는 짐작 가는 바가 있긴 했다. 아리아드네는 이마를 짚었다.

'내 행동이 로버트와 달랐으니까, 결과가 달라질 수도 있지.'

너무 곱게 키웠다.

원작에서 악셀은 로버트를 믿으면서도 줄곧 의심했다. 겉으로 얼마나 다정하게 굴든 간에 맨몸으로 굶주린 마물 구덩이에 몰아넣으면 그렇게 될 수밖에 없다. 널 사랑한다고 말하며 오염수를 주사하던 엘디어 공작을 믿으면서도 공작보다는 엄마와 함께 있고 싶어 했던 어린 그녀처럼 말이다.

접점만 만들지 않았을 뿐 마스터와 기물 사이라고는 볼 수 없을 정도로 잘해 줬다. 소설에선 주인공이 로버트 몰래 따로 챙겼던 아이템들을 악셀이 자꾸만 마스터에게 주겠다며 보고할 때부터 어느 정도 이런 결과를 예상했었다.

원래 주인공은 로버트에게 복수하면서 인간관계에 연연하지 않게 된다. 사람을 보면 의심부터 하고 누구에게도 집착하지 않는다. 주인공은 그래야만 했다. 그런 주인공도 몇 번을 배신당해 회귀하는데 자길 죽이려 하는 걸 보고도 믿고 가만히 있는 주인공이라니.

'내가 주인공을 망친 거야.'

조금만 돕는다는 건 불가능했다. 나름 원작의 전개를 따라가려 노력했지만 끼어든 이상 어떤 식으로든 달라질 수밖에 없다. 나비 효과라는 표현이 괜히 생겨난 게 아니었다.

'주인공이 이 정도로 달라졌으면 소설 흐름을 유지하긴 힘들어.'

억지로 끼워 맞춰 유도하려 들면 점점 더 큰 문제가 불거질 것이다.

'차선책으로 가자.'

결국 준비해 둔 다른 길로 가야만 했다.

'주인공을 배제하고 원작을 버린다.'

12살에 정령사가 된 뒤, 아리아드네는 레다 피카로의 흔적을 추적하며 마계의 파벌에 대한 정보를 조금씩 알아냈었다. 지금도 그 조사는 계속 진행 중이었다. 그러면서 원작에는 나오지도 않은 정보가 속속들이 쌓였다.

대미궁 안에서의 내용이 대부분인 전개 탓에 검은 잔을 받은 자들은 소설에 얼마 나오지 않는다. 동료가 배신하는 경우에나 물리칠 적으로 등장할 뿐이다.

그녀는 이제 원작보다 검은 잔을 받은 자들에 대해 더 잘 안다. 그녀가 얻은 원작에 없는 정보 중에는 대미궁 정복에 도움이 될 지식도 제법 있었다.

게다가 그녀에겐 환상 도서관과 파이가 있었다. 파이의 지식은 실시간으로 늘어나고 있다.

처음 소설 속 세계라는 것을 자각했을 때는 결말의 주인공과 그녀가 가진 정보에 별 차이가 없었다. 그것만으로도 할 만하다고 생각했는데 이젠 그녀가 가진 정보가 월등히 많아지기까지 했다.

그리고 그녀의 정령술은 원작에서 주인공이 사용하던 것보다 우수했다. 이 점은 파이가 원작 내용과 현재 그녀를 비교 분석해서 알려줬었다. 아리아드네를 이용해 만든 아이템을 아무리 잘 써도 아리아드네 본인의 정령술보다는 못할 수밖에 없다.

또한 그녀에겐 주인공에게 없는 인맥, 권력, 재산, 시간이 있었다. 주인공 없이도 대미궁 공략이 가능해졌다는 소리다. 물론 주인공은 모든 것을 압도할 수 있는 회귀 능력이 있지만, 그 능력은 함정이라 쓸 수 없다. 아니, 써서는 안 된다.

'주인공이 회귀하면 무조건 세계 멸망 엔딩이니까.'

무슨 수를 쓰든 대미궁을 정복하기만 하면 되니 주인공은 안전한 곳에 그냥 내버려 두고 그녀가 따로 대미궁을 닫아 버리는 거다.

그녀에게도, 주인공 자신에게도 그게 나을지도 몰랐다. 주인공의 특수성으로 돌파한 구간에 대한 대응책을 어떻게든 마련하기만 하면 말이다.

그래서 다른 길을 준비했었다.

'이러면 악셀이 영웅이 되지 못할 수도 있겠지만.'

주인공의 자리를 빼앗고 싶지 않아서 준비만 하고 선택은 미뤘었다.

아리아드네는 기절한 악셀에게 다가가 앉았다. 물에 젖은 검은 머리칼을 살짝 쓸어 넘기니 정신을 잃은 얼굴이 드러났다. 덩치는 어지간한 성인 남자보다도 큰데 얼굴은 아직 앳되다.

이 세계 기준으로는 성인이라지만, 전생의 기억이 있는 그녀가 보기엔 스물도 안 된 어린애. 눈을 감고 있으니 새삼 더 소년 같다. 이제야 '주인공'이 아닌 '악셀 발렌타인'이라는 19살짜리 소년이 보인다.

주인공은 영웅이라지만 불행한 삶을 살았다. 결말조차 그 꼴이었으니 결과적으로는 실패한 영웅이기까지 하다.

'성공한 영웅으로 바꿔 준다고 해서, 내가 악셀을 주인공과 똑같이 만드는 게 그에게 정말 좋은 일일까?'

그러지 않아도 결말을 바꿀 방법이 있는데. 굳이 악셀을 영웅이 되는 길에 가두는 게 아니라 원하는 길을 걷도록 내버려 둬야 하지 않을까.

'이미 나 때문에 소설 속 주인공과 이렇게 달라져 버렸는걸.'

그렇다고 그를 도와준 걸 후회하진 않는다. 직접 보니 더 확신이 선다.

악셀의 인생은 원작보다 나아졌다. 앞으로도 나아질 것이다. 그녀가 결말을 바꿀 테니까.

'그래, 놓아주자.'

아리아드네는 악셀의 목에서 기록용 목걸이를 떼어 냈다.

'이제 다 컸으니 원하는 대로 살게 해 줘야지. 진작 이렇게 했어야 했어.'

목걸이를 챙겨 일어나며 그녀는 속으로 파이를 불렀다.

'파이, 저번에 부탁했던 거 기억나?'

[주인공의 역할을 대신할 수 있는 후보 목록 말입니까?]

'응, 그거. 다 됐어?'

[검색 완료. 분석 완료. 결과 정리 중. 아리아가 환상 도서관에 오면 볼 수 있게 준비해 두겠습니다.]

'고마워.'

그녀는 돌아서기 전에 쓰러진 악셀의 모습을 마지막으로 확인했다.

'앞으론 만날 일이 없겠네.'

원작을 버리기로 결정했으니 이제 악셀은 그녀에게 '주인공'이 아니었다. 그녀에게는 대미궁 정복과 관련 없는 일에 할애할 여유가 없었다. 체스 협회와 '아드리안 블랙'은 이제 존재하지 않게 될 것이다.

마스터로 지내는 동안 협회 내부 자료는 이미 다 확보했다. 솔직히 그 내부 자료를 신전과 왕실에 넘기기만 해도 협회는 흔적도 없이 사라질 것이다.

그러지 않고 그녀가 직접 처리하려는 건 악셀을 위해서였다.

'불법적인 거 다 쳐내고 물갈이해서 악셀한테 남겨 줘야지. 뭘 하고 싶든 그 정도면 충분한 기반이 될 거야.'

앞으로 직접 그를 도울 수 없으니 이 정도는 독립 자금으로 줘야 할 것 같았다. 괜히 어설프게 돕는 짓을 하다가 아드리안이었음을 들키고 싶지 않다. 더는 악셀을 부채감으로 얽어매고 싶지도 않고.

소설에서 그가 대미궁으로 가게 되는 원인인 양아버지의 유언은 나중에 다른 방식으로 이루도록 만들어 놓으면 그만이다.

'그건 악셀이 출발하기 전에 내가 먼저 대미궁으로 출발해서 가는 길에 처리하면 되니까.'

그녀는 설핏 웃고 그로부터 시선을 돌렸다.

'잘 지내, 악셀 발렌타인. 너도 나처럼 소설과는 다르게 행복해졌으면 좋겠어.'

힘든 일이 있었고 해내야만 하는 일이 많아도 그녀는 지금 나름 행복했다. 전생에 없었던 사랑하는 가족을 얻었고, 죽을 때까지 불행했던 원작과는 완전히 다른 삶을 살고 있으며, 미래에 대한 희망도 있다.

'대미궁만 정복하고 나면 평생 놀고먹고 쉬기만 할 거야.'

스무 살 되기 전에 세상을 구해 놓고 은퇴하는 것. 아리아드네의 현재 목표였다. 은퇴 전까지는 좀 바쁘겠지만.

"니카."

"네, 아가씨."

그림자에 묻혀 있던 베로니카가 나타났다. 아리아드네는 하얀 가루가 든 병을 그녀에게 건네주었다.

"악셀 데리고 북쪽으로 가. 중간에 깨어나면 이걸로 적당히 재우고."

"이거…… 그 흑마법사가 썼던, 수면 가루잖아요? 이걸 어떻게……."

"그거 바탕으로 만들긴 했는데, 그거랑은 조금 달라. 안 좋은 성분은 빼고 몸에 이상 없이 푹 재워 주는 쪽으로 바꿔 만들었거든."

"성분은 어떻게 아셨…… 아, 바보 같은 질문이네요."

아가씨는 엘릭서도 만드셨는데. 베로니카가 혼잣말을 하며 고개를 끄덕거렸다. 아리아드네는 가면을 벗으며 말했다.

"참, 그거 뿌리기 전에 악셀 벨트 주머니에서 흰색 구슬부터 꺼내서 치워 놔. 그거 해독 아이템이거든."

"네. 근데 북쪽 어디로 가요?"

"얼음 미로 숲. 한번 들어가면 몇 달은 헤매게 되는 곳인 거 알지? 넌 들어가지 말고 악셀만 들여보내야 해."

"네에에? 거기, 대륙 최북단이잖아요! 멀어요!"

"그림자나비 타고 날아서 가면 그렇게 오래 안 걸리잖아."

그림자나비는 3년 전 아리아드네가 가르쳐 준 곳에서 베로니카가 얻어 온 힘이었다.

두 번째 정령수. 일반적인 정령 기사와 달리 베로니카는 이제 두 마리의 정령수를 품고 있다. 재능과 노력, 환경과 조건이 모두 맞아떨어져야 가능한 기적이었지만, 대미궁에 갈 정령 기사는 무조건 세 마리 이상의 정령수를 다뤄야 했다.

'주인공이 빠지니까, 내가 데려갈 정령 기사들은 최소한 정령수 셋은 있어야겠네.'

정령수만 넷에 사상 최초이자 최후로 대정령까지 계약한 정령 기사가 된 먼치킨 주인공의 빈자리를 그녀는 고작 정령 기사 둘로 메꿔야 했다. 재능과 노력은 어쩔 수 없어도 환경과 조건은 아리아드네가 맞춰 줄 수 있으니 그나마 다행이었다.

"그렇지만, 그동안 아가씨가…… 혼자 계셔야 하잖아요……. 위험해요."

베로니카가 느릿느릿 항변했다. 아리아드네는 혼자 있어도 괜찮다고 하려다 말을 바꿨다. 납치 사건 이후로 베로니카는 설내 그녀를 혼자 두려 하지 않는다.

"그럼 가는 길에 새벽 용병단에 연락해서 아무나 나한테 보내."

"아무나 싫어요. 일라타 보낼게요."

"일라타는 나 대신 단장 노릇까지 하느라 바쁠 텐…… 아니야. 그래, 마음대로 해."

새벽 용병단은 그녀가 만들어 놓은 용병단의 이름이었다. 원작과 환상 도서관의 정보를 바탕으로 유능한 사람들로만 채워 놓았다. 특히 부단장 일라타는 소설에서 악셀과 함께 대미궁에 간 적도 있는 실력자로 아리아드네가 꽤 신경 써서 고른 사람이었다.

"빨리 다녀올게요."

"조심해서 다녀와. 난 레베카 이모한테 들렀다가 위버로 돌아갈게."

"위버에, 바로 안 가시고요?"

"응. 체스 협회 좀 처리해야 해서."

"네에……. 되도록 빨리 돌아가셔야 해요."

베로니카가 풀이 죽은 얼굴로 그림자나비를 불러냈다. 그녀의 그림자가 길게 늘어나며 거대한 나비 그림자로 바뀌더니 푸드득 날개를 털었다. 그림자나비는 전신이 새카만 그림자라 눈 코 입도 없었지만, 만지고 올라타는 것에는 문제가 없었다.

베로니카는 나비의 등 위에 악셀을 태우고 하늘로 날아올랐다. 아리아드네는 손을 흔들며 그들을 배웅했다.

'악셀이 얼음 미로 숲에 있는 동안 아드리안이랑 체스 협회를 처리해야지.'

얼음 미로 숲은 원래 악셀을 보내려던 곳이자 그가 원작에서 두 번째 정령수를 얻은 곳이었다.

'필요한 거 인벤토리에 다 챙겨 줬으니 무사히 돌아오는 건 문제없겠지. 정령수야 이제 얻든 못 얻든 상관없고.'

문득 악셀이 거기서 아예 눌러살 수도 있겠다는 생각이 들었다.

소설에서 상처투성이로 도망친 주인공은 협회의 감시가 미치지 않는 곳을 찾아 얼음 미로 숲으로 들어간다. 그 안에 마을을 이루고 사는 소수 민족 사람들이 그를 구해 주는데, 주인공은 거기서 평생 처음 받아 보는 환대를 받게 된다.

눈과 얼음 속에 사는 마을이라 화재의 위험은 거의 없고 불의 정령 기사는 대환영이었기 때문이다.

'원작에서야 로버트에게 복수하겠다고 돌아오지만, 지금의 악셀은 그 정도 복수심은 없을 테니까…… 그냥 거기서 살게 될지도.'

그것도 악셀에겐 나쁘지 않을 것이다. 붉은 눈을 신경 쓰지 않는 사람들과 친해질 수 있을 테니.

그래도 돌아올 가능성이 있으므로 협회와 아드리안은 예정대로 정리해야 했다.

'악셀을 대신할 후보부터 결정하자.'

그녀는 탑 위로 다시 올라가서 영토를 펼치고 환상 도서관으로 들어갔다.

"파이!"

"아리아, 어서 오세요."

쌓인 책 더미에 기대앉아 있던 파이가 반갑게 일어섰다. 아리아드네는 놀라 눈을 크게 떴다.

"너, 또 자랐어?"

"제가 자랐습니까?"

고개를 갸웃한 파이가 그녀에게 다가와 키를 재어 보았다. 며칠 전까지만 해도 아리아드네의 키가 파이의 눈썹 근처까지는 닿았는데 이젠 코끝에 겨우 닿았다.

"봐, 자란 거 맞잖아."

그녀가 허탈하게 웃었다.

"남자가 되기로 한 뒤부터는 콩나물처럼 쑥쑥 크네."

신기해서 한 말에 파이의 표정이 시무룩해졌다.

"역시 여성인 게 낫습니까?"

"어? 왜?"

"너무 커져서 아리아가 파이를 징그러워 할 것 같습니다."

은빛 속눈썹이 파르르 떨리고 호박석 같은 눈동자가 촉촉해졌다. 아리아드네는 화들짝 놀라 파이를 끌어안고 토닥였다. 이제 그가 그녀보다 커져서 안았다기보다 안긴 것에 가까웠지만.

"징그럽다니 무슨 소리야. 파이는 아무리 커져도 귀여울 테니까 쓸데없는 걱정 하지 마."

"기쁩니다, 아리아."

파이가 활짝 웃으며 그녀를 마주 안더니 허리를 숙이고 뺨에 입을 맞추려 했다. 아리아드네는 반사적으로 파이의 얼굴을 손으로 막았다.

'파이는 아무 생각 없을 텐데, 그래도 이건 조금.'

애가 남자가 된 데다 키까지 쑥쑥 자라니 아무래도 뽀뽀는 좀 민망했다.

"아리아?"

"아, 이건 그러니까……."

자신을 가로막은 손을 빤히 보던 파이가 고개를 기울였다. 은은한 황금빛이 그를 휘감는다.

"잠깐, 파이!"

잦아든 빛 너머로 풍성한 하얀 머리의 소녀가 나타났다. 아리아드네는 목뒤를 잡았다.

"너 또……."

"이러면 괜찮지 않습니까."

소녀가 된 파이는 목소리마저 가늘고 높아졌다. 키는 여전히 아리아드네보다 컸지만 남자일 때처럼 차이가 심하게 나진 않았다.

"네? 괜찮지요, 아리아?"

그녀가 사랑스럽게 웃으며 아리아드네를 끌어안더니 뺨, 이마에 연달아 뽀뽀했다. 아리아드네는 한숨을 내쉬고 파이가 원하는 대로 하게 내버려 두었다.

"남자로 정했으면 그대로 사는 거지, 왜 자꾸 나 때문에 성별을 바꿔?"

"파이는 아리아가 좋아하는 쪽이 더 좋습니다."

"난 남자가 싫은 게 아니야. 남자 모습이면 아무래도 이성이니까 좀 신경 쓰이는 것뿐이지."

"어쨌든 아리아는 파이가 여성일 때는 밀어내지 않잖습니까."

여자가 된 파이가 순한 얼굴로 웃으며 달라붙으면 하얗고 폭신폭신한 강아지가 매달리는 듯해서 마냥 귀엽긴 했다.

'만날 사람이라곤 나밖에 없으니 이러는 거겠지.'

아리아드네는 재차 한숨을 쉬고 파이의 보드라운 머리카락을 쓰다듬어 주었다.

"그래, 뭐, 네가 그러고 싶다면야. 한 번 정하면 바꿀 수 없는 것도 아니고……."

"참, 아리아, 전에 말한 방법, 가능할 것 같습니다. 기억의 영상화 말입니다."

파이가 화제를 돌리고 싶은 듯 다른 이야기를 꺼냈다. 아리아드네가 정령사가 된 뒤부터 가장 신경 쓰고 있는 계획과 관련된 터라 그녀는 바로 반응을 보였다.

"찾았어? 어떤 식으로 가능해? 마법? 기술?"

"아이템 형식입니다. 제조법을 정리해 두었습니다."

건네받은 종이를 본 아리아드네는 옅은 신음을 흘렸다.

"인간 기준이네. 대정령에게 적용하려면 많이 뜯어 고쳐야겠어."

"도움이 되지 않습니까?"

"아니, 어차피 마법식 고치는 건 에리히 오라버니가 어떻게든 할 텐데 뭐."

원래 신제품을 구상하는 사람과 그걸 실제로 만드는 사람은 따로 있는 법이다. 만드는 사람, 아니, 에리히 위버의 고생은 그녀가 알 바 아니었다.

"파이, 고마워."

"파이는 인사를 들을 자격이 없습니다. 글로리아 위버의 죽음에 대한 정보를 끝내 찾지 못했으니까요."

"대신 이걸 찾아내 줬잖아. 자랑스러워해도 돼."

아리아드네는 의기소침해진 파이의 머리를 쓰다듬어 주었다. 파이는 금세 기분이 풀려서 배시시 웃더니 그녀의 이마에 입을 맞췄다. 그러고는 아리아드네가 뭐라 하기 전에 얼른 종이뭉치를 꺼냈다.

"이건 아리아가 요청한 주인공 대체 후보 목록입니다."

"아, 그거 보러 왔었지. 수고했어."

기다리던 것이라 아리아드네는 바로 그것을 받아 들었다. 주인공의 빈자리를 메꿀 수 있을 만한 후보 목록. 원작의 정보를 바탕으로 파이가 찾아낸 다른 기록들이 추가되어 있어 내용이 꽤 자세했다.

"가장 적당하다 싶은 후보를 첫 장에 두었습니다. 아리아가 보고 결정하십시오."

서류를 살펴본 그녀가 고개를 끄덕였다.

"응, 확실히 첫 번째 사람이 가장 나아 보이네."

이름은 루드빅 블레이르. 주인공과 같은 붉은 눈이라는 점이 제일 마음에 들었다.

"불타지 않는 자가 있어야 쉽게 넘어가는 곳도 있으니까, 붉은 눈이 낫지."

"파이도 같은 생각입니다."

"경력을 보니 실력도 뛰어난 것 같고. 근데 이거, 여기부턴 앞으로 쌓게 되는 경력이지?"

그녀가 경력들 중간을 짚어 보였다. 연도별로 정리되어 있어서 어디까지가 현재인지 알아보기 쉬웠다. 파이가 고개를 끄덕이며 답했다.

"예, 미래의 기록들에서 찾았습니다."

"어디서 찾았어? 원작에 안 나온 사람 같은데."

"원작에 나왔습니다. 4권 179페이지 6번째 줄입니다."

"그래?"

아리아드네는 소설책을 꺼내 그 부분을 확인했다.

-이야, 진짜 붉은 눈이네. 오늘 밤 여기 불나는 거 아니야? 왕족도 붉은 눈이면 버려진다던데, 너도 그 눈깔 때문에 부모한테 버려졌나 보지?

엑스트라가 악셀에게 시비를 거는 장면이었다. 그녀는 눈썹을 치켜올렸다.

"설마 여기 이거? 붉은 눈이라 버려졌다는 왕족?"

"맞습니다."

"이거 한 줄로 찾아냈다고?"

"버려진 왕족은 인상적인 이야깃거리입니다. 게다가 유명한 정령 기사이기까지 해서 자료가 많습니다. 찾기 쉬웠습니다."

"그렇구나……."

아리아드네는 루드빅의 기록을 찬찬히 다시 보았다. 파이가 그녀의 곁에 붙어 앉아 함께 기록을 보며 말했다.

"조건만 맞춰 주면 여러 정령수를 사용할 수 있을 인간입니다."

"응. 그리고 영입하기도 어렵지 않을 것 같아."

명예와 출세에 욕심이 많은 성격. 영웅이 될 기회라면 거부하지 않을 것이다.

"문제는 이 사람을 믿을 수 있냐는 건데. 중간에 배신하면 큰일이니까."

"배신하지 않을 겁니다. 소설 5권 220페이지 첫째 줄을 확인해 보십시오.”

“원작에 이 사람이 또 나와?”

그녀는 놀라 책을 펼쳐 보았다. 파이가 말한 부분은 주인공이 토벌대를 짜면서 이전 회귀에서 함께해 본 동료들을 평가하는 장면이었다.

“그 부분에 언급되는 붉은 눈의 정령 기사가 루드빅 블레이르로 추정됩니다. 배신 경력 없음. 정신 계열 저주 극복 경험 있음.”

“정신 계열 저주 극복? 굉장한데. 왜 난 정령 기사 동료 후보 찾을 때 이 사람을 안 넣었지?”

“주인공의 평가를 참고하십시오.”

“……아, 하위 호환.”

루드빅 블레이르가 잘하는 건 전부 주인공이 더 잘할 수 있는 것들이었다. 같은 붉은 눈이기도 하고. 주인공은 그런 그를 자신의 하위 호환이라 딱히 쓸모가 없다고 평해 놓았다. 막말이지만 정확한 평가이긴 했다.

그 평을 보고 애초에 후보에서 빼놓았었다. 주인공과 함께 대미궁에 간다면 고려할 필요가 없는 동료였으므로.

“이젠 도리어 가장 필요한 동료가 되겠네.”

그녀는 쓰게 웃고는 어디서 루드빅을 찾을 수 있는지 서류를 확인했다.

“응? 이 사람, 지금 우리 왕국 수도에 있는 거야?”

“예. 그는 왕자의 목숨을 구한 공로로 아비쉘 왕실로부터 블레이르 남작 작위를 수여받았습니다. 영지가 없는 작위라 수도에 살고 있을 겁니다.”

“잘됐어. 수도에 사는 젊은 귀족이면 마침 자연스럽게 만나기 좋은

행사가 있거든."

"어떤 행사 말이십니까?"

아리아드네는 빙긋 웃으며 서류를 덮었다.

"내 데뷔탕트."

귀족의 아이들이 사교계에 데뷔하는 건 대체로 16살 생일부터였다. 그들에겐 생일 연회가 곧 데뷔탕트 무도회가 된다.

예전에는 왕국 내에서도 매달 곳곳에서 데뷔탕트 무도회가 열리곤 했다. 데뷔탕트 무도회의 규모와 참석 손님의 명단이 가문의 위세를 보여 주던 시절도 있었다. 대미궁이 출현하기 전까지의 이야기다.

저주받은 땅이 생겨난 뒤로 사교계도 많이 축소되었다. 귀족들은 이제 예전처럼 쉼 없이 연회 초대장을 주고받지 않는다. 간혹 열리는 연회들도 예전처럼 화려하거나 규모가 크지 않았다.

그래도 데뷔탕트 무도회가 아예 사라지진 않았다. 사기를 유지하기 위해서라도 가끔은 호화로운 기념행사가 필요한 법이다. 그래서 왕실은 매년 가을 그 해에 16살 생일이 있는 귀족가의 아이들을 모두 모아 데뷔탕트 무도회를 열었다.

29세 이하의 귀족들은 별다른 일이 없으면 의무적으로 참석해야 하는 무도회이기도 했다. 귀족 간의 왕래가 힘들어진 상황이니, 이런 기회에 또래 친구도 사귀고 결혼 상대도 찾으라는 뜻에서 정해진 관습이었다.

22세인 루드빅 블레이르도 그 관습 때문에 데뷔탕트 무도회에 참석했다. 그는 어깨에 물로 이루어진 작은 용을 얹고 있었다. 그의 정령수인 용오름이다.

사람들은 루드빅의 붉은 눈을 보고 흠칫 놀랐다가, 그의 어깨에 웅크리고 있는 조그만 물의 용을 보고 눈에 띄게 안심한 표정이 되곤 했다. 물 속성 정령수를 가진 정령 기사라면 혹시 불이 나더라도 바로 끄겠다 싶어 안도하는 것이다.

저런 반응 때문에 루드빅은 늘 정령수를 꺼내 놓고 다녔다. 잘못하면 연회에서 쫓겨날 수도 있으니.

검은 머리에 회색 눈의 잘생긴 청년이 그를 발견하고는 반갑게 다가왔다.

"루드빅 경, 왔군."

"아비쉘의 미래를 뵙습니다."

"편히 대하라니까. 그대는 내 생명의 은인 아닌가."

왕세자가 허리를 숙인 그를 직접 일으켜 세웠다. 루드빅은 빙긋 웃었다.

"왕세자비께선 함께 안 오셨습니까?"

"비는 저기서 친구들과 어울리느라 바빠. 그러니 경이 나와 놀아 줘야겠어."

"저는 대환영입니다."

"정말? 불편한 게 아니라?"

"진심입니다. 저하께서 함께 계시면 다들 제게 가산점을 매길 것 아닙니까. 저하는 제 훈장 중 가장 빈썩번쩍한 훈장이니까요."

루드빅의 능청스러운 말에 왕세자가 킬킬 웃었다.

"좋아. 오늘은 자네의 훈장 노릇을 제대로 해 주겠네."

"영광입니다."

"마음에 드는 아가씨가 있으면 말하게. 슬슬 자네도 결혼해야지."

루드빅은 무도회장 내를 둘러보고 어깨를 으쓱였다.

"아직은 잘 모르겠습니다. 그나저나, 이번 무도회는 유난히 사람이 많아 보이는군요."

"실제로도 많아. 나나 왕세자비의 데뷔 때보다도 많을걸."

"올해 특별한 데뷔탕트라도 있습니까?"

"물론. 자네는 몰랐나? 올해는 엘디어 공녀가 데뷔하는 해라네."

루드빅이 눈을 치떴다.

"엘디어 공녀라니, 설마 엘릭서의 성녀는 아니겠지요?"

"그러고 보니 자네는 재작년에 아비쉘에 왔으니 잘 모르겠군. 엘디어 공녀는 한 명뿐이야. 경이 아는 그 사람 맞다네."

"엘릭서의 성녀가 올해 열여섯이 된단 말입니까? 어리다는 소문은 들었지만, 그 정도로 어릴 줄이야……. 못해도 열여덟 살은 되었을 줄 알았습니다."

"정확히 말하면 아직 열다섯 살이지. 공녀의 생일은 겨울이거든. 어쨌든 그녀는 올해의 데뷔탕트 중 하나라네."

"그래서 이렇게 사람이 많았군요."

"그렇지, 많을 수밖에. 다들 그 아가씨가 궁금해서 몰려온 거야. 전부 공녀 이야기만 하고 있을걸."

왕세자가 슬쩍 뒤에 있는 귀족 무리를 가리켰다.

"난 잘 안 들리지만, 자네는 다 들리지?"

루드빅은 정령 기사의 강화된 신체로 귀를 기울였다. 곧 귀족들이 웅성거리는 내용이 들려왔다.

"이번에 엘디어 공녀도 데뷔하는 것 맞죠? 참석한대요?"

"네, 확실해요. 다른 데뷔탕트들과 함께 입장한댔어요."

"대체 어떤 아가씨일까요. 소문만 무성하니 궁금해서 못 견디겠네요."

"성녀 칭호를 받을 때 보신 분 없나요? 임명식 하지 않았어요?"

"그거 비공개 행사였어요. 신전 내부에서만 진행되어서 아무도 못 봤을걸요."

"샤프롱은 누구래요? 엘디어 공작?"

"공작은 불참이라던데요."

"어머, 왜요? 외동딸이 데뷔하는 데 안 온다고요?"

"엘디어 공작, 흑마법사 건으로 자숙 중이잖아요."

"자숙 중 아니라도 안 왔을걸요."

"못 오는 거죠."

"아무리 그래도 그렇지, 하나뿐인 딸의 평생 한 번뿐일 데뷔인데…… 혹시 부녀 관계가 나쁜가요?"

"모르세요?"

"네? 뭘요?"

"모르시나 봐요. 하긴, 그것도 벌써 7년 전 일이네요."

"공작이 공녀 학대해서 양육권 빼앗겼잖아요. 장인인 대마법사한테."

"그땐 엄청 큰 스캔들이었어요."

"그래서 공녀는 엘디어가 아니라 위버에서 자랐을걸요."

나이 있는 사람들의 실넝에 상대적으로 젊은 귀족들이 입을 딱 벌렸다.

"세상에, 진짜요?"

"학대당한 아가씨라니, 이런 자리 괜찮을까요? 무서워하는 거 아니에요?"

"그런 관계면 작위는 어떻게 되죠? 엘디어 공녀라고 불러도 되는 거 맞아요?"

"잠깐만요. 위버는 북부 변경이잖아요. 그런 외진 곳에서 자랐으면 사교계는 거의 모르겠네요."

"그러니 우리가 많이 이끌어 줘야죠."

"그런데 어떤 학대를 당한 거래요?"

"저는 잘 몰라요."

"그거, 인체 실험이래요. 엘릭서 레시피가 그래서 나온 거잖아요."

"인체 실험이요?"

"전 솔직히 그 아이가 정상이 아닐 것 같아요."

"저도요."

"이런, 봉사하는 마음으로 대해야겠네요."

"그러게요. 가여워라."

"실험 때문에 얼굴이 망가져서 외부에 모습을 안 보인 거라는 얘기가 있던데요."

"그럴 수도 있겠네요. 놀라지 않도록 마음의 준비를 해야겠어요."

"공녀가 말은 제대로 할 수 있나요?"

"못할지도……."

귀족들의 대화가 점점 엘디어 공녀가 얼마나 정상이 아닐지 추측하는 방향으로 흘렀다. 루드빅의 표정이 묘해지는 걸 본 왕세자가 눈썹을 치켜올렸다.

"저치들이 뭐라 하기에 자네 표정이 그러나?"

"엘디어 공녀가 공작에게 어릴 때 인체 실험을 당해서 정상이 아니라는군요."

"아, 그거. 그런 소문이 있지."

"정말입니까?"

"실험을 당했다는 것까진 정말이라네."

"그럼 정상이 아니라는 건……."

시종이 다가와 왕세자에게 무어라 속삭였다. 왕세자가 고개를 끄덕이고는 루드빅을 돌아보았다.

"곧 데뷔탕트들이 입장한다니, 직접 보게나."

왕세자가 왕세자비와 합류하여 국왕 부부가 있는 단상 쪽으로 향했다. 그들이 국왕 부부 아래에 마련된 자리에 앉자마자 입구 쪽에서 우렁찬 시종의 목소리가 울려 퍼졌다.

"데뷔탕트 입장합니다!"

붉은 융단이 입구부터 단상 앞까지 일직선으로 깔렸다. 악단이 우아하면서도 경쾌한 곡을 연주하기 시작했다. 시종이 올해의 데뷔탕트들을 한 명씩 읊었다. 계급이 낮은 순서부터였다.

이름이 불리면 잔뜩 긴장한 소녀 혹은 소년이 샤프롱과 함께 무도회장에 입장해 융단을 따라 걸었다. 사람들은 데뷔하는 아이들을 향해 박수를 치면서도 흘깃흘깃 입구 쪽을 보았다.

누구를 기다리고 있는지는 뻔했다. 대부분은 호기심이었고, 일부는 동경과 설렘으로, 그리고 소수의 비뚤어진 기대감을 품은 이들이 있었다.

'저쪽은 하이에나들 같군. 물어뜯기 좋은 비실비실한 사냥감을 기다리는 꼴이.'

루드빅은 팔짱을 끼고 벽에 기대섰다. 타국인인 그가 엘디어 공녀에 대해 아는 것은 딱 두 가지였다.

그녀가 어린 나이에 신전에 엘릭서 레시피를 기부했고, 신성력을 쓸 수 없으면서도 그 공로 덕분에 성녀의 칭호를 받았다는 것. 그리고 시중의 엘릭서 대부분을 생산하는 위버 제조 공방이 그녀 소유라는 것.

학대가 어쩌고 양육권이 어쩌고 하는 건 오늘 처음 알았다. 친아버지에게 인체 실험을 당해 다른 곳에서 자란 공녀라. 여러모로 물어뜯기 좋은 화젯거리였다. 루드빅 자신처럼.

붉은 눈이라 버려진 왕족. 듀리도트의 쫓겨난 왕자. 어딜 가나 그를 따라다니는 꼬리표였다. 듀리도트 왕국 특유의 억양과 붉은 눈이 합쳐지면 추측하기가 너무 쉬웠다.

'그 공녀도 평생 꼬리표를 달고 다니겠군.'

루드빅은 버려진 왕족이라는 꼬리표를 떼 버리기 위해 계속 노력하고 있었다. 그가 원하는 건 제 꼬리표를 덮어 버릴 정도로 큰 명예다. 사람들이 자신을 보았을 때 쫓겨난 왕자보다 용오름의 정령 기사라는 것을 먼저 떠올리게 만들고 싶었다.

'성녀 칭호를 받았는데도 학대받은 아이라는 꼬리표가 먼저라니, 그 공녀도 지긋지긋하겠어.'

얼굴도 모르는 소녀에게 연민이 생긴다. 내심 혀를 차던 루드빅은 갑자기 주위가 조용해진 것을 깨달았다. 웅성거림도 박수 소리도 멈추고 음악만 잔잔히 흘렀다.

'엘디어 공녀 차례인가?'

그는 무심히 고개를 들었다. 그리고 주위 사람들과 똑같은 이유로 멍해졌다.

가장 먼저 눈에 띈 건 물결치는 백금발이었다. 이어 보이는 건 하얀 피부와 대비되는 짙은 푸른빛 드레스. 귓가에서 반짝이는 사파이어 귀걸이보다 선명한 하늘빛 눈동자.

함께 입장한 붉은 머리의 샤프롱과 손을 잡고 소녀는 붉은 융단 위를 사뿐사뿐 걸었다. 어떻게 사람이 저렇게 생길 수가 있지, 라는 의문이 감탄보다 먼저 솟는다.

아직 15살. 앳된 나이인데도 한순간에 시선을 휘어잡아 삼켜 버릴 정도로 눈부신 아름다움이었다. 조금 더 자라 성숙한 나이가 되면 그저 그 자리에 있는 것만으로도 많은 사람의 마음을 쥐어뜯을 듯했다.

아니, 이미 진탕 흔들린 사람이 많아 보였다. 그녀의 움직임을 따라 사람들의 머리가 일제히 움직였다. 남녀 가릴 것 없이 입을 벌리거나 휘둥그레 눈을 뜬 채 소녀를 본다.

엘디어 공녀가 정상이 아닐 거라고 떠들던 무리조차 넋이 나가 있었다. 루드빅 역시 아무 생각 없이 감탄하고 있었다. 거장의 예술품을 보는 기분에 가까웠다.

그런데 단상 앞에 선 예술품이 사람들을 훑어보더니 그와 시선을 마주쳤다.

'날 보는 것 같은데, 착각이겠지?'

루드빅은 저도 모르게 주위를 둘러보았다. 물의 정령수를 데리고 있다고는 하지만 아무래도 붉은 눈이라 그의 근처에는 다른 사람이 없었다. 자신을 본 게 확실했다. 그는 다시 소녀에게 시선을 주었다.

'엘디어 공녀님이? 왜 나를…….'

루드빅의 생각은 더 이어지지 못했다. 소녀가 그를 보며 반가운 듯 살짝 미소 지었기 때문에.

그는 숨을 멈췄다. 심장 박동이 빨라진다.

동시에, 그녀가 누군가를 보고 있다는 것을 알아챈 이들이 하나둘 고개를 돌렸다. 순간적으로 무도회장 대부분의 시선이 루드빅에게 몰렸다. 꺼림칙하거나 놀라는 시선이 아닌, 그녀가 미소 지은 사람이 누군지 궁금해하고 그 사람을 부러워하는 시선이.

찰나의 시간 동안 수많은 사람이 그에게 달린 꼬리표가 아니라 그라는 사람 자체를 보았다. 오싹할 정도로 짜릿했다. 루드빅 블레이르는 이 순간을 영원히 박제하고 싶어졌다.

국왕은 사교계에 나서게 된 아이들에게 의례적인 덕담을 했다. 이제 첫 춤을 출 시간이다. 데뷔탕트의 첫 춤은 이성 가족과 추는 게 관례였다.

아리아드네의 경우엔 아버지였지만 그녀는 공작과 춤출 생각이 전혀 없었다. 공작이 이 자리에 참석했더라도 절대 그자와는 춤추지 않았을 것이다. 그자가 없어도 그녀에겐 춤출 가족이 많았다.

"아리아, 누구랑 첫 춤을 출지 정했니?"

그녀의 샤프롱인 위버 백작 부인이 웃으며 속삭였다. 단상 근처에 가족들이 모여 있었다. 아리아드네는 그쪽에 시선을 주었다.

변경백은 눈을 부릅뜨고 입매를 굳힌 채 천장을 보고 있었다. 어릴 때 많이 오해했던 험상궂은 표정이었다. 이제는 안다. 변경백은 지금 그녀를 보며 감격의 눈물을 흘릴 것 같아 일부러 얼굴에 힘을 주고 있었다.

변경백 옆의 대마법사는 그냥 대놓고 울고 있었다. '우리 손녀가 어느새 이렇게 잘 컸누'라는 말이 쓰여 있는 듯한 표정을 짓고서 말이다. 괴팍한 대마법사가 한껏 미소를 띠고 있는 것도 흔치 않은 일인데, 안경이 흐려질 지경으로 줄줄 눈물까지 쏟고 있으니 주변에 있는 사람들은 기함하고 있었다.

그 옆에서 평소와 달리 마법사 로브가 아니라 예복을 입고 온 에리히가 괜히 크라바트를 고쳐 맸다. 그는 힐끔힐끔 그녀를 보다가 눈이 마주치자 입 모양으로 말했다.

'첫 춤은 당연히 이 오라버니랑 추는 거지?'

가족들을 확인한 아리아드네는 백작 부인에게 작게 대답했다.

"아직 안 정했어요. 그런데……."

"누굴 골라도 다른 사람이 삐질 것 같지?"

백작 부인이 재미있다는 듯 웃었다. 아리아드네가 난감하게 고개를 끄덕였다.

"어쩌죠?"

"안 골라 줬을 때 제일 서운해할 사람을 고르는 건 어떠니?"

"음, 할아버지요?"

"정답일 것 같구나. 자, 다녀오렴."

아리아드네는 대마법사 앞으로 걸어가 치맛자락을 잡고 인사한 뒤, 손을 내밀었다.

"할아버지, 제 첫 춤을 도와주실래요?"

"오냐. 도와주고말고, 암."

대마법사가 입꼬리를 귀에 걸고 웃으며 손녀의 손을 잡았다. 변경백은 퍼뜩 정신을 차리고는 그녀에게 한껏 약한 표정을 지어 보였다.

"아리아, 삼촌은?"

"삼촌은 다음 곡에 같이 춰요."

"해골, 나는? 나는?"

"오라버니는 삼촌 다음에."

"췻."

대마법사가 부루퉁한 아들과 손자에게 훠이훠이 손짓했다.

"이것들아, 늙은이 자리 탐내지 말고 각자 짝이나 찾아가."

"아버지야 어머니가 있다지만 저는 짝이 어딨다고요?"

에리히가 구시렁거렸다. 대마법사는 저기 있네, 하며 뒤쪽을 턱으로 가리켰다. 그쪽에는 갑옷을 입은 정령 기사들이 모여 있었다. 대부분 연회장 내 귀족들의 호위로 온 사람들이었다. 그 사이에 있던 베로니카가 무슨 일이냐는 듯 갸우뚱했다.

대마법사의 턱짓을 따라 시선을 옮긴 에리히의 표정이 와락 구겨졌다.

"쟤가 왜 제 짝이에요?"

"이놈아, 할아비도 해 봐서 아는데 나중에 후회하기 싫으면 빨리 인정하는 게 나아."

"인정하긴 뭘 인정해요? 아니라니까요! 쟤랑 저는 그냥 친구예요, 친구! 여자로 안 보인다고요! 쟤도 그럴 걸요!"

"쯧쯧, 우리 손주 고생길이 훤하구먼."

대마법사는 에리히에게 보란 듯이 혀를 차고는 아리아드네를 이끌었다.

무도회장 중앙에 사람들이 자리 잡자 첫 곡이 시작되었다. 대마법사는 무도회는커녕 사교계에도 원래 모습을 잘 드러내지 않는 사람이다. 그런 그가 손녀의 첫 춤에 나서니 다들 시선이 쏠렸다.

"대마법사께서 손녀를 끔찍이 아낀다더니 사실인가 봐요."

"그러게요. 전 저분이 춤추는 것도 처음 보는데."

무도회에 참석한 몇몇 마법사들은 거의 눈이 튀어나올 지경이었다.

"대마법사 표정 좀 봐. 마귀가 웃고 있어. 내가 헛것을 보나."

"와, 손녀 예뻐 죽으려 하는 걸 보니 저 마귀도 사람이긴 하네……."

남들이야 뭐라 하건 신경도 쓰지 않고 만면으로 감격하던 대마법사가 문득 이마에 주름을 만들었다.

"아가야, 이 할아비가 혹시나 해서 묻는 건데."

"네?"

"아까 네가 눈길 준 놈 말이다……. 그놈이 마음에 드누?"

"누구, 아, 그 사람이요? 붉은 눈의 정령 기사?"

루드빅 블레이르.

연회장에 예상보다 사람이 많아서 좀 걱정했는데 생각보다 쉽게 찾아서 기뻤다. 붉은 눈이라 그런지 확실히 눈에 띄었다.

"그래, 그놈. 마음에 들더냐?"

"마음에 들긴 한데요……."

아리아드네가 운을 떼자 대마법사가 사람 하나 죽일 듯한 표정이 되었다. 그녀는 웃으며 고개를 저었다.

"할아버지가 상상하시는 그런 건 아니에요."

"음?"

"특이한 정령 기사라서요. 붉은 눈이잖아요."

"흠, 흠, 그렇구나. 그래."

대마법사가 민망한 듯 헛기침을 하고는 조심스럽게 덧붙였다.

"아가야, 앞으로 누가 마음에 들면…… 그 사람하고 가까워지기 전에 꼭 귀띔해 주렴. 할아비한테 말하기 싫으면 셀리한테라도. 응?"

아리아드네는 대마법사의 반응을 이해했다. 엄마의 사례가 있으니 걱정이 될 수밖에 없을 것이다.

"네, 꼭 그럴게요."

"오냐. 아, 그리고 마음에 들지도 않는 놈이 껄떡대도 말만 하거라. 할아비랑 삼촌이 아주 깨끗하게 치워 주마."

깨끗하게 죽여 주겠다는 투였다. 그녀는 어색하게 웃었다.

"걱정하지 마세요. 조심할게요."

'아무래도 루드빅이랑은 몰래 만나 봐야겠네. 괜한 오해를 사겠어.'

아리아드네는 데뷔탕트 무도회 중간에 슬쩍 그를 만나 볼 수 있을 거라고 생각했었다. 그것이 그녀의 착각이었음을 깨닫는 데엔 오랜 시간이 필요하지 않았다.

첫 춤이 끝난 뒤 변경백과 에리히와 연달아 춤을 췄다. 가족들과의 춤이 끝나고, 몇몇 귀족들에게 샤프롱과 함께 인사를 하고 나자 기다렸다는 듯이 그녀 주위에 사람들이 몰려들었다.

"엘디어 양, 제게 당신과 춤을 출 수 있는 영광을 주십시오."

"엘디어 양께 춤을 청하고 싶습니다."

"엘디어 양, 부디……."

서로 밀쳐 가며 춤을 청하는 소년들과.

"엘디어 양, 반가워요! 평소엔 주로 뭘 하고 지내시나요?"

"엘디어 양과 친하게 지내고 싶어요."

"엘디어 양, 괜찮으시다면 다음 주에 있는 제 티파티에……."

초롱초롱한 눈으로 말을 거는 소녀들.

무도회장의 어린 귀족 대부분이 그녀에게 몰려들었다. 나이가 좀 있는 사람들은 애들의 기세에 밀려 근처에 오지도 못했다. 아리아드네는 순식간에 엘디어 양이라는 호칭에 질려 버렸다.

"저, 목이 말라서 잠시……."

"어머, 저도요! 같이 가요!

"제가 마실 것 좀 가져오겠습니다!"

적당히 상대하고 다른 곳으로 움직이려 했더니 우르르 따라온다. 자신이 여러모로 유명한 건 잘 알고 있었지만 이 정도로 관심을 끌 줄은 몰랐다. 초반에 좀 몰려들었다가 시간이 지나면 각자 무도회를 즐기느라 흩어질 거라 예상했다.

모여드는 사람들도 엘릭서나 그녀의 가문이나 신전과의 연줄에 관심이 있는 사람들, 그러니까 비즈니스적으로 다가오는 사람들이 대부분일 줄 알았다.

양쪽 다 완벽한 오판이었다. 또래들이 모여들어 떠나질 않는다. 애들 사이에서도 엘릭서나 가문이나 신전 얘기가 나오긴 하지만 주로 궁금해하거나 감탄하는 수준이 대부분이었다. 시간이 흐르자 아예 그녀 근처에서 자기들끼리 친해지기 시작했다. 그녀를 공통 화젯거리로 삼아서.

차라리 시비를 걸거나 괴롭히려는 목적이면 쉽게 상대하고 빠져나오겠는데, 몰려든 애들 대부분이 들뜨거나 수줍어하고 있었다. 춤 신청과 각종 초대를 기분 상하지 않게 거절하느라 머리에 쥐가 날 지경이었다.

'두 번 다시 무도회 같은 덴 안 와야지.'

그녀는 속으로 깊게 결심하고 자신을 여기서 빼내 줄 사람을 찾아 주변을 둘러보았다. 변경백 부부나 대마법사는 또래들에게 둘러싸인 그녀를 흐뭇하게 보고만 있었다. 그들은 그녀가 이 기회에 친구도 많이 사귀고 또래 애들과 놀러 다니길 기대하는 듯했다.

'친구 좋죠. 좋은데, 전 친구랑 같이 놀 시간이 없다고요.'

아리아드네는 어른들의 도움을 포기하고 베로니카나 에리히를 찾았다. 때마침 젊은 마법사들 사이에 있던 에리히와 시선이 마주쳤다. 그녀의 표정을 본 에리히가 다가오더니 어깨를 짚고 귓가에 속삭였다.

"인기 폭발이네, 우리 해골."

"놀리지 말고 좀 도와줘요."

"맨입으로?"

"뭘 바라는데요, 밴댕이 오라버니."

"세상에서 제일 멋진 우리 오라버니라고 외치면 여기서 꺼내 줄게."

"……그냥 꺼져요."

아리아드네가 인상을 쓰고 속삭이자 에리히가 웃음을 터뜨리며 그녀를 훌쩍 안아 들었다.

"내 여동생이 몸이 약해서 쉬엄쉬엄 놀아야 하거든. 미안하지만 좀 데려갈게."

그가 싱긋 웃으며 말하자 주위에 있던 소녀들이 꺄악, 하고 비명을 질렀다. 소년들은 선망 어린 눈으로 그를 올려다보았다.

23살의 에리히는 대마법사의 수제자를 넘어서 세기의 천재 마법사로 벌써 유명했다. 최연소 대학 입학, 최연소 조기 졸업. 심지어 졸업 논문이 마력 효율을 획기적으로 개선한 새로운 방어 마법진이라 마법사들은 물론이고 일반인들까지 발칵 뒤집혔다.

이론만 잘하는 줄 알았더니 작년에는 대학 연구실에서 탈출한 상급 마물을 혼자 때려잡았다. 단독 전투가 불가능에 가깝다고 여겨지는 마법사면서 말이다.

게다가 외모까지 화려하다. 사교계에 갓 데뷔한 소년 소녀들이 그를 선망하는 것도 당연했다.

그런 에리히가 안 그래도 주목받고 있던 아리아드네를 아이처럼 안아 들고 무도회장을 가로지르니 몰려드는 시선이 장난이 아니었다. 솔직히 쪽팔렸다. 아리아드네는 고개를 푹 숙이고 이를 갈며 속삭였다.

"내려 줘요, 밴댕이!"

"맨입으로 꺼내 줬는데도 불만이냐?"

"창피하다고요. 어린애도 아닌데 이게 뭐예요."

"너 어린애 맞잖아."

"저 오늘 데뷔탕트거든요?"

"어, 그래. 데뷔탕트면 다 큰 줄 알았던 시절이 나한테도 있었지. 우리 작은 해골도 그런가 보네."

에리히가 얄밉게 대꾸했다. 아리아드네는 대답 대신 오빠의 옆구리를 보이지 않게 꼬집었다.

"아얏. 너 갈수록 손이 매워진다?"

에리히는 투덜거리며 그제야 그녀를 내려 주었다. 이미 무도회장 구석의 휴게실 앞이었다. 휴게실 안에는 다행히 아무도 없었다.

"뭐 먹을 것 좀 가져다줄까?"

"아뇨. 그냥 여기서 좀 쉴래요."

그녀는 에리히를 쫓아 내보내고 간신히 혼자가 되었다. 효도와 의무는 끝냈으니 이제 목적을 이룰 시간이다.

'자연스럽게 마주치긴 텄네. 어쩔 수 없지.'

"파이, 채널 열어."

그녀는 휴게실과 연결된 발코니로 나가 문을 닫으며 중얼거렸다.

[채널이 개방되었습니다.]

[대정령, 신록의 그릇이 접속했습니다.]

[대정령, 뒤로 걷는 물이 접속했습니다.]

[대정령, 창백한 푸름이 접속했습니다.]

파이가 안내하는 목소리가 연달아 들렸다. 즉시 접속한 대정령이 셋. 자주 드나드는 대정령은 열 명쯤. 적은 건 아니지만 많은 편도 결코 아니다.

채널을 열자마자 고정적으로 접속하는 대정령들의 수는 정령사의 능력을 가늠하는 척도 중 하나다. 대정령들은 아무 채널에나 정착하지 않았다. 그들은 보기에 재미있거나, 호감이 가거나, 실력이 뛰어나거나, 많은 전투를 치르는 정령사의 채널에 정착한다.

아리아드네의 채널에 접속하는 대정령들은 대부분 두 번째나 세 번째 이유였다.

'신록의 그릇처럼 날 아끼는 대정령이나, 내 외모가 자기 취향이라고 좋아하는 창백한 푸름 같은 특이한 경우 말고는 대부분 내 가능성을 보고 드나드는 대정령들이지.'

그녀가 아직 제대로 전투를 치른 적이 없기 때문에 대정령들은 그녀에게 별 관심이 없었다. 아리아드네는 크게 신경 쓰지 않았다. 접속수는 본격적으로 토벌을 시작하면 늘어날 테니까.

[신록의 그릇이 당신이 있는 곳이 혹시 무도회장이냐고 묻습니다.]

"맞아요. 데뷔탕트 무도회예요."

[신록의 그릇이 당신의 성장에 감격합니다.]

신록의 그릇은 글로리아의 채널에 접속했던 유일한 대정령이었다.

글로리아는 영토를 제대로 형성하지 못하고 식물 정도만 겨우 구현하는 서툰 정령사였는데도 신록의 그릇은 그녀를 몹시 아꼈다.

글로리아가 자주 쓴 나팔꽃 덩굴은 신록의 그릇으로부터 빌린 힘이었다. 신록의 그릇이 아리아드네가 태어나 자라는 걸 줄곧 지켜보았다는 뜻이다. 그래서 이 대정령은 그녀에게 몹시 다정했다.

[신록의 그릇이 당신의 데뷔를 축하하며 선물을 보냅니다.]

[정령석 100개를 획득했습니다.]

[창백한 푸름이 당신의 드레스 색을 마음에 들어 합니다.]

[창백한 푸름이 당신의 데뷔를 축하하며 선물을 보냅니다.]

[정령석 100개를 획득했습니다.]

"다들 고마워요."

아리아드네는 웃으며 인사했다.

정령석은 정령력이 담긴 건전지 같은 것이다. 오염 방지를 위한 모든 수단에 정령석이 들어가고, 정령사가 대정령 접속 없이 급하게 정령술을 쓸 때도 정령석을 쓰고, 엘릭서 재료에도 정령석이 포함된다.

광산에서 캐내는 다른 보석들과 달리 정령석은 대정령들로부터 이런 식으로 얻는 것 외에는 구할 방법이 없었다. 대정령이라고 해서 정령석을 내키는 대로 찍어 낼 수 있는 것도 아니었다. 그들의 힘을 나눠 담아 만드는 결정체이므로. 값이 비쌀 수밖에 없다.

때문에 정령석을 얻으려고 대정령의 무리한 요구를 들어주다가 정령사가 사고를 당하는 일이 매년 발생하곤 했다. 특히 어린 정령사들은 악의적인 대정령들에게 휘둘려 그런 일을 당할 때가 많았다.

물론 정령석 몇 개에 연연할 필요가 없는 아리아드네와는 거리가 먼 이야기였다.

[현재 채널에 보유 중인 정령석은 99,289개입니다.]

그녀는 훗날을 위해 정령석을 꾸준히 사들여 모으는 중이었다. 돈으로 안 되는 일은 드물다.

아리아드네는 난간에 기대서서 영토를 펼쳤다. 신록의 그릇으로부터 빌린 힘으로 나팔꽃 덩굴만 구현한 다음 영토의 범위를 덩굴을 따라 가늘고 길게 늘어뜨린다. 발코니 난간을 타고 넘은 나팔꽃이 슬금슬금 뻗어 옆 발코니로, 난간을 휘감고 다시 그 옆의 발코니로, 무도회장 끝까지 뻗어 갔다.

곧 발코니 유리창들이 전부 그녀의 영토에 포함되었다. 이렇게 하면 창문을 통해 무도회장 내부를 살펴볼 수 있다.

'운이 좋네. 밖에 마침 나와 있다니.'

그녀가 찾던 붉은 눈의 남자는 구석에 있는 발코니 난간에 기대서 정원을 내다보고 있었다. 무도회 안쪽을 뒤지는 수고를 덜었다.

아리아드네는 나팔꽃 덩굴을 움직여 난간에 괴어 있는 남자의 팔꿈치를 건드렸다.

"……?"

루드빅 블레이르가 움찔 놀라 돌아보았다. 그녀는 난간 밖으로 몸을 내밀어 그를 향해 손을 살짝 흔들어 보였다. 루드빅의 팔꿈치를 건드린 나팔꽃이 그녀의 손짓과 똑같이 살래살래 흔들렸다. 그의 붉은 눈이 휘둥그렇게 커진 것이 멀리 떨어진 그녀에게까지 보였다.

아리아드네는 나팔꽃 덩굴을 엮어 난간들 사이를 잇는 줄다리처럼 만들었다. 그리고 그에게 이쪽으로 넘어오라고 손짓했다.

'정령 기사니 이 정도 발판이면 충분하겠지.'

루드빅이 그녀의 부름을 무시하면 덩굴로 멱살을 잡아서라도 끌고 올 작정이었다. 다행히 그는 곧바로 그녀의 부름에 응답했다. 그녀가 예상한 것과는 다른 방식으로.

루드빅의 어깨에 있던 작은 용의 날개가 일순 커다랗게 펼쳐졌다. 물로 만들어진 날개가 펄럭였다. 무게가 없는 것처럼 날아오른 그가 그녀가 있는 발코니에 사뿐히 착지했다.

"뵙게 되어 영광입니다, 성녀님."

그가 우아하게 허리를 숙이며 인사를 했다. 남자의 금발이 하얀 달빛을 받아 후광처럼 반짝거렸다. 살짝 상기된 뺨과 반듯한 이목구비. 웃는 얼굴이 매력적인 미남이었다.

아리아드네는 본능적으로 치솟는 거부감을 간신히 감췄다.

'멀리서 볼 땐 몰랐는데, 가까이서 보니 엘디어 공작을 조금 닮았네.'

대마법사가 괜히 예민하게 반응한 게 아니었다. 그녀는 속으로 한숨을 쉬고 입을 열었다.

"그냥 공녀라고 불러요. 신성력도 없는데 성녀라 불리는 건 부담스럽거든요."

"알겠습니다, 공녀님."

"루드빅 블레이르 경, 맞죠?"

"예. 공녀님께서 저를 아실 줄은 몰랐습니다. 설마 정령사이실 줄은 몰랐어서 더욱 놀랐고요."

루드빅이 미소 지으며 살짝 고개를 기울였다.

"아까 제 쪽을 보신 것도 놀라웠습니다. 저와 만난 적이 있으셨던가요?"

자신이 어떨 때 더 잘생겨 보이는지를 잘 아는 태도였다. 그러면서도 밉지 않게 적당한 선에서 멈출 줄을 안다. 낮은 목소리는 달콤하고 사근사근했다.

엘디어 공작이 자꾸 연상된다. 아리아드네는 조금 더 기분이 나빠졌다.

[파이는 프란츠 엘디어와 루드빅 블레이르의 얼굴이 전혀 다르게 보입니다.]

'알아. 그런데 분위기가 약간 비슷해서.'

그녀는 속으로 한숨을 삼키고 말을 이었다.

"아뇨. 경을 직접 본 건 오늘이 처음이에요. 경에 대한 이야기는 여러모로 들었지만."

"그렇습니까? 공녀님께서 들으신 이야기가 긍정적인 것이었으면 좋겠군요."

"긍정적이었어요. 경의 실력에 대한 얘기였거든요. 아주 탁월한 정령 기사라고 들었습니다."

"과찬이십니다. 다 이 녀석 덕분이지요."

루드빅이 제 어깨에 매달린 조그만 용을 가리키며 빙긋 웃었다. 흐르는 물이 뭉친 것처럼 보이는 용이 파란 보석을 박아 놓은 듯한 눈동자로 그녀를 바라보았다.

"이 정령수가 용오름인가요?"

"맞습니다. 본모습은 훨씬 더 크답니다."

"정령수의 크기를 원하는 대로 조절하시다니, 듣던 대로 정령 기술이 뛰어나군요."

"자꾸 과분한 칭찬을 해 주시는군요. 제게 무언가 바라는 것이 있어 이러시는 건 아니겠지요?"

루드빅의 눈이 둥글게 휘었다. 아리아드네는 슬쩍 정원으로 시선을 돌리며 대답했다.

"아니요. 경에게 바라는 것이 있습니다."

"이런. 역시 그냥 칭찬해 주신 게 아니시군요. 조금 서운합니다."

그의 어깨가 보란 듯이 처졌다. 그녀보다 꽤 연상인데도 애교 있는 태도였다. 아리아드네는 그의 말을 받아 주는 대신 바로 용건을 꺼냈다.

"루드빅 블레이르 경. 경은 영웅이 되고 싶지 않나요?"

"예?"

"대미궁을 봉인한 영웅 말이에요."

"……대미궁…… 말입니까?"

여기서 나오리라곤 짐작도 못 한 말에 루드빅이 멍하니 눈을 깜박였다. 그녀는 덤덤히 말을 이었다.

"제 목표는 대미궁을 봉인하는 거예요. 그래서 함께할 사람들을 모으고 있습니다. 경이 그중 한 사람이 되어 줬으면 합니다."

"잠, 잠깐, 잠깐만요, 공녀님. 너무 갑작스러운 이야기라……. 농담이시죠?"

"경과 제가 이런 농담을 나눌 사이는 아닐 텐데요."

"그럼, 이게 진심으로 하시는 말씀이란 말입니까?"

루드빅은 그린 듯한 미소를 흩뜨리고 헛웃음을 흘렸다. 아리아드네는 그제야 그를 똑바로 바라보았다.

"우스운가요? 오늘 겨우 데뷔를 한 제가 대미궁을 닫겠다고 말하고 있으니."

"어린 나이에 정령사이신 건 굉장한 일입니다. 하지만 솔직히 순진한 분이란 생각이 드는군요. 마물을 직접 본 적은 있으십니까?"

"없을 것 같은가요?"

그녀는 그간 놀며 지내지 않았다. 웃으며 영토를 구현했다. 루드빅과 그녀가 서 있는 발코니가 순식간에 풀과 흙으로 뒤덮인다.

그리고 그녀의 등 뒤로 흙더미가 솟아오르며 그녀가 머릿속으로 떠올린 형상을 만들어 냈다. 발코니가 좁아 보일 정도로 크고 흙으로 이루어졌다고는 믿기 어려울 정도로 정교한 마물의 조각상. 상급 마물 중 하나인 외눈 거인이었다.

루드빅은 말을 잊고 그 흙 조각상을 올려다보았다. 거인의 양쪽 팔은 수십 가닥의 뱀으로 이루어져 있었다. 뱀들은 모두 거인처럼 외눈이었고, 혀가 두 개였으며, 양쪽 팔의 크기가 미묘하게 달랐다. 직접 보지 않고는 알기 힘든 특징이 생생하게 살아 있었다.

정말로 외눈 거인을 봤거나, 본 것이나 다름없을 정도로 세세하게 공부했거나. 어느 쪽이든 그녀가 진심이라는 건 확실했다. 하지만 루드빅이 놀란 건 그 정교함 자체였다.

보통 정령사들은 대정령의 영토를 자기 영토에 고스란히 구현하기만 해도 제 몫을 한다는 소리를 듣는다. 그대로 가져오는 게 아니라 상황에 따라 변형이 가능하면 실력 있는 정령사로 대우받는다.

그런데 그냥 변형하는 정도가 아니라 영토의 흙으로 조각상을 만들어 낼 정도로 정교한 조작이 가능하다고?

'그것도 데뷔탕트 무도회를 갓 치른 귀족 소녀가? 농담이겠지?'

루드빅 블레이르는 22살이었고, 15세에 첫 실전을 치렀다. 이후 7년간 여러 토벌에 참가하며 많은 정령사를 보았지만 이 정도로 세밀하게 영토를 다루는 정령사는 처음 보았다.

그는 귀신을 보는 듯한 눈으로 아리아드네를 바라보았다. 그녀는 태연히 입을 열었다.

"이 정도면 제가 농담을 하는 게 아니라는 건 깨달았겠지요, 루드빅 경."

"……공녀님께서 아무것도 모르는 철부지가 아니라는 건 확실히 알겠습니다."

"그럼 다음은 제가 정말 대미궁에 도전할 만한 사람인지, 제가 어떤 준비를 하고 있는지를 확인해야겠죠? 그래야 경이 결정할 수 있을 테니까."

아리아드네는 영토를 거두고, 초대장을 꺼내 내밀었다.

"경을 위버로 초대할게요."

"공녀님이 모았다는 사람들을 소개하는 연회라도 여십니까?"

"아뇨. 미궁 초대장이에요."

"예?"

"라랏슈아 미궁 토벌대에 경을 초대하겠습니다."

"라랏슈아산에 미궁이 발생했습니까? 그런 소식은 못 들었습니다만."

"생길 거예요. 곧."

"……마치 공녀님께 미궁의 출몰을 예견할 방법이라도 있는 것처럼 들리는군요. 제 오해입니까?"

"다 알진 못해도 몇몇 미궁은 알죠."

원작대로 전개되었다면 베로니카가 에리히를 지키려다 죽었을 사건이다.

'지금의 베로니카라면 죽기는커녕 혼자 대부분을 처리하고도 남겠지만.'

루드빅은 못 믿겠다는 표정이었다. 그게 정상이었기에 아리아드네는 별 반박 없이 그에게 초대장만 떠밀었다.

"용건은 이게 다예요. 결심이 서면 위버로 오세요."

"……."

"당연히 보수는 넉넉히 챙겨 드릴 테지만, 경이 원하는 건 금화 더미가 아니겠죠."

그녀는 빙긋 웃으며 말했다.

"루드빅 경, 당신이 가장 원하는 것을 주겠습니다. 모든 사람이 우러러볼 대미궁의 정복자라는 칭호를."

주점 안은 시끌시끌했다. 악셀 발렌타인은 자리에 앉기 전에 주점 내부를 훑어보며 구조를 머릿속에 넣었다.

어딜 가든 화재가 발생했을 때 위험할 곳과 퇴로를 확인하는 건 오랜 습관이었다. 이제 화재에 신경 쓰지 않아도 되는 경지에 이르렀는데도 잘 고쳐지지 않는 습관.

그는 술이 든 나무통들과 난로에서 멀찍이 떨어진 구석 자리에 앉았다. 점원에게 요깃거리를 주문하고 기다리는 중에 옆자리의 용병들이 나누는 대화가 들려왔다.

"라랏슈아산에 미궁 나타났다는 얘기, 들었냐?"

"거기 만년설 왕관 영토 아니냐? 대정령 영토 안에 미궁이 생겼다고? 날로 세상이 미쳐 돌아가는구먼."

"영토 내부가 아니라 외곽에 아슬아슬하게 걸쳐져서 생겼다더라. 심지어 최상급 미궁이."

"어이구, 재수도 없네."

별로 관심이 가지 않는 대화인데 지나치게 잘 들린다. 용병들의 목소리가 큰 것이 아니라 악셀의 청각이 문제였다. 악셀은 미간을 찌푸렸다.

'늘어난 정령수에 아직 적응이 덜 되었나.'

정령수가 늘어나면 그것을 품고 있는 신체도 더 강화된다. 자연스럽게 오감도 더 좋아지는데, 익숙해지려면 시간이 좀 필요할 듯했다. 대화는 계속 들려왔다.

"끔찍하구먼. 토벌은 어떻게 됐어? 성공하긴 했냐?"

"첫 토벌대가 닫는 데 성공했어."

"운이 좋군. 대정령은 죽었나? 바로 옆이면 영토에 오염이 퍼졌을 텐데."

남자 용병이 한숨을 쉬며 술잔을 집어 들었다.

"만년설 왕관은 어차피 도움 안 되는 놈이긴 한데, 그래도 대정령이 줄어드는 건 불길하단 말이지."

"그 대정령은 멀쩡히 살아 있어. 영토도 하나도 안 상했고."

여자 용병이 눈을 빛내며 말했다.

"들어 봐. 여기부터가 핵심이니까."

"뭐가 핵심인데?"

"라랏슈아 미궁, 오염 지역이 아예 안 생겼다더라."

"뭐?"

남자의 목소리가 우렁차게 터져 나왔다. 주점 내 손님들의 시선이 확 쏠렸다. 악셀도 놀라 고개를 들었다. 미궁이 생겼는데 오염 지역이 안 생길 수가 있나?

그사이 점원이 다가와 요리를 내려놓았다. 악셀은 음식을 먹으며 대화에 귀를 기울였다. 여자 용병이 신이 난 듯 말을 이었다.
"첫 토벌대가 미궁이 생기자마자 들어가서 하루 만에 끝내고 나왔다는데. 그래서 오염이 퍼질 겨를이 없었다나 봐."
"그게 가능해? 돌았네. 토벌대는 뭐 하는 놈들이래?"
"몇 년 전부터 소문 자자한 놈들 있잖아."
"누구?"
"그 왜, 해 뜨는 문장 달고 다니는 놈들. 아침 용병단이었나?"
"새벽 용병단 말이군."
"어, 맞아, 걔들. 거기서 토벌대 만들어 보냈어. 사망자가 한 명도 안 나왔다더라."
"말이 돼? 거긴 그냥 돈 많은 부자가 개인적으로 만든 용병단 아니었냐? 뭘 어떻게 하면 그게 가능해? 그놈들 뭐야?"
"더 말이 안 되는 소리 알려 줄까?"
"최상급 미궁 하루 만에 토벌해, 오염 지역도 안 생겼어, 사망자도 없어. 여기서 더 놀랄 게 있다고?"
"이번 토벌대는 새벽 용병단 단장이 직접 갔대. 그 단장 덕에 이렇게 쉽게 토벌했다는 거야."
"응? 그게 뭐, 거기 단장 유명하잖아. 애꾸눈 일라타 아냐?"
"일라타는 부단장이고. 지금까지 알려진 적 없던 진짜 단장."
"단장에 무슨 진짜 가짜가 있냐. 그래서 그게 누군데?"
"놀라지 마. 그 단장이 성녀님이래."
남자 용병이 머금었던 술을 주륵 뿜었다.
"성, 뭐? 성녀 누구? 레오나 님? 설마, 포샤 님?"
"그분들 말고. 왜 있잖아. 엘릭서 레시피 기부한 분. 이름이 뭐였지,

아리엘? 아드리아?"

"아리아드네 님 말이야?"

"그래, 그분. 그분이 정령사였다더라. 아침인지 새벽인지 하는 용병단도 그 성녀님이 만든 거고."

"미친. 어쩐지 돈 많아 보이더라니. 아니, 근데 그 성녀님 엄청 어리지 않았어? 정령사라고?"

"그것도 역대급 정령사인 모양이야. 라랏슈아 미궁 토벌 성과는 거의 다 그 성녀님 덕분이라던데. 그게 처음 참가한 토벌이래."

"첫 토벌? 야, 거짓말도 정도껏 해."

"나도 처음엔 전적 부풀린 헛소문인 줄 알았어. 근데 말해 준 놈이 확실해서……."

"네가 누구한테 들은 건진 모르겠지만 헛소문 맞을걸. 그 성녀님이 정령사가 맞다고 쳐도 말이 안 돼."

"왜?"

"귀족 따님에 성녀 칭호까지 받은 어린 부자 아가씨가 뭐 하러 용병단을 만들고 직접 토벌까지 나서냐? 기사들 뒀다 뭐 해? 심지어 첫 토벌 성과가 뭐? 넌 그딴 걸 믿고 다니냐."

"하지만……."

악셀은 깨끗이 비운 그릇을 두고 자리에서 일어났다. 더 들을 가치가 없는 이야기였다.

'별 헛소문이 다 도는군.'

새벽 용병단에 대해서는 그도 들어 보았다. 알음알음 알려진 실력자를 어떤 부자가 싹 쓸어다가 만든 용병단. 일반적인 의뢰는 잘 받지 않고, 그 부자의 개인 용병단 같은 느낌이라고.

그 정도 부자는 흔치 않으니 용병단의 주인이 엘릭서를 만든 성녀라는 건 그나마 있을 법한 추측이었다. 그 성녀가 신전에 기부하는 성금만으로도 대신전 한 해 예산이 충당 가능하다는 소문이 돌 정도니까.

그러나 하루 만에 최상급 미궁 토벌에 성공했다느니, 사망자가 없다느니, 숨겨진 단장인 성녀가 사실 정령사였는데 첫 토벌에 그 정도 성과를 냈느니 하는 것들은 정말이지 말도 안 되는 소리였다.

'어린 정령사라.'

악셀은 딱 한 번 본 마스터를 떠올렸다. 가면에 후드까지 써서 얼굴은 못 봤다. 하지만 키와 덩치, 목소리, 언뜻 봤던 턱 아래와 목덜미의 피부를 보면 어린 건 확실했다. 자신 또래거나, 자신보다 어리거나.

'마스터가 그렇게 어리다는 건 여전히 믿기지 않지만.'

그를 구하려고 바람의 방향을 틀어 놓고서 그런 적 없다는 듯 구는 것과, 편지 내용을 그대로 읊는 것을 보고 그 소년이 아드리안이라는 것을 짐작했다. 아드리안이냐는 물음에 대놓고 답하지는 않았으나 그가 악셀의 성을 부른 건 맞다는 대답이나 다름없었다.

기물의 등급으로 불린 지 오래되었다. 협회의 기물로 사는 동안 그의 이름을 알게 된 사람은 몇몇 있어도 성까지 아는 사람은 거의 없었다. 그와 계약했던 전 마스터 로버트, 로버트로부터 계약서를 넘겨받았을 현 마스터 아드리안과 그의 대리인인 사이먼 정도.

어쨌든, 짧은 만남이었어도 아드리안 블랙의 복합적인 영토는 인상적이었다. 대단한 정령사였다.

'아드리안이라면 그런 성과를 내는 게 가능하겠지.'

언제나 예언 같은 편지를 보내던 마스터다. 그가 직접 정령사로 토벌에 나선다면 저 황당무계한 소문 그대로의 활약을 펼칠지도 모르겠다.

'그럴 리가.'

물론 체스 협회의 마스터인 아드리안이 갑자기 북부에서 미궁을 토벌하고 있을 턱이 없다.

'이젠 조금만 관련이 있어도 아드리안을 연상하는군.'

악셀은 헛소문을 머릿속에서 털어 내며 목덜미를 만졌다.

기물은 임무 외에는 저택을 함부로 떠날 수 없고, 임무 중엔 무조건 기록용 목걸이를 착용한다. 저택 밖에선 항상 차고 있었던 거나 다름없다.

그 목걸이가 벗겨진 지 근 1년이 지났는데도 차가운 금속의 감촉을 기억하고 있는 이유다.

'빌어먹을 아드리안.'

얼음장 같은 바닷물 속에서 숨이 막혀 가면서도 악셀에겐 확신이 있었다. 아드리안은 그를 죽일 생각이 없다.

'살기 한 톨 없이 누굴 죽이겠다는 건지.'

이성적으로 생각해 봐도 결론은 같았다. 다른 기물들을 직접 사서 풀어 준 마스터가 가장 많이 투자해서 키운 자신을 그냥 죽일 리가 없다.

아드리안은 그에게 줄곧 특별 대우를 했다. 자신의 다른 기물들과 확연히 다른 대우였다. 아무리 아드리안이 호구라는 평을 듣는 마스터라지만 이 정도로 무작정 퍼 주진 않았을 것이다.

'목적 없는 자비라면 내게도 다른 기물들과 똑같은 대우를 했겠지.'

목적이 있길 바랐다. 그래야 불편하지 않다. 그냥 마구잡이로 뿌리는 호의에 운 좋게 걸린 것뿐인 건 싫다. 그뿐이라면, 아드리안에게 자신은 다른 모든 기물과 똑같은, 있든 없든 상관없는 존재라는 뜻이니까.

'분명히 목적이 있을 거다.'

예상한 대로 아드리안은 그를 죽이지 않았다. 임무도, 기록용 목걸이도 없이 얼음 미로 숲이라는 이상한 곳에 내던져 놓긴 했지만.

깨어난 직후 목걸이도, 편지도 없는 것을 알아차렸을 때는 당황했다. 버림받은 듯한 기분이었다. 하지만 그 안에서 헤매다가 마을을 발견하고, 마을 사람들로부터 벼락 잡이 전설을 들었을 때.

악셀은 해야 할 임무를 스스로 찾아냈다.

아드리안이 그에게 주는 임무들에는 공통점이 있었다. 그걸 해내면 자신이 반드시 무언가를 얻게 된다는 것. 아이템이든, 기술이든, 경험이든 간에.

마스터가 보낸 곳에서 여러 정령수와 계약한 정령 기사에 대한 전설을 들었다면 그건 그에게 두 번째 정령수를 얻어 오라는 뜻이다. 직전 임무에서 힌트를 주지 않은 것처럼 이번에는 아드리안이 임무의 목표를 숨겼다. 목걸이를 풀어 놓은 건 협회에 숨겨야 할 임무이기 때문일 것이다.

악셀은 그렇게 판단하고 임무를 수행했다. 그리고 여태까지 늘 그랬듯 성공했다. 예상보다 시간이 좀 오래 걸리긴 했어도. 아드리안이 실패할 임무를 줄 리가 없으니 당연한 결과였다.

'그러니 이제 돌아가기만 하면 돼.'

무법자들의 도시에 있는 아드리안 블랙의 기물들이 머무는 저택으로.

악셀은 다시 빈 목을 더듬었다. 빨리 돌아가서 자신의 추측이 맞았음을 확인하고 싶었다.

남은 거리는 자지 않고 이동했다. 덕분에 그는 한밤중에 무법자들의 도시에 도착했다. 열쇠가 맞물려 돌아가고, 기억 속 모습 그대로인 저택을 보자 미묘한 그리움과 안도감이 차올랐다.

그는 불을 켜지도 않고 조용한 저택을 가로질러 제 방으로 향했다. 기물이 된 뒤로 줄곧 살았던 곳이니 눈 감고도 돌아다닐 수 있다.

'여기도 그대로군.'

그의 방은 빈방이었다는 게 믿기지 않을 정도로 깨끗하게 관리되고 있었다. 익숙한 침대를 보자 비로소 피로가 몰려왔다.

보고는 자고 일어나서 하기로 마음먹고 짐을 내려놓는데 테이블 위에 놓인 편지 봉투가 눈에 띄었다. 잘 아는 모양의 봉투였다. 아드리안이 주로 쓰는 봉투.

악셀은 빠르게 밀랍 봉인을 떼고 봉투를 열었다. 안에는 편지 대신 도장이 여럿 찍힌 증서와 서류가 몇 장 있었다. 증서를 먼저 꺼내 본 그는 제 눈을 의심했다.

-발렌타인 상단 권리증

발렌타인. 양아버지로부터 물려받은 성이 왜 상단 이름에 박혀 있는지 모르겠다. 그의 양아버지는 대미궁이 생기면서 멸망한 크레타 제국의 근위 기사단장 출신이다. 발렌타인 가문은 제국의 무가였고, 대대로 기사를 배출했을 뿐 상단 같은 건 없었다.

서류의 내용은 더 가관이었다. 체스 협회가 이미 해체되었으며 남은 협회의 재산과 조직 일부를 발렌타인 상단이 구매했다는 내용. 그리고 그 발렌타인 상단의 소유주에 제 이름이 쓰여 있었다.

'협회가…… 사라졌다고?'

그 큰 조직이 이렇게 갑자기?

협회의 재산은 왜 내 소유가 되어 있지? 누가? 무엇 때문에?

"……아드리안."

악셀은 멀거니 그것을 보다가 증서와 서류를 구겨 쥐고 방에서 뛰쳐나왔다.

"빌어먹을, 아드리안!"

악셀은 일그러진 얼굴로 소리를 지르며 저택 내를 뒤졌다. 고요하던 저택에 그의 목소리가 울려 퍼지자 곳곳에서 불이 켜졌다.

"사이먼!"

마스터의 대리인이 주로 머물던 방을 열어 보았다. 내부는 텅 비어 있었다. 이사를 간 것처럼 짐도 다 빠졌다. 악셀은 빈 책상 위에 걸터앉아 이마를 짚었다. 반쯤 구겨진 서류를 다시 펴서 들여다보았다.

이게, 대체, 다 무슨 뜻이지? 무슨 일이 일어난 거지?

그는 제 목덜미를 다시 더듬었다. 애써 외면하고 있던 가능성이 떠오른다. 아드리안이 그를 버렸을 가능성. 자신을 두고 사라져 버렸을 가능성.

'그럴 리가 없다.'

악셀은 저도 모르게 고개를 저었다. 차근차근 자신을 강하게 만들었던 임무들. 계획적으로 주어지던 아이템들. 일부러 선생까지 들여 행한 고등 교육.

목적이 있어서, 그를 어딘가에 쓰기 위해 계획적으로 키운 게 아니면 그 모든 건 뭐였다는 소리지? 그게 자신이라서 주어진 게 아니라 상대가 누구였든 상관없이 주어졌을 자비에 불과했다고?

'아니, 아니야. 그럴 리가 없다. 아드리안은 내가 필요해서 키운 거다.'

마스터에게 내가 필요하지 않을 리가 없다. 그는 입술을 깨물고 생각을 거듭했다.

'혹시 마지막에 내가 뭔가 잘못했던가?'

아드리안을 처음이자 마지막으로 만났던 그때.

그때 마스터가 무언가 그를 시험했고 자신은 그걸 통과하지 못했나?

그래서, 쓸모없어져서, 아드리안이 자신을 버리고 간 건가?

아드리안이 다른 기물들을 자유롭게 풀어 줄 때 적당한 재산을 쥐여 줬다는 사실이 떠올랐다. 호구 소리를 들을 정도로 자비로운 작자니 이번에도 그냥 떠나기 미안해서 자신에게 이런 것들을 적선하듯 남긴 건가?

어지럽다.

"악셀 발렌타인 님이십니까?"

복도에서 빛이 비쳐 들었다. 고개를 들자 집사로 보이는 노인이 등불을 들고 그를 바라보고 있었다.

"맞으시군요."

악셀의 눈동자를 확인한 노인이 가슴에 손을 대고 허리를 숙이며 인사했다.

"처음 뵙겠습니다, 주인님. 저는 이 저택의 집사로 고용된……."

"주인님? 내가 당신 주인이라고?"

"그렇습니다."

"이 저택의 집사라고 했지. 그럼 이게 다 무슨 뜻인지 설명해 봐."

악셀이 서류 뭉치를 집사의 발치에 집어던졌다. 집사가 그것을 주워 들어 살펴보더니 고개를 끄덕였다.

"주인님의 권리증이로군요. 어디에 보관할까요?"

"나는 이런 걸 산 적이 없다."

"산 적 없으시더라도 증여받으셨으니 주인님의 소유입니다."

"그 서류대로면 체스 협회가 이미 사라졌다는 건데. 정말인가?"

서류를 다시 넘겨 본 집사가 대답했다.

"예. 발렌타인 상단이 체스 협회라는 곳을 사들였으니……."

"나는 산 적이 없다고 했다."

악셀은 이를 으득 갈고는 형형한 눈으로 말했다.

"아드리안이지."

"예?"

"전부 아드리안이 꾸민 짓이잖아. 아드리안은 어디 있지?"

"죄송하지만 누굴 말씀하시는지 모르겠습니다."

"아드리안 블랙. 내 마스터였고 이 저택의 전 주인이다. 모르는 척 하지 마라."

"죄송합니다, 주인님. 저는 당신으로 주인이 바뀐 뒤에 고용되었으므로 전 주인에 대해서는 알지 못합니다."

"아드리안을 모른다고?"

"처음 듣는 이름입니다. 제 고용 계약서를 가져다 드릴까요?"

그는 말없이 집사를 노려보았다. 집사는 난처한 기색이었다. 거짓말을 하는 것 같진 않았다.

"……너는 체스 협회 소속이었나?"

"아니요. 저는 그저 저택의 집사를 뽑는다는 소식을 듣고 지원했을 뿐입니다."

"체스 협회가 뭔지는 아나?"

"주인, 아니, 발렌타인 상단에서 사들인……."

"그거 말고. 뭐 하던 곳인지 아느냔 말이다."

"체스 애호가들이 모인 곳 아닙니까? 체스 대회 같은 걸 주최하는 곳 같습니다만."

저자는 아무것도 모른다. 악셀은 신음이 튀어나오려는 것을 겨우 삼켰다. 그러곤 다른 질문을 던졌다.

"네 면접을 보고 고용한 사람이 있겠지. 그게 누구지?"

"발렌타인 상단 부단주입니다. 불러 드릴까요?"

"이 저택에 있나?"

"상단 본부에 있습니다만, 단주인 주인님께서 돌아오시길 줄곧 기다리고 있었으니 연락하면 바로 올 겁니다."

"상단 본부는 어디에 있지?"

"칼스미어 항구에 있다고 들었습니다."

"내일 아침에 그리로 떠나겠다."

"예? 막 오셨는데 그래도 며칠 쉬시고 가시는 편이……."

악셀은 안타까워하는 집사를 두고 제 방으로 돌아왔다. 머릿속이 복잡해서 잠이 오지 않았다. 거의 뜬눈으로 밤을 새우고 이른 아침에 길을 떠났다. 칼스미어 항구까지는 거리가 제법 되었지만 두 번째 정령수가 생긴 그에게는 그렇게 먼 거리가 아니었다.

그가 새로 길들인 번개의 정령수는 벼락이라고 불리는 용이다. 이름 그대로 벼락같은 속도로 하늘을 난다.

악셀은 벼락을 타고 불과 이틀 만에 칼스미어에 도착했다. 중간에 있는 오염 지역을 피하지 않고 지나가는 바람에 몇 차례 전투를 치렀지만, 그래도 엄청난 속도였다.

칼스미어에 있는 발렌타인 상단 본부를 찾는 건 쉬웠다. 승급할 때

두어 번 방문했던 체스 협회 본부 건물을 그대로 쓰고 있었으니까. 협회 시절과 달리 문을 활짝 열고 있고, 사람들이 바쁘게 드나들고 있다는 점이 달랐지만.

악셀은 기가 막힌 심정으로 대놓고 걸린 간판을 올려다보았다.

'발렌타인 상단 본부'.

부단주라는 사람을 만나는 건 어렵지 않았다. 이름을 밝히고 증서를 보여 주니 바로 뛰쳐나왔다.

"어서 오십시오, 단주님."

싱글벙글 웃는 부단주는 콧수염을 멋지게 기른 중년 남성이었다.

"솔직히 처음엔 걱정했는데, 이미 각지에 있던 지부들을 상회로 전부 바꾸고 나니 사업이 얼마나 순조로운지 모릅니다. 여기, 그동안의 실적을 정리한 보고서입니다."

악셀은 보고서가 아니라 부단주의 뒤에 선 남자에게 시선을 주었다. 그의 시선을 받은 남자가 빙긋 웃었다.

"오랜만이네."

룩 승급전에서 만났던, 그에게 마스터에 대한 진실을 알려 준 기물이었다.

"네가 왜 여기 있지, 나이트?"

"로이드라고 이름으로 불러 주시죠, 고용주님. 이젠 기물이 아니라 상단 수석 호위대원이니까."

"호위대원이라고?"

"고용주님의 호구 마스터가 협회를 상단으로 바꾸면서 갈 곳 없는 기물들을 심부름꾼이나 호위로 고용했거든요."

어깨를 으쓱인 로이드가 덧붙였다.

“호위대에 가 보시면 아는 얼굴이 제법 있을 겁니다.”

악셀은 입매를 비틀었다. 철저하기도 하지, 아드리안. 다른 마스터들 기물에게까지 자비를 베풀었군.

“아드리안을 만나 봤나?”

“아뇨. 우리야 뭐 통보받고 하루아침에 자유의 몸이 된 거라.”

그는 로이드에게서 시선을 떼고 부단주를 응시했다.

“당신은?”

“아드리안이란 분은 못 만나 봤습니다. 제가 만난 건 그의 대리인이라는 사이먼 덴트입니다.”

“사이먼은 어디 있지?”

“모릅니다. 인수인계가 끝나자마자 홀연히 사라져서…….”

악셀이 이를 악물자 부단주가 급히 말을 이었다.

“대신 단주님께서 혹시 자신을 찾으면 전하라고 한 편지가 있습니다.”

부단주는 밀랍으로 봉해진 편지를 내밀었다. 악셀은 낚아채다시피 그것을 받아 열었다.

아드리안이 아니라 사이먼이 남긴 편지였다.

-체스 협회도, 마스터도 이제 없다.

너는 이제 완전히 자유의 몸이니, 마스터를 찾으려 하지 마라. 아드리안님께서도 절대 너를 찾지 않을 것이다.

마스터가 남긴 선물은 다 네 것이고, 그간 고생한 것에 대한 대가다. 앞으로는 네가 원하는 대로 살아라.

편지와 함께 찢어진 종잇조각이 들어 있었다. 12살에 썼던 기물 계약서. 손에 저절로 힘이 들어가 편지가 마구잡이로 구겨졌다.

'일방적이다.'

처음부터 아드리안과 그의 관계는 일방적이었다. 그리고 끝마저도 이렇게 일방적으로 버려졌다.

선물? 상단? 재산? 이런 걸 언제 자신이 달라고 했던가?

원하는 대로 살라고?

자신이 원하는 건 마스터의 목적이었다. 그런데 앞으로 찾지 않겠다고? 이제 자신이 필요 없다는 뜻 아닌가.

이가 갈렸다. 그는 이글거리는 눈으로 편지를 내려다보았다.

'더는 내 마스터가 아니라는 거지.'

이제 복종할 이유가 없으니 아드리안의 명령을 따를 이유도 없다. 찾으려 하지 말라고? 그딴 말을 따를 것 같은가. 아드리안은 악셀의 모든 것을 알고 있다. 악셀은 아드리안에 대해 아무것도 모른다. 이런 일방적인 관계는 끝이다.

'당신을 찾아내겠다.'

찾아내서 그놈의 가면을 부수고 맨얼굴을 보겠다. 목을 졸라서라도 자신을 키운 목적이 뭐였는지 듣고야 말겠다. 그러고 나서.

'당신이 나를 필요로 하도록 만들겠다.'

버려도 상관없는 존재가 아니라 무슨 일이 있어도 버릴 수 없는 존재가 되겠다.

지금까지 악셀 발렌타인의 인생 목표는 단 하나였다.

"라비린토스로 가라. 그곳에 네 근원이 있다."

그를 구하려다 죽은 아버지의 유언.

라비린토스는 크레타 제국의 수도다. 대미궁이 있는 곳이란 뜻이다. 그곳에 가는 것, 그곳에 가기 위해 강해지는 것이 지금까지 악셀이 사는 이유였다.

그러나 지금 이 순간 그에게 또 다른 목표가 생겼다.

아버지로부터 주어진 목표와 달리 그가 스스로 결정한 목표가.

〈주인공의 구원자가 될 운명입니다〉 2권에서 계속